Kate Harrison · Soul Beach
Schwarzer Sand

Bisher von Kate Harrison im Loewe Verlag erschienen:

Soul Beach – Frostiges Paradies
Soul Beach – Schwarzer Sand

Kate Harrison

Schwarzer Sand

Aus dem Englischen übersetzt von
Jessika Komina und Sandra Knuffinke

Für Rich, meinen Barcelona-Beachboy

ISBN 978-3-7855-7387-7
1. Auflage 2014
First published in Great Britain under the title *Soul Fire*
by Indigo, a division of the Orion Publishing Group Ltd.
Copyright © Kate Harrison 2012
All rights reserved
© für die deutschsprachige Ausgabe: Loewe Verlag GmbH, Bindlach 2014
Aus dem Englischen übersetzt von
Jessika Komina und Sandra Knuffinke
Umschlaggestaltung: Franziska Trotzer
Umschlagfotos: © iStockphoto.com/enjoynz; THE PALMER
Redaktion: Ruth Nikolay
Printed in Germany

www.loewe-verlag.de

Ein weiterer Tod steht bevor, ich kann es spüren.

Vielleicht habe ich ja so etwas wie einen sechsten Sinn entwickelt, seitdem ich beschlossen habe, dass ich der letzte Mensch sein würde, der Meggie Forster im Arm hält. Der letzte Mensch, der ihre Haut berührt, der letzte Mensch, der ihr das Haar bürstet.

Es war kein Mord. Ich habe es nur zu ihrem Schutz getan, vor all jenen, die sie ausnutzen wollten, um Gewinn aus ihrem Gesicht, ihrem Namen, ihrer Seele zu schlagen.

Und doch hieß es in den Schlagzeilen, sie sei kaltblütig ermordet worden. Das ist nicht wahr! Sie hat die Welt auf ganz sanfte Weise verlassen, dafür haben ich und das weiche Kissen gesorgt.

Diese ungerechten Behauptungen lassen in mir eine brennende Wut aufsteigen, auch wenn ich mir Mühe gebe, ruhig zu bleiben. Alice hilft mir dabei. Sie ist genauso schön wie ihre große Schwester, aber anders als Meggie hat Alice keine Ahnung, wie einzigartig sie ist. Was sie natürlich nur noch wunderbarer macht.

Doch ihre besessene Suche nach der Wahrheit bringt uns beide in Gefahr. Ein unschuldiges Mädchen wie Alice begreift einfach nicht, dass in dieser grausamen Welt eine Milliarde Versionen der Wahrheit existieren. Wenn sie meine nicht akzeptieren kann, lässt sich ein weiterer Tod wohl nicht vermeiden.

1

Das Glück ist etwas so Simples. Alles, was man dafür braucht, sind die Menschen, die man liebt.

Nach Meggies Tod habe ich geglaubt, ich könnte nie wieder glücklich sein. Und doch bin ich jetzt hier am Strand, an diesem absolut himmlischen Ort. Ich höre meine Schwester leise vor sich hin summen, während sie mit dem Finger Muster in den Sand zeichnet. Ich fühle die warme Sonne auf meiner Haut und Dannys Körper an meinem und das Schaukeln der Hängematte, in der die sanfte Brise uns wiegt.

Wer bekommt schon eine solche zweite Chance?

»Na, Alice, träumst du wieder vor dich hin?«

Ich zögere, bevor ich die Augen aufschlage, denn insgeheim fürchte ich immer noch, dass all das hier eines Tages einfach verschwinden könnte.

Aber Danny ist immer noch da, sein Gesicht so dicht an meinem, dass ich nicht weiß, ob ich es berühren oder nur bewundern soll: seine Augen, so grün wie eine tropische Lagune, sein blondes Haar, das sich nach dem Schwimmen immer lockt (was er schrecklich findet, ich aber süß), seine Lippen, die so perfekt auf meine passen, dass es nahezu kriminell wäre, ihn nicht sofort zu küssen …

»Wovon sollte ich denn träumen?«, flüstere ich. »Alles, was ich mir wünschen könnte, ist doch zum Greifen nah.« Und wie zum Beweis strecke ich die Hand nach seiner aus.

»Gute Antwort.« Er beugt sich vor und küsst mich.

»Mensch, Leute! Könnt ihr nicht mal für eine Minute die Finger voneinander lassen? Muss ich etwa einen Eimer kaltes Wasser über euch ausschütten, als wärt ihr Hunde?«

Javier ist der Sand in der Auster dieses Paradieses: sarkastisch und manchmal regelrecht grausam. Aber ich kann mir Soul Beach nicht mehr ohne ihn vorstellen. Jede Clique braucht ihren Clown. Manche von seinen Witzen sind schon ein bisschen heftig, aber schließlich ist er tot. Da würde wohl jeder einen schwarzen Humor entwickeln.

Danny und ich lächeln einander an. Vielleicht sollten wir wirklich versuchen, etwas geselliger zu sein.

Wir flüstern: »Drei, zwei, eins …« und lassen uns dann aus der Hängematte auf das weiche Polster aus Kissen fallen. Sosehr wir uns auch bemühen, elegant sieht das nie aus. Vielleicht liegt es daran, dass wir uns immer bis zum letzten Moment aneinander festklammern.

»Nein, wie graziös!«, schnaubt Javier und meine Schwester kichert.

Das Dasein am Strand scheint ihr immer mehr zuzusagen. Ihre Haare sind noch blonder als vorher, ihr Millionen-Dollar-Lächeln ist jetzt locker eine Milliarde wert. Als sie noch am Leben war, haben die Leute vom Fernsehproduktionsteam sie immer gedrängt abzunehmen – »Durch die Kamera wirkt man immer fünf Kilo schwerer und das Publikum stimmt nur für dünne Mädels.« –, aber jetzt ist sie zufrieden mit sich und hat ihre perfekte Figur zurück.

Danny und ich sehen uns an, was Meggie in den Sand gezeichnet hat. Es ist eine Paradiesvogelblume, die spitzen Blütenblätter ausgebreitet wie Flügel.

»Mensch, Schwesterherz, da kommen ja verborgene Talente zum Vorschein.«

Sie lacht. »Ich lasse mich nur davon inspirieren, wie schön der Strand jetzt ist, dank einer gewissen Person.«

Ich werde rot. Als ich zum ersten Mal hergekommen bin, war es hier natürlich auch schon wunderschön, aber irgendwie wirkte alles leblos. Es gab keine exotischen Blumen, die aus dem Sand emporwuchsen, keine leuchtend bunten Vögel, die über den blauen Himmel schwirrten oder plötzlich ins Meer eintauchten, in dessen warmen Fluten metallisch glitzernde Fische schwammen.

Bis ich einem verzweifelten Mädchen namens Triti half zu entkommen und der Strand für alle Dortgebliebenen nur umso betörender wurde – fast, als hätte ich eine höhere Stufe von Sinneseindrücken möglich gemacht, indem ich einfach nur das Richtige tat.

Und seitdem ... Ich kann mich nicht daran gewöhnen, dass die Gäste von Soul Beach mich wie einen VIP behandeln. Besonders nicht, wenn Meggie das tut. Als sie noch lebte, war sie der Star, die hübschere, klügere, talentiertere von uns Schwestern.

Aber hier bin ich etwas Besonderes. Jeder an diesem Ort wünscht sich einen Besucher, aber soweit sich die Leute erinnern können, hat es außer mir nie einen gegeben. Im wahren Leben bin ich erst sechzehn. Ich kann noch nicht mal Auto fahren.

Hier hingegen kann ich Leben verändern – sogar das Leben nach dem Tod. Klar, auf den ersten Blick wirkt der Strand wie ein Paradies, nur dass hier eben niemand mehr rauskommt. Es sei denn, ich löse das Rätsel um den Tod eines Gastes, so wie ich es bei Triti getan habe. Erst dann finden sie Frieden. Oder verschwinden jedenfalls, denn wo sie hingehen, weiß keiner.

Mich hat natürlich der Tod meiner Schwester hergeführt. Ihr Mörder läuft immer noch frei herum und mir ist nichts wichtiger, als herauszufinden, wer er ist. Auch wenn ich dann fürchten muss, Meggie – und auch den Strand – für immer zu verlieren.

»Alice Florence Forster, du bist einfach die Allergrößte, das weißt du hoffentlich«, sagt Meggie. »Wag es ja nicht, mich zu verlassen, klar? Niemals.«

Ich lächele ihr zu, antworte jedoch nicht, denn so etwas kann ich ihr nicht versprechen und das weiß sie selbst.

Unten in der Bucht waten ein paar Gäste bis zum Hals ins Wasser, um Fische zu fangen. Sie plaudern darüber, dass sie ihre Beute nachher, wenn die Sonne untergegangen ist, grillen wollen. Das wird wahrscheinlich der Zeitpunkt sein, wenn ich mich nach Hause aufmache, denn das Einzige, was mir hier immer noch fehlt, ist mein Geschmackssinn. Manchmal vergesse ich es, greife nach einem Stück Mango oder einem eiskalten Bier und schmecke nur Asche. Oder, schlimmer noch, gar nichts. Und damit ist der Bann des Strandes gebrochen und ich bin zurück auf der Erde, in meinem düsteren Zimmer, wo ich zusammengekauert vor dem Laptop hocke. Dann beginnen die Zweifel von Neuem an mir zu nagen: Ist www.soulbeach.org nichts als ein Schwindel oder bilde ich mir das alles vielleicht nur ein, weil ich es einfach nicht ertrage, dass Meggie tot ist?

Aber ihre Umarmungen, Dannys Küsse und sogar Javiers spitze Bemerkungen wirken so viel realer als Hausaufgaben, meine täglichen Pflichten und kalte Aprilstürme.

»Träumst du wieder?«

Ich blinzele. »Ich hab dir doch gesagt, ich träu…«

Aber dann wird mir klar, dass ich doch weggetreten gewesen sein muss, denn irgendetwas hat sich verändert. Meggie und Javier sind verschwunden, die Gäste hasten alle ans Wasser und weit draußen im Meer sehe ich eine einsame Gestalt, den Kopf knapp über den Wellen.

Der Schwimmer scheint Probleme zu haben, obwohl es eigentlich unmöglich ist, am Soul Beach zu ertrinken. Man kann nun mal nicht zweimal sterben.

»Das ist ein Neuer«, stellt Danny fest.

Ich drehe mich zu ihm um. »Was, ein neuer Gast?«

Er bemüht sich zu lächeln. »Sieht ganz so aus. Armer Kerl. So kommen wir alle hier an, wie Schiffbrüchige. Ich weiß noch, als ich an den Strand gespült worden bin, hab ich mir die Seele aus dem Hals gehustet und geblinzelt wie verrückt. Nichts ergab einen Sinn. Wo war ich? War ich am Leben? Wer waren all diese Leute?«

Danny erschaudert und steht auf. »Komm. Du wolltest doch wissen, wie hier am Strand alles abläuft, oder nicht? Dann solltest du dir ansehen, wie es anfängt.«

2

Der Weg hinunter zum Wasser ist anstrengend, unsere Füße versinken im heißen, trockenen Sand. Vor uns erscheinen, wie aus dem Nichts, immer wieder Gäste, mehr, als ich hier je gesehen habe. Hundert sind es mindestens. Ihre Gespräche werden lauter und schriller.

»Das ist ein Junge.«

»Bist du sicher?«

»Ich kann nichts erkennen. Sieht er gut aus?«

»Ist das alles, was ihr Mädels im Sinn habt?«, erhebt sich Javiers Stimme über den Lärm. »Der Typ ist gerade gestorben. In Kürze wird er rausfinden, dass ihm das *Geschenk* des ewigen Lebens gemacht worden ist. Verhaltet euch doch bitte ausnahmsweise mal wie menschliche Wesen.«

Es ist tatsächlich ein Mann, der nun stolpernd und schwankend Richtung Land stapft. Er kämpft darum, nicht umzufallen, die Hände ausgestreckt, als suche er nach irgendetwas oder irgendjemandem, an dem er sich festhalten kann.

Meine Lungen versagen ihren Dienst. Ich ringe nach Luft. Ich kann sein Entsetzen fühlen, seine Atemlosigkeit. Dannys Griff um meine Hand scheint schwächer zu werden und plötzlich kommt es mir vor, als würde ich über allem und allen schweben. Fühlt es sich so an, wenn man stirbt?

»Alice? Was ist?«

Dannys Stimme ist so weit weg, so leise verglichen mit dem hässlichen Geschwätz der anderen Gäste.

»Was meinst du, wo der herkommt? Er hat rötliche Haare, oder? Wirkt irgendwie keltisch.«

»Ach, aber für mich ist er viel zu klein. Wann schicken die denn endlich mal jemand Größeren? Außerdem sieht er total fertig aus.«

»Hey, jetzt bleib aber mal fair. Ich wette, du warst auch nicht gerade ein Topmodel, als du gestorben bist, oder?«

Ich lehne mich an Danny. Ich kann nur verschwommen sehen, nur japsend atmen. »Mir geht's ... Mir geht's gut. Ich komme mir nur vor wie ein Gaffer.«

Niemandem sonst scheint das etwas auszumachen. Mir läuft ein Schauder über den Rücken. Wie geht noch mal diese Redewendung? Als wäre gerade jemand über mein Grab gelaufen. Dabei bin ich die Einzige am Soul Beach, die kein Grab hat.

Danny nickt in Richtung der momentan verlassenen Bar. »Jetzt wäre wohl der perfekte Zeitpunkt für einen Drink.«

Ich will gerade zustimmen, doch dann halte ich inne. »Wo ist meine Schwester? Können wir sie erst suchen?«

Ich lasse den Blick über unzählige Gesichter schweifen und halte Ausschau nach Meggie. Ich kann den Gedanken nicht ertragen, dass sie irgendwo allein in dieser Menge steht. Trotz des strahlenden Sonnenscheins und des azurblauen Himmels kommt der Strand mir in diesem Moment vor wie ein finsterer, böser Ort.

Dann sehe ich sie. Sie steht direkt am Wasser, ihr langes Haar weht im Wind.

Ich will sie gerade rufen, sie bitten, sich von dem Ganzen fernzuhalten, weil es sie doch an ihre eigenen ersten Stunden am Strand erinnern muss ...

Dann aber sehe ich *ihn* und bekomme kein Wort heraus. Ich bekomme nicht mal mehr Luft.

Mein Blick saugt sich an dem gestrandeten Mann fest.

Nein.

Unmöglich.

Das kann nicht sein.

Doch während mein Kopf sich noch gegen die Erkenntnis wehrt, weiß mein Herz schon, dass er es wirklich ist.

Rotbraune Locken, Sommersprossen, fassungsloser Blick. Dieses Gesicht habe ich seit elf Monaten nicht mehr gesehen und doch hätte ich es jederzeit aus dem Gedächtnis zeichnen können.

Es ist Tim.

Der erste – und einzige – Junge, den meine Schwester je wirklich geliebt hat.

Und der Hauptverdächtige in ihrem Mordfall.

3

Wie Kugeln aus einem Maschinengewehr schießen wirre Gedanken durch meinen Kopf.

Tim ist hier am Strand.

Alle an diesem Strand sind tot.

Außer den Besuchern.

Aber alle sagen, ich bin seit langer Zeit die einzige Besucherin.

Tims Augen sind vor Panik geweitet.

Wenn Tim kein Besucher ist, muss er tot sein.

Ein beklemmendes Gefühl steigt von meiner Brust bis in meine Kehle hinauf, als würde mich jemand würgen. Danny mustert mich stirnrunzelnd.

»Du siehst ja furchtbar aus. Was ist denn los?«

Ich will ihm alles erzählen: dass Tim Meggies große Liebe war. Und der Hauptverdächtige für die Mordkommission. Dass Tim mir in unserem letzten Telefonat geschworen hat, Meggie nicht getötet zu haben. Dass er gesagt hat, sein Leben wäre ohne sie bedeutungslos.

Doch ich traue mich nicht, irgendetwas davon auszusprechen. Als Besucherin muss ich jedes Wort dreimal überprüfen, darf die Gäste auf keinen Fall aufregen oder sie daran erinnern, wie sie an den Strand gelangt sind. Wenn ich diese Regel breche, werde ich für immer von der Homepage verbannt.

Den Fehler habe ich ein einziges Mal gemacht, kurz nachdem ich diesen Ort entdeckt hatte: Ich hatte es gewagt, meine Schwester zu fragen, wer sie ermordet haben könnte. Bevor sie auch nur antworten konnte, war der Strand verschwunden und mit ihm all meine Hoffnungen. Ich durfte nur zurückkehren, weil ich neu und noch nicht mit den Regeln vertraut war. Sollte so etwas noch einmal passieren, werden sie wohl kein Auge mehr zudrücken.

Ich würde den Strand, würde *alles* verlieren.

»Ich erklär's dir später, Danny«, sage ich. Meine Stimme klingt völlig fremd, ganz heiser vor Furcht.

Die Gäste bewegen sich vorwärts, so dicht aneinandergedrängt, dass sie uns mit sich reißen.

Tim ist tot. Aber wie ist er gestorben? Wurde er auch ermordet?

Ich sehe, wie er sich an Land kämpft, mühsam, als würde er einen Berggipfel erklimmen. Er hat einen weiten Weg hinter sich und muss erschöpft sein. Am liebsten würde ich zu ihm rennen, ihn in die Arme nehmen, ihm auf festen Boden helfen. Ihm versichern, dass alles gut wird.

Aber das wäre gelogen.

Er blinzelt unablässig, als würde er, wenn er es nur oft genug tut, irgendwann etwas anderes vor sich sehen.

Schon jetzt hat ihn der Strand verändert. Im wahren Leben waren ihm seine Klamotten egal; er hat sich immer nur an Jeans und T-Shirt gehalten, Wetter oder Anlass spielten keine Rolle. Ich weiß noch, wie er bei Meggies erstem Open-Air-Konzert ganz blau gefroren war, weil er nicht daran gedacht hatte, sich wie alle anderen warm genug für einen Winterabend unter freiem Himmel anzuziehen. Sogar seinen Mantel hatte er vergessen. Sein Kopf war immer voll mit wichtigeren Dingen.

Jetzt hingegen trägt er die typische Stranduniform – Surfshorts und ein leuchtend rotes Leinenhemd – und selbst triefnass sieht er damit schon aus wie alle anderen Gäste hier. Diese Armmuskeln hat er früher nicht gehabt und ich glaube auch nicht, dass ich ihn je so glatt rasiert gesehen habe.

Er ist ein Gast, daran besteht kein Zweifel. Eine überschöne Version des lebendigen Tim, vom Tod in einen strahlenden Phönix verwandelt, ohne einen Hinweis darauf, wie er gestorben ist.

Danny greift nach meiner Hand. »Du bist ja eiskalt.«

»Ich bin nur so schockiert, Tim hier zu sehen.« Dann wird mir klar, was ich gerade gesagt habe. Ob es schon ein Regelbruch ist, seinen Namen auszusprechen?

Aber Danny verschwindet nicht. Er starrt mich an. »Tim? Meggies Freund?«

Ich nicke. Das fühlt sich sicherer an als Sprechen.

»Oh Mann, Alice.« Danny schüttelt den Kopf. »Heißt das … derjenige, der Meggie getötet hat, hat auch Tim umgebracht? Warum sollte er sonst hier sein?« Danny muss nicht aufpassen, was er sagt, er würde nie vom Strand verbannt werden, selbst wenn er es darauf anlegt. So ein Platz im Paradies ist etwas für die Ewigkeit.

Während ich nicke, wird mir klar, dass es noch einen anderen, finstereren Grund für Tims Auftauchen geben könnte. Vielleicht hat er meine Schwester doch erstickt. Und jetzt ist er hier, weil er mit der Schuld nicht mehr leben konnte …

»Danny, wir müssen zu Meggie, bevor –«

Doch es ist zu spät.

»Tim?« Ihre Stimme zittert, als sie sich durch die Menge auf ihn zu drängt.

Ich versuche noch, sie zu erreichen, aber es sind einfach zu viele Gäste im Weg. Niemand bewegt sich. Alle sind viel zu gefesselt von dem Drama, das sich vor ihnen abspielt.

»Tim«, flüstert Meggie. Es ist keine Frage mehr.

Er starrt sie mit offenem Mund an.

Ein paar Schritte vor ihm bleibt Meggie stehen. Sie schüttelt den Kopf, doch irgendetwas an dem Blick, mit dem sie ihn ansieht, verrät mir, dass sich für sie nichts geändert hat, dass sie ihn immer noch liebt.

Der ganze Strand hält den Atem an.

Und dann höre ich ein Klopfen, von weit, weit weg.

»Alice?« Das ist die Stimme meines Vaters, seine Ich-habe-schlechte-Neuigkeiten-Stimme, die ich in den letzten Monaten entschieden zu oft gehört habe.

Mist. Nicht jetzt.

Meggie macht noch einen Schritt auf Tim zu.

»Alice, wenn du wieder online bist, verspreche ich, es deiner Mutter nicht zu sagen. Aber du musst die Tür aufmachen, und zwar sofort.«

So leise wie möglich klappe ich den Laptop zu. »Dad? Ich bin nicht im Internet. Ich habe geschlafen. Es ist ein Uhr nachts.«

»Tut mir leid, Schätzchen. Ich hätte dich nicht geweckt, wenn es nicht dringend wäre. Aber es ist … jemand hier. Und er will mit uns allen sprechen.«

4

Der Polizist sitzt an unserem Esstisch, sein dicker Hintern quillt über den Stuhlrand. Normalerweise schicken sie die Frau von der Opferbetreuung. Die kennt uns mittlerweile so gut, dass sie immer die richtige Anzahl Zuckerstückchen in Dads Tee gibt und Mum die Taschentücher reicht, noch bevor sie anfängt zu weinen.

Entweder hat die Opferbetreuungstante heute frei oder der fette Polizist ist hier, weil die Nachrichten zu ernst sind.

Ich denke an Tim am Strand. Natürlich ist es ernst.

Wir setzen uns an den Tisch wie zum sonntäglichen Mittagessen, obwohl der Himmel draußen dunkelblau ist und wir alle, außer dem Polizisten, Morgenmäntel tragen. Er faltet die speckigen Hände, sodass ich fast erwarte, ihn als Nächstes ein Tischgebet sprechen zu hören.

Stattdessen sagt er: »Ich fürchte, ich habe eine erschütternde Neuigkeit.« In der kalten Luft formt sich sein Atem zu Wölkchen, als wäre es Rauch.

Mum greift Dad und mich bei den Händen. Vielleicht glaubt sie, solange wir zusammen sind, kann nichts Schlimmes passieren. Da liegt sie falsch.

»Timothy Ashley ist heute Nacht tot aufgefunden worden. Eigentlich schon gestern, es ist jetzt etwas über vier Stunden her.«

Mum schlägt sich die Hand vor den Mund. Dad schließt die Augen. Und selbst ich, die ja schon Bescheid weiß, bin wie gelähmt, als ich es höre.

»Selbstmord!«, stößt meine Mutter hervor. »So ist es doch, oder?« In ihren Augen liegt ein irres Glitzern, wie immer, wenn es um Tim geht.

Das Gesicht des Polizisten bleibt ausdruckslos. »Derzeit warten wir noch auf die Obduktionsergebnisse.«

Dad schüttelt den Kopf. »Ach, kommen Sie. Etwas mehr können Sie uns doch sicher sagen. Immerhin sind wir ... betroffen.«

Der Polizist seufzt. »Soweit wir wissen, ist Mr Ashleys Mitbewohner«, er wirft einen Blick in seine Notizen, »Adrian Black, gestern Abend kurz nach neun Uhr nach Hause gekommen und hat den Verstorbenen in der Küche aufgefunden.«

Ade hat ihn gefunden.

»Wie ist er gestorben?«, frage ich.

Zum ersten Mal sieht der Polizist mich an. »Der Tod ist offenbar durch Ersticken eingetreten.«

Ersticken. Genauso ist Meggie gestorben. Jemand hat ihr ein Kissen aufs Gesicht gedrückt, bis sie keine Luft mehr bekam.

»Jemand hat Tim erstickt?«, flüstert Dad.

Der Polizist schüttelt den Kopf. »Nein. Eine Plastiktüte ... Diese Methode wenden auch Selbstmörder manchmal an. Er lag vornübergebeugt auf dem Küchentisch. In der Nähe der Leiche haben wir auch alkoholische Getränke gefunden.«

In meiner Kehle sammelt sich brennende Säure bei der Vorstellung, wie Tim sich allein betrunken und dann beschlossen hat, dass er das Leben nicht mehr ertragen kann. *Sie hat meine ganze Welt zum Leuchten gebracht ... und jetzt, ohne sie, ist alles nur noch dunkel.*

Das war so ziemlich das Letzte, was er zu mir gesagt hat.

»Gibt es einen Abschiedsbrief?«, erkundigt sich Dad.

Seine Frage hilft mir, mich zusammenzureißen. Ich muss mehr erfahren, bevor ich zurück an den Strand kann, bevor ich mit Tim rede. Wenn er wirklich zuerst Meggie und dann sich selbst umgebracht hat, bin ich mir sicher, dass er einen Brief zurückgelassen hätte, in dem er erklärt, was er getan hat und warum. Er wäre selbst der Meinung gewesen, dass er uns das schuldig ist.

»Meinen Informationen zufolge ist nichts in der Art gefunden worden.«

Der Tim, den ich gekannt habe, hätte diese Angelegenheit niemals so unvollendet gelassen. Binnen Sekunden schwinden all meine Zweifel an seiner Unschuld und ich atme auf.

Bis mir wieder einfällt: Wenn er sich nicht selbst umgebracht hat, dann muss es jemand anders getan haben.

»Nichtsdestotrotz weisen die Umstände stark darauf hin, dass sich Mr Ashley das Leben genommen hat«, sagt der Polizist.

»Aber Sie ziehen doch bei Ihren Ermittlungen trotzdem noch andere Möglichkeiten in Betracht, nicht wahr?«

Fast verärgert sieht er mich an. »Das liegt beim Untersuchungsgericht. Der Fall befindet sich nun außerhalb unseres Zuständigkeitsbereichs.«

»Sie haben also schon beschlossen, dass an seinem Tod nichts Ungewöhnliches ist, oder? Obwohl er möglicherweise von derselben Person umgebracht worden ist, die Meggie getötet hat. Haben Sie daran mal gedacht?«

Mum steht auf und legt mir die Hände auf die Schultern. »Alice, Liebes, es ist vorbei. Ich weiß, du hast Tim für unschuldig gehalten, aber du musst doch begreifen, dass das nun alles ändert.«

Dad grübelt noch immer. »Sie verstehen sicher, dass bei uns die Nerven blank liegen, Officer. Mir ist bewusst, dass Sie das nicht offiziell bestätigen können, aber bedeutet das, dass Meggies Morduntersuchung jetzt abgeschlossen wird?«

Der Polizist betrachtet seine sorgfältig kurz geschnittenen Fingernägel. »Ähm, ich würde sagen, das ist eine berechtigte Annahme. Wir sind schon vor einigen Monaten zu gewissen Schlüssen über Mr Ashley gelangt, in denen uns die jetzige Wende der Ereignisse nur bestätigt. Es tut mir leid. Das alles muss sehr schwer für Sie sein.«

Zorn huscht über Mums Gesicht und ich befürchte schon eine ausgewachsene Tirade: dass es ihr keineswegs leidtut, dass Tim das alles mehr als verdient hat. Doch als Dad ihre Hand drückt, rinnen ihr plötzlich Tränen übers Gesicht.

»Es ist vorbei«, flüstert sie und starrt dann über meine Schulter hinweg, als stünde jemand hinter mir. »Meggie, Liebling. Es ist vorbei, endlich. Jetzt kannst du ruhig schlafen, mein Schatz, wo immer du bist.«

Das Blut gefriert mir in den Adern. Ich bin zu neunundneunzig Prozent sicher, dass Meggies Mörder noch immer auf freiem Fuß ist.

Doch das eine verbleibende Prozent Zweifel reicht, um mich in Angst und Schrecken zu versetzen. Wenn es tatsächlich vorbei sein sollte, dann wird meine Schwester den Strand verlassen, und zwar für immer. Noch vor Sonnenaufgang.

Bitte nicht. Ich bin noch nicht bereit, sie ein zweites Mal zu verlieren.

5

Ich muss sofort ins Internet.

»Ich gehe dann mal wieder ins Bett«, sage ich.

Mum gibt mir einen Kuss auf die Stirn und Dad umarmt mich, bevor ich noch einen Umweg über die Küche mache und mir ein Glas Wasser eingieße.

Dad bringt den Polizisten zur Tür. Dieser versucht zu flüstern, doch er hat seine dröhnende, autoritäre Stimme nicht unter Kontrolle.

»… ganz offensichtlich einem geistesgestörten Außenstehenden zuzuschreiben, aber ich wollte Sie trotzdem warnen, falls derjenige Sie oder Ihre Familie zu kontaktieren versucht.«

»*Flammen der Wahrheit*, sagen Sie? Und Sie sind sicher, dass diese Website etwas mit Meggies Fall zu tun hat?«, fragt Dad. »Es gibt doch Hunderte von diesen Fanseiten, oder nicht? Das haben wir gesehen, nachdem sie gestorben ist.«

»Schon richtig, aber diese hier ist keine wirkliche Fanseite. Hierbei geht es eher darum, die Welt davon zu überzeugen, dass Tim Ashley Ihre Tochter nicht ermordet hat.«

»Was?«

Also glaubt noch jemand an seine Unschuld! Der Gedanke ist so tröstlich, dass mein Herz nicht mehr ganz so wild hämmert und die Angst, Meggie könnte verschwunden sein, etwas nachlässt.

Das heißt dann wohl, ich bin nicht die Einzige, der klar ist, dass Tims Tod noch nicht das Ende der Geschichte bedeutet.

»Einer meiner Mitarbeiter ist vor ungefähr zwei Wochen zufällig darauf gestoßen. Ein wildes Sammelsurium irgendwelcher Behauptungen ohne jedweden Beleg. Wir waren eigentlich überzeugt davon, dass Tim selbst dahintersteckte, aber heute Nacht ist die Seite aktualisiert worden. Und zwar erst …«

»Nachdem er tot aufgefunden wurde?«

»Genau. Also vermuten wir, dass ihm irgendein Freund dabei geholfen hat.«

»Aber haben sich nach allem, was in den Zeitungen stand, nicht die meisten seiner Freunde von ihm abgewandt?«

»Sie würden sich wundern, Mr Forster. Je intelligenter ein Mörder ist, desto besser kann er die Menschen manipulieren. Ganz besonders Frauen. Ich rate Ihnen, gut auf Ihre Tochter aufzupassen. Jungen Mädchen kann schnell etwas zustoßen.«

Als müsste mein Dad daran erinnert werden, nachdem er schon eine Tochter verloren hat.

Ich höre, wie sie sich voneinander verabschieden, dann öffnet und schließt sich die Haustür. Ich spähe in den Flur, um zu sehen, ob die Luft rein ist und ich nach oben kann. Diese Website könnte *alles* verändern.

Aber mein Vater hat sich nicht vom Fleck gerührt. Er steht einfach da, den Kopf gegen die Wand gelehnt, als würde er sonst umkippen.

Und als ich mich zum Küchenfenster umdrehe, sehe ich Mum auf die Terrasse treten. Irgendetwas hat sich verändert. Es dauert ein paar Sekunden, bis ich begreife, was. Es schneit. Schnee im April. Das ist der längste Winter, den ich je erlebt habe.

Weiße Flocken landen in Mums Haar, als sie die Hand nach Meggies Baum ausstreckt, einem dürren Olivenbäumchen, das wir letzten Herbst gekauft haben. Es wirkt so zart im Mondschein. Ich bezweifle, dass es diesen späten Schnee überleben wird.

Während ich Mum beobachte, gesellt sich mein Vater zu ihr. Er bleibt dicht neben ihr stehen, berührt sie jedoch nicht. Vor Meggies Tod war sie immer so herzlich und liebevoll, jetzt aber kann sie es kaum noch ertragen, in den Arm genommen zu werden.

Ich schließe die Augen und wünsche mir etwas. Die Zeit können wir nicht zurückdrehen, aber ich hoffe, dass meine Eltern einander ebenso Trost spenden können, wie der Strand es für mich tut.

Als ich die Augen wieder öffne, wischt mein Dad die Schneeflocken von Mums Morgenmantelärmel. Meine Mutter blickt auf und lehnt sich dann an ihn.

Trotz der Kälte wird mir ein kleines bisschen wärmer, als ich sie so sehe. Wenn ich doch nur zu ihnen könnte.

Aber ich muss zurück an den Strand. Ich habe keine Angst mehr, dass Meggie fort sein könnte, nur irgendwie macht es das noch dringender.

Denn wenn Meggies Mörder immer noch irgendwo da draußen ist und nun auch Tim umgebracht hat, darf ich keine Sekunde mehr verschwenden.

6

Ich lege zwei Kissen vor den Spalt unter meiner Zimmertür, damit Mum nicht das Licht von meinem Computer sieht. In letzter Zeit nörgelt sie ständig an mir herum, weil ich so oft online bin.

Dabei sollte sie eigentlich dankbar sein, dass ich zu Hause bin, außer Gefahr. Nicht irgendwo da draußen, wo vielleicht immer noch Meggies und Tims Mörder frei herumläuft ...

Zum ersten Mal kommt mir der Gedanke, dass der Mörder es auch auf mich abgesehen haben könnte. Es ist, als hätte mir jemand einen Eiswürfel in den Kragen gesteckt, der mir nun langsam den Rücken hinuntergleitet. Mit zitternden Fingern tippe ich *Flammen der Wahrheit* ins Suchfeld meines Browsers ein.

BITTE NUR ANKLICKEN, WENN DU BEREIT BIST, VON EINEM SO SCHRECKLICHEN UNRECHT ZU ERFAHREN, DASS DU VOR WUT GLÜHEN WIRST.

Ich zögere. Wenn ich die Einladung für Soul Beach nicht angeklickt hätte, sähe die Welt jetzt anders aus. Wahrscheinlich wäre ich mittlerweile sogar imstande, mit meinem richtigen Leben weiterzumachen. Aber ich hätte nie meine Schwester wiedergefunden.

Also klicke ich die Seite an. Der Bildschirm wird zunächst schwarz, dann züngeln rote und gelbe Flammen hoch.

FLAMMEN DER WAHRHEIT
TIMOTHY ASHLEY IST UNSCHULDIG.
GLAUBT IHM.

Die Schrift sieht irgendwie Goth-mäßig aus, wie vom Umschlag eines Vampirromans. Die ganze Aufmachung der Seite erinnert an eine parodistisch übertriebene Halloween-Dekoration. Nur dass das hier kein bisschen zum Lachen ist.

AUF *FLAMMEN DER WAHRHEIT* GEHT ES UM GERECHTIG-
KEIT FÜR MEGAN FORSTER UND TIM ASHLEY.

Seit Meggies Tod habe ich online schon eine Menge eigenartige Sachen gesehen. Als Erstes füllte sich ihre Facebook-Seite über Nacht mit Nachrichten voller Rechtschreibfehler und Videos von Leuten, die in ihre Webcams schluchzten, als hätten sie sie persönlich gekannt.

Als wir ihren Account schlossen, zogen die Fans weiter zu gruseligen Trauerseiten mit virtuellen brennenden Kerzen und virtuellen Engeln mit Meggies Gesicht, die zum Himmel aufstiegen.

Aber diese Seite hier ist die seltsamste von allen.

UNSERE FLAMMEN BRENNEN FÜR DIE UNSCHULDIGEN:
DIE EINE ERMORDET, DER ANDERE ZU UNRECHT VER-
FOLGT.

Ich scrolle weiter nach unten.

»Ach, Tim.«

Ein Foto von ihm füllt den gesamten Bildschirm aus. Kein Paparazzibild aus der Zeitung und auch nicht die geschönte Version von ihm, die ich kurz zuvor am Strand gesehen habe. Dieses Foto wurde im Park aufgenommen und er sieht darauf so hoffnungsvoll und normal aus und strotzt nur so vor, tja, *Lebendigkeit*. Sein Haar leuchtet rötlich in der Sonne und seine haselnussbraunen Augen blicken direkt in die Kamera, ohne auch nur eine Spur von Schuld darin.

Diesen Tim hatte ich schon komplett vergessen. Die Zeitungsfotos zeigten stets einen gehetzten Mann, der aussah wie vierzig, nicht wie zwanzig.

Ich merke, dass ich angefangen habe zu weinen.

Schnell wische ich die Tränen weg. Keine Zeit für Gefühle. Mühsam reiße ich meinen Blick von dem Foto los und lese, was in noch größeren blutroten Buchstaben darunter steht:

WICHTIGES UPDATE, 19. APRIL:
TIM ASHLEY IST TOT!

In diesem Moment fällt mir etwas auf: Diese Nachricht ist noch gar nicht offiziell!

Außer Ade, der Polizei und uns dürfte eigentlich noch niemand wissen, was mit Tim passiert ist.

Und doch steht es da auf dem Bildschirm.

TIMOTHY DAVID ASHLEY IST AM 19. APRIL, KNAPP DREI WOCHEN NACH SEINEM EINUNDZWANZIGSTEN GEBURTSTAG, TOT ZU HAUSE AUFGEFUNDEN WORDEN. MEHR DETAILS GIBT ES NOCH NICHT, ABER IHR KÖNNT EUCH DARAUF VERLASSEN: DAS IST NOCH NICHT

> DAS ENDE VON *FLAMMEN DER WAHRHEIT*!
> NUN SIND BEREITS ZWEI LEBEN VERLOREN. WAS IMMER MIT TIM GESCHEHEN IST, ER WAR UNSCHULDIG UND IST EINER SCHLIMMEN UNGERECHTIGKEIT ZUM OPFER GEFALLEN.
> DER KAMPF UM TIMS RUF GEHT WEITER, HIER BEI UNS – VERWEILT, WEINT UM IHN, ABER VOR ALLEM SCHLIESST EUCH DEM KAMPF AN. WIR MÜSSEN ALLE WAFFEN NUTZEN, DIE UNS ZUR VERFÜGUNG STEHEN: WAHRHEIT, GERECHTIGKEIT, RACHE.

Die Sprache ist aggressiver als alles, was ich bislang auf Fanseiten gelesen habe. Die Urheber – oder *der*, falls es eine einzelne Person ist – wirken schon fast ein wenig durchgeknallt, aber vielleicht spricht auch nur die Wut aus ihnen. Ich weiß, was Wut mit einem anstellen kann.

Ich scrolle weiter.

> HINTERGRUND: TIM ASHLEY, GESCHICHTSSTUDENT AN DER UNIVERSITY OF GREENWICH, GELANGTE INS LICHT DER ÖFFENTLICHKEIT, NACHDEM SEINE FREUNDIN MEGAN FORSTER IN DER CASTINGSHOW *SING FOR YOUR SUPPER* BEKANNT GEWORDEN WAR. ER SCHIEN SICH STETS UNWOHL IM RAMPENLICHT ZU FÜHLEN, WENN ER SIE ZU PREMIEREN UND PROMIPARTYS BEGLEITETE. DOCH DER MORD AN FORSTER (10. MAI 2012) SOLLTE IHM NUR NOCH MEHR UNGEWOLLTE AUFMERKSAMKEIT EINBRINGEN.
> DIE MEDIEN, DIE SICH OFFENSICHTLICH AUF INSIDER-

TIPPS AUS DEN REIHEN DER POLIZEI STÜTZTEN, STILI-
SIERTEN IHN ZUM HAUPTVERDÄCHTIGEN. ABER AUCH
NACH WIEDERHOLTEN BEFRAGUNGEN DURCH DIE
MORDKOMMISSION GAB ES KEINE ANKLAGE UND
ASHLEY SELBST SCHWIEG WÜRDEVOLL.

Ich habe aufgehört zu weinen. Es ist, als hätte jemand meine Gedanken gelesen. Woher hat derjenige, der hinter dieser Seite steckt, all diese Informationen? Der Polizist hatte recht: Das hier muss von jemandem geschrieben worden sein, der Tim gekannt hat.

AUF DIESER SEITE GLAUBEN WIR WEITER AN TIM. WIR
HABEN BEWEISE – ECHTE BEWEISE –, DIE DIE HEXEN-
JAGD, DIE TIM ERLEIDEN MUSSTE, ZUTIEFST UNBERECH-
TIGT ERSCHEINEN LASSEN. DER WAHRE MÖRDER MUSS
DER JUSTIZ ZUGEFÜHRT WERDEN, DAMIT TIMS RUF
BEREINIGT IST – UND NICHT NOCH JEMAND STIRBT.

Der Einzige, von dem ich weiß, dass er genau wie ich nie an Tims Schuld geglaubt hat, ist sein Mitbewohner. Doch das alles hier klingt so gar nicht nach Ade. Er hat sich immer ruhig und rational verhalten und dafür gesorgt, dass ich mit Tim wegen meiner Zweifel telefonieren konnte, genauso wie er dafür gesorgt hat, dass Tim nicht durchdrehte.

Davon abgesehen war es Ade, der Tims Leiche gefunden hat, erst vor ein paar Stunden. Er muss am Boden zerstört sein. Ich kann mir einfach nicht vorstellen, dass er als Erstes etwas auf einer Website posten würde.

Ganz unten auf der Seite gibt es ein Kommentarfeld:

FLAMMEN DER WAHRHEIT GLAUBT AN TIM ASHLEYS UNSCHULD. HELFT UNS, SIE ZU BEWEISEN! WENN IHR IRGENDETWAS WISST, DAS UNS DABEI NÜTZLICH SEIN KÖNNTE, HINTERLASST BITTE EINEN KOMMENTAR. SELBST WENN IHR EINFACH NUR WIE WIR ÜBERZEUGT SEID, DASS ER SO ETWAS NIE TUN WÜRDE, ERHEBT EURE STIMME. WIR BRAUCHEN EURE UNTERSTÜTZUNG. SELBSTVERSTÄNDLICH BLEIBEN EURE BEITRÄGE ANONYM – MEGANS MÖRDER IST IMMER NOCH DA DRAUSSEN UND WIR WERDEN EURE IDENTITÄT UM JEDEN PREIS SCHÜTZEN.

Ich bin noch nie auf die Idee gekommen, einen Kommentar auf einer dieser Seiten zu hinterlassen, aber hier hat bisher niemand etwas zu Tim geschrieben. Es wirkt, als würde selbst sein Andenken noch mit Füßen getreten. Ich scrolle wieder hoch zu seinem Foto. Er scheint mir direkt in die Augen zu sehen.

Es gibt so viel, was ich über ihn sagen könnte: dass er der einzige von Meggies Freunden war, der je Interesse an mir als Person gezeigt hat, dass er sich immer so gut um sie gekümmert hat, wie verloren er ohne sie klang, als ich das letzte Mal mit ihm gesprochen habe.

Ich klicke auf, doch die Seite braucht ewig, um sich zu aktualisieren, und als es schließlich so weit ist, keuche ich auf.

Jemand war schneller als ich.

1

Nun steht dort ein Kommentar:

> RUHE IN FRIEDEN, TIM.
> MEHR FRIEDEN, ALS DU AUF DIESER WELT GEFUNDEN HAST. DIE SCHWEINE, DIE DICH SO GEJAGT HABEN, WERDEN EINES TAGES DIE WAHRHEIT ERKENNEN. WAS MIT MEGGIE PASSIERT IST, WAR NICHT DEINE SCHULD. EGAL WAS DIE LEUTE DENKEN, NICHT DEIN SCHLECHTES GEWISSEN HAT DICH DAZU GETRIEBEN, ALLEM EIN ENDE ZU SETZEN, SONDERN DEINE TRAUER.
>
> EIN FREUND
>
> NACHRICHT HINTERLASSEN VON WAHRHEITSSUCHENDEM NR. 1 UM 02:07 UHR

Der Kommentar ist gerade mal eine Minute alt. Ich lese ihn noch dreimal. Wer auch immer das geschrieben hat, scheint sich seiner Sache sehr sicher zu sein. Aber selbst die Verschwörungstheoretiker, die vermuten, dass hinter Meggies Tod Rivalen aus der Castingshow – oder auch die Regierung – stecken, können sich manchmal echt überzeugend anhören, auf ihre durchgeknallte Art.

Ich zittere, obwohl die Heizung zu meinen Füßen auf vollen Touren läuft. Das einzige Licht rührt von meinem Laptopbildschirm her und das Rot und Schwarz der Seite lassen mein Zimmer aussehen wie das Innere eines Ofens. Und doch friere ich mehr, als ich es draußen im Schneesturm tun würde.

Beim erneuten Blick auf den Bildschirm fällt mir noch etwas auf. Ganz oben am Rand blinken zwei Icons – ich beuge mich vor und erkenne, dass es winzige schwarze Totenschädel sind. Daneben steht:

WAHRHEITSSUCHENDE AUF DIESER SEITE: 2

Das muss bedeuten, dass derjenige, von dem die Nachricht stammt, immer noch online ist.

Ich klicke auf die Icons und ein Fenster öffnet sich.

WAHRHEITSSUCHENDER NR. 1 UND WAHRHEITSSUCHENDER NR. 2 BEREIT ZUM CHAT

Zum Chat! Ich habe keine Ahnung, was ich schreiben soll.

»Wer bist du?«, flüstere ich laut. Ungeschickt tippe ich mit meinen eiskalten Fingern: *Was weißt du?*

Ich drücke Enter und warte. Mein Totenschädel-Icon leuchtet jetzt blutrot, genauso wie meine Frage im Chatfenster. Der schwarze Schädel von Wahrheitssuchender Nr. 1 blinkt einmal auf.

Dann verschwindet er.

WAHRHEITSSUCHENDER NR. 1 HAT *FLAMMEN DER WAHRHEIT* VERLASSEN.

Nein! Ich klicke wie wild herum, doch das Chatfenster schließt sich. Ich bin allein auf der Seite.

Wer ist Wahrheitssuchender Nr. 1? Ist es dieselbe Person, die die Seite eingerichtet hat? Aber die würde doch keinen Kommentar hinterlassen … Das bedeutet, da draußen gibt es *zwei* Leute, die nicht glauben, dass Tim meine Schwester getötet hat.

Ich bin nicht allein. Wie gut sich das nach den vielen Monaten der Selbstzweifel anfühlt. Ich sollte auch einen Kommentar hinterlassen, als Unterstützung für die anderen.

Dann aber fällt mir ein, dass ich ja schon längst wieder am Strand sein wollte. Ich glaube nicht mehr, dass sich das Rätsel um den Mord an meiner Schwester durch Tims Tod gelöst hat, also müsste sie noch dort sein. Trotzdem muss ich hin, um so viel wie möglich über die Geschehnisse von letzter Nacht herauszufinden, bevor Ade Tim tot aufgefunden hat.

In meinem Postfach suche ich die E-Mail, die mein Leben verändert hat. Die Einladung, die Meggie mir geschickt hat, ist immer noch der einzige Weg, um auf die Soul-Beach-Seite zu kommen. Über Google findet man sie garantiert nicht.

»Alice?«

Das ist nicht die Stimme, die ich zu hören erwartet hatte, und ich bin auch nicht da, wo ich hinwollte. Sondern in der Strandbar. Auf den Tischen flackern Kerzen. Durch die offenen Seiten der Bambushütte dringt wildes Getrommel herein.

Hier lande ich nur, wenn etwas nicht stimmt oder Sam, die Barkeeperin, mich vor irgendeiner Gefahr warnen will.

»Sam. Was gibt's?«

Doch bevor sie antworten kann, wird meine Zimmertür aufgestoßen.

Mum stürzt mit hysterischem Blick auf mich zu, gefolgt von Dad.

Mir bleibt keine Zeit, irgendetwas zu tun – kann noch nicht mal den Strand schnell wegklicken –, da reißt Mum schon das Kabel aus der Steckdose. Dann knallt sie den Laptop so heftig zu, dass sie vermutlich den Bildschirm zerschmettert hat.

»Was zum Teufel machst du da, Alice?«

Ich will schon *Hausaufgaben* antworten, aber mir ist klar, dass das wohl nichts bringen würde.

»Es ist zwei Uhr morgens, verdammt noch mal! Wir haben gerade herausgefunden, dass der Mörder deiner Schwester tot ist. Und wo sitzt du? Vor dem Computer, wo auch sonst!« Mums Stimme wird immer lauter. Okay, wir wohnen zwar in einem frei stehenden Haus, aber mittlerweile kann sie wahrscheinlich trotzdem die halbe Nachbarschaft hören. »Das ist ja eine richtige Besessenheit! Du bist *internetsüchtig*, Alice!«

Dad legt eine Hand auf ihre. »Bea, müssen wir das denn wirklich jetzt besprechen?«

Sie schüttelt ihn ab. »Ja, das müssen wir! Alice, es reicht. Das war's. Du belügst uns doch schon seit Monaten, oder etwa nicht?« Sie wirbelt herum. »Guck doch, sie legt sogar schon Kissen vor die Tür, damit wir nicht sehen, dass sie noch wach ist.«

Dad runzelt die Stirn.

»Kein Wunder, dass du aussiehst wie ein Geist. Wahrscheinlich schlägst du dir vor dem Ding die halbe Nacht um die Ohren. Du ruinierst dir noch deine Gesundheit.«

Ich wünschte, ich könnte ihr erklären, dass ich alles andere als krank, sondern glücklich bin. Dass mit Meggie zusammen zu sein, schöner ist als alles, was mir das echte Leben bieten kann.

»Alice? Hat Mum recht?«, fragt Dad.

Er ist der Einzige hier, der mir überhaupt zuhört. Ihn kann ich nicht anlügen. Ich schweige.

»Siehst du, Glen? Also, ich habe genug davon, Alice. Das war die letzte Warnung. Ab sofort bist du offline. Kein Internet mehr für dich. Das hätten wir schon vor Monaten machen sollen.«

Ich starre sie an. Das ist doch wohl ein Scherz. Ist sie betrunken? Aber dann sehe ich ihren Blick, der erschreckend nüchtern ist. »Aber … die Schule. Ich muss doch meine Hausaufgaben machen«, flehe ich.

Mum lacht, aber es klingt alles andere als fröhlich. »Dein Dad und ich haben unseren Schulabschluss auch geschafft, als das Internet noch nicht mal erfunden war, also wirst du's schon irgendwie überleben. Und es gibt noch so viel mehr im Leben als die Schule, Alice. Freunde zum Beispiel. Du hast Cara das Herz gebrochen, so wie du sie behandelt hast.«

Ich schließe die Augen. Ich habe mir ja Mühe gegeben, weiter mit Cara befreundet zu bleiben, aber wenn ich mich zwischen ihr und Meggie entscheiden muss … Meine Schwester braucht mich dringender. Und um mich um beide zu kümmern, hat der Tag nun mal nicht genug Stunden.

Dad scheint sich unbehaglich zu fühlen. »Aber was die Schule angeht, könnte Alice recht haben, Bea. Das ist ja nicht mehr so wie früher bei uns. Heutzutage schicken sie doch sogar die Hausaufgaben per Mail, oder?«

Ich sage nichts und hoffe, dass Mum auf ihn hört.

Sie zieht ein finsteres Gesicht. »Wir können sie doch nicht so weitermachen lassen. Nach der Sache mit Meggie haben wir ihr zu viel Freiraum gelassen, aber das ist jetzt schließlich ein Jahr her und …« Mum gerät ins Stocken, als könnte sie selbst nicht fassen, dass seitdem schon so viel Zeit vergangen ist.

Ich ergreife meine Chance. »Was übrigens auch bedeutet, dass ich schon fast siebzehn bin. Ihr könnt mir das nicht antun.«

Wir starren einander verbissen an.

Dad seufzt. »Wie wäre es denn, wenn wir ihren Laptop nach unten stellen? So können wir ein Auge darauf haben, wann sie ins Internet geht und was sie dort macht.«

»Ich bin doch kein Kleinkind, das ständig überwacht werden muss, damit es nicht in irgendwelchen Chatrooms vom bösen Wolf gestalkt wird!«

»Genauso verhältst du dich aber. Wie ein kleines Kind. Wir sind immer noch deine Eltern, Alice, und bis du endlich lernst, besser auf dich aufzupassen, müssen wir das eben tun.«

»Aber Mum –«

Sie dreht mir den Rücken zu, schnappt sich meinen Laptop und stolpert fast über das Kabel, das sie hinter sich her schleift.

Dad sieht mich nicht mal an. Ich habe ihn enttäuscht. Wenn ich ihm doch nur erklären könnte, dass ich niemals gelogen hätte, wenn es nicht unbedingt nötig gewesen wäre. Aber ich schätze, wenn ich Soul Beach auch nur erwähnen würde, würden sie den Laptop aus dem Fenster werfen und mich kurzerhand in eine Amish-Siedlung verfrachten.

Mum steckt den Kopf noch einmal ins Zimmer. »Ach ja, und bevor du auf dumme Gedanken kommst: Den Laptop lege ich unter mein Kopfkissen. Also würde ich vorschlagen, du gehst jetzt schlafen, damit du fit für morgen bist – dann fängt nämlich dein altes Leben wieder an. Es ist wirklich nur zu deinem Besten, Alice. Wir wollen nicht noch eine Tochter verlieren.«

8

Natürlich kann ich nicht schlafen.

Mein Kopf ist viel zu voll mit schrecklichen Bildern: der geheimnisvolle Mörder, der Tim überwältigt und zusieht, wie das Leben aus ihm heraussickert. Dieselbe gesichtslose Gestalt, die meiner toten Schwester das Haar bürstet. Sie war makellos zurechtgemacht, als eine ihrer Kommilitoninnen sie im Wohnheim gefunden hat. Das ist eins der vielen Details, auf die sich die Presse gestürzt hat: meine Schwester, das Dornröschen.

Ob Meggie sich wohl wundert, wo ich heute Nacht bleibe? Und weswegen wollte Sam mich warnen? Die Regeln des Strandes sind verworren und unbeständig. Vielleicht hat Tim jetzt den Platz meiner Schwester eingenommen. Vielleicht ist sie doch im Morgengrauen verschwunden, so wie Triti vor ihr.

Zum millionsten Mal drehe ich mich im Bett um und zwinge mich, rational zu denken. Tims Tod kann nicht das Ende bedeuten. Wenn er wirklich aus freien Stücken gestorben wäre, hätte er uns nie derart im Unklaren gelassen. Es hätte einen Brief gegeben, irgendeine Nachricht ...

Ich fahre kerzengerade hoch. Was, wenn er wirklich versucht hat, *mir* eine Nachricht zu hinterlassen? Das wäre nur logisch. Ich bin die Einzige aus meiner Familie, die an ihn geglaubt hat. Er wäre es mir schuldig gewesen.

Ich krame in meinem Rucksack nach meinem Handy. Das blöde Ding hat noch nicht einmal Internetzugang. Ich benutze es kaum noch. Danny und Meggie können mir sowieso keine SMS schreiben.

Aber Tim schon. Hat er es in seinen letzten Stunden getan?

Der Akku ist leer.

Ich stöpsele das Ladekabel ein und warte darauf, dass das prähistorische Gerät reagiert.

Endlich erwacht es zum Leben, mit einem ohrenbetäubend lauten Piepen. Ich halte die Luft an vor Angst, dass meine Eltern aufgewacht sein könnten. Doch das Haus liegt immer noch stiller da als eine Leichenhalle.

In der Ecke des Displays sehe ich das Symbol eines ungeöffneten Briefumschlags.

Klick.

Von: Sahara

Alice, traurige Neuigkeiten. Ade hat Tim tot gefunden. Selbstmord. Bestimmt schlechtes Gewissen. Muss ein schlimmer Schock für dich sein. Für mich auch. Tut mir leid, dass du's so erfährst. Hattest dein Handy aus. Ruf mich an.

LG, S

Sahara. War sie dabei, als Ade Tims Leiche gefunden hat? Aber eigentlich ist sie in letzter Zeit fast nie bei Ade daheim gewesen – sie konnte es nicht ertragen, dass ihr Freund mit einem Mordverdächtigen zusammenlebte. Eine Neuigkeit wie diese macht sie sicher völlig fertig. Allerdings habe ich manchmal den Verdacht, dass Sahara insgeheim auf solche Dramen steht. Sie erzählt den Leuten zum Beispiel andauernd, sie wäre Meggies beste Freundin gewesen, aber ich weiß ganz genau, dass die beiden sich über irgendetwas zerstritten hatten, bevor meine Schwester gestorben ist.

Und jetzt das ... Die SMS ist von halb zehn, noch bevor die Polizei dort gewesen sein kann, sogar noch bevor ich Tims mühselige Ankunft am Strand beobachtet habe.

Wäre mein Handy eingeschaltet gewesen, hätte ich das Ganze von Sahara erfahren. Wieso überrascht mich das nicht?

Von Tim habe ich keine Nachricht, aber das ist gut, denn es beweist endgültig, dass ich recht habe. Ich bin nicht verrückt. Und er ist kein Mörder.

Allerdings bestätigt es auch, dass irgendwer da draußen nun schon zwei Menschen getötet hat, die mir nahestanden.

Ich lege das Handy auf mein Bett und frage mich, wann mein Leben so absurd geworden ist. Denn um ehrlich zu sein: Seit ich weiß, dass da draußen ein Serienmörder herumläuft, geht es mir sogar besser.

Am liebsten würde ich rufen: *Ich hab's euch ja gesagt!* Ich wusste, dass es einen weiteren Todesfall geben würde.

Aber wem sollte ich das erzählen? Mord ist ein einsames Geschäft und außerdem würden die Leute sowieso antworten: *Natürlich wusstest du es. Du hast ihn schließlich umgebracht.*

Aber ich schwöre, das war kein Vorsatz. Kann überhaupt irgendjemand außer einem Auftragskiller oder einem Psychopathen mit Sicherheit voraussagen, wann er einen Menschen töten wird?

Das wäre ja, als würde man morgens aufwachen und sich sagen: *Um zehn nach neun erschlage ich eine Fliege*, obwohl man vielleicht den ganzen Tag keine einzige Fliege zu Gesicht bekommt oder nicht einmal den Drang verspürt, ein Fenster zu öffnen, durch das eine hereinschwirren könnte.

Handlungen ergeben sich zufällig, aus der Gelegenheit heraus. Alle, die sich an Motive klammern, haben es einfach nicht begriffen. Da könnte man genauso gut behaupten, dass Opfer auch Motive hätten. Dass sie wissen, wann ihre Zeit gekommen ist.

In Wirklichkeit ist die Grenze zwischen Mörder und Ermordetem schmaler, als wir zugeben wollen.

9

Nasse Erde fällt auf mein Gesicht. Meine Hände sind auf dem Rücken gefesselt. Als ich versuche, Luft zu holen, verschlucke ich mich an der Erde.

»Hilfe!«

Ich schrecke hoch, meine Finger krallen sich in mein Gesicht und ich ringe nach Atem.

Diesen Albtraum hatte meine Schwester oft. Sie hat mir mal davon erzählt. Und jetzt ist es, als hätte ich ihn von ihr geerbt.

Ich bin vollkommen erledigt und habe Kopfschmerzen. Und müsste – ich werfe einen Blick auf die Uhr – in vier Minuten in der Schule sein.

»Mum?« Ich hämmere gegen die Schlafzimmertür meiner Eltern, und als keine Antwort kommt, gehe ich hinein. »Mum, es ist fast neun.«

Sie regt sich nicht und mir fällt auf, wie jung sie aussieht, wenn sie schläft. Ihre Haut wirkt leicht aufgedunsen; sie hat gestern Nacht ein bisschen zu viel getrunken. Ich kann es ihr nicht verübeln.

»Alice?« Mum setzt sich auf und schon kehren die Sorgenfalten in ihr Gesicht zurück.

»Wir haben verschlafen. Dafür habe ich die ganze Nacht kaum ein Auge zugetan. Und es schneit immer noch. Kann ich nicht …

Wäre es wohl okay, wenn ich heute zu Hause bleibe? Nach allem, was passiert ist.«

»Wonach?«, fragt sie und zieht die Stirn kraus. Dann fällt es ihr wieder ein und sie lässt sich zurück in die Kissen sinken. »Tim. Oh Gott.«

»Ich will heute keine Leute sehen müssen. Bestimmt ist es in allen Nachrichten. Das ertrage ich nicht, Mum.«

Sie seufzt. »Wir können aber nicht davor weglaufen, Alice. Wenn du heute nicht zur Schule gehst, wird es morgen doppelt so schlimm.«

Aber ich sehe ihr an, dass sie kurz davor ist, Ja zu sagen. »Ich will ja nicht für immer zu Hause bleiben. Nur heute. Bitte.«

Sie hebt die Hand. »Na schön. Von mir aus. Bleib mit mir zu Hause. Wir können uns einen Film ansehen. Was zum Mittagessen bestellen. Kuchen essen.«

Ich starre meine Mutter an. Plötzlich wirkt sie beinahe hyperaktiv. »*Freust* du dich etwa über das, was mit Tim passiert ist?«

»Nein, natürlich nicht.« Dann blinzelt sie. »Aber ... aber mir hat die Vorstellung keine Ruhe gelassen, dass er einfach ganz normal weiterleben würde. Eine Familie gründen. Während deine Schwester ...«

»Mum –«

»Ich wollte nicht, dass es so kommt, Alice, ehrlich nicht. Aber ich habe mir Gerechtigkeit gewünscht.«

Die wünsche ich mir auch. Und mindestens zwei andere Wahrheitssuchende genauso. Wie gern würde ich jetzt online gehen, um nachzusehen, ob noch andere Nachrichten dazugekommen sind, und um die Seite weiter auf Beweise zu untersuchen: nicht nur in Bezug auf Tims Tod, sondern auch auf den meiner Schwester. Schließlich ist es immer noch meine oberste Priorität, ihren Mörder zu finden.

Okay, ich weiß, Mum hat es mir gestern Nacht verboten. Aber das hat sie nicht so gemeint. Mittlerweile hat sie sich wieder beruhigt – hoffentlich.

Sie beugt sich vor und spielt mit meinem Haar. »Ich muss mich jetzt auf die Zukunft konzentrieren. Auf dich, meine Hübsche. Aber die Filme und das große Mittagessen verschieben wir wohl wirklich besser auf ein andermal, wenn wir beide fröhlicher sind. Lassen wir es heute lieber ruhig angehen.«

»Danke, Mum. Du bist super, weißt du das eigentlich?«

Sie lächelt. »Gehe ich recht in der Annahme, dass du noch etwas anderes von mir willst?«

Ich lasse den Blick durchs Zimmer schweifen und entdecke meinen Laptop auf ihrem Bücherregal. »Ich dachte nur … dass ich vielleicht mal an meinen Computer kann. Für die Schule. Ich setze mich damit auch nach unten, wenn du willst – da kannst du mich im Auge behalten.«

Ihre Züge verhärten sich wieder. »Verdammt noch mal, Alice, hältst du es denn keinen einzigen Tag ohne das Internet aus? Geh spazieren. Geh shoppen. Was weiß ich, kauf dir ein paar Drogen oder sonst was.« Dann lächelt sie schwach. »Das Letzte war ein Witz.« Dann aber greift sie nach ihrem Portemonnaie und holt eine Zwanzig-Pfund-Note heraus. Als ich das Geld entgegennehme, hält sie einen Augenblick meine Hand fest. Ihre Haut ist warm. »Gib es für irgendwas aus, das Spaß macht, ja, mein Schatz? Jetzt können wir noch einmal ganz neu anfangen. Natürlich wollen wir Meggie nicht vergessen, aber wir sollten nach vorne blicken, jetzt, da alles vorbei ist.«

Ich sage nichts. Hierüber kann ich nicht lügen.

Aber sie merkt es gar nicht. Sie schließt nur die Augen. »Mach die Tür hinter dir zu, Alice. Ich glaube, heute stehe ich gar nicht erst auf. Und morgen, tja. Morgen ist der erste Tag unseres restlichen Lebens.«

Da habe ich nun meinen freien Tag, aber ohne den Strand und *Flammen der Wahrheit* weiß ich absolut nicht, was ich machen soll.

Natürlich könnte ich nach Greenwich fahren, falls der Zugverkehr bei dem Schnee nicht eingestellt ist. Dort ist Meggie gestorben und jetzt auch Tim. Ich bin mir sicher, Sahara würde sich nur zu gerne mit mir treffen, und Ade käme bestimmt auch mit. Ich könnte den Tag nutzen, um mehr darüber herauszufinden, was in seiner Wohnung passiert ist.

Und doch ... irgendetwas hält mich davon ab, Sahara anzurufen. Nicht dass ich sie direkt verdächtigen würde, aber wenn Tim Meggie nicht getötet hat, muss es jemand anderes getan haben. Früher habe ich immer gedacht, Mörder wären durchgeknallte Fremde, wie die Stalker, die sich an Meggie gehängt haben, nachdem sie bei *Sing for your Supper* aufgetreten war.

Doch alles, was ich seit ihrem Tod zu dem Thema gelesen habe, deutet darauf hin, dass man viel eher von denjenigen Menschen getötet wird, die einem am nächsten stehen. Ich erschaudere. Es ist gut möglich, dass Meggie ihren Mörder gekannt hat. Und damit ist es auch möglich ... nein, sogar wahrscheinlich, dass auch ich ihn kenne.

Sahara? Ade? Zoe, das Mädchen, das Meggies Leiche gefunden hat? Irgendein anderer Freund, eine andere Freundin?

Ich denke an das, was ich bei *Flammen der Wahrheit* gelesen habe. Dort hieß es, wir sollten den Kampf aufnehmen, die Waffen der Wahrheit, der Gerechtigkeit, der Rache einsetzen. Vielleicht sollte ich lieber nicht mit Leuten reden, die Meggie gekannt haben, bevor ich nicht jedes Wort auf *Flammen der Wahrheit* gelesen habe.

Aber es gibt jemanden, mit dem ich reden, dem ich vertrauen kann. Jemanden, der außerdem ganz zufällig mit Computertechnik ausgerüstet ist, die die NASA blass aussehen lässt.

»Hallo, Fremde«, meldet sich Lewis beim ersten Klingeln.

»Sooo lange ist es nun auch wieder nicht her«, entgegne ich, obwohl er wahrscheinlich recht hat. »Ich war mit Lernen beschäftigt, tut mir leid.«

»Ah ja, richtig, ich weiß ja, wie ernst du die Schule nimmst.« Lewis will mich bloß aufziehen. Er ist der Einzige, der das noch tut, alle anderen behandeln mich wie ein rohes Ei, selbst jetzt noch.

»Es ist was passiert. Ich dachte, ich könnte vielleicht vorbeikommen.«

»Und was ist mit der Schule? Vergiss nicht deine ach so wichtigen Prüfungen!«

»Ha, ha. Mum hat mich zu Hause bleiben lassen wegen … Hör mal, kann ich dir das nicht erklären, wenn ich da bin?«

Pause.

»Na schön, Ali. Ich hänge sowieso den ganzen Tag hier in der Wohnung fest. Muss ein paar Testprogramme laufen lassen.«

»Wohnung?«

Lewis lacht. »Mhmm. Wie du dich vielleicht erinnerst, bin ich ja endlich zu Hause ausgezogen. Du wolltest mir eigentlich beim Packen helfen.«

Mist. »Ach, Lewis. Tut mir so leid. Und das nach allem, was du für mich getan hast. Ich bin echt eine miese Freundin, was?«

»Na ja, aber du hast das Herz am rechten Fleck. Ich kann dich ja in einer halben Stunde mit dem Auto abholen, wenn's genehm ist? Und falls du mir immer noch helfen willst, bring Gummihandschuhe mit. Die Wohnung hätte echt mal die Tatkraft einer Frau nötig.«

Sobald er aufgelegt hat, rase ich aus der Tür und rutsche beinahe auf dem glatt gefrorenen Schnee aus. Wenigstens habe ich Mums zwanzig Pfund und ein bisschen Angespartes zum Ausgeben. Aber was kauft man einem Typen, der alles hat – oder sich zumindest alles leisten kann, was er haben will? Lewis ist mehr oder weniger auf dem Weg, der nächste Bill Gates zu werden, obwohl er damit natürlich nie prahlt. Sein Gehirn ist ungefähr so riesig wie ein großzügig dimensionierter Planet und er hat schon vor der mittleren Reife von seinem Kinderzimmer aus seine erste Computerfirma gestartet. Jetzt, vier Jahre später, sind die einzigen Anzeichen dafür, wie gut das Geschäft läuft, seine Designertaschen, die einen ziemlich krassen Gegensatz zu seinen restlichen Klamotten bilden, ganz zu schweigen von seiner Frisur, die aussieht, als hätte man ihn einmal rückwärts durch eine Hecke gezogen.

Tja, Designersachen kann ich mir definitiv nicht leisten und die Geschenkeläden hier in der Nähe sind alle vollgestopft mit irgendwelchem rosa Kitsch mit aufgedruckten Cupcakes drauf. Wenn man sich nur lange genug in unserem Vorort aufhält, könnte man meinen, dass es den Feminismus nie gegeben hat.

Kein Wunder, dass Meggie nach Greenwich geflüchtet ist. Dieser Ort hier war einfach zu klein für sie.

Alkohol kann ich auch keinen besorgen, denn die Ladeninhaber kennen mich alle. Und ein Sixpack Cola light macht als Einweihungsgeschenk nicht gerade viel her, auch wenn Lewis die am liebsten trinkt. Ich muss ihm schon was richtig Gutes mitbringen, wenn ich ausbügeln will, wie sehr ich ihn vernachlässigt habe.

Anfangs war Lewis für mich so etwas wie ein Großer-Bruder-Ersatz, den meine Freunde auf den Plan gerufen hatten, damit er den seltsamen E-Mails, die ich kurz nach Meggies Beerdigung bekam, auf den Grund ging. Als Lewis damals bei mir auftauchte, war mir allerdings schon klar gewesen, dass die Mails von meiner Schwester kamen, und natürlich habe ich ihm nie von Soul Beach erzählt. Aber er hat mir aus ein paar kniffligen Situationen geholfen und ist mittlerweile ein richtiger Freund geworden. Ich kann es gar nicht erwarten, ihn wiederzusehen.

Als ich beim Gemüsehändler vorbeigehe, sehe ich sie – eine riesige Chilipflanze, aus deren Blüten sich gerade winzige rote Schoten entwickeln. Auf dem Schild steht, dass sie zu den schärfsten auf der ganzen Welt gehören und zu Hautirritationen führen können, wenn man nicht vorsichtig damit umgeht.

Ich weiß nicht, wieso ich denke, dass das genau das Richtige ist, aber so ist es nun mal. Irgendwie passt es zu Lewis: Er irritiert hin und wieder auch ganz gern die Leute.

10

»Willkommen in der Villa Tomlinson«, sagt Lewis und schließt die Tür zu seiner Wohnung auf.

»So, so, von hier aus planst du also neuerdings die Weltherrschaft?«

»Na ja, ich konnte schließlich nicht ewig zu Hause wohnen bleiben. Ist schwer, sich gegen das Klischee vom sozial inkompetenten Computer-Nerd zu sperren, wenn Mami einem noch die Wäsche macht. Wahrscheinlich kann ich von Glück reden, dass das FBI nicht längst meine Tür eingetreten, mir Elektroschocks bis zum Umfallen verpasst und mich nach Guantanamo verschleppt hat.«

Ich versuche immer noch, die ungeschickt verpackte Chilipflanze hinter meinem Rücken zu verstecken, während Lewis, ganz der Kavalier, so tut, als bemerke er sie nicht. Die Wohnung befindet sich im Erdgeschoss eines alten viktorianischen Herrenhauses in der Nähe der Themse, und als ich eintrete, erwarte ich fast, dass es feucht und muffig riecht, stattdessen aber duftet es grün und holzig, wie in einem Wald.

»Na, mit den Lufterfrischern haben wir es aber ein bisschen übertrieben, was? Oh!«

Die Wohnung ist klein, mit einem großen Sofa, einem alten gekachelten Kamin und einer offenen Küche. Doch wo eigentlich die hintere Wand sein müsste, sehe ich zwei bogenförmige Glastüren, einen gigantischen Schreibtisch, ebenfalls aus Glas und mit drei riesigen Bildschirmen darauf, und dann ... einen Miniregenwald! Dicke, glänzende Blätter wie im Dschungel, dazwischen zarte Farnwedel und übergroße Bambuspflanzen: eine wilde grüne Wand in einem Glashaus.

»Lewis, baust du hier etwa Drogen an?«

Er lacht. »Nein, so cool bin ich nicht. Ich mag einfach Pflanzen. Siehst du, was für ein Nerd ich bin?«

Ein einzelner, vernachlässigter Kaktus käme mir vielleicht nerdmäßig vor, aber nicht das hier. »Hast du die selber gezogen?«

»Ein paar von den Sämlingen tatsächlich«, sagt er, immer noch misstrauisch, ob ich mich nicht vielleicht doch über ihn lustig mache. »Den Rest habe ich gekauft oder seit dem Einzug adoptiert. Echt erstaunlich, wie viele Leute ihre eigensinnigen Pflanzen loswerden wollen.«

Ich muss lächeln. Lewis ist selbst ziemlich eigensinnig, wie ein Baum, der seine langen, dürren Äste Richtung Sonne streckt. »Und du bist ihre letzte Hoffnung? Ein wahrer Pflanz von Assisi sozusagen?«

»Netterweise tun sie ja auch was für mich. Es gibt da so eine Theorie, dass Pflanzen die elektromagnetischen Strahlen von Computern neutralisieren können. Aber bevor du fragst, nein, ich rede nicht mit ihnen. Oder streichle sie. Unsere Beziehung ist rein platonisch.«

Plötzlich wird mir klar, warum ich mich in seiner Wohnung so merkwürdig fühle. Ich drehe mich von der Pflanzenwand weg. Im Kamin stehen halb abgebrannte Kerzen, das schokoladenbraune, L-förmige Sofa ist offensichtlich für zwei gedacht. Wie viele Mädchen hatte Lewis seit seinem Einzug wohl schon zu Besuch? Er hat gelogen, was das mit der weiblichen Tatkraft angeht – die Wohnung ist bereits total schick eingerichtet, wie eine coole Bar, in der man das ganze Wochenende mit seinen Freunden rumhängen könnte.

Mir fällt meine Pflanze wieder ein. »Ich, äh, hab was für dich. Wird allerdings neben deinen ganzen Bäumen ziemlich jämmerlich aussehen, fürchte ich.«

Er nimmt das Geschenk entgegen und öffnet es vorsichtig. »Eine Habanero-Chili. Wow! Das ist genau das Richtige, Ali, so was habe ich nämlich in meiner Sammlung noch nicht. Du kannst echt Gedanken lesen. Vielen, vielen Dank!« Er beugt sich vor, als wollte er mich umarmen, hält jedoch im letzten Moment inne, stellt die Pflanze ab und fährt sich mit den Fingern durch sein sowieso schon zerzaustes Haar. »Okay. Möchtest du einen Kaffee?« Er deutet stolz auf seine nagelneue Espressomaschine. Dann sieht er meinen Gesichtsausdruck. »Oder willst du mir lieber gleich erzählen, was los ist?«

Ich nicke und hocke mich auf die Sofakante, um nicht in den weichen Polstern zu versinken. Lewis setzt sich ganz ans andere Ende und einen Moment lang wünschte ich, ich hätte sein Kaffeeangebot angenommen, denn ich will es einfach nicht aussprechen.

»Tim ist tot.«

Lewis starrt mich an. »Verdammt. Wie ist das denn passiert?«

»Erstickt.«

»Mit einem Kissen? Wie Meggie?«

Mir war klar gewesen, dass Lewis die Parallele sofort erkennen würde. »Er hatte eine Plastiktüte über dem Kopf. Aber erstickt ist erstickt. Es muss derselbe Mörder gewesen sein, stimmt's?«

»Moment mal, Ali. Eine Plastiktüte … Das kann doch auch Selbstmord gewesen sein, oder?«

»Wenn du das wirklich glaubst, dann hat die Presse dich genauso geblendet wie alle anderen!«, fauche ich. »Ich dachte, du wärst nicht so, Lewis. Du bist doch immerhin so eine Art Wissenschaftler, oder nicht? Wenn du die Beweise nicht hören willst, kann ich auch gleich wieder gehen.« Ich stehe auf.

»Jetzt beruhig dich. Ich bin auf deiner Seite. Aber von Beweisen hast du noch gar nichts gesagt. Setz dich hin und erzähl.«

Widerwillig tue ich, was er sagt, als mir klar wird, dass ich mich tatsächlich niemandem sonst anvertrauen kann. »Okay. Also, Tims Mitbewohner Ade hat seine Leiche gefunden. Von dem hab ich dir schon mal erzählt, Saharas Freund. Er ist nach Hause gekommen und da war Tim schon tot. Er hatte wohl eine Flasche neben sich stehen und eben diese Tüte über dem Kopf, aber es gibt keinen Abschiedsbrief.«

»Aha.«

»Das ist überhaupt der wichtigste Fakt von allen, Lewis. Wenn er keinen Brief hinterlassen hat, dann beweist das, dass er sich nicht umgebracht hat.«

Lewis massiert sich den Kopf, als könnte er so seine Gehirnzellen stimulieren. »Alice … ich verstehe ja, worauf du hinauswillst, aber es hinterlässt nun mal nicht jeder einen Brief. Und wenn er auch noch betrunken war, vielleicht ist ihm da alles ganz plötzlich zu viel geworden? Kann doch sein, dass er es gar nicht geplant hat.«

»Ja, aber …« Wenn ich Lewis doch nur von Soul Beach erzählen könnte, von dem Ausdruck auf dem Gesicht meiner Schwester, als sie Tim gesehen hat. Mehr Beweise brauche ich nicht, dafür, dass

Meggie tief im Inneren weiß, dass Tim ihr Seelenverwandter ist und nicht ihr Mörder.

Das kann ich Lewis so natürlich nicht erklären – aber ich kann ihm von der Website erzählen, von *Flammen der Wahrheit*.

»Okay. Gehen wir mal davon aus, dass Tim es nicht selbst war. Wer dann?«, fragt Lewis.

»Jemand, der sie beide gekannt hat. Jemand aus Greenwich.«

»Zum Beispiel? Sahara? Dieser Ade? Sonst irgendwer?«

»Weiß ich nicht. Aber ich bin nicht die Einzige, die Tim für unschuldig hält. Es gibt da so eine Website.«

Er beugt sich vor. Zum ersten Mal wirkt es nicht so, als würde er nur mir zuliebe zuhören. »Hat das was mit diesen Scherz-E-Mails zu tun, die du nach Meggies Tod bekommen hast?«

Ich schüttele den Kopf, vielleicht zu heftig. Durch diese Scherz-E-Mails bin ich überhaupt erst zum Soul Beach gekommen. »Nein, das hat schon vor Ewigkeiten aufgehört. Das hier habe ich von der Polizei. Die Seite heißt *Flammen der Wahrheit* und –«

Schon sitzt Lewis am Computer. Oder genauer gesagt, an einem seiner Computer. Die Seite lädt sofort, in all ihrer Gothic-Pracht.

»Oh Mann, das ist ja nicht gerade subtil. Ich wette, der Typ, der das eingerichtet hat, steht auf Neunzigerjahre-Metal und will sich heimlich ein Totenschädel-Tattoo stechen lassen, sobald er endlich sechzehn wird.«

Ich versuche zu lächeln, aber es geht einfach nicht. »Das ist kein Witz. Kümmer dich nicht um das Design, sondern lies mal, was da steht.«

Er sieht zu mir auf und sein Gesichtsausdruck verändert sich. »Hast recht, tut mir leid. Da ist mal wieder der Sozialkrüppel in mir hochgekommen.«

Diesmal gelingt mir ein Lächeln. »Ich weiß, auf den ersten Blick sieht das wie eine von diesen schrecklichen Fanseiten aus, aber es ist keine. Derjenige, der das geschrieben hat, ist von Tims Unschuld überzeugt.«

»Wie du zum Beispiel, Ali.«

»*Ich* habe die Seite jedenfalls nicht eingerichtet«, erwidere ich. »Abgesehen von allem anderen hätte ich gar keine Ahnung, wie so was geht. Wichtig ist, dass diese Person möglicherweise irgendetwas weiß. Aber lies einfach selbst. Wer auch immer dahintersteckt, hat sie alle beide gekannt, das wird sofort klar. Also ist er vielleicht das letzte, entscheidende Puzzlestück.«

»Oder einfach ein weiterer Verschwörungstheoretiker, der besessen von ihnen ist. Ein Stalker.« Lewis dreht seinen Stuhl zu mir um. »Wäre es nicht langsam Zeit loszulassen, Alice? Tims Tod könnte doch auch einen Punkt darstellen statt eines Fragezeichens. Eine Chance, endlich weiterzumachen.«

Ich sage nichts.

Lewis seufzt. »Okay, ich sehe schon. Blöder Vorschlag.«

»Kannst du für mich rausfinden, wer die Seite eingerichtet hat?«

»Schon möglich. Wer etwas dermaßen Potthässliches auf die Beine stellt, hat mit Sicherheit nicht das Know-how, seine Identität zu verschleiern. Dann lege ich mal gleich los, was? Hätte ich mir ja denken können, dass das hier mehr ist als ein reiner Höflichkeitsbesuch.« Aber er lächelt dabei.

Binnen Sekunden rattern Reihen aus Zahlen und Buchstaben über den Bildschirm und Lewis starrt den Code so verzückt an, wie Männer es normalerweise nur bei Supermodels tun. Ich schätze, ich habe Glück, dass er keine Freundin hat, sonst müsste ich der Sache wohl allein auf den Grund gehen.

Bei der Vorstellung, mich ohne meinen einzigen Verbündeten aus der echten Welt durchschlagen zu müssen, wird mir ganz kalt.

»Was ist?«, fragt Lewis, als er mich beim Starren erwischt.

»Ich frag mich nur, wie du in dem ganzen Chaos einen Sinn erkennst.«

»Indem ich nach Mustern Ausschau halte. Menschen werden mir wohl ewig ein Rätsel bleiben, aber gib mir ein Muster und ich verstehe die Welt wenigstens ein bisschen. Und sind wir nicht alle deswegen hier?«

»Meinst du?«, flüstere ich. »Nach Meggies Tod ist alles, was ich von der Welt zu verstehen geglaubt habe, in sich zusammengebrochen. Ich habe es aufgegeben, noch irgendeinen Sinn darin zu suchen.«

Lewis zieht die Augenbrauen hoch.

»Was ist?«

Er schüttelt den Kopf. »Ach, nichts.«

»Na komm schon, Professor. Wenn du was zu sagen hast, immer raus damit.«

»Nur ... wenn du's wirklich aufgegeben hast, nach einem Sinn zu suchen, Ali, warum soll ich dann das alles hier für dich machen?«

Darauf habe ich keine Antwort. Oder zumindest keine, die ich Lewis verraten kann.

11

Fast eine Stunde vergeht, in der Lewis vor sich hintippt und immer mal wieder ein leises Brummen ausstößt, während ich die Zeitung von gestern lese. Schließlich stehe ich auf und stelle mich neben ihn. Auf dem Bildschirm ist eine Weltkarte zu sehen und darauf Dutzende, nein, Hunderte von orangefarbenen Punkten. Er brummt wieder.

»Alles okay, Lewis? Du hörst dich an wie ein Grizzlybär.«

»Ich habe mich möglicherweise ein bisschen … verschätzt, wie einfach das Ganze sein würde. Guck mal.«

»Sind das die Orte, wo die Besucher der Seite herkommen?«

Lewis wirft mir einen Blick zu. »Keine schlechte Idee, aber nein. Das sind die Orte, an denen sich derjenige befunden hat, der die Seite eingerichtet hat. Zumindest, wenn man den IP-Adressen Glauben schenkt.«

»Wow! Der muss aber fleißig Flugmeilen gesammelt haben.«

»Das sind die Positionen der letzten vierundzwanzig Stunden.«

»Aber …« Überall blinkt es orange, von der Westküste der USA über Südafrika bis Neuseeland. Sogar am Nordpol. »Das ist doch unmöglich.«

»Genau. Selbst mit einem Privatjet würde man das niemals schaffen. Und ich habe auch den starken Verdacht, dass der Kerl sich in Wirklichkeit keinen Millimeter aus seinem Sitzsack fortbewegt hat. Der wahre Standort ist verschlüsselt. Er oder sie ist schlauer, als ich dachte.«

»Er oder sie? Ich dachte, du wärst überzeugt, dass es ein Mann ist.«

»Solche Kodierungen sind extrem aufwendig. Eine richtige Fisselarbeit und in so was sind nun mal Frauen am besten, wie beim Sticken oder Häkeln oder Bügeln.«

»Du willst mich doch bloß ärgern.«

Er grinst. »Das würde ich nie wagen.«

»Aber im Ernst, eine Frau?« Irgendwie lässt das die Seite noch beunruhigender erscheinen. Tim war alles andere als ein Playboy, er hatte immer nur Augen für Meggie. Die einzige andere Frau, von der ich weiß, dass er mit ihr zu tun hatte, war Sahara, und die hat ihn für schuldig gehalten.

»Ist nur so eine Ahnung. Aber es ist definitiv eine einzelne Person. Das Design, die Struktur, das entstammt alles ein und demselben Hirn. Ich muss schon sagen, irgendwie bin ich beeindruckt. Wenn man mal von den grässlichen Farben und dieser ungesunden Todesbesessenheit absieht, könnte das Mädel fast mein Typ sein.«

Ich weiß, er versucht, die Atmosphäre aufzulockern, aber es funktioniert nicht.

»Heißt das, wir befinden uns in einer Sackgasse, Professor?«

»Nein. Absolut nicht. Ich liebe solche Herausforderungen. Aber ich müsste erst mal eine gründlichere Diagnose stellen. Und da ist leider auch noch so ein Computervirus, das die Hälfte aller Südlondoner Zahnarztpraxen lahmlegt und um das ich mich heute kümmern sollte. Ich kann dich aber auf dem Weg dahin nach Hause bringen – oder wo du sonst hinwillst.« Er fängt an, eine

Aktentasche zu packen, Kabel aufzurollen und legt schließlich einen Laptop in einen Koffer, der mit genau angepasstem Schaumstoff ausgekleidet ist.

»Ähm … das klingt jetzt wahrscheinlich ziemlich unverschämt, aber kann ich dich um noch einen Gefallen bitten?«

»Ach, Ali, du weißt doch, in deinen Händen bin ich Wachs.«

Er macht nur Spaß, aber ich werde trotzdem rot. »Wäre es in Ordnung, wenn ich noch ein bisschen hierbleibe? Allein, meine ich? Zu Hause ist es im Moment so anstrengend; Mum lässt mich nicht aus den Augen.«

Was natürlich die Wahrheit ist, aber an Lewis' Wohnung reizt mich nicht bloß die Ruhe. Sondern vor allem die Breitbandverbindung.

Er runzelt die Stirn. »Ich weiß nicht …«

»Ich verspreche auch, keine silbernen Löffel zu klauen.« Der Witz geht ins Leere. Ich hasse es zu lügen. »Okay, Mum lässt mich nicht mehr ins Internet.«

»Wow, das ist hart.« Wenn irgendjemand mein Leid nachvollziehen kann, dann Lewis.

»Sie denkt, ich bin süchtig oder so. Was ja vielleicht auch stimmen mag, aber jetzt auf kalten Entzug zu gehen, wo sonst schon so viel los ist, das ist einfach zu viel. Ich bleibe auch nur ein Stündchen. *Bitte.*«

Lewis wirkt hin- und hergerissen. Dann lächelt er. »Wie gesagt, ich bin Wachs in Ihren Händen, Miss Forster. Butterweiches Wachs.« Er holt einen Ersatzschlüssel aus seiner Schreibtischschublade und deutet einladend auf seinen Bürostuhl. »Schließ zweimal ab, wenn du gehst, okay?«

»Danke. Du bist ein echter Kumpel«, sage ich und setze mich

vor die drei Monitore. Ich habe mich noch nie von irgendwo anders als von zu Hause am Strand eingeloggt. Vielleicht funktioniert es auch gar nicht. Aber wenn ja, wird der Strand vermutlich so gut aussehen wie nie.

Wie kommt es dann, dass ich mir plötzlich wünsche, Lewis würde bei mir bleiben, anstatt mich allein zu lassen, damit ich endlich ins Internet kann?

»Musst du wirklich schon los?«, frage ich.

Lewis nimmt seine Handschuhe aus der Jackentasche. »Wieso? Gibt es sonst noch irgendwas, das du mir sagen willst, Ali? Weißt du noch mehr?«

Außer dass es ein komplettes anderes Universum gibt, wo tote Jugendliche landen, meinst du? Und abgesehen davon, dass du mir, ohne es zu wissen, geholfen hast, ein Mädchen aus dem ewigen Paradies des Strandes zu befreien?

»Ich will nur …« Ich halte inne.

Meine Freundschaft mit Lewis funktioniert allein deshalb so gut, weil wir beide jegliche Art von Gefühlsduselei heraushalten. Wenn ich getröstet werden will, gehe ich zum Strand und lasse mich von Danny in den Arm nehmen oder lausche Meggies Stimme.

Aber was passiert, wenn ich weitermache und ihren Mord irgendwann aufkläre? Dann würde ich sie verlieren und Danny auch. Werde ich es ertragen können, nur noch zur echten Welt Zugang zu haben?

»Alice. Eine Stunde, okay? Versprich es mir! Du hast doch demnächst Prüfungen, oder nicht?«

Ich ziehe eine Grimasse. »Die kann ich im Moment nicht so richtig ernst nehmen.«

Lewis sieht mich lange und eindringlich an. »Bringt es vielleicht deine Schwester zurück, wenn du durchfällst?«

»Wahrscheinlich nicht.«

Er nickt. »Kopf hoch, Kleine. Und keine Sorge wegen dieser Website. Den Irren, der dahintersteckt, kriege ich schon. Und wenn auch nur, um niemandem unterlegen zu sein, der Copperplate Gothic für eine seriöse Schriftart hält.«

12

Als er weg ist, zögere ich. Was, wenn ich mich getäuscht habe? Was, wenn meine Schwester seit meinem letzten Besuch doch vom Strand verschwunden ist, und Tim mit ihr?

Ich konzentriere mich und versuche meine Angst zu verdrängen. Ich führe die Schritte durch wie schon hundert Mal zuvor: logge mich in meinen E-Mail-Account ein, suche die Nachricht mit dem Link, klicke darauf. Hoffe.

Ich bin da. In der Bar. Wahnsinn, wie detailliert Lewis' Bildschirm die Umgebung wiedergibt. Die knubbeligen Knoten an den Bambusstäben, der winzige rote Käfer, der den Stängel der Blume auf meinem Tisch hochkrabbelt.

Obwohl ich eigentlich überhaupt nicht hier sein will – weil es bedeutet, dass ich mir gleich eine Standpauke anhören darf oder noch Schlimmeres –, bin ich kurz total baff darüber, wie real alles wirkt.

Sam setzt sich neben mich und lockert ihre schmuddelige Schürze. Ihre Tätowierungen wirken wie frisch gestochen und die Haut um ihr Augenbrauenpiercing sieht rot und entzündet aus. Ich frage mich, ob es sie wohl stört, dass sie als Einzige am Strand keine strahlende Schönheit ist. Sie ist weder ein Gast wie die anderen noch eine Besucherin wie ich. Wer weiß, was sie ist? Ein Engel? Eine Gefängniswärterin?

»Na, wie läuft's, Süße?« Sie lächelt.

Heißt das, alles ist okay?

»Ich ... ich weiß nicht. Sag du's mir. Hast du irgendwelche Neuigkeiten? *Schlechte* Neuigkeiten?« Ich bringe es einfach nicht über mich, zu fragen, ob Meggie fort ist.

Sam schüttelt den Kopf und ihre Dreadlocks fliegen um ihre dürren Schultern. »Nicht dass ich wüsste. Wieso bist du denn so durch den Wind?«

»Wegen ... dem neuen Gast.«

»Ah! Ah ...« Mit schmutzigen Fingern zündet sie sich eine Zigarette an und ich kann das Nikotin riechen; es ist der einzige unangenehme Geruch hier am Strand, wo sonst alles duftet wie mit einem Designerparfum eingesprüht. »Das ist der, den sie festgenommen hatten, stimmt's? Der Typ, von dem alle außer dir denken, er hätte Meggie umgebracht?«

»Tim. Ja, das ist er.« Sam ist die Einzige am Strand, mit der ich über diese verbotenen Dinge reden kann.

»Hat sich die Lichter ausgepustet, was?« Mit ihrem Liverpooler Akzent hört sich alles an wie ein Witz, auch wenn es kein bisschen zum Lachen ist.

Ich sehe sie an. »Müsstest du das nicht wissen?«

Sam schnaubt. »Ach, jetzt komm aber, Alice. Dir ist doch wohl klar, dass uns die Geschäftsleitung gern im Dunkeln tappen lässt, mich eingeschlossen.«

»Im Dunkeln tappen trifft es gut. Ich kapiere gar nichts mehr, Sam.«

»Dann halte dich an das, was du weißt, Alice. Deine Schwester braucht dich, ganz besonders jetzt. Sie muss sich darauf verlassen können, dass du für sie da bist, also sag es ihr.«

»Sie wird verschwinden, richtig? Irgendwas weißt du also doch. Na los, raus damit.«

»Ich weiß gar nichts, ich schwöre. Aber ja, kann sein, dass sie geht. Früher kam das nur selten vor, aber seit du an den Strand gekommen bist, ist alles so ... unvorhersehbar geworden.«

»Hat denn noch nie einer von den anderen Besuchern geschafft, was ich getan habe? Jemanden befreit?«

Sam drückt ihre Zigarette aus. »Hat doch keinen Sinn, zurückzublicken, Schätzchen. Mach einfach das Beste aus dem, was du hast, solange es noch da ist.«

Am Strand ist es Morgen. Der Himmel schimmert in einem sanften Babyblau und die Sonne strahlt noch nicht so erbarmungslos auf mich herunter wie sonst. Auch am Wasser ist noch nichts los, die Gäste sind in ihren Bambushütten und dösen oder schlafen miteinander.

Hier gibt es keine Termine. Nichts, wofür man aufstehen müsste.

Als ich durch den Sand stapfe, winken und lächeln mir die Gäste zu, die schon wach sind. Die meisten Gesichter sind mir mittlerweile mehr oder weniger vertraut, obwohl ich nicht mehr so recht unterscheiden kann, wer in der echten Welt berühmt war und wen ich nur von hier kenne. Der Typ da drüben hat auf jeden Fall als Freiheitsaktivist Schlagzeilen gemacht, bevor er während eines Protests in Burma niedergeschossen wurde. Das Mädchen, das den Kopf in seinen Schoß gelegt hat, ist vor einer griechischen Insel ertrunken, weil die Fähre, auf der sie sich befand, irgendwie sabotiert wurde. Das Wissen, dass man am Strand auch Glück erleben kann, lässt ihren frühen Tod ein kleines bisschen weniger grausam erscheinen.

»Alice!«, höre ich es hinter mir flüstern.

»Javier?«

»Hier drüben.«

Zuerst sehe ich ihn nicht, dann aber bewegt sich etwas unter einer der Palmen. Ein Junge und ein Mädchen spielen dort Karten, den Rücken an den Stamm gelehnt.

Ich marschiere über den heißen Sand auf sie zu. Javier grinst – was sehr untypisch für ihn ist – und das Mädchen lächelt mir schüchtern zu. Sie wirkt jünger als die meisten Gäste. Natürlich ist sie trotzdem wunderschön, aber ihre sommersprossigen Wangen erinnern eher an ein Schulmädchen als an ein Supermodel.

»Tag, Alice«, sagt Javier und küsst mich zur Begrüßung auf beide Wangen. »Falls du deine große Schwester suchst, die ist mit dem Neuen unterwegs.«

Ich halte die Luft an. »Du hast sie gesehen? Heute?«

Er nickt. »Die beiden sind unzertrennlich. Mann, das ist ja so was von süß!«

Meggie ist noch hier. Tränen der Erleichterung verschleiern mir den Blick. Obwohl sich auch Sorge daruntermischt – ihr Mörder läuft schließlich immer noch frei herum.

Ich blinzele heftig. Jetzt erst bemerke ich die Haufen rosafarbener und weißer Muscheln, die auf den Karten liegen.

»Na, was sehe ich denn da? Glücksspiel, Javier?«

»Nur um es ein bisschen spannender zu machen. Wir Gäste sind ja wie Könige, wir haben kein Bargeld in der Tasche. Also musste ich improvisieren. Aber die Währung hat sich Greta hier ausgedacht. Die weißen sind fünf Punkte wert, die rosafarbenen zehn und die … Madreperla …« Er hebt eine hoch und ich sehe es darin schimmern.

»Perlmutt«, erklärt Greta.

»Ach, ist ja fast so wie im Spanischen! Also, die mit Perlmutt sind fünfzig Punkte wert.«

Greta streckt mir die Hand hin. »Hallo, Alice. Freut mich sehr, dich endlich richtig kennenzulernen. Du bist ja ziemlich beliebt hier, seit –«

»Freut mich auch«, unterbreche ich sie, ehe sie Tritis Namen erwähnen kann. Triti und Javier standen sich sehr nahe und ich will nicht, dass Javier an das erinnert wird, was er verloren hat.

Aber vielleicht ist es ja auch nicht mehr so schlimm, seit er Greta gefunden hat. Als ich noch neu hier war, kam sie mir vage bekannt vor und ich meinte, mich an eine Entführung mit tragischem Ausgang zu erinnern. Vor ein paar Tagen, nachdem ich sie öfter zusammen mit Javier gesehen hatte, habe ich sie gegoogelt. Es war grauenhaft zu lesen, was die Kidnapper ihr alles angetan haben.

Javier kichert, als Greta und ich einander die Hand schütteln. »Typisch englisch. Und typisch deutsch. Nachdem ihr zwei euch ja jetzt in aller Form miteinander bekannt gemacht habt: Hast du Lust mitzuspielen, Alice? Oder sollen wir nachsehen, ob Sam vielleicht Tee und ein paar Scones oder Gurkensandwiches für uns hat?«

Eigentlich sollte ich wohl besser nach Meggie und Tim suchen, aber wenn Greta das neueste Mitglied unserer Gang ist, wäre es wohl ziemlich unhöflich, mich direkt wieder aus dem Staub zu machen. »Was Karten angeht, bin ich ein hoffnungsloser Fall, aber ich setze mich gern ein bisschen zu euch. So, und du hast also jetzt ein Auge auf den guten Jungen hier, Greta? Er kann manchmal ganz schön anstrengend sein.«

»Ich hatte einen kleinen Bruder«, antwortet sie. »Ich weiß, wie man mit Trotzanfällen umgeht.«

Sie klingt ernst, aber in ihrem Blick liegt ein Lächeln. Als sie noch am Leben war, ist sie bestimmt Schülersprecherin gewesen. Nach außen hin ernsthaft, aber richtig witzig, wenn man sie besser kennenlernte.

»Was ihr kaltblütigen Nordeuropäer so abfällig als Trotzanfall bezeichnet, nennen wir Latinos Temperament.« Javier kann seine Sprüche immer noch nicht lassen, aber er hört sich längst nicht mehr so zornig an wie kurz nach Tritis Verschwinden. Und ich überlege, ob er jetzt nicht vielleicht sogar besser dran ist: Die arme Triti war so unsicher, Greta hingegen wirkt sehr bodenständig.

Jetzt plappern die beiden auf Spanisch weiter – Greta ist also nicht nur lustig, sondern auch noch sprachbegabt. Ich verstehe zwar kein Wort, aber ich meine, eine unbekannte Leichtigkeit in Javiers Stimme zu hören. Ja. Sie ist definitiv gut für ihn. Und vielleicht ist er auch gut für sie. Wenn man sich erst mal an seinen Sarkasmus gewöhnt hat, ist er eigentlich ein lieber Kerl. Und man trifft selten einen Gast, der sagt, er wolle hier überhaupt nicht weg.

Javier hat schon mehrmals angedeutet, dass Soul Beach tausendmal besser ist, als es sein echtes Leben war. Hin und wieder erzählt er nette Anekdoten von seiner Mutter oder seinen kleinen Schwestern, aber niemals irgendetwas über seinen Vater. Javiers Tod erscheint besonders sinnlos: Er ist während eines Straßenfestes von einem Dach gefallen. Es gab die Vermutung, dass er unter Drogen stand, aber das wurde nie nachgewiesen. Natürlich muss mehr dahinterstecken, sonst wäre er nicht hier. Aber Javier behauptet, solange er nur genug Freunde habe, mit denen er die Zeit totschlagen könne, sei er absolut zufrieden mit seinem Leben nach dem Tod. Obwohl ich mich hin und wieder trotzdem frage, ob er das nicht ein wenig *zu* vehement beteuert. Ob er es nur so oft wiederholt, weil er sich verzweifelt selbst davon überzeugen will, dass es die Wahrheit ist.

Jeder der Gäste hier ist viel zu früh gestorben. Kann es wirklich sein, dass einer von ihnen das kein bisschen bedauert?

Ich lasse den Blick über den Strand schweifen. Er ist so wunderschön. Wenn man einfach für den Moment leben könnte und keine Angst haben müsste, jemals einsam zu sein, vielleicht wäre die Ewigkeit dann tatsächlich erträglich.

Da sehe ich sie: Meggie und Tim.

Sie berühren sich nicht, unterhalten sich nicht einmal, aber sie haben einander die Gesichter zugewandt und scheinen alles um sich herum vergessen zu haben. Genauso fühle ich mich, wenn ich mit Danny zusammen bin. Vollkommen entrückt.

Ich kann den Blick nicht von ihnen wenden, sehe nicht mehr die Gewalt, die Sinnlosigkeit ihres Todes, sondern nur noch Ruhe, Zufriedenheit und Zuneigung. Meine Ahnung war richtig: Tim kann Meggie nicht getötet haben. So wie jetzt werden die beiden die Ewigkeit miteinander verbringen. Zusammen. Die Szene ist perfekt, zu perfekt, um sie zu zerstören.

Aber ich weiß, dass ich keine Wahl habe. Ich stehe auf und winke Javier und Greta zum Abschied zu.

Doch auch als ich auf meine Schwester und Tim zugehe, regen sie sich nicht. Bin ich unsichtbar geworden? Vielleicht spielt mir der Strand wieder einen seiner Streiche. Noch ein Schritt. Und noch einer.

Schließlich sieht meine Schwester mich und quittiert meine Anwesenheit mit einem winzigen Nicken, was ich als Erlaubnis zum Unterbrechen auffasse.

Mittlerweile bin ich ihnen so nah, dass auch Tim mich bemerkt haben müsste, doch er hat weiterhin nur Augen für Meggie.

»Tim, ich weiß, das ist jetzt ein ziemlicher Schock …«, flüstere ich und mir fällt auf, dass ich genau wie meine Schwester klinge.

Er starrt Meggie an, als versuche er dahinterzukommen, wie sie gesprochen hat, ohne die Lippen zu bewegen. Dann wendet er den Kopf in meine Richtung und seine Kinnlade klappt herunter.

Meggie greift nach seiner Hand. »Ist schon gut, Tim. Alice ist nicht tot. Sie ist … nicht wirklich hier. Oder na ja, schon, aber … «

Die Regeln des Strandes sind einfach zu kompliziert.

»Ich bin nur zu Besuch«, sage ich und versuche, meine Stimme möglichst beruhigend klingen zu lassen. »Drüben in der echten Welt bin ich noch immer am Leben, aber ich kann auch hierherkommen. Wegen der Verbindung zwischen Meggie und mir, weißt du? Das hört sich jetzt sicher verrückt an, aber … na ja, es *ist* wirklich verrückt. Aber auch ziemlich toll.«

Das reicht vermutlich fürs Erste. Den Rest kann ihm meine Schwester erklären, wenn sie glaubt, dass er bereit dafür ist. Falls man für so etwas überhaupt jemals bereit sein kann.

Tim bemüht sich, es zu verstehen, das sehe ich ihm am Gesicht an, aber nach ein paar Sekunden schüttelt er den Kopf. »Ich begreife das alles nicht.«

Meggie lacht zärtlich. »Das ist ganz normal, mein Schatz. Versuch nicht, irgendwas logisch zu hinterfragen. Freu dich einfach, dass wir zusammen sind.«

Als ich das höre, ist es, als hätte mir jemand einen Tritt versetzt. Sie meint sich und Tim. Bedeute ich ihr denn gar nichts mehr?

Dann aber dreht sich Meggie zu mir um. »Tim und ich und meine kleine Schwester Florrie. Wie zu alten Zeiten.«

Ich will schon losschimpfen, weil sie meinen schrecklichen Spitznamen ausgeplaudert hat, aber dann wird mir klar, dass Tim sowieso noch viel zu geschockt ist, um das zu bemerken.

Meggie rutscht ein Stück, sodass ich Platz auf ihrer Decke habe. Beim Hinsetzen streife ich Tims Arm und wir zucken beide zusammen. Er fühlt sich einfach zu real an.

Es gibt so viel, was ich ihn fragen will.

Seine Augen treffen auf meine und ich sehe, dass er die Fragen erwartet. In seinem Blick liegt Entschlossenheit, so als wollte er, dass ich die Wahrheit erfahre.

Meggie bemerkt es auch. »Alice kann dir keine Fragen über … na ja, über das stellen, was mit dir und mir passiert ist. Wenn sie das tut, darf sie nicht mehr herkommen. Ich würde sie nie wiedersehen. Darum müssen wir vorsichtig sein. Aber du kannst es ihr erzählen, wenn du bereit dazu bist.«

»Ich …«, platzt es aus Tim heraus. »Ich habe sie nicht getötet, Alice. Wirklich nicht. Und ich weiß auch nicht, was ich hier mache, verdammt. Ich dürfte gar nicht hier sein, ich müsste –« Dann bricht er zusammen. Tränen strömen ihm über die Wangen, aber er wirkt wütend und nicht traurig.

Meggie beugt sich vor und nimmt ihn in den Arm. »Du musst jetzt nichts erklären. Wir haben jede Menge Zeit, das verspreche ich dir. Wir alle drei. Wir reden darüber, wenn du so weit bist.«

Ich unterdrücke einen frustrierten Aufschrei. Die beiden mögen vielleicht die Ewigkeit vor sich haben, aber ich nicht. Und ich brauche doch so dringend ein paar Antworten. Aber Meggie hat recht, jetzt werde ich sie nicht bekommen.

Ich reiße mich vom Bildschirm los. Fast hätte ich vergessen, dass ich ja immer noch bei Lewis bin. Mum schickt sicher einen Suchtrupp los, wenn ich nicht bald heimkomme. Ich rappele mich aus dem Sand hoch, gebe meiner Schwester einen flüchtigen Kuss auf die Wange – ihr Atem streift meine Haut wie ein Flüstern – und sie wirft mir einen dankbaren Blick zu.

Tim merkt nicht mal, dass ich gehe.

13

Als ich zu Hause ankomme, hat Mum gebacken; im ganzen Haus sind die Fensterscheiben beschlagen.

»Na, hattest du einen schönen Tag, Alice?«, fragt sie und wischt sich den Schweiß von der Stirn. Sie backt immer dann, wenn sie will, dass ALLES WIEDER GUT WIRD. »Was hast du denn unternommen?«

»Ich war bei Lewis. Er hat eine neue Wohnung, also sind wir … einkaufen gegangen – Kissen, Zimmerpflanzen, solchen Kram. Typisch Jungs, er hat keine Ahnung, welche Farben zusammenpassen«, lüge ich, damit ihr gar nicht erst der Verdacht kommt, dass wir den ganzen Tag vor dem Computer gehangen haben.

Sie nickt zufrieden. »Genau wie dein Vater! Aber jetzt geh doch mal ins Wohnzimmer.«

Ich öffne die Tür. Sie hat meinen Laptop auf den Tisch gestellt, sodass der Bildschirm in Richtung der Raummitte weist; auf die Art kann sie mich jederzeit kontrollieren.

Neben dem Laptop sehe ich einen Teller mit etwas unförmigen Keksen, eine DVD-Box und irgendein Anmeldeformular.

»Für deinen vorläufigen Führerschein«, erklärt Mum. »Wenn du dich jetzt anmeldest, kannst du die theoretische Prüfung machen, sobald du siebzehn bist. Und auf der DVD ist ein Fahr-Simulator, damit du schon mal üben kannst.«

»Toll. Danke. Und die Kekse sehen wirklich lecker aus.«

Sie nimmt mich in den Arm, kurz und hastig. »Du verstehst das mit dieser Internetgeschichte doch, Alice? Ich will wirklich nur das Beste für dich. Neue Freunde. Neue Horizonte. Und die findest du nicht, wenn du nur vor deinem Laptop hockst, stimmt's?«

Wenn sie wüsste.

Ich nehme die Kekse mit nach oben. Der leere Schreibtisch, auf dem sonst mein Laptop stand, quält mich. Ich versuche, etwas für die Schule zu lesen, aber es bleibt einfach nichts hängen. Dann greife ich nach einer Zeitschrift, aber die ist voll von Promis, die nicht mal ein Tausendstel von Meggies Talent besitzen. Schließlich pfeffere ich das Klatschblatt angewidert quer durch den Raum und kegele dabei eine Parfumflasche um. Ich muss lachen. Seit Monaten habe ich kein Parfum mehr benutzt. Am Strand, wo sowieso alles nach Ozon und Lilien duftet, hätte das keinen Sinn.

Halb dösend liege ich auf dem Bett und überlege, wie lange Mum wohl dieses alberne Verbot aufrechterhalten wird. Und dann denke ich wieder an *Flammen der Wahrheit* ...

Mein Handy weckt mich. Auf dem Display leuchtet Saharas Name auf. Am liebsten würde ich einfach die Mailbox rangehen lassen, aber das ist mir dann doch zu feige. Und außerdem weiß sie vielleicht irgendwas.

»Hallo, Sahara.«

»Oh Gott, Alice. Ich bin so froh, dass ich dich erwischt habe, du armes Ding. Wie geht es dir? Das ist ja alles so schrecklich, aber immerhin sieht man daran, dass es so etwas wie eine göttliche Gerechtigkeit gibt, findest du nicht? Also, nicht, dass ich gewollt hätte, dass Tim stirbt, natürlich nicht, aber jetzt ist es wenigstens vorbei, stimmt's? Endlich. Jetzt ist diese ganze furchtbare, grauenhafte Geschichte endlich vorbei.« Sie hält inne, wahrscheinlich um Luft zu holen. Ich sehe sie genau vor mir: ihr längliches, bleiches, leicht gerötetes Gesicht, während sie auf meine Antwort wartet.

»Ich weiß nicht so recht, wie ich mich fühlen soll, Sahara.«

»Oh.« Sie wirkt enttäuscht, vermutlich zeige ich nicht genug Emotionen für ihren Geschmack. »Na ja, ich weiß, du warst nicht überzeugt davon, dass Tim der, äh, Mörder war. Aber jetzt siehst du es doch sicher ein. Er *muss* es gewesen sein.«

Es hat keinen Sinn, ihr zu erklären, warum ich das keineswegs einsehe. »Was macht Ade?«

»Er ist am Boden zerstört. Ich habe das Gefühl, dass er sich irgendwie verantwortlich fühlt. Weil er an dem Abend nicht zu Hause war. Er denkt, er hätte bemerken müssen, in was für einem schlechten Zustand Tim sich befand. Im Ernst jetzt, geht's noch? Tim hat es schließlich sogar geschafft, uns weiszumachen, er wäre ein netter Kerl. Da dürfte es ja wohl kein Problem gewesen sein, irgendwelche Selbstmordgedanken zu verschleiern. Das habe ich Ade auch so gesagt. Schluss mit den Schuldgefühlen.«

»Da hast du recht. Er sollte kein schlechtes Gewissen haben.«

Es sei denn, er hat Tim getötet …

Ich weiß nicht, wo dieser Gedanke plötzlich herkommt. Schnell schiebe ich ihn fort.

»Wir sind alle ganz durcheinander, Alice. Ich gebe mir solche Mühe, mich zusammenzureißen, damit Ade nicht bemerkt, wie mies es mir geht.«

»Du hast Tim doch gehasst.«

»So schwarz-weiß darfst du das nicht sehen. Bevor Meggie gestorben ist, habe ich ihm sehr nahegestanden.«

»Das haben wir alle«, fauche ich.

Ich vernehme einen erstickten Laut am anderen Ende der Leitung.

Mist, jetzt habe ich sie zum Weinen gebracht. Wenn irgendwer wissen müsste, dass jeder auf eine andere Art mit seiner Trauer umgeht, dann ja wohl ich.

Sahara schluckt vernehmlich. »Wie auch immer. Hier geht es nicht um die Vergangenheit. Sondern um die Zukunft. Das einzig Gute, was uns diese Tragödie bringen kann, ist, dass wir uns alle näherkommen.«

Wir waren uns nie nahe. »Mhmm.«

»Nächste Woche hat Ade Geburtstag. Ursprünglich hatten wir eine Party geplant. Jetzt hat verständlicherweise niemand groß Lust zu feiern, aber ich finde es wichtig, dass er weiß, dass seine Freunde für ihn da sind. Es würde ihm viel bedeuten, wenn du auch kommen könntest.«

Viel bedeuten? Vor Meggies Tod habe ich Ade noch nicht mal gekannt. »Bist du sicher? Ich meine ja nur, ich bin offiziell noch nicht mal alt genug zum Trinken.«

Sahara lacht. »Ich erinnere mich, dass ich dir so ziemlich dasselbe gesagt habe, als wir uns damals in Greenwich begegnet sind.«

Das war an dem Nachmittag, als sie mich in das Zimmer meiner Schwester geführt hat. Sahara hätte den Schlüssel gar nicht haben dürfen, aber irgendwie war sie eigenartig stolz darauf gewesen und hat mir gezeigt, was die Polizei alles mitgenommen hatte, die Teppiche, die Möbel, sogar das Waschbecken. Das Einzige, was übrig war, war eine unbestimmte Angst, die ich dort spüren konnte. Es hat sich angefühlt, als wäre das Böse in alle vier Wände gesickert und ließe sich nie mehr entfernen.

Sahara redet immer noch. »Bitte komm vorbei, Alice. Ich verspreche dir, das wird dir helfen. Wir kannten Meggie. Sie war ein Teil von uns allen.«

Beim Abendessen fühle ich mich unbehaglich. Mum und Dad haben sich in zwei liebestolle Teenager verwandelt. Der Gedanke, dass sie sich wieder besser verstehen, weil Tim tot ist, lässt Übelkeit in mir aufsteigen.

Ich stehe vom Tisch auf, sobald es geht, und höre sie dann gemeinsam die Spülmaschine einräumen wie in einem Werbespot. Meinen Laptop habe ich ganz vergessen, bis ich meine Zimmertür öffne und den leeren Schreibtisch vor mir sehe. Einen Moment lang denke ich, es wäre eingebrochen worden.

Fast wünsche ich mir, ich wäre unten geblieben, doch die Vorstellung, wie die beiden händchenhaltend auf dem Sofa sitzen und irgendeine Kitsch-Serie gucken, ist einfach zu viel für mich.

Erst als sie sich kichernd – kichernd? – an meiner Tür vorbeischleichen, kommt mir die Erleuchtung. Wieso ist mir nicht schon viel früher aufgegangen, dass meine Eltern mich nicht vierundzwanzig Stunden am Tag unter Beobachtung halten können?

Ich kann sie immer noch flüstern hören, als ich meinen Wecker stelle. Ich hoffe, sie sind betrunken genug, dass sie die ganze Nacht durchschlafen.

14

Vier Uhr morgens ist die einsamste Zeit, die es gibt. Es ist, als wäre ich der einzige Mensch auf der Welt, der wach ist. Oder überhaupt am Leben.

Zu dieser Stunde bin ich noch nie am Strand gewesen. Eigentlich scheint die Zeit dort immer einfach so dahinzugleiten, aber jetzt schlafen die meisten Gäste und der Mond leuchtet geisterhaft vom Himmel.

Eine Hand legt sich auf meine Schulter. Ich fahre herum.

»Danny! Verdammt, du hast mich beinahe zu Tode –«

Er bringt mich mit einem Kuss zum Schweigen und mein Ärger verfliegt, als seine Lippen ihren Zauber auf mich ausüben. Und doch …

Er löst sich aus der Umarmung, bevor ich es tun kann. »Was ist mit dir?«

»Was soll mit mir sein?«

»Alice, auch wenn du nicht mit dem Herzen bei der Sache bist, ist so ein Kuss von dir natürlich immer noch der beste der Welt, aber ein bisschen unsicher kann man da schon werden. Lenkt der neue Gast dich so sehr ab?«

Ich werfe einen Blick über seine Schulter und sehe Meggie und Tim nebeneinanderliegen. Im Schlaf verliert Meggie ihre Coolness und die beiden sehen aus wie Kinder. Wie Hänsel und Gretel.

»Da, du starrst ihn ja regelrecht an. Findest du ihn etwa süßer als mich?«

Ich kann ein Lachen nicht unterdrücken.

»Und was ist daran jetzt lustig?«

»Na ja, in der echten Welt –« Ich breche ab. Ich hatte sagen wollen, dass damals, kurz nachdem Meggie mit Tim zusammengekommen war, alle geglaubt hatten, ich wäre in ihn verknallt. Aber möglicherweise ist das jetzt nicht mehr so witzig. »Ach, schon gut. Ich finde jedenfalls niemanden süß außer dir.«

»Gute Antwort«, meint Danny, und als er mich diesmal küsst, gestatte ich mir, alles zu vergessen, nur für ein Weilchen. Die Dunkelheit schenkt uns etwas, was am Strand sehr selten ist – Ungestörtheit.

Seit Triti freigekommen ist, stehe ich ständig unter Beobachtung. So viele Gäste wollen hier weg und sie wissen, dass ich ihre größte Chance darstelle. Ich spüre ihre Blicke und die Last ihrer Hoffnungen, ihrer Träume, ihrer Ängste. Wenn ich könnte, würde ich ihnen allen helfen, aber Meggie steht nun mal an allererster Stelle.

Heute jedoch verbirgt mich die Nacht. Danny und ich küssen uns, während das Meer um unsere Knöchel plätschert. Ich speichere den Moment im Gedächtnis: die kühle Brise, seine Lippen auf meinen, das Kitzeln seines Flüsterns an meinem Ohr.

»Und, was machen wir jetzt, meine schöne Alice?«

»Nichts. Ich will eine Nacht lang mal nichts tun, außer mit dir zusammen zu sein. *Normal* sein.«

»*Normal* hat noch nie so gut geklungen.«

Wir küssen uns. Wir reden. Wir blicken aufs Meer hinaus und hoch zu den Vögeln, die als Silhouetten vor dem Mond entlangschwirren. Werden meine Lider schwer, weckt mich Danny, indem er mir zärtlich etwas ins Ohr flüstert. Er selbst nickt nie ein.

»Ich kann schlafen, wenn du wieder weg bist, Alice. Solange du bei mir bist, möchte ich lieber wach sein.«

Und während wir uns entspannen, fangen wir an, uns zu unterhalten. Nicht über ernste Dinge, sondern Small Talk, so als wäre das hier unser erstes Date. All die Kleinigkeiten, die wir noch nicht voneinander wissen.

»Lieblingsessen?«

»Spaghetti Carbonara. Und der Apfelkuchen meiner Grandma. Und deins?«

»Chicken Tikka Masala. Und diese kleinen griechischen Honigküchlein, die wir in unserem letzten Urlaub mit Meggie gegessen haben.«

»Griechenland, da war ich noch nie. Nirgendwo in Europa. Eigentlich hätte ich vor dem College die große Tour machen sollen …«

Ich will nicht, dass Danny darüber nachdenkt, was er alles verpasst hat. »Welche Sprachen sprichst du?«

»Ein kleines bisschen Spanisch. Wir hatten ein mexikanisches Dienstmädchen.«

»Und die hat es dir beigebracht?«

»Nein, ich habe es mir selbst beigebracht. Da war ich zwölf. Sie war so hübsch, also habe ich versucht, mich mit ihr zu unterhalten. Ein Freund hat mir geholfen.«

»Was hast du zu ihr gesagt?«

Er zieht die Stirn kraus. »Hmm … Vaca guapa, quiero la leche«, flüstert er.

»Klingt gut. Und was heißt das?«

»Ich dachte, es heißt ›Du süßes Mädchen, ich will dich‹. Aber dann hat mein Kumpel zugegeben, dass es eigentlich ›Du süße Kuh, ich will Milch‹ heißt oder so ähnlich.« Er lacht. »Und was ist mit dir? Sprichst du eine Fremdsprache?«
»Französisch.«
»Sag mal was auf Französisch.«
»Ähm ... Jolie vâche, je veux du lait.«
»Sexy. Was heißt das?«
Ich kichere. »Du süße Kuh, ich will Milch.«
»Du machst dich doch lustig über mich.«
»Niemals, Danny.«
Wir küssen uns erneut und unterhalten uns weiter. Teilen unsere ersten Erinnerungen miteinander, unsere peinlichsten Erlebnisse. Meins stammt aus der ersten Woche auf der weiterführenden Schule, als ich mit dem Rockzipfel in der Unterhose herumgelaufen bin, ohne es zu merken. Bei ihm war es ein durch Wodka hervorgerufener Anfall von Seekrankheit auf der Jacht des Vaters eines milliardenschweren Schulfreundes.
»Moment, Schul*freund oder -freundin*?«, hake ich nach.
»Ist das denn wichtig?«
»Für mich schon. Die Brünette, mit der du beim Grillen warst?« Er weicht zurück. »Wow. Hast du etwa übernatürliche Kräfte?«
»Nein, nur Zugang zum Internet. Sie war in dem Video von dir, das sie –« Ich halte inne, weil ich die Nachrichtensendung über seinen Tod nicht erwähnen will. »Na ja, in so einem Video von dir, das online ist.«
Danny zieht ein finsteres Gesicht. »Dann hoffe ich, sie haben wenigstens meine Schokoladenseite erwischt«, sagt er und bemüht sich, belustigt zu klingen.

»Du hast doch nur Schokoladenseiten.«

Er lacht traurig. »Da würden dir meine Freunde sicher widersprechen.«

»Wie meinst du das?«

»Ach, Alice, ich war so verwöhnt. Es gab nichts, was mir im Leben fehlte. Alles zu kriegen, was man sich nur wünschen kann, ist nicht gerade das Beste für ein Kind. Ich war ein verzogenes Balg.«

»Aber jetzt bist du ein geläuterter Mann.« Ich ziehe ihn dichter an mich.

»*Du* hast mich verändert, Alice.«

Ich muss eingeschlafen sein, denn plötzlich ist der Himmel heller und ich fröstele ein wenig. Danny nimmt mich fester in den Arm, doch mir wird trotzdem nicht wärmer.

»Es wird Zeit.«

Der Bann unserer magischen Nacht ist gebrochen. Ich erinnere mich wieder, wo ich wirklich bin: nicht an einem tropischen Strand, sondern in einem eiskalten Esszimmer.

Ich gebe Danny einen letzten Kuss, spüre jedoch so gut wie nichts. Dann logge ich mich aus. Die Realität ist so farblos. Ich werfe einen Blick auf die Uhr auf dem Kaminsims. Viertel nach sechs. Verdammt, ich hätte noch zehn kostbare Minuten mit Danny gehabt, bevor ich wieder zurück ins Bett muss. Aber jetzt ist es zu spät, um mich wieder einzuloggen, und es wäre zu quälend, mich ein zweites Mal an diesem Morgen aus seinen Armen losreißen zu müssen.

Stattdessen klicke ich noch einmal auf *Flammen der Wahrheit*. Auch auf diese Seite kann ich nicht unbedingt gehen, wenn Mum mich beobachtet. Doch als ich einen Blick auf die Schädel-Icons in der Ecke werfe, sehe ich, dass ich als Einzige online bin.

Trotzdem scrolle ich nach unten. Auch bei den Kommentaren gibt es nichts Neues, dann aber finde ich ein Update:

TIM ASHLEY – NEUSTE NACHRICHTEN VOM 17. APRIL:
FALL WIRD AB MORGEN (18. APRIL) UM 10 UHR
IM UNTERSUCHUNGSGERICHT THEMSE SÜDOST
BEHANDELT.

Eine gerichtliche Untersuchung? Mein Instinkt sagt mir sofort, dass ich dort hinmuss, nicht nur, weil ich es Tim schuldig bin.

Sondern auch, weil ich mir sicher bin, dass derjenige, der hinter dieser Seite steckt, ebenfalls nicht in der Lage sein wird, dieser Sache fernzubleiben.

15

Ich hatte es mir irgendwie ... gruseliger vorgestellt. Einen gotischen Gerichtssaal mit Türmchen aus rußgeschwärztem Stein. Und Wasserspeier.

Doch das Untersuchungsgericht entpuppt sich als modernes Ziegelgebäude mit riesigen Fenstern und fröhlichen gelben Rollos davor. Ein viel zu nichtssagender Ort, um dort das Ende eines Lebens zu analysieren.

Niemand weiß, dass ich hier bin. Ich habe Cara eine SMS geschickt und sie gebeten, mich bis zur Mittagspause zu entschuldigen, aber nicht gesagt, warum. Zum Glück ist die Entschuldigung, die Mum mir gestern noch für die Schule geschrieben hat, vage genug, dass ich wohl damit davonkommen werde.

Vor dem Gebäude warten zwei Kameramänner und ein Grüppchen Reporter. Ihr Atem kondensiert in der kalten Luft wie der Rauch Feuer speiender Drachen. Ich ziehe mir den Schal vors Gesicht, damit sie mich nicht erkennen. Letzten Sommer war ich eine Weile fast so etwas wie eine Berühmtheit.

In der Damentoilette überprüfe ich noch einmal meine Tarnung. Meine Schuluniform steckt in meinem Rucksack und ich habe mir die Haare zu einem strengen Pferdeschwanz zurückgebunden, ich trage ein ausgebeultes Hemd und Jeans und zu guter Letzt noch einen alten Dufflecoat mit Kapuze. Was so ziemlich der offizielle Dresscode für Freaks zu sein scheint – das habe ich bei der Beerdigung meiner Schwester herausgefunden.

Aber ich bin kein Freak. Oder doch? Immerhin habe ich einen Grund, hier zu sein: Ich nehme der Polizei die Arbeit ab.

Am Getränkeautomaten stecke ich ein paar Münzen in den Schlitz. Espresso? Cappuccino? Suppe?

Plötzlich spüre ich, dass mich jemand beobachtet.

Ich wirbele herum, doch die einzige Person in der Nähe ist ein dünner Polizist mit schweren Lidern.

»Hallo. Gehören Sie zur Presse oder zur Familie?«

»Äh. Weder noch. Ich ... habe mit ihm studiert. Mit Tim.«

»Okay. Dann suchen Sie sich doch einen Platz auf der Empore, die ist für die Öffentlichkeit reserviert. Sie wissen aber schon, dass heute nichts Besonderes passieren wird, oder? Bloß Formalitäten.«

Ich nicke. »Ich wollte trotzdem gern kommen.«

»Ich hoffe, es hilft Ihnen, das alles zu verarbeiten.« Er hat ein verständnisvolles Gesicht. Vielleicht bekommt man das, wenn man jeden Tag mit dem Tod zu tun hat.

Dass ich genau weiß, wie das ist, würde er mir niemals glauben.

Ich entscheide mich für Kakao und setze mich dann in den Wartebereich, während immer mehr Menschen eintreffen. Zuerst die Journalisten: zwei Männer und eine Frau, die Witze reißen wie alte Kumpels auf einem Betriebsausflug. Die Frau fängt meinen Blick auf und ich erstarre. Dann aber sieht sie wieder weg und ich wiege mich in Sicherheit. Offenbar sehe ich mir selbst nicht mehr ähnlich.

Noch mehr Leute trudeln ein: zwei Polizisten, eine Frau in einem kastig geschnittenen Hosenanzug ...

Und das ... das muss Tims Vater sein.

Meggie hat Tims Familie nie kennengelernt. Seine Mum ist bei einem Autounfall gestorben, als er dreizehn war, und sein Dad hat sich innerhalb eines Jahres eine andere Frau und deren Kinder ins Haus geholt. Tim fing an, bei Freunden auf der Couch zu übernachten. Einmal hat er mir erzählt, dass er einfach von zu Hause wegmusste, als er merkte, dass er eifersüchtig auf einen Dreijährigen war. »Ich wusste ja, warum Dad sich mehr um sie kümmerte als um mich. Die waren niedlich und ich nicht. Also kam es mir nur logisch vor zu gehen.«

Armer Tim. Was war das für ein Leben: vom Vater aus dem Haus getrieben, dann als Mörder gehetzt. Vielleicht hat er das Paradies mit Meggie am Strand wirklich verdient. Wenn man ein ewiges Leben, ohne jede Hoffnung auf ein Ende, denn als paradiesisch bezeichnen kann ...

Tims Vater hat rötere Haare als sein Sohn und trockene Haut, die aussieht, als würde sie spannen. Sein Blick huscht umher, als fürchte er, jemand könnte sein Recht, hier zu sein, infrage stellen. Schade, dass er nicht schon ein bisschen früher gezeigt hat, wie viel Tim ihm bedeutet.

Er wendet sich zu mir um und ich schrecke zusammen: Das sind Tims Augen, die mich ansehen, nur eisiger.

»Mr Ashley?« Der Polizist führt ihn in ein Zimmer seitlich vom Wartebereich, doch ich zittere weiter, obwohl es hier brütend heiß ist.

Die Uhr schlägt zehn und endlich werden wir eingelassen.

Ich warte, bis alle einen Platz gefunden haben, und setze mich dann auf die leere Empore, die für die Öffentlichkeit bestimmt ist.

»Guten Morgen allerseits. Ich bin der leitende Untersuchungsbeamte für das Gebiet Themse Südost und wir sind heute hier, um das Ermittlungsverfahren im Todesfall Timothy Ashley zu eröffnen.«

Der Beamte erinnert mich an Dads Anwaltskollegen: alles graue Männer in grauen Anzügen.

Die Polizistin, die Ades Notruf entgegengenommen hat, liest eine Aussage vor. »Der Verstorbene wurde in sitzender Position am Küchentisch vorgefunden. Eine zerrissene Plastiktüte war um seinen Hals festgebunden. Auf dem Tisch haben wir Flaschen sichergestellt, die offensichtlich Alkoholika enthielten. Sie befinden sich gegenwärtig noch in der Analyse.«

»War die Leiche bewegt worden?«

Sie nickt. »Der Mitbewohner des Verstorbenen, Adrian Black, hatte Mr Ashley beim Nachhausekommen zusammengesunken am Tisch vorgefunden, allerdings mit intakter Tüte. Sie war am Hals befestigt worden, offenbar mit dem Ziel, die Luftzufuhr zu unterbrechen. Mr Black hat sie zerrissen, aber wie es scheint, war Mr Ashley zu diesem Zeitpunkt bereits tot. Der Polizeiarzt hat um einundzwanzig Uhr dreizehn seinen Tod bestätigt.«

»Danke, Officer.« Der Untersuchungsbeamte blättert durch einen Stapel Papiere auf seinem Tisch. »Eine vorläufige Autopsie bestätigt, dass der Tod durch Ersticken eingetreten ist. Der Pathologe wartet noch auf die toxikologischen Ergebnisse bezüglich des Alkoholpegels etc.«

Tims Dad sitzt da wie erstarrt.

»Mr Ashley? Mein herzliches Beileid. Die heutige Anhörung wird nur sehr kurz werden, fürchte ich. Wenn ich der Meinung bin, genügend Material gesammelt zu haben, machen wir weiter und dann haben Sie auch die Gelegenheit, Fragen zu stellen.«

»Ich will nur wissen, *warum*?« Tims Vater hat dieselbe weiche Aussprache wie sein Sohn. Vielleicht habe ich ihm vorher Unrecht getan. Der arme Mann wirkt wie am Boden zerstört.

»Wir tun unser Bestes, um das herauszufinden, Mr Ashley, das verspreche ich Ihnen.«

In diesem Moment habe ich wieder dieses Gefühl, nein, es ist mehr als das, beobachtet zu werden. Ich blicke mich um, fast in der Erwartung, Ade winken zu sehen, aber es sitzt noch immer niemand außer mir auf der Empore.

Ich drehe mich wieder nach vorn. Tims Vater starrt ausdruckslos vor sich hin. Ich frage mich, ob er wohl dasselbe denkt wie ich – dass diese Prozedur in diesem stickigen Raum so unglaublich falsch scheint.

»Also, Mr Ashley, Sie haben sicher Verständnis dafür, dass ich die Untersuchung zunächst bis auf Weiteres vertage. Ein neuer Termin wird angesetzt, sobald unsere Ermittlungen abgeschlossen sind.«

Aber Mr Ashley versteht gar nichts. Und ich genauso wenig.

Ich warte, bis alle anderen weg sind.

Draußen im Eingangsbereich verabschieden sich die Journalisten lautstark voneinander und hasten dann los, um ihre Artikel zu schreiben. Nach einem kurzen Wortwechsel mit einem der Gerichtsmitarbeiter tritt beziehungsweise stolpert Mr Ashley nach draußen, wo Kameras aufblitzen und ihm Fragen entgegengerufen werden, die er jedoch ignoriert. Wenn er sie überhaupt hört.

Dann sind alle weg außer ihm und mir.

Er zündet sich eine Zigarette an. Sein Sohn hat das Rauchen gehasst, doch als Mr Ashleys Lippen sich gegen den Filter pressen, erinnert mich sein konzentrierter Gesichtsausdruck so sehr an Tim, dass ich am liebsten schreien würde.

Ob ich etwas zu ihm sagen sollte? Ich könnte ihm mein Beileid aussprechen … Na ja, und dann? Ihm erzählen, dass sein Sohn in seinem Leben nach dem Tod wieder mit Meggie vereint ist? Genau, das wird ihm bestimmt weiterhelfen.

Nach ein paar Zügen wirft Mr Ashley seine Zigarette auf den Boden und tritt sie aus. Er sieht noch einmal zum Gerichtsgebäude auf und geht dann die Straße hinunter.

In dem Moment bewegt sich etwas.

Aus dem Augenwinkel bemerke ich einen Lichtreflex. Schnell wirbele ich nach rechts und spähe zu der graffitiverschmierten Einfahrt eines mehrstöckigen Parkhauses hinüber. Die Bewegung kam eindeutig aus dieser Richtung.

Jetzt ist dort nichts mehr zu sehen, aber ich bin sicher, es mir nicht eingebildet zu haben.

Die Schultern von Tims Vater zucken auf und ab. Seufzt er, weint er? Ich kann es nicht erkennen. Er geht weiter. Ich warte ab. Wenn da wirklich jemand in dem Parkhaus lauert, ist es doch mindestens genauso wahrscheinlich, dass derjenige ihm folgt und nicht mir, oder?

Doch Mr Ashley entfernt sich Schritt für Schritt und niemand kommt aus dem Parkhaus. Ein Gerichtsmitarbeiter wirft mir einen skeptischen Blick zu, als er das Metalltor vor dem Gebäude zuschließt.

Das Parkhaus hat fünf Stockwerke. Ich sehe eine Schranke, aber keine Menschenseele weit und breit. Die Straßen werden von heruntergekommenen Fabrikgebäuden gesäumt. Wenn ich den Kopf hebe, sehe ich nichts als stumpfe schwarze Fensterscheiben.

Niemand weiß, dass ich hier bin.

Der Gedanke lässt mich erschaudern, aber ich bemühe mich, ruhig zu bleiben und ihn logisch zu Ende zu denken. Das Parkhaus ist gut beleuchtet. Es ist noch nicht mal elf Uhr vormittags. Wenn niemand dort ist, droht mir keinerlei Gefahr, und falls doch, kann mir trotzdem nichts Schlimmes passieren. Es ist noch nicht mal elf Uhr vormittags.

Ich versuche, mich auf meinen Instinkt zu verlassen. Mein Herz rast, ja, aber ich fühle keine Panik, nicht diese lähmende Kraft des Bösen wie damals in Meggies Zimmer.

Ich überquere die Straße, die vor Streusalz und Eisstückchen unter meinen Schritten knirscht. Der typische Parkhausgeruch nach Benzin und Pipi wird stärker, als ich ein niedriges Mäuerchen erreiche. Jetzt bin ich näher an der Stelle, an der sich etwas – nein, es muss *jemand* gewesen sein – bewegt hat.

Ob ich per SMS Bescheid sagen soll, wo ich bin? Lewis vielleicht?

Nein. Sollte sich irgendwer in diesem Parkhaus verstecken, will ich ihn nicht entkommen lassen. Er muss etwas mit Tim zu tun haben, mit Meggie, mit *Flammen der Wahrheit*.

Es könnte der Mörder sein.

Der Gedanke lässt mir das Herz bis zum Hals schlagen. Ich klettere über die Mauer. Von hier aus kann ich das ganze Erdgeschoss überblicken. Nur zwei Autos sind darin geparkt, also kann sich nirgends jemand verstecken.

Was war das?

Ich wende den Kopf in Richtung des Treppenhauses und der Aufzüge. Was hat sich verändert?

Das Licht an einem der Fahrstühle ist angegangen.

Da muss jemand drin sein – oder ihn von einem der oberen Stockwerke aus angefordert haben.

Ich versuche, mich lautlos zu den Aufzügen hinüberzuschleichen, doch die Absätze meiner Stiefel klappern auf dem Betonboden. Alles ist so laut. Das Surren des Aufzugs. Mein Atem.

Das Licht zeigt an, dass sich der Aufzug jetzt im zweiten Stock befindet und noch weiter nach oben fährt.

Meine Finger schweben über dem Knopf. Soll ich ihn zurückholen? Was zum Teufel mache ich jetzt nur? Mein gesamtes Wissen über Überwachungstechnik habe ich aus *24*. Und anscheinend habe ich Jack Bauer noch nicht mal aufmerksam genug zugesehen.

Das Aufzuglicht geht aus.

Ich bemühe mich, ruhig zu bleiben. Das könnte sonst wer sein. Irgendein Autofahrer, ein Angestellter aus dem Gerichtsgebäude.

Ich höre, wie die Maschinerie des Aufzugs sich wieder in Bewegung setzt. Abwärts. In meine Richtung.

Ich sollte weglaufen. Aber das tue ich nicht, ich bin wie erstarrt. Vor Angst, ja, natürlich. Aber da ist auch noch etwas anderes.

Die Erwartung …

Es könnte hier enden. Wer auch immer sich in diesem Aufzug befindet, könnte alles wissen: wer Tim getötet hat, wer Meggie getötet hat.

Ein kaltes Rinnsal aus Schweiß läuft mir den Rücken hinunter, als mir klar wird, dass nur derjenige, der beide Morde begangen hat, das mit Sicherheit wissen kann.

Die Bremsen des Fahrstuhls kreischen auf wie Katzen bei einem mitternächtlichen Kampf. Ich drücke mich flach an die Wand. Nicht denken. Einfach bereit sein.

Lauter. Immer lauter. Dann verstummt der Aufzugmotor. Stille. Schließlich sinkt die Kabine das letzte Stückchen herab und ich warte darauf, dass die Tür sich öffnet.

Das ist doch Wahnsinn.

Mit einem Stöhnen schiebt sich die Metalltür auf. Ich warte. Und warte.

Worauf wartet *er*?

Schließlich wage ich es, den Kopf zu drehen und zur Seite zu blicken. Die Beleuchtung aus dem Aufzug strahlt hell und erbarmungslos.

Ich trete einen Schritt vor. Und noch einen.

Nein.

Ich sehe hoch, runter, nach links und rechts, ich kann es nicht glauben.

Es stinkt penetrant nach Erbrochenem. Auf dem Boden liegt eine zerquetschte Dose Red Bull. Ein abgerissenes Zeitschriftencover.

Aber abgesehen davon ist der Aufzug leer.

16

Ich renne und renne. Durch verlassene Straßen. Die Treppe zur U-Bahn-Station hinunter. Den leeren Bahnsteig entlang.

Bei jedem Halt wechsele ich den Waggon. Wahrscheinlich falle ich damit nur noch mehr auf, aber so machen sie es im Fernsehen schließlich auch. Solange ich in Bewegung bleibe, fühle ich mich zumindest weniger gefährdet.

Noch an der Waterloo Station beäuge ich die anderen Fahrgäste so argwöhnisch, als wäre ich auf der Flucht. Ich marschiere weiter und weiter durch den Zug, bis ich mich schließlich für ein Abteil entscheide, in dem nur ein alter Mann mit beidseitigem Hörgerät und eine Mutter mit einem Tragetuch sitzen, aus dem ihr knautschgesichtiges Neugeborenes hervorlugt.

Da war definitiv jemand in dem Parkhaus, ich bin mir ganz sicher. Jemand, der in irgendeiner Verbindung zu all dem steht, was passiert ist. Warum also hat er mich davonkommen lassen?

Nach dem ganzen Gerenne komme ich so blass und verschwitzt in der Schule an, dass mir jeder meine angebliche Krankheit abnimmt. Sogar Cara fällt darauf rein.

»Scheiße, ich hoffe wirklich, das ist nicht ansteckend, Alice.«

»Mir geht's schon viel besser als gestern.«

Sie schüttelt den Kopf. »Das mit Tim muss echt ein Schock gewesen sein. Ich weiß ja, dass du ihn die ganze Zeit für unschuldig gehalten hast.«

Ausnahmsweise widerspreche ich nicht. Cara davon zu überzeugen, ist nicht wichtig, auch wenn es mir wie Verrat an Tim vorkommt, ihn nicht zu verteidigen. »Ja, war schon ziemlich schlimm.«

»Jemand in unserem Alter sollte sich doch nicht umbringen, oder? Das ist so was von unnatürlich.«

»Tja, man weiß eben nie, was die Leute so durchmachen.«

»Nein.« Sie wirft mir einen nervösen Blick zu. »Wollen wir mittagessen gehen oder …«

»*Oder* klingt gut.«

Wir verlassen den Gemeinschaftsraum und machen uns auf den Weg Richtung Sporthalle. Dank des Hockeyteamkapitäns hat Cara den Schlüssel zu einem der Geräteräume, den er in den Pausen gegen Bezahlung vermietet. Es kostet eine Stange Geld, aber Cara meint, das sei es wert, solange man dafür im Warmen eine rauchen kann. Letzte Woche hat Caras Mum ihr die Nikotinpflaster weggenommen, weil sie fürchtet, dass ihre Tochter nun danach *süchtig* wird, darum ist Cara jetzt ziemlich verzweifelt.

Wir suchen uns in einer Ecke einen Platz auf einem Netz voller Korbbälle, das unter uns nachgibt wie ein Sitzsack.

»Ich rauche schon viel weniger, Alice, ehrlich«, beteuert Cara, als ich beobachte, wie sie sich eine Zigarette dreht. »Ist doch nur ganz klein. Und nächste Woche um diese Zeit habe ich schon aufgehört.«

»Das hast du schon so oft behauptet, Miss Aschenbecher-Atem. Du weißt, ich nörgele nur an dir rum, weil ich mir Sorgen mache.«

»Hey, ich habe übrigens meinen Termin für die Führerscheinprüfung«, versucht sie das Thema zu wechseln. »Mein Rendezvous mit dem Schicksal ist am 27. Juni. Und danach machen wir zwei eine schöne Spritztour.«

Ich lache. »Nimmst du an dem Tag deine Piercings raus? Die Prüfer können ziemlich voreingenommen sein.«

Cara war am Ostermontag in Brighton und ist mit Ringen in Nase und Oberlippe wiedergekommen.

»Die beeinflussen ja wohl kaum mein Fahrvermögen, oder?« Sie zündet die Zigarette an. »Na ja, aber vielleicht nehme ich sie trotzdem raus. Mit den Dingern bleibt man ständig irgendwo hängen.«

»Hmm, du hast es ja immerhin ... wie lange damit ausgehalten? Einen Monat?«

»Länger als mit den meisten Jungs«, entgegnet sie und wir brechen in Gekicher aus, weil sich das nun mal nicht bestreiten lässt.

Als wir uns wieder beruhigt haben, wirft sie mir einen dieser Blicke zu. »Du hast echt nie die Stellenbeschreibung für Teenager gelesen, was, Ali?«

»Nee. Die E-Mail muss ich verpasst haben.«

»Okay, dann lass mich dich kurz einweisen. Von uns wird erwartet, dass wir uns unsinnige Piercings stechen lassen. Mit unsinnigen Typen ausgehen. Uns unsinnige Haarfarben verpassen.« Sie zupft an ihren splissigen Haarspitzen, eine Nachwirkung von fünf verschiedenen Farben in ebenso vielen Wochen. »Unsere Eltern auf die Palme bringen. Uns Gefahren aussetzen.«

Ich denke daran, wie knapp die Geschichte in dem Parkhaus ausgegangen ist. »Vielleicht hat meine Schwester ja genug Gefahr für uns beide abgekriegt.«

Cara stößt den Rauch in einem stetigen Strom aus und ich frage mich schon, ob sie mir wohl dieselbe Predigt halten wird wie Mum immer: dass ich wegen Meggies Tod nicht mein Leben einschränken soll und so weiter.

»Vielleicht bist du aber auch einfach als Spießerin auf die Welt gekommen.«

»Ach, jetzt komm aber, das ist nicht fair. Nur weil ich nicht rauche –«

»Du fängst auch nichts mit schlimmen Typen an, machst nie blau, belügst deine Eltern nicht … Ich könnte die Liste stundenlang fortsetzen.«

Mit Ausnahme des Rauchens liegt sie überall komplett daneben. Aber ich sage nur: »Vielleicht bin ich auch jetzt einfach verantwortungsbewusst und flippe erst so richtig aus, wenn ich alt bin.«

Sie schüttelt den Kopf. »Nein, das machst du nicht. Ungezogen sein muss man üben, Alice. Oder …«, sie grinst, »man braucht einen verdammt guten Lehrer.«

»Oh-oh.«

»Vielleicht sollte ich dich unter meine Fittiche nehmen.«

»Und was schwebt dir da so vor? Ein Piercing will ich nämlich definitiv nicht.«

»Nichts, was wehtut oder nicht mehr weggeht. Nur … durchschnittlich gefährlicher Kram. Rebellion in Maßen. Über die Stränge schlagen für Anfänger. Und wahrscheinlich ziemlich viel Alkohol. Na, was sagst du?«

Wir fangen an zu lachen und mir wird klar, wie sehr ich sie vermisst habe. Dass Cara überhaupt noch etwas mit mir zu tun haben will, nachdem ich sie so lange habe hängen lassen, ist wirklich ein Riesenglück.

»Abgemacht.«

Sie beugt sich vor und drückt mir einen dicken, feuchten Schmatz auf die Wange. »Willkommen zurück im Wunderland, liebe Alice. Schnall dich an, das wird eine rasante Fahrt!«

Noch rasanter als heute?

Andererseits ist in dem Parkhaus ja, abgesehen von meiner Angst, eigentlich gar nichts passiert. Ich habe bloß auf einen leeren Aufzug gewartet. Und bin danach durch die Straßen gerannt, mit vermutlich nichts als Schatten auf den Fersen.

Vielleicht ist ein Crashkurs im Normalsein bei meiner besten Freundin genau das Richtige, um mich von meiner Paranoia zu heilen.

Alice ist die hübscheste Beute, die man sich vorstellen kann.

Aber in Zukunft muss sie ein bisschen vorsichtiger sein, wenn sie ihren Verfolgern entwischen will. Heute hätte sie jeder sehen können, trotz dieses biederen Mantels und der schrecklichen Frisur. Da draußen sind Leute unterwegs, denen ihr Wohlergehen nicht so sehr am Herzen liegt wie mir.

Ich glaube, sie weiß gar nicht, wie ähnlich sie Meggie mittlerweile sieht. Ihr Gesicht hat einiges von seiner Rundlichkeit verloren – vermutlich liegt das am Kummer – und während ihre Augen dunkler wirken, werden ihre Haare immer heller. Sie sind jetzt beinahe so blond wie die ihrer Schwester, als sie ausgebreitet auf dem Kissen lagen. Nur dass Alice' Haar sich so schnell verknotet. Sie sollte es öfter bürsten.

Besitzen die Forsters ein Herzensbrecher-Gen? Meggie jedenfalls hat es geliebt, mit den Gefühlen anderer zu spielen.

Aber bei Alice glaube ich nicht, dass sie es absichtlich tut. Es ist einfach eine Tatsache: Manchmal kann man nun mal nicht aus seiner Haut.

17

Es ist erstaunlich, mit wie wenig Schlaf man auskommt, wenn man ein Doppelleben führt.

Nach der Schule lege ich mich ein Stündchen aufs Ohr. Dann noch mal fünf Stunden zwischen elf Uhr nachts und vier Uhr morgens. Okay, in den ersten paar Tagen bin ich wirklich schwer aus dem Bett gekommen, aber mittlerweile wache ich sogar auf, bevor der Wecker klingelt. Ich kann es nicht erwarten, an den Strand zu kommen.

Ich liebe es, bei Nacht dort zu sein. Das Heben und Senken von Dannys Brust, wenn ich neben ihm liege. Die Geheimnisse und Beichten, die die Dunkelheit hervorlockt. Die albernen Kleinigkeiten – erste Haustiere, erste Schwärmereien – und die wichtigen Themen wie Glück, Liebe und sogar die Frage, ob es einen Gott gibt.

Man sollte meinen, dass Tote zu Letzterem eine Menge zu sagen hätten, aber die Gäste hier haben keine Ahnung, ob sie sich im Himmel oder in der Hölle befinden … oder vielleicht auch nur in meiner Vorstellung.

»Also, deine Freundin … Cara, richtig?«

Danny spricht ihren Namen sehr amerikanisch aus – *Kärra* statt *Kahrah* –, aber das ist es nicht, was mich so in Erstaunen versetzt. Sondern die Tatsache, dass ich mit ihm über alltägliche Dinge reden kann. Es ist, als wären wir … na ja, ein ganz normales Pärchen.

»Mhmm?«

»Du sagst doch, sie will, dass du mal ein bisschen über die Stränge schlägst, stimmt's? Sind dabei etwa auch Jungs im Spiel?«

»Möglicherweise.«

»Aber Alice, ich bin doch so eifersüchtig.« Seine großen grünen Augen sind fest auf mich gerichtet. Falls er es nicht ernst meint, dann mimt er zumindest sehr überzeugend den hoffnungslos Verliebten.

»Ich bin doch auch nicht eifersüchtig auf die ganzen superhübschen Mädels, mit denen du hier rumhängst.« Was gelogen ist. Ein bisschen stört es mich nämlich schon.

»Das ist etwas ganz anderes.« Danny nimmt meine Hand. »Aber ich muss mich wohl damit abfinden. Andere Jungs haben eben etwas, das ich nicht habe.«

»Körpergeruch?«

Danny lächelt traurig. »Eine Zukunft.«

Ich weiß nicht, was ich sagen soll, also küsse ich ihn stattdessen. Doch auch danach umwabert uns die Realität noch wie ein unangenehmer Dunst. »Komm, wir gehen mal nachsehen, wo die anderen sind.«

Ein Grüppchen von Leuten sitzt auf dem klapprigen Bootssteg. Meggie und Tim sind auch dabei.

»Hallo, schönes Schwesterchen«, sagt Meggie und nimmt mich fest in den Arm.

»Hi, Alice.« Tim winkt mir kurz zu, greift aber sofort wieder nach der Hand meiner Schwester, als könnte er es nicht ertragen, sie länger als ein paar Sekunden loszulassen.

Neben ihnen lassen Javier und Greta die Füße ins mondbeschienene Wasser baumeln.

»Na, ihr zwei? Genießt ihr das süße Leben?«, frage ich sie.

»Den süßen Tod meinst du wohl? Und wie«, erwidert Javier. »So sehr, dass ich überlege, ob ich nicht ewig hierbleiben soll.«

Ich will gerade etwas Sarkastisches zurückgeben, da fangen sie beide an zu kichern.

Greta schüttelt nachsichtig den Kopf und lächelt mir dann zu. »Er kann nicht anders, Alice. Gibt es im Englischen nicht so eine Redewendung … Er hat eine so scharfe Zunge, dass er sich irgendwann selbst daran schneidet?«

»Das ist die perfekte Beschreibung für Javier.« Ich lache.

Doch dann halte ich erschreckt inne.

Greta verändert sich vor meinen Augen. Ihr Gesicht ist plötzlich puterrot und so aufgedunsen, dass ich kaum noch ihre Augen ausmachen kann. Während ich sie anstarre, fängt sie an zu zucken wie bei einem Anfall und ein grässlicher Laut dringt aus ihrer Kehle, als wäre diese so zugeschwollen, dass sie nicht mehr atmen kann.

Ich blinzele und als ich die Augen öffne, sieht Greta wieder normal aus. Außerdem scheint niemand sonst etwas bemerkt zu haben.

»Ach was, meine Zunge ist inzwischen völlig harmlos«, widerspricht Javier. »Da mich unsere liebe Greta ja ständig daran erinnert, wie viel Glück wir haben, hier zu sein, würde ich es gar nicht mehr wagen, mich über mein Los zu beschweren.«

Ich setze mich neben ihn. »Dir geht es also wirklich besser? Ich habe mir echt Sorgen um dich gemacht. Nachdem Triti fort war …«

Er senkt den Blick. »Das war eine harte Zeit. Ich habe mir so oft gewünscht, ich hätte mit ihr gehen können. Aber jetzt …« Er sieht wieder auf und lächelt Greta zu. »Jetzt versuche ich einfach, die vielen schlimmen Dinge zu vergessen, an denen ich sowieso nichts ändern kann. Das mit Triti natürlich, aber auch die Vergangenheit.«

Ich sage nichts. Er hat sich nie darüber beschwert, hier zu sein, nicht einmal angedeutet, dass er sich wünscht, es könnte sich etwas ändern. Was hast du nur alles erleiden müssen, Javier?

Direkt fragen kann ich ihn nicht, aber ich versuche, ihm mit meinem Blick zu signalisieren, dass ich für ihn da bin, wenn er reden will.

Doch der nachdenkliche Moment ist schon wieder vorüber.

»So, Schluss mit dem Selbstmitleid. Greta hat mich geheilt, sie ist wie Medizin. Oder nein. Nicht wie Medizin, sondern wie Cava, wisst ihr, der Sekt aus Katalonien, meiner Heimat. Voller fröhlicher Perlen. Seit ich sie kenne, bin ich ein bekehrter Pessimist – ein Optimist!« Javier greift nach ihrer Hand.

»Optimismus ist die einzig richtige Einstellung.« Greta strampelt mit den Füßen im Wasser. »Das Meer ist herrlich heute Nacht, Alice. Wie ein Whirlpool.«

Ich strecke die Beine aus und das warme Wasser scheint tatsächlich auf meiner Haut zu sprudeln.

Meggie summt eine Melodie, die ich nicht erkenne.

Wenn wir hier am Strand Kameras hätten, dann wäre das hier das perfekte Foto. Sechs Freunde nebeneinander, in einer lauen Sommernacht. Worte sind unnötig. Und die Tatsache, dass ich mir meine Zeit am Soul Beach neuerdings heimlich zusammenklauben muss, macht den Moment nur noch kostbarer.

Ich versuche, ihn im Gedächtnis festzuhalten, jedes Detail, vom warmen Meer unter meinen Fußsohlen bis zu den Witzen, die Javier Greta zuflüstert, von Dannys Hand, die mir sanft durchs Haar streicht, bis zum verträumten Lächeln meiner Schwester, als sie zum dunklen Horizont hinausblickt.

Das ist der Stoff, aus dem Erinnerungen gemacht sind.

18

Wochenende. Normalerweise verbringe ich diese beiden Tage komplett am Strand, mit Danny und meiner Schwester. Aber das geht momentan nicht und mir wird klar, wie wenig mir im Leben sonst noch geblieben ist.

Heute ist Cara bei ihrem Vater, Lewis bei irgendeiner Nerd-Konferenz in Edinburgh, Mum beim Samstagstreff ihrer Therapiegruppe und Dad in ein Golfturnier im Fernsehen vertieft. Ich habe mich mit einem Teller Bohnen und Toast in mein Zimmer verzogen und zähle die Stunden, bis meine Eltern ins Bett gehen. Während ich warte, versuche ich die Motivation aufzubringen, endlich mit dem Geschichtsaufsatz anzufangen, der eigentlich schon letzte Woche fällig war.

Ich wollte Dad überreden, mich meinen Laptop mit in mein Zimmer nehmen zu lassen, aber seitdem er bei Mum wieder gut dasteht, will er es sich mit ihr nicht erneut verscherzen, indem er die Regeln bricht.

Welche Rolle spielt Ideologie in einem totalitären Regime?

Ich habe die Frage so oft gelesen, dass sie mir schon vollkommen unsinnig vorkommt. Mein Geschichtsbuch führt natürlich die üblichen Verdächtigen auf: Hitler, Stalin, Mussolini.

Die üblichen Verdächtigen …

Ich starre hinunter auf die leere Seite in meinem Spiralblock.

Tatsächlich habe ich nie eine Liste der Menschen erstellt, die meine Schwester umgebracht haben könnten. Da wäre ich mir einfach zu sehr so vorgekommen, als würde ich Detektiv spielen.

Aber wenn die echten Detektive es nun mal nicht selbst auf die Reihe kriegen …

Ich schreibe: SAHARA.

Die Großbuchstaben wirken überzeugter, als ich mich fühle.

Sahara? Im Ernst? Okay, sie ist die anstrengendste Person, die mir je begegnet ist. Aber zwischen Klette und Mörder besteht schließlich doch noch ein Unterschied.

TIM

Natürlich glaube ich immer noch nicht daran, aber irgendwie käme es mir wie Schummeln vor, wenn ich den Hauptverdächtigen der Polizei außen vor lassen würde.

ADE

Weil … na ja, immerhin gehörte er zu ihrem Freundeskreis, stimmt's? Er verbringt viel Zeit mit Sahara, was bedeuten muss, dass er mit Meggie zu tun hatte, auch wenn sie ihn nie erwähnt hat.

Die Gelegenheit hätte er also gehabt, aber wie steht es mit seinem Motiv? Oder mit Saharas, wenn wir schon mal dabei sind. Ich weiß, dass meine Schwester vor ihrem Tod mit Sahara Streit hatte, aber Cara und ich zoffen uns auch manchmal und sind am nächsten Tag wieder ein Herz und eine Seele.

Ich klemme mir den Kuli zwischen die Zähne und versuche mich zu konzentrieren. Dann füge ich hinzu:

ANDERER FREUND/BEKANNTER

UNBEKANNTER FAN

IRGENDEIN STALKER

MITBEWERBER BEI *SING FOR YOUR SUPPER*

Bei einem Fremden würden mir sofort viel einleuchtendere Motive einfallen: ein durchgeknallter Fan, ein Erzrivale, den Meggie bei *Sing for your Supper* geschlagen hat. Und was Stalker angeht: Die brauchen noch nicht mal ein anständiges Motiv, sondern hängen sich einfach ohne Grund an andere Leute.

Als Polizistin hätte ich mich wahrscheinlich auch für Tim als die wahrscheinlichste aller Möglichkeiten entschieden.

Meggies Tod – und auch Tims – ergeben ungefähr genauso viel Sinn wie die Frage für meinen Geschichtsaufsatz.

Es klingelt an der Tür.

Nachdem Meggie gestorben war, haben uns erst mal alle eine Weile in Ruhe gelassen. Ob sie nun Geld für einen guten Zweck sammeln, ihre Religion verbreiten oder Staubsauger verkaufen wollten, die Leute schienen zu wissen, dass sie sich fernhalten mussten, so als hätte über unserem Haus eine dunkle Wolke gehangen. Aber jetzt sind sie wieder da. Ein weiteres Anzeichen dafür, dass langsam die sogenannte Normalität wieder einkehrt.

»Alice? Du hast Besuch«, ruft Dad aus dem Flur.

Ich erwarte eigentlich niemanden, es sei denn …

»Ist es Lewis?«, rufe ich zurück, überrascht darüber, wie hoffnungsvoll ich klinge. Irgendwie hat er die Gabe, immer dann zur Stelle zu sein, wenn es wirklich darauf ankommt. Vielleicht ist er ja mit *Flammen der Wahrheit* weitergekommen.

Ich höre Dads Schritte auf der Treppe, dann macht er die Tür zu meinem Zimmer auf. »Nein. Nicht Lewis. Ähm … Vielleicht willst du lieber unten mit ihnen reden?«

»*Ihnen?*«

Ich trete auf den Treppenabsatz und werfe einen Blick nach unten.

Verdächtige Nummer eins und drei.

Instinktiv weiche ich zurück, damit sie mich nicht sehen.

Dad sieht meinen Gesichtsausdruck. »Ich kann sie auch wegschicken«, flüstert er, »aber …«

Aber sie sind den ganzen Weg aus Greenwich sicher nicht ohne Grund gekommen, denke ich. »Nein. Ich bin sofort unten.«

»In Ordnung. Ich kann ihnen ja schon mal einen Tee machen oder so«, murmelt er und verschwindet.

Ich gehe ins Bad, kämme mir das zerzauste Haar und spritze mir etwas kaltes Wasser ins Gesicht. Als ich aufsehe, sind meine Augen geweitet. Das sind nicht meine Freunde. Was also wollen sie hier?

Als ich mir die Hände abtrockne, zittern sie. Immer wenn Sahara in meiner Nähe ist, spüre ich diese Angst. Ging es meiner Schwester genauso? Vielleicht hat sie deswegen versucht, ein bisschen auf Abstand zu gehen.

Tief durchatmen.

»Hey, Leute«, sage ich, als ich mit gezwungenem Lächeln die Treppe runtergehe. »Was macht ihr denn hier?«

Sie stehen unten im Flur, haben noch immer ihre Jacken an, in den Händen Motorradhelme im Partnerlook.

»Wir waren gerade unterwegs zu Freunden«, sagt Ade, »die hier in der Gegend wohnen. Und da wollten wir mal nachsehen, wie es dir so geht. Nach allem –«

»Oh Gott, Alice«, jault Sahara und breitet die Arme aus, die in der dicken Motorradjacke kurz und stummelig wirken. Ihr ohnehin schon dünnes Haar ist durch den Helm noch platt gedrückter, sodass sich kaum sagen lässt, wo ihr Schädel aufhört und der Haaransatz anfängt. »Wie kommst du damit klar?«

Ein paar Sekunden lang lasse ich mir die Umarmung gefallen, dann winde ich mich aus ihrem Griff. »Mir geht's gut. Aber was ist mit dir, Ade? Das muss doch ein furchtbarer Schock gewesen sein.«

Er zuckt mit den Schultern. In den ledernen Motorradklamotten wirkt er cooler als sonst, obwohl er immer noch totenbleich ist. Seine Haare sind zurückgekämmt wie bei einem Kampfpiloten und wieder frage ich mich, warum er eigentlich mit Sahara zusammen ist. Er sieht tausendmal besser aus als sie.

Dad taucht auf, zwei Teetassen in den Händen. »Tut mir leid, hat ein bisschen gedauert. Macht es euch ruhig gemütlich hier, ich habe ein paar Sachen in der Garage zu erledigen.« Er lädt die Tassen ab und verzieht sich hastig.

Im Esszimmer legen die beiden ihre Helme auf den Tisch, schälen sich aus den Jacken und setzen sich. Noch immer habe ich keine Ahnung, warum sie hier sind. Ich wusste ja noch nicht mal, dass sie unsere Adresse kennen.

»Ade hat es tiefer getroffen, als er zugibt«, sagt Sahara. »Die letzten Tage waren wirklich hart. Wir hatten schon Angst, dass die Medien die Verbindung zwischen ihm und mir herstellen und mich dann auch belagern würden.«

Meine Schwester ist tot. Tim ist tot. Ade muss völlig traumatisiert sein, weil er seinen besten Freund erstickt aufgefunden hat. Und doch gelingt es Sahara irgendwie, das Ganze so zu drehen, als ginge es um *sie*.

»Was hat Tim denn für einen Eindruck gemacht?«, frage ich Ade. »Bevor ...«

Ade knibbelt einen imaginären Schmutzfleck vom Visier seines Helms. »Schlecht. Paranoid. Na ja, du hast ja vor einiger Zeit noch selbst mit ihm geredet, da ging es ihm schon mies, aber je näher der Jahrestag kam –«

»Du hast mit ihm geredet, Alice?«, unterbricht Sahara ihn. »Ich hätte nicht gedacht, dass du nach Meggies Tod überhaupt Kontakt mit ihm wolltest. Sehr eigenartig, das muss ich schon sagen.«

Glaubt sie etwa ernsthaft, ausgerechnet *sie* könnte es sich leisten, *mein* Verhalten merkwürdig zu finden?

»Ich wollte eben wissen, ob er meine Schwester getötet hat.«

»Tja, ich würde sagen, die Frage ist jetzt beantwortet, stimmt's? Du musst ja wirklich verzweifelt gewesen sein, Alice. Ich verstehe, warum du das getan hast, aber …«, Sahara wendet sich Ade zu. »Ich kann einfach nicht glauben, dass du sie auch noch dabei unterstützt hast. Das war völlig unverantwortlich.«

Er scheint es gewohnt zu sein, unter ihrem Pantoffel zu stehen. »Sahara, du weißt doch, dass ich geglaubt habe, Tim könnte unschuldig sein. Bis ich … na ja, bis ich ihn gefunden habe.«

Wir schweigen ein, zwei Minuten lang, denn egal ob schuldig oder nicht, niemand hat sich gewünscht, dass Tim auf diese Weise sterben würde.

Ich bemühe mich, Ades Blick aufzufangen. »Das heißt, jetzt denkst du doch, dass er es getan hat?«

Er zuckt mit den Schultern.

Es ist mir so unangenehm, ihn das alles noch einmal durchleben zu lassen, aber es muss sein, um Meggies willen. »Wie hat er sich kurz vorher benommen? Hat er vor irgendetwas Angst gehabt?«

Ade schüttelt den Kopf. »Da war gar nichts, Alice. Ich schwöre.«

»War er betrunken? Die Polizei hat was von irgendwelchen Flaschen gesagt.«

»Als ich ihn gefunden habe, da …« Ade schließt die Augen. »Da bin ich in Panik geraten. Ich habe die Tüte aufgerissen und das Tuch gelockert, für den Fall, dass er doch noch am Leben war. Den Rest weißt du ja.«

»Das Tuch?«

Er blinzelt. »Damit hatte er die Tüte festgebunden. Ein rotes Seidenhalstuch. Die Polizei glaubt, dass es vielleicht Meggie gehört hat, aber das wollen sie der Presse erst mal vorenthalten. Möglicherweise hatte Tim es als Trophäe behalten – sie meinten, so was machen Mörder manchmal. Vielleicht sollte das so eine Art Schuldeingeständnis sein.« Ade schüttelt den Kopf.

Ich starre ihn an. Natürlich könnte dieses Halstuch auf Tims Schuld hindeuten. Oder darauf, dass der wahre Mörder sich ein Spielchen mit der Polizei erlaubt. Weil er sich sicher ist, dass er auch ein zweites Mal davonkommen wird.

Außerdem hat Meggie keine Seidenhalstücher getragen. Die sind eher was für ältere Frauen. Das ergibt doch alles keinen Sinn.

Sahara runzelt die Stirn. »Alice, du hättest vielleicht lieber etwas anderes gehört, aber was soll es sonst für eine Erklärung geben? Dass irgendjemand in die Wohnung eingebrochen ist, Tim gegen seinen Willen betrunken gemacht, dann seinen Selbstmord vorgetäuscht und sich davongeschlichen hat? Ade war doch nur knapp zwei Stunden weg.« Ihre Stimme klingt sanft, vielleicht habe ich ihr Unrecht getan. Möglicherweise macht sie sich wirklich ernsthaft Sorgen um mich. Oder ich erinnere sie einfach an meine Schwester.

»Er hat im Dunkeln gesessen.«

Sahara und ich sehen Ade an.

»Er wollte nie das Licht anmachen. In den letzten Wochen. Er schien immer depressiver zu werden.«

Weil mir deine Schwester alles bedeutet hat, Alice. Sie hat meine ganze Welt zum Leuchten gebracht. Sie war wie eine strahlend helle Flamme, und jetzt, ohne sie, ist alles nur noch dunkel.

Ich kann dieses letzte Gespräch mit Tim einfach nicht vergessen. Auch wenn Sahara denkt, dass ich es gar nicht erst hätte führen dürfen.

Dann fällt mir noch etwas ein. »Könnte er vielleicht irgendwas im Internet gefunden haben, das ihn aufgebracht und dazu getrieben hat? Ihr wisst ja, wie biestig die Leute da manchmal sein können.«

Weder an Saharas noch an Ades Gesicht lässt sich irgendetwas ablesen. Ade schüttelt den Kopf. »Nicht dass ich wüsste.«

Die Uhr im Flur tickt. Der Tee ist mittlerweile kalt.

»Wir sollten dann mal weiter«, meint Ade. »Unsere Freunde warten.«

»Nur dass ihr gar keine Freunde habt, die in meiner Gegend wohnen, stimmt's? Schon gut, ich verstehe, warum ihr gekommen seid. Ihr müsst mir nichts vormachen.«

Schweigen.

»Wir wollten ... Blumen auf Meggies Grab legen«, gesteht Sahara schließlich. »Ich weiß, dass das Blödsinn ist. Sie hat sowieso nichts davon. Aber vielleicht andere Leute, wenn sie dort vorbeikommen. Daran können sie sehen, wie sehr Meggie geliebt wurde.«

In meinen Augen brennen Tränen. Ich bin nach der Beerdigung nicht ein einziges Mal an ihrem Grab gewesen, schließlich sehe ich sie jede Nacht. Aber in Saharas Leben hat Meggie eine große Lücke hinterlassen, das wird mir nun klar.

»Das wusste sie«, versichere ich ihr.

Ade rutscht auf seinem Stuhl hin und her. »Wir wollen nicht den Kontakt verlieren. Nur weil ...«

»Wir waren auch Teil ihres Lebens, Alice. Wir werden Meggie nie vergessen. Und dich auch nicht. Ich hoffe, mit der Zeit betrachtest du uns auch als deine Freunde. Vielleicht sogar als eine Art Bruder und Schwester. Wir können dir helfen.«

Ich weiß nicht, was ich darauf antworten soll. Ich hatte eine Schwester. Ich brauche keinen Ersatz.

Sahara redet weiter. »Natürlich können wir Meggie nicht ersetzen, aber wir sind ja nur ein bisschen älter als du, also wenn es etwas gibt, über das du mit deinen Eltern nicht reden kannst, sind wir nur einen Anruf oder eine kurze Fahrt mit dem Motorrad entfernt.«

Ich kann mir nicht vorstellen, dass ich sie jemals wegen irgendetwas um Rat fragen würde, aber sie scheint es wirklich ernst zu meinen.

»Na komm, Sahara.« Ade tätschelt ihr die Hand wie einem kleinen Mädchen. »Jetzt lassen wir Alice mal in Ruhe, damit sie auch noch was von ihrem Samstag hat.«

»Tja, ich muss mich wohl wirklich mal wieder an meine Hausaufgaben machen«, erkläre ich schwach.

Sahara steht auf. Es überrascht mich jedes Mal, wie groß sie ist. Wieder will sie mich in den Arm nehmen und ich wehre mich nicht. »Und vergiss nicht Ades kleines Geburtstagstreffen. Da kommen ein paar Leute, denen deine Schwester auch viel bedeutet hat. Das wird bestimmt ... nett.«

Ade umarmt mich nicht, aber er lächelt teilnahmsvoll.

Ich stehe winkend in der Tür und sehe ihnen nach, als sie ein Stück die Straße hinuntergehen. Sahara zwängt sich den Helm über den Kopf und nimmt auf dem Motorrad Platz. Ade klettert hinter sie, legt die Arme fest um ihre Taille und wirft mir einen langen Blick zu, bevor Sahara den Motor anwirft und die beiden davonbrausen.

Vielleicht sollte ich ihre Namen von meiner albernen Verdächtigen-Liste streichen und akzeptieren, dass es mir nicht weiterhilft, wenn ich nun alles und jeden infrage stelle.

Dann aber kommt mir etwas in den Sinn.

Blumen. Sie wollten Blumen auf Meggies Grab legen. Aber sie hatten gar keine dabei und auf dem Motorrad wäre auch kein Platz dafür gewesen, ohne sie zu zerquetschen.

Ach, das hat sicher nichts zu bedeuten. Wahrscheinlich hatten sie vor, noch einen Strauß an der Tankstelle zu kaufen.

Trotzdem. Vielleicht streiche ich sie lieber noch nicht von der Liste.

19

»Bruder und Schwester? Das hat Sahara im Ernst gesagt?«
So langsam bereue ich es, Cara von meinen Wochenendbesuchern erzählt zu haben. Sie bauscht die Sache gleich wieder so auf.

»Sie hat es auch wirklich so gemeint, Cara. Okay, klar klingt das ein bisschen übertrieben, aber so ist sie nun mal. Sie will mir nur helfen.«

»Übertrieben? Durchgeknallt trifft es wohl besser. Und was ist mit Adrian?«

Irgendetwas an der Art, wie sie den Namen ausspricht, bringt mich dazu, von meinem Sandwich aufzublicken. »Woher kennst du denn Ade?«

Sie errötet. »Ähm, von der Beerdigung.«

»Mensch, Cara.«

Ich sage es so laut, dass die anderen Mädchen im Aufenthaltsraum zu mir rübersehen. Aber das ist mir egal.

»Tut mir leid. Schätze, das war ziemlich daneben, was?«

»Ach, nein. Ich bin bloß überrascht. Ich wusste ja nicht mal, dass ihr euch kennt.«

Sie zieht eine Grimasse. »Natürlich hatte ich an dem Tag wirklich anderes im Kopf. Aber manchmal spürt man gerade, wenn man nicht auf der Suche ist, eine Verbindung zu jemandem. Ich kann das nicht erklären, so was passiert einfach.«

Wie mit Danny. Als ich Meggies Freunde am Strand kennengelernt habe, war ich auch nicht gerade auf Flirten aus, aber die Verbindung zu Danny war sofort da. Nur leider kann ich meiner besten Freundin nicht von diesem Moment erzählen.

Stattdessen sage ich: »Na, wenigstens hast du mich nicht gleich in der Kirche nach seiner Nummer gefragt.«

»Nein, sogar ich weiß, dass man so was nicht macht.« Sie wartet ein paar Sekunden. »Aber wir sind mittlerweile Facebook-Freunde. Und weißt du was? Er hat mich zu seiner Party eingeladen!«

»Party?« Ich starre Cara an. Warum zum Teufel sollte Ade eine Party feiern? Dann fällt es mir wieder ein. »Ach, diese Geburtstagssache, das hat Sahara auch erwähnt. Aber das war doch nicht als richtige Party gedacht, oder? Nur ein ruhiges Treffen mit ein paar Leuten. Ich meine, sein bester Freund ist doch noch nicht mal unter der Erde.«

»Ach so, sorry. Irgendwie klang es ziemlich nach Party. Und immerhin soll das Ganze ja in dieser alles andere als ruhigen Tapas-Bar in der Stadt steigen und die Gästeliste auf Facebook ist verdammt lang.« Sie verstummt.

Ich bin empört, um Tims willen. Aber vielleicht hatten sie das Ganze ja auch schon so geplant, bevor er gestorben ist, und konnten jetzt nicht mehr absagen? Am besten denke ich gar nicht weiter darüber nach. »Du stehst also im Ernst auf Ade?«

»Wieso denn nicht? Er ist echt süß. So blass und dann dieser intensive Blick – das hat was. Besonders, nachdem ich dieses Wochenende herausgefunden habe, dass mein lieber Sergej einfach so zurück in die Ukraine abgehauen ist, ohne mir Bescheid zu sagen. Ich esse nie wieder Hühnchen Kiew!«

Ich hatte keine Ahnung, dass es überhaupt mal einen Sergej gab, aber ihr neuer Schwarm beunruhigt mich. »Dir ist schon klar, dass Ade eine Freundin hat?«

»Na ja, Sahara ist ja wohl keine Konkurrenz für mich. Wahrscheinlich ist er sowieso nur mit ihr zusammen, weil er fürchtet, dass sie ihn verprügelt, wenn er Schluss macht. Also, ich habe keine Angst vor ihr.«

Vielleicht solltest du das aber. »Das gefällt mir gar nicht, Cara.«

Sie zuckt mit den Schultern. »Ich kann's total verstehen, wenn du keine Lust hast mitzukommen. Aber eigentlich wolltest du doch mal ein bisschen die Sau rauslassen, oder? Und solltest du deine beste Freundin nach dem tragischen Verlust von Sergej nicht vielleicht ein bisschen aufheitern?«

Manchmal weiß ich einfach nicht, wann sie Witze macht und wann sie es ernst meint. Und bevor ich diesmal dahinterkomme, klingelt die Schulglocke.

Auf dem Weg zu Medienwissenschaft grüble ich darüber nach und mir wird klar, dass ich wirklich gern mit Cara ausgehen würde. Vielleicht denkt Mum dann sogar, dass ich endlich zur Normalität zurückkehre, und gibt mir meinen Laptop früher zurück.

Und, am allerwichtigsten: Vielleicht werden Ade oder Sahara nach ein paar Drinks ja so locker, dass sie irgendetwas Brauchbares ausplaudern. Eigentlich kann ich es mir gar nicht leisten, nicht hinzugehen.

Ich überlege, wann ich das letzte Mal einfach nur zum Spaß zu einer Party gegangen bin. Es kommt mir vor, als wäre das ein ganzes Leben her.

Auf dem Nachhauseweg hängt ein düsterer grauer Himmel über mir, so dunkel wie die Felsen, die Soul Beach umgeben. Ich sehne mich nach der Sonne, nach Danny.

Das Warten bis vier Uhr morgens zieht sich endlos hin. Als es schließlich so weit ist, springe ich aus dem Bett und schleiche mich nach unten zu meinem Laptop.

Danny wartet auf mich, an unserem Geheimversteck hinter unserem Felsen. Dort gibt es einen schwarzen Steinvorsprung, gerade groß genug für zwei und weit genug entfernt vom Strand, um uns das Kostbarste von allem bieten zu können: ein bisschen Ungestörtheit.

»Hallo, schöne Frau.«

»Nimm mich in den Arm«, bitte ich. »Du musst mich aufwärmen.«

Seine Umarmung fühlt sich an, als wäre sie das einzig Verlässliche in meinem Leben.

»Ist es so kalt da, wo du bist?«

»Sie haben schon wieder Schnee vorausgesagt, dabei ist längst Frühling.«

Danny zieht mich enger an sich. »Beschreib mir noch mal, wie das ist, wenn man friert. Wie sich Schnee auf der Haut anfühlt.«

Ich erzähle es ihm, während wir uns immer wieder küssen, und versuche, mir ihn im Schnee vorzustellen. Und wie wir all diese albernen Sachen zusammen machen, die ich von den Pärchen in Liebesfilmen kenne: einen Schneemann bauen, Schneebälle werfen, die auf jeden Fall danebengehen, unsere Nasen aneinanderreiben und seine eisige Haut auf meiner spüren …

Zuerst fällt es mir schwer, weil der Danny, den ich kenne, nur am Strand existiert, in Shorts und T-Shirts. Aber ich wette, er ist früher Ski gefahren, oder Snowboard. Es gibt einfach so viel, was ich noch nicht über ihn weiß, aber wir haben ja Zeit, um einander besser kennenzulernen. Zumindest hoffe ich das.

»Wie hast du denn so deine Winter verbracht, Danny?«

»Ich bin Ski gefahren, natürlich nur an den exklusivsten Orten. Hatte die besten Lehrer, das teuerste Equipment. Und trotzdem war ich ziemlich lausig.«

»Quatsch! Du warst bestimmt super.«

»Nein, ehrlich nicht.« Er zieht die Stirn kraus. »Ich war ein totaler Nichtsnutz.«

Ich drücke seinen Arm. »Mir ist egal, wie du warst und wie viel Geld du hattest. Ich liebe den wahren Danny. Einfach nur Danny.«

»Ach, Alice, ich habe dich gar nicht verdient.« Er seufzt. »Aber vielleicht kann ich mich ja bessern. Für dich.«

»Sei nicht albern. Du bist gut, so wie du bist. Such nicht nach Problemen, wo es gar keine gibt. Davon habe ich in der echten Welt schon mehr als genug, darum will ich die Zeit hier mit dir einfach nur genießen.«

Und so blende ich alles aus, bis auf die Wärme seines Körpers an meinem. Ich muss mich auf das Gute konzentrieren. Der Strand ist ein sicherer Hafen, nicht nur für Gäste wie Danny und Meggie und Javier, die so viel erleiden mussten, sondern auch für mich.

Das lasse ich mir nicht verderben.

20

In Bezug auf Partys bin ich dermaßen aus der Übung, dass ich erst einmal eine To-do-Liste aufstelle: Haare glätten, Pickel am Kinn abdecken, Wimpern formen.

Am Strand verwandele ich mich ganz von selbst in eine strahlende Schönheit, sogar wenn ich mich gerade mitten in der Nacht aus dem Bett gequält habe. Im echten Leben ist das schon ein bisschen mehr Arbeit.

Mum strahlt bei meinem Anblick. »Du siehst toll aus, mein Schatz.« Und doch kann sie es nicht lassen, mir ein imaginäres Stäubchen von der Wange zu wischen.

»Mum, ich bin nicht mehr fünf.«

»Ach, du wirst immer mein kleines Baby bleiben, Alice, auch wenn du von Tag zu Tag hübscher wirst. Du siehst heute wirklich aus wie –« Sie hält inne. »Wie eine junge Frau.«

Cara ist nicht ganz so beeindruckt. »Hättest du nicht wenigstens ein bisschen Lippenstift auflegen können? Also ehrlich, besonders viel Mühe gibst du dir ja nicht gerade mit dem Wildwerden.«

Während wir im Zug Richtung Stadt sitzen, zaubert sie ihr Schminktäschchen hervor und stylt mich, Pinselstrich für Pinselstrich, komplett um. Als wir in die Waterloo Station einfahren, erkenne ich mich kaum wieder. Meine Augen wirken größer, meine Lippen voller, mein Haar voluminöser.

»Na, was sagst du?«

»Ich fühle mich wie verwandelt«, antworte ich und sie hakt sich grinsend bei mir ein.

»Tja, ich bin nun mal die Makeover-Queen!«

Nachdem wir aus dem Zug gestiegen sind, inspiziere ich mich ein letztes Mal in dessen schmieriger Fensterscheibe.

Wie angewurzelt bleibe ich stehen. Wie kann das sein?

»Jetzt komm schon, Alice.«

Erst beim dritten Hinsehen begreife ich, dass es nur mein eigenes Spiegelbild ist. Auch wenn ich mir für ein paar Sekunden hundertprozentig sicher war, meine Schwester hätte mir zugelächelt.

Wir umrunden den Bahnhof und stehen gerade vor der großen Tapas-Bar, wo Ade feiert, als mein Handy klingelt.

Lewis. Von ihm habe ich nichts mehr gehört, seit er sich bereit erklärt hat, noch einmal in Sachen *Flammen der Wahrheit* nachzuforschen. Ich hatte schon angefangen zu glauben, er hätte endlich mal einen Hacker gefunden, der ihm ebenbürtig ist.

»Warte kurz«, bitte ich Cara, aber sie hat schon die Tür aufgedrückt. Lateinamerikanische Musik und der Geruch nach Knoblauch dringen heraus, bevor sie wieder zuschwingt.

»Lewis. Wie läuft's?«

»Schleppend. Aber so langsam komme ich der Sache näher.«

»Ehrlich?« Ich bemühe mich, nicht durchklingen zu lassen, wie wichtig es mir ist. »Was meinst du, wie schnell du die Seite knacken kannst? Noch heute Abend?«

»Warum so eilig?«

Es ist wohl kaum der richtige Zeitpunkt, um ihm zu eröffnen, dass ich hoffe, demjenigen, der hinter der Seite steckt, auf den Fersen zu sein. Und damit vielleicht sogar dem Mörder. Dann würde er nur die Polizei rufen. »Ich bin nur so ungeduldig, das ist alles.«

Eine Gruppe junger Frauen, offensichtlich ein Junggesellinnenabschied, schiebt sich johlend und kreischend an mir vorbei.

»Ziehst du etwa ein bisschen um die Häuser, Ali?«

»Es ist schließlich Samstagabend, Professor. Du hast doch bestimmt auch noch ein heißes Date.«

Ich höre ihn lachen. »Nein, nur ein paar ziemlich heiße Spuren in der Welt der Domain-Registrierung.« Trotz des witzigen Tonfalls klingt er einsam.

»Danke, dass du das für mich machst.«

»Das ist für mich Entspannung. Andere Leute lassen sich volllaufen oder spielen Paintball und ich knacke eben Cyber-Rätsel.«

Cara steckt den Kopf zur Tür hinaus und winkt mir mit einer Flasche zu.

»Mein Glück. Ehrlich, Lewis, ich bin dir total dankbar. Ich rufe später noch mal an, ja? Dann kannst du mir berichten, wie es bei dir vorangeht.«

Er schweigt einen Augenblick. »Manchmal frage ich mich, ob ich dir mit alldem wirklich einen Gefallen tue.«

»Tust du, Professor. Und eines Tages kann ich es dir hoffentlich auch besser erklären.«

Lewis seufzt. »Okay. Dann mal wieder frisch ans Werk. Schönen Abend noch. Mach dir Notizen, dann kannst du mir erzählen, wie das noch mal ist, da draußen in der echten Welt.«

Mir läuft ein Schauder über den Rücken. Ich weiß nicht, ob ich selbst schon bereit bin für die echte Welt.

Ade hat mehr Freunde, als ich gedacht hätte. Die Geburtstagsparty beginnt in einem düsteren, abgetrennten Raum der Tapas-Bar, wo ein Tisch für zwölf Personen gedeckt ist.

Zwölf. So viel also zum Thema ruhiges, lockeres Treffen. Aber ich darf nicht schlecht von ihm denken. Jeder Mensch geht nun mal anders mit seiner Trauer um.

Es sei denn, er trauert überhaupt nicht.

Sahara hat sich in eine Ecke gequetscht, Handtasche, Mütze und Handy vor sich aufgetürmt wie eine Festungsmauer. Sie ist der Grund, warum ich überrascht bin, dass Ade so viele Freunde hat. Ich dachte, sie würde die meisten Leute abschrecken.

»Hi, Sahara«, rufe ich ihr durch den überfüllten Raum zu.

Sie lächelt mich an und bedenkt Cara mit einem finsteren Stirnrunzeln. Vielleicht spürt sie die Bedrohung, die von ihr ausgeht. Es muss furchtbar sein, ständig Angst haben zu müssen, dass der Freund mit einem Schluss macht, weil er besser aussieht als man selbst.

Ade wirkt heute vollkommen verändert. Er hat kein Glas in der Hand, die Gesellschaft an sich scheint ihn zu berauschen. Vielleicht genießt er es, mal wieder ein bisschen unter Leute zu kommen. Einen Mordverdächtigen zum Mitbewohner zu haben, ist für das eigene Sozialleben sicher nicht gerade förderlich.

»Wie schön, dass ihr beide da seid! Das wird ein toller Abend!«

Ade begrüßt Cara mit Küsschen links und rechts, rein freundschaftlich, nichts weiter, aber sie zeigt mir hinter seinem Rücken die Daumen-hoch-Geste. Ich wünschte, sie würde so was lassen.

Als er uns kurz allein lässt, wende ich mich ihr zu. »Du hast doch wohl nicht vor, dich gleich hier an ihn ranzumachen, oder? Vor Saharas Nase?«

»Ach was«, winkt sie ab. »Die Jagd ist doch das halbe Vergnügen bei der Sache. Ich warte auf eine günstige Gelegenheit.«

Bevor Cara mir erklären kann, was genau sie damit meint, taucht Ade schon wieder auf, diesmal flankiert von zwei Typen in Rugby-Shirts. Der Linke kann den Blick gar nicht von Caras Dekolleté losreißen, der andere lächelt mich an. Kurz überlege ich, ob ich bei diesem Theater überhaupt mitspielen sollte, da Danny sowieso der einzige Junge ist, der mich interessiert. Dann fällt mir wieder ein, dass ich Meggie zuliebe hier bin: Je mehr Zeit ich mit Ade und Sahara verbringe, desto wahrscheinlicher ist es, dass mir etwas zu Ohren kommt, das mir bei meiner Suche nach der Wahrheit helfen könnte.

»Cara und Alice, darf ich vorstellen, das sind Matt und Craig. Die zwei sehen vielleicht aus wie Rugby-Idioten, aber sie haben noch ein paar Gehirnzellen übrig, versprochen.«

Ich warte darauf, dass Ade seinen Kumpels erklärt, woher er mich kennt, und auf die darauffolgenden mitleidigen Blicke, sobald den beiden klar wird, warum ihnen mein Gesicht so bekannt vorkommt. Doch er zwinkert mir nur zu und dreht sich weg und im nächsten Moment erkundigt sich Craig auch schon, warum ich noch nichts zu trinken habe.

Normal kann richtig nett sein – das hatte ich schon fast vergessen.

Die Jungs sind lieb und witzig und vielleicht hätte ich es sogar auf ein Wiedersehen mit Craig ankommen lassen, wenn ich nicht schon einen toten Freund hätte.

Cara besäuft sich hemmungslos. Bei den Tapas hat sie dankend abgelehnt, weil die angeblich zu fettig waren, und inzwischen wurde das Essen abgeräumt und der Tisch in die Ecke geschoben, um Platz zum Tanzen zu schaffen. Mein Flirt mit der Normalität wird wohl bald enden müssen, bevor Craig noch Klammerblues mit mir tanzen will. Fast wünsche ich mir, ich könnte das Ganze noch ein bisschen weiterspielen.

»Es freut mich so, dich zu sehen. Ich hatte schon fast damit gerechnet, dass du nicht kommen würdest.« Sahara steht neben mir. Wie es aussieht, hat sie gerade zum ersten Mal ihre schützende Ecke verlassen.

»Ade war so lieb zu mir. Ihr beide.«

Sie strahlt und ich fühle mich mies, weil ich so oft abweisend zu ihr war.

»Deine Freundin hättest du allerdings gerne zu Hause lassen können.«

Das ist ziemlich direkt, selbst für Saharas Verhältnisse. »Wieso?«

»Sie ist einfach ein bisschen … na ja, nuttig.«

Ich starre sie an. Hat sie eine Ahnung, was Cara im Schilde führt? Oder ist sie einfach nur zickig? »Bitte rede nicht so über sie, Sahara. Wir sind schon seit Ewigkeiten befreundet.«

Sahara rümpft die Nase, als würde sie etwas Unangenehmes riechen. »Entschuldige, manchmal geht mein Mundwerk einfach mit mir durch. Aber keine Sorge, wenn du erst mal auf die Uni kommst, findest du richtige Freunde. So wie Meggie und ich uns gefunden haben.«

»Mhmm.«

»Na ja, freut mich jedenfalls, dich zu sehen«, wiederholt sie. »Wäre super, wenn du auch mit nach Spanien kommen würdest.«

»Nach Spanien?«

»Wir fliegen demnächst übers Wochenende nach Barcelona. Spottbillig. Muy preiswerto. Darum wollte Ade auch in dem Laden hier feiern. Damit wir schon mal in Flamenco-Laune kommen.«

»Nach Barcelona?« Javiers Heimatstadt.

»Da findet an dem Wochenende ein großes Straßenfest statt, zur Sommersonnenwende. Mit Feuerwerk und so, die machen die ganze Nacht lang Party. Aber natürlich erst *nach* dem Jahrestag von Meggies Tod, darauf haben wir geachtet.«

Ich nicke. »Das klingt gut.«

»Außerdem können wir dann auch nach Zoe sehen, wenn wir schon mal da unten sind. Das arme Ding.«

»Zoe?«

»Sie unterrichtet Englisch in Barcelona. Weißt du, sie ist immer noch völlig fertig wegen allem, was passiert ist. Sie tat mir *so* leid, als ich ihr das mit Tim beibringen musste. Ich kann es immer noch kaum glauben, dass sie heute tatsächlich gekommen ist. Seit dieser Geschichte bleibt sie eigentlich lieber für sich.«

»Sie ist hier?«

»Ja, klar. Ach, das hatte ich ganz vergessen. Ihr kennt euch noch gar nicht, oder?«

»Nein.«

Aber ich habe über sie in der Zeitung gelesen. Besonders eine Schlagzeile ist mir in Erinnerung geblieben: *Sie findet keine Ruhe: Das Mädchen, das die Nachtigall gefunden hat.* Und darunter das Foto einer rothaarigen Studentin mit so dunklen Ringen unter den Augen, dass es aussah, als hätte sie seit Jahren nicht geschlafen.

»Das wollen wir doch gleich mal ändern. Zoe? Zoe!« Sahara ruft und winkt, bevor ich sie aufhalten kann. »Ich wette, ihr zwei habt euch eine Menge zu erzählen.«

21

Ich sehe sie, bevor sie mich sieht. Sie sitzt etwas abseits und hält ein kleines Glas Bier umklammert. Mir fallen ihre abgekauten Fingernägel auf, die gerötete Haut ringsum.

Besonders schick hat Zoe sich für die Party nicht gemacht mit ihrer locker sitzenden schwarzen Jeans und der grauen Fleecejacke, deren Kapuze sie auch hier drinnen nicht abgesetzt hat, den Reißverschluss bis ans Kinn hochgezogen. Ihr Blick huscht umher, ohne sich auf jemanden oder etwas Bestimmtes zu konzentrieren, bis Sahara abermals ihren Namen ruft. Zoe zuckt zusammen, als hätte sich jemand von hinten an sie herangeschlichen. Unsere Blicke treffen sich, doch sie wendet schnell den Kopf ab.

»Fremden gegenüber ist sie manchmal ein bisschen komisch. Ich stelle dich ihr am besten mal vor«, sagt Sahara und grapscht nach meiner Hand.

»Na, Süße.« Sahara drückt Zoe ein Küsschen auf die Wange. »Amüsierst du dich?«

Zoe starrt sie bloß an. Ihre Augen sind riesengroß und grau, in derselben Schattierung wie die Ringe darunter.

»Alice wollte dich so gern kennenlernen«, behauptet Sahara, »und ich dachte, vielleicht tut das euch beiden ganz gut.«

Sie zieht einen Stuhl für mich heran. Und jetzt?

Sahara lächelt nervös. »Ich hole euch mal ein bisschen Nachschub, ja?« Sie deutet auf unsere Gläser und wuselt von dannen, ohne auf eine Antwort zu warten.

Wäre Zoe irgendjemand anders, dann würde ich jetzt vermutlich einfach gehen, aber möglicherweise hat Sahara mir hiermit wirklich einen Gefallen getan. Zoe hat die Leiche meiner Schwester gefunden. Das ist der einzige Teil der ganzen Geschichte, den ich noch nie aus erster Hand gehört habe.

Zoe schweigt und mir fällt beim besten Willen nichts ein, was ich sagen könnte. Nach einer Weile frage ich: »Sahara hat mir erzählt, du arbeitest in Spanien?«

Sie nickt.

»Dann sprichst du also Spanisch?«

Sie zuckt mit den Schultern. »Nur: Hallo, Tschüss und Danke.« Ihre Stimme ist tiefer, als ich vermutet hätte.

»Das ist dann aber eine sehr kurze Unterhaltung.«

Sie wirft mir einen stechenden Blick zu. »Ich hasse Small Talk. Ich war früher mal mit meinen Eltern in Barcelona, da habe ich gemerkt, dass das ein Ort ist, an dem man seine Ruhe hat. Als ich dann rübergeflogen bin, um mir eine Wohnung zu suchen, hat mir niemand irgendwelche Fragen gestellt. Also, Fragen über deine Schwester. Dort weiß keiner, wer ich bin. Genau wie ich es wollte.«

Ich starre sie an.

»Tut mir leid«, sagt sie. »Das klang jetzt ziemlich gemein. Sollte es aber gar nicht. Wie gesagt, Small Talk ist einfach nicht mehr mein Ding. Aber dafür kannst du ja nichts.«

»Meggie auch nicht.«

Zoe runzelt die Stirn. »Nein.«

»Schon okay, Zoe. Ich weiß, wie das ist, wenn einen ihretwegen alle anstarren.«

Sie nickt. »Das glaube ich dir gern. Du siehst aus wie sie.«

»Nein, tu ich nicht. Aber die Leute kennen mich aus der Zeitung. Genau wie dich.«

Ich sehe so etwas wie ein anerkennendes Lächeln über ihr Gesicht huschen. Sie hebt ihr leeres Glas und stößt mit mir an. »Das Letzte, was ich wollte, war berühmt werden. Ganz im Gegensatz zu deiner Schwester, könnte man wohl sagen.«

Ich muss mich beherrschen, um ihr keine Ohrfeige zu verpassen.

Sahara erscheint, stellt zwei Gläser vor uns ab und eilt dann wieder davon.

Zoe schnappt sich ihr Bier und trinkt es in einem Zug halb aus. Dann sieht sie mich an. »Ja, ja, ich weiß, ich sollte nicht so schnell trinken. Aber das Leben ist betrunken nun mal ein winziges bisschen weniger fürchterlich als nüchtern.«

Vielleicht habe ich voreilig über sie geurteilt. »Geht es dir gut, Zoe? Ich meine, nicht nur im Moment, sondern … insgesamt?«

Es scheint ihr schwerzufallen, sich zu konzentrieren. »Ich habe die Uni sausen lassen und keine Chance auf 'nen anständigen Job. Eine Leiche habe ich selbst gefunden und jetzt hat's auch noch einen meiner besten Freunde erwischt. Aber abgesehen davon geht's mir *super*, danke der Nachfrage.«

Einen ihrer besten Freunde? »Du warst mit Tim befreundet?«

Sie kippt den Rest ihres Biers hinunter und glotzt dann in ihr leeres Glas, als könnte sie sich nicht erklären, wohin der Inhalt verschwunden ist. »Anscheinend nicht gut genug. Armer Kerl. Ich war in Spanien, ich war nicht mal für ihn da. Wenn ich hier gewesen wäre, vielleicht …«

»Du denkst also, es war wirklich Selbstmord?«

Als sie mich diesmal ansieht, ist ihr Blick klarer. »Wieso? Du etwa nicht?«

»Ich weiß, dass die Polizei davon ausgeht, aber so richtig glauben kann ich es nicht.«

»Nicht-Wahrhaben-Wollen. Das ist angeblich eine der Trauerphasen.« Zoes Stimme klingt nun sanfter. »Meine Eltern haben mich gezwungen, eine Therapie anzufangen, nachdem … Na ja, du weißt schon.«

»Das hat bei mir nichts mit wahrhaben wollen zu tun. Ich habe Tim gemocht, sehr sogar. Ich kann mir nur nicht vorstellen, dass er sein Leben einfach so aufgegeben hätte. Außerdem hat er nicht mal einen Abschiedsbrief hinterlassen.«

Ich sehe den Schmerz in Zoes Blick. Wenn sie so eng befreundet waren, hatte sie vielleicht selbst eine letzte Nachricht von ihm erwartet.

»Er war ein sehr grüblerischer Typ, Alice. Unglaublich ernst. Nimm's mir nicht übel, aber ich habe nie ganz verstanden, warum er mit deiner Schwester zusammen war.«

Ihre Direktheit lässt mich zusammenzucken. Obwohl sie vermutlich irgendwie recht hat.

»Dann mochtest du Meggie wohl nicht besonders.«

»Ich kannte sie gar nicht besonders gut. Wir haben uns einen Kühlschrank geteilt. Mehr nicht.«

»Aber so, wie du über sie redest –«

»Hey, sie hat mir andauernd Brot geklaut. Ich weiß, dass sie es war. Sahara verträgt kein Weizenmehl.«

Das ist wahrscheinlich als Witz gemeint, aber sie lächelt nicht.

Kann es sein, dass Zoe meine Schwester getötet hat? Die Polizei hat sie ziemlich schnell als Täterin ausgeschlossen … Aber vielleicht waren sie auch so von Tims Schuld überzeugt, dass sie gar nicht erst weitergesucht haben.

»Warum guckst du mich so an, Alice?«

Ich sehe schnell weg, aber Zoe schüttelt den Kopf. »Du denkst doch nicht etwa, ich wäre es gewesen, oder? Ach, jetzt komm aber. Man bringt niemanden um, nur weil er einem Brot klaut. Meggie hat mich nicht interessiert. Gleichgültigkeit macht niemanden zum Mörder. Aber Liebe vielleicht schon. Die Leute, die sie angebetet haben, vor denen solltest du dich in Acht nehmen.«

Irgendwie glaube ich ihr. Aber war das jetzt eine Andeutung darauf, dass sie weiß, wer es war?

»Oh, Alice, tut mir leid, jetzt habe ich dir das alles wieder vor Augen gerufen.«

»Nein, nein. Ich lebe sowieso jeden Tag damit. Es vergeht keine Minute, in der ich nicht darüber nachdenke, was mit Meggie passiert ist.«

Zoe wirkt schuldbewusst. »Natürlich. Ich Idiotin. Ich weiß, dass dir das jetzt nicht hilft, aber bei mir ist es ganz genauso. Ich sehe sie vor mir, Alice. Jedes Mal wenn ich die Augen zumache. Und wenn ich sie wieder öffne.«

In meinem Kopf pulsiert es. »Hast du noch irgendwas anderes gesehen, Zoe? Was du der Polizei nicht erzählt hast?«

Sie seufzt. »Ich wünschte, ich könnte dir mehr sagen, aber das kann ich leider nicht.«

Seltsame Ausdrucksweise. So präzise, als würde sie mit einem Anwalt reden. »Zoe, wenn du irgendeinen Verdacht hast, dann bitte …« Ich beuge mich dichter zu ihr, aber sie weicht zurück und dabei rutscht ihr die Kapuze vom Kopf.

»Oh Gott, Zoe!«

Zoes rotes Haar ist Vergangenheit. Sie ist vollkommen kahl. Ihr Schädel leuchtet grausam weiß, nichts als Haut und Knochen.

Sie windet sich vor Unbehagen und schließt dann die Augen, wie Kinder es tun, wenn sie sich am liebsten unsichtbar machen würden. »Das … das ist passiert, nachdem ich deine Schwester gefunden habe. Innerhalb von vierzehn Tagen. Nein, noch weniger.«

»Zoe, bitte. Es macht dich krank, dass du das alles für dich behältst. Du kannst mir vertrauen, das verspreche ich dir.«

Sie schüttelt den Kopf. »Geteiltes Leid ist halbes Leid, oder wie? Nein, da liegst du falsch, Alice. Glaub mir, du willst nicht so enden wie ich. Deine Schwester ist nicht mehr da, das musst du akzeptieren. Mach weiter mit deinem Leben. Solange es noch geht.« Und damit zieht sie sich die Kapuze wieder über den Kopf, steht auf und stößt fast ihr leeres Glas um, als sie sich am Tisch vorbeidrängt.

Ich will ihr folgen, doch da legt sich eine Hand auf meinen Arm.

»Alice, meine beste Freundin auf der ganzen weiten Welt. Na, hast du Spaß?« Cara ist betrunken.

»Ich fühle mich nicht so besonders.«

»Wie, du willst jetzt schon gehen?«

»Keine Angst, du musst ja nicht mitkommen. Ich brauche nur ein bisschen Ruhe zum Nachdenken.«

»Ach, Alice, du hast die letzten zehn Monate nichts anderes gemacht, als nachzudenken über das, was passiert ist. Was ist denn da überhaupt noch übrig?«

Da könnte ich ihr so einiges aufzählen: Mord und Mysterien, Tote, die ewig leben, Lebende, die besessen von den Toten sind.

Die Partygäste tanzen und singen. Das hier ist nicht der richtige

Ort für mich. Mein Kopf ist voll mit halb garen Theorien und Ängsten, die ich mit niemandem teilen kann, und ich fühle mich einfach nur allein.

»Ich nehme mir ein Taxi. Mum hat mir Geld gegeben.«

Cara versucht zu lächeln. »Nein. Nein, komm. Wir können ruhig hier abhauen. Ich hab ja gesehen, was ich sehen wollte!« Sie wirft einen verstohlenen Blick zu Ade hinüber.

»Was ist denn mit Matt? Mit dem hast du doch stundenlang geflirtet.«

Sie dreht sich um und lächelt ihn an. Er hebt pantomimisch ein Glas, bietet ihr einen neuen Drink an. »Ja, der ist ganz süß. Aber Ade ist tausendmal interessanter. Nächster Halt Barcelona!«

»Barcelona? Du kannst doch nicht im Ernst mitfahren, Cara.«

»Wieso nicht? Mum hat bestimmt nichts dagegen. Ich sage ihr einfach, dass ich überlege, Spanisch zu studieren.«

Jemand dreht die Musik auf. Ade bewegt sich im Salsaschritt über die Tanzfläche. So etwas hätte ich nicht von ihm erwartet. Ich habe ihn für sensibel und introvertiert gehalten, ähnlich wie Tim oder Lewis.

Lewis.

Er ist der Einzige, von dem ich weiß, dass er mir zuhört, ohne mich zu drängen.

»Cara … Wenn ich jetzt gehen würde, aber noch nicht direkt nach Hause wollte …« Ich spreche die eigentliche Frage nicht aus.

Sie grinst. »Alice Forster, was hast du vor?«

Ich zucke mit den Schultern. »Ich wollte vielleicht noch kurz bei Lewis vorbei.«

Einen Augenblick lang steht sie da wie versteinert. Dann lacht sie auf. »Aha! Wusste ich's doch, dass ihr zwei perfekt zusammenpasst. Na, kein Wunder, dass dich die Jungs hier nicht die Bohne interessieren.«

»Nein, so ist das nicht ...«

Aber sie hört gar nicht zu. »Ich habe dir ja gesagt, irgendwann triffst du jemanden, der dich davon überzeugt, dass es mehr im Leben gibt als Trübsal blasen. Dieser Jemand könnte doch Lewis sein.«

Es ist einfacher, ihr zuzustimmen, auch wenn ich nicht gern lüge. »Kann man nie wissen. Ich schreibe ihm schnell eine SMS und dann rufe ich Mum an und erzähle ihr, dass ich bei dir übernachte, wäre das okay?«

»Na klar. Du warst schon so oft mein Alibi. Aber versprich mir eins ...«

»Hmm?«

»Tu nichts, was ich nicht auch tun würde!« Cara bricht in gackerndes, hexenhaftes Gelächter aus.

22

Lewis wirkt kein bisschen überrascht, als ich ihn anrufe und frage, ob ich vorbeikommen kann. Vielleicht ist er ja an mitternächtliche Anrufe von Jungfern in Cyber-Nöten gewöhnt.

»Entschuldige das Chaos«, sagt er, als er mir die Tür öffnet. »Ich habe keinen Besuch erwartet.«

Aber die Wohnung ist gar nicht unordentlich. Alle Kerzen brennen und die Pflanzen werden durch Spotlights angestrahlt, was sie geradezu märchenhaft grün aussehen lässt. Manches allerdings ändert sich nie: Wie immer türmen sich Cola-light-Dosen im Mülleimer unter Lewis' langem Schreibtisch und hier und da steht eine leere Kaffeetasse.

»Mann, du kommst aber selten weg von deinem Schreibtisch, was?«

»Ausnahmsweise aber mal nicht wegen *Flammen der Wahrheit*. Da ist heute Nacht absolut tote Hose.«

Weil derjenige, der dahintersteckt, auf der Party war, denke ich, spreche es jedoch nicht aus, weil es einfach zu paranoid klingen würde.

»Was darf's sein, Alice? Wein? Bier?«

»Ich glaube, ich habe so schon zu viel intus. Cara versucht, mich auf Abwege zu bringen.«

Er zieht die Augenbrauen hoch. »Hmm. Ich weiß nicht, ob ich

das so gut finde. Du bist doch noch keine siebzehn, stimmt's? Erst in –« Er bricht den Satz ab. Niemand kann an meinen Geburtstag denken, ohne dass ihm zugleich auch Meggies letzte Stunden in den Sinn kommen.

»Danke für den weisen Rat, Opa«, versuche ich die Anspannung aufzulockern. »Kannst du eine Cola light erübrigen? Falls überhaupt noch welche da sind.«

»Mein Kühlschrank enthält so gut wie nichts anderes.« Lewis geht in die Küche und öffnet die Kühlschranktür. »Andere Millionäre haben reihenweise Champagner. Bei mir gibt es nur koffeinhaltige Erfrischungsgetränke mit null Kalorien.« Er reicht mir eine Dose.

»Millionäre. Soll das heißen, du bist einer?«

Er wird rot. »Das erzähle ich nur, wenn ich ein Mädchen beeindrucken will.«

Ich erröte ebenfalls. »Die Party war sowieso nicht so toll. Ade und Sahara hatten mich eingeladen. Und jetzt wollen sie auch noch, dass ich mit ihnen nach Spanien fahre. Nach Barcelona, da soll es am Mittsommerwochenende irgendein großes Straßenfest mit Feuerwerk und so geben. Kurz nach dem Jahres… nach meinem Geburtstag.«

»Wenigstens habt ihr da wahrscheinlich gutes Wetter. Während es hier mit Sicherheit immer noch schneit.«

»Um ehrlich zu sein, weiß ich noch nicht, ob ich mitfahren soll. Die beiden sind echt ein bisschen anstrengend. Hey, es sei denn, du hättest auch Lust?«

Ich weiß nicht, warum ich das gesagt habe. Wie anhänglich wirkt das denn, so als würde ich ohne ihn überhaupt nichts mehr auf die Reihe kriegen?

Lewis antwortet nicht, sondern geht an die Mikrowelle und stellt irgendetwas hinein. Binnen Sekunden fängt es darin an zu ploppen. »Leistest du mir beim Abendessen Gesellschaft? Popcorn ist immerhin Gemüse.«

»Sagt wer?«

»Ich.«

Ich lache. »Und wenn du Cherry Coke trinkst, dann gilt das vermutlich als Obst, stimmt's?«

»Endlich mal jemand, der mitdenkt. Und, du hattest also keine Lust, schon nach Hause zu gehen? Wie kann ich dich denn unterhalten?«

Am liebsten würde ich *Flammen der Wahrheit* einen Besuch abstatten und danach dem Strand, um zu sehen, ob ich dann besser begreife, was bei der Party passiert ist. Aber es wäre schon ziemlich unhöflich, hier bei Lewis aufzukreuzen und von ihm zu verlangen, dass er ins Bett geht, während ich im Internet surfe. »Erzähl mir, woran du sonst so arbeitest, Lewis.«

»Wieso, leidest du unter Schlafstörungen?«

»Nein. Es interessiert mich einfach, was du machst, wenn du gerade keine Staatsgeheimnisse lüftest.«

Er wägt ab, ob ich das als Witz meine. »Okay, wenn du das ernsthaft wissen willst.« Er tritt an den Schreibtisch und zieht einen zweiten Stuhl für mich heran.

»Das hier mache ich, um mir meine Brötchen zu verdienen.« Lewis deutet auf den ersten Bildschirm, über den sich ständig ändernde Zahlenreihen flimmern. »Routinemäßige Wartungsarbeiten. Virus-Diagnosen. Gähn. Aber immerhin kann ich davon die Miete bezahlen und das hier finanzieren.« Er deutet auf den mittleren Bildschirm, auf dem fünf, sechs verschiedene Fenster mit

Nachrichten und Chats geöffnet sind. »Das ist der Teil, der wirklich Spaß macht. Experimente, Hackerfallen. Eines Tages werde ich ein System entwerfen, das die Schweine, die in deinen Computer eindringen, nicht nur aufhält, sondern die Verbindung zu ihnen zurückverfolgt, damit man sie dingfest machen kann.«

»Aber Hacker sind doch eigentlich ganz cool, oder nicht?«

»Diejenigen, die man im Fernsehen sieht, vielleicht. Solche, die sich ins Pentagon einhacken, um Sicherheitslücken aufzuzeigen, *die* sind cool. Aber die meisten anderen sind schlicht Kriminelle. Sie beuten Menschen aus. Ich ertrage den Gedanken nicht, dass sich das Internet mehr und mehr zur Gefahr entwickelt. So sollte das nicht sein. Es geht hier um Demokratie.«

»Klingt, als wäre das eine echte Herzensangelegenheit für dich.«

Er nickt. »Ist es auch. Und nicht nur, weil ich, falls ich das hinkriegen sollte, reicher werde als Mark Zuckerberg. Darum mag ich auch solche Rätsel wie das mit *Flammen der Wahrheit*. Es geht nicht immer darum, wer den ausgefallensten Code hat. Da steckt auch eine ganze Menge Psychologie dahinter und … Alice?«

Ich beuge mich zum Monitor vor.

»Ich weiß, für dich bin ich bloß ein Nerd, aber es ist ein bisschen unhöflich, seinen Gastgeber zu ignorieren, während er über sein großes Lebensziel referiert, findest du nicht?«

Ich seufze. »Tut mir leid, mich hat da gerade was abgelenkt.«

»Mein hübsches Gesicht?«

»Nein. Also, nicht, dass es nicht hübsch wäre, aber …« Ich deute auf den Bildschirm. In der rechten oberen Ecke ist eine Seite mit der Überschrift *Nachrichten aus der Hackerwelt* geöffnet, auf der stets neue Schlagzeilen erscheinen.

Auch Lewis sieht sie sich genauer an. »Neuester Eingriff Nordkoreas in die Bürgerrechte durch Universitätshacker gestoppt?«, liest er laut vor. »Ja, das ist einer von den Guten. Die leisten da unten wirklich tolle Arbeit.«

»Nicht das. *Hier.*« Ich deute auf die Schlagzeile, die meine Aufmerksamkeit gefesselt hat. *Entführter Teenager: Gretas Kidnapper in Berlin zu lebenslanger Strafe verurteilt.*

Lewis zieht die Stirn kraus. »Ach so. Ja, ich erinnere mich. Ihr Vater hat für die deutsche Regierung gearbeitet, ziemlich hohes Tier. Erik Fischer. Ein ehemaliger Hacker, der die Seiten gewechselt und Jagd auf die bösen Jungs gemacht hat. Irgendwann wurde er wohl einfach zu gut darin.«

Greta Fischer. Das ist sie. Javiers neue beste Freundin.

»Wie meinst du das?«

»Das war natürlich alles streng geheim, aber Nerds sind fürchterliche Tratschtanten. Fischer hat ein Programm entwickelt, mit dem man in so ziemlich alles reinkommt. Es fängt mit jeder Menge laienhaften Hackingversuchen an, wie eine Million Fliegen, die um deinen Kopf summen, und während dein Antivirussystem jeder einzelnen davon mit der Fliegenklatsche hinterherrennt, beginnt Phase zwei. Der klassische Trojaner, aber viel eleganter. Es wird *Fischers Ghostnet* genannt.«

»Aber was hatte das denn mit Greta zu tun?«

»Sie ist wegen des Programms entführt worden. Statt Lösegeld wollten sie *Ghostnet*, das hätte sich noch Jahre später ausgezahlt. Das Programm ist intelligent, weißt du? Es lernt aus seinen Fehlern. Wem so was zur Verfügung steht, der kann ganze Regierungen erpressen: Her mit der Kohle oder wir legen eure Krankenhäuser lahm, eure Verteidigung, eure Atomkraftwerke.« Er klickt auf den Link.

Als Erstes lädt ein Schulfoto von Greta; auf dem riesigen Monitor wirkt es fast überlebensgroß. Als ich sie erkenne, durchzuckt es mich wie ein elektrischer Schlag, obwohl das Mädchen, das mir Javier vorgestellt hat, anders aussieht. Am Strand ist Gretas Haar eher blond als rot und ihre Augen sind blauer. Ihr Gesicht ist feiner geschnitten, mit weniger Sommersprossen. Doch das strahlende Lächeln der echten Greta wirkt so unschuldig. Damals wusste sie noch nicht, was auf sie zukam. Woher auch?

»Armes Mädchen. Die Polizei hat sie noch lebendig gefunden, in diesem verlassenen Aufnahmestudio, wo sie sie festgehalten haben. Aber sie hatten an ihr … herumgeschnippelt. Zuerst nur die Haare, um ihrem Vater zu beweisen, dass sie sie tatsächlich in ihrer Gewalt hatten. Dann schlimmere Sachen. Sie ist im Krankenhaus gestorben. Blutvergiftung.«

Unter Gretas Bild sind die Verbrecherfotos dreier Männer zu sehen, die mit schroffer, trotziger Miene in die Kamera blicken.

Lewis überfliegt den Artikel. »Ein Russe, ein Deutscher und ein Tscheche. Der Deutsche behauptet, er wäre genötigt worden und hätte angeblich versucht, die anderen zu überreden, sie freizulassen. Dank seiner Aussage hat der Prozess nur einen Tag gedauert. Geholfen hat es ihm aber nicht. Sie haben alle lebenslänglich gekriegt.« Lewis schüttelt den Kopf. »Ich bin wirklich kein Freund der Todesstrafe, aber bei dem, was die ihr angetan haben … Da kommt mir Auge um Auge, Zahn um Zahn gar nicht mehr so abwegig vor.«

Unten auf der Seite ist ein letztes Bild von einem Mann mittleren Alters zu sehen, mit Sommersprossen, die, ähnlich wie bei Greta, seine Wangen bedecken. Er hat langes grau meliertes Haar wie ein Hippie und trägt ein Jackett ohne Revers. Was mir jedoch am meisten auffällt, ist die Traurigkeit in seinen grauen, tief liegenden Augen.

»Ihr Vater?«

»Ja.« Lewis klickt das Bild an und es erwacht zum Leben.

»Dies ist keineswegs ein glückliches Ende«, sagt Gretas Vater in akzentfreiem Englisch. »Nichts kann mir meine Tochter zurückbringen. Sie hat furchtbar gelitten. Noch im Krankenhaus hat sie um ihr Leben gekämpft. Greta war etwas Besonderes, tausend, nein, eine Million Mal mehr wert als diese Feiglinge. Dieser Mörder. Aber zumindest wissen wir jetzt, was geschehen ist. Diese Männer haben es nicht geschafft, Greta kleinzukriegen, und sie haben nicht bekommen, was sie wollten. Ihre Verurteilung ist bei Weitem nicht genug, aber sie hat uns zumindest so etwas wie Gerechtigkeit verschafft.«

»Gerechtigkeit«, flüstere ich, während Mr Fischers Bild wieder erstarrt.

Wenn Greta Gerechtigkeit zuteilgeworden ist, bekommt sie heute Nacht vielleicht auch ihre Freiheit wieder. Aber was bedeutet das für Javier? Ich weiß nicht, ob er es erträgt, schon wieder eine Freundin zu verlieren.

Ich muss für ihn da sein.

23

Lewis muss gegen Koffein immun sein, denn bald werden seine Lider immer schwerer. Er bietet mir sein Bett an und will selbst auf dem Sofa schlafen.

»Nein. Du musst nicht den Gentleman spielen. Ich schlafe lieber hier, wenn ich noch ein wenig online gehen darf. Bin ziemlich auf Entzug wegen dieses dämlichen Internetverbots.«

Er versucht gar nicht erst zu widersprechen.

Ich warte, bis er seine Schlafzimmertür geschlossen hat, und logge mich dann ein.

Mein E-Mail-Account lädt superschnell, und als ich auf den Link zu Soul Beach klicke, füllt sich der riesige Bildschirm mit Farbe. Am Horizont leuchtet der Himmel apricotfarben, durchzogen von rosa Streifen wie die Erinnerung an Sonnenstrahlen. In der letzten Woche habe ich mich daran gewöhnt, erst hier anzukommen, wenn der Strand schon in Dunkelheit getaucht ist und das einzige Licht von den Lampions und der Strandbar herrührt. Diesmal treffe ich jedoch gerade rechtzeitig zum Sonnenuntergang ein.

Ich entdecke sie beinahe sofort: Greta sitzt mit Javier im Sand. Sie malt mit einem Stift Muster auf seine Hand, wie es kleine Kinder tun. Sonnen, Monde, Sterne. Neben ihrer wirkt seine Haut dunkel.

»Hallo, Leute«, sage ich und setze mich zu ihnen.

Ich erwarte fast, dass sie ungehalten über die Störung sind, aber Greta beugt sich vor und begrüßt mich mit Küsschen links und rechts. Als ihre Lippen meine Wangen streifen, fühlt sich ihre Haut fiebrig heiß an.

»Wie läuft's auf der Erde, Alice?«

»Kompliziert.«

»Du solltest Soul Beach einfach nie mehr verlassen«, meint Javier. »Hier sind die Dinge ganz einfach. Wenn man lebendig ist, hat alles immer Konsequenzen.«

Greta lächelt mir zu. »Kümmer dich nicht um Mr Scharfzüngig. Du wirkst irgendwie erschöpft, Alice. Aber jetzt bist du ja erst mal hier und musst dir um nichts mehr Sorgen machen. Entspann dich ein bisschen und guck dir mit uns den Sonnenuntergang an.«

Ihre Stimme klingt seltsam. Spürt sie etwa, was passieren wird?

»Aber den besten Blick hat man vom Chiringuito aus, der Bar«, sagt Javier. »Am allerbesten mit einem Drink in der Hand.«

Also rappeln wir uns auf. Der Sand fühlt sich körnig zwischen meinen Zehen an. Wie kann es sein, dass er mir so viel echter vorkommt als die glatt geschliffenen Holzdielen, die sich tatsächlich unter meinen Füßen befinden?

Greta und Javier ziehen mich hoch und wieder fällt mir auf, dass Gretas Hand glühend heiß ist. Ist das normal, wenn ein Gast kurz davor ist zu gehen?

Keine Spur von Meggie oder Danny heute Nacht, aber das ist in Ordnung so. Ich muss mich schließlich auf Greta konzentrieren.

In der Bar ist nicht viel los, obwohl die paar Gäste, die da sind, sich verstohlen mit den Ellbogen anstoßen, als sie mich sehen. Wahrscheinlich hoffen sie, dass ich ihnen helfe. Komisch. Nach

Tritis Verschwinden hätte ich den Gerüchten über mich beinahe selbst Glauben geschenkt – als wäre ich allmächtig oder so. Aber wenn Greta heute Nacht geht, hat das nichts mit mir zu tun.

Wir setzen uns an den Tisch, der dem Meer am nächsten ist. Innerhalb von Sekunden bringt uns Sam ein Tablett mit drei tief orangefarbenen Tequila Sunrise.

»Ich weiß, du kannst ihn nicht schmecken«, sagt sie, als sie einen vor mir abstellt, »aber vielleicht reicht ja die Aussicht darauf, und wenn du ihn nicht austrinkst, übernehmen die anderen sicher gern für dich.«

Ich frage mich, ob sie wohl weiß, dass sie bald einen Kneipengast weniger haben könnte? Vielleicht wissen es ja alle und sie spielen mir nur etwas vor?

»Auf den Sonnenuntergang.« Greta erhebt ihr Cocktailglas.

»Nur dass wir hier einen Tequila Sun*rise* trinken«, merkt Javier an.

Sie lacht. »Aufgang oder Untergang – dann eben auf ... auf endlose Horizonte.«

Und als wir unsere Gläser aneinanderklirren lassen, entsteht dabei wirklich ein kleiner Sonnenaufgang, als der blutrote Granatapfelsirup am Boden der Gläser wie glühender Nebel nach oben steigt.

Greta trinkt den ersten Schluck. »Schmeckt nach Sonne.«

Javier probiert auch. »Aber nicht nach Alkohol. Sam ist mal wieder ganz schön geizig heute.«

»Du bist eben Barcelona-Portionen gewöhnt, Javier«, sagt Greta.

Er lächelt. »Kann schon sein, ich hatte so meine Connections. Ich habe immer die beste Bedienung bekommen, den Fang des Tages, nicht zu vergessen die süßesten Kellner ...«

Ich blicke hinaus auf den Strand. Das apricotfarbene Leuchten ist vom Himmel verschwunden. Er ist jetzt kirschrot, dunkler als jeder Himmel, den ich im wahren Leben gesehen habe. Aber ich bin auch nie weiter gekommen als Griechenland. Vielleicht sind Sonnenuntergänge in Thailand oder Indien oder im Südpazifik ja wirklich so feurig.

Ob dieser Strand einem echten Ort nachgebildet ist? Vielleicht hat jede Welle, jedes Sandkorn hier tatsächlich einen Zwilling auf der Erde.

»Alice?«

»Entschuldige, ich war ganz in Gedanken.«

»Ich habe nur gesagt, dass mir an solchen Abenden wie heute die Vorstellung, für alle Ewigkeit hier zu sein, nicht ganz so beängstigend vorkommt«, wiederholt Greta. »Wenn ich höre, wie sich meine kleinen Singdrosseln fürs Bett fertig machen. Und etwas so Schönes wie diesen Sonnenuntergang mit meinen Freunden teilen kann.«

»Greta hört in letzter Zeit komische Sachen«, erklärt Javier lachend.

»Was denn für Sachen?« Mich interessiert jede Veränderung am Strand.

»Das klingt vielleicht albern, aber gestern habe ich etwas sehr Vertrautes gehört, das ich von hier noch gar nicht kannte: Vogelgesang.«

Javier schüttelt den Kopf. »Unter welchem Stein hast du denn in letzter Zeit gehaust, Greta? Wir haben doch Vögel hier, seit Alice Triti in die Freiheit geholfen hat. Das war eins ihrer supertollen Geschenke an uns.«

»Doch nicht diese kreischenden Möwen, Javier. Wunderschöne

Melodien. Die Vögel, die am herrlichsten singen, sind ganz unscheinbare, kleine Wesen. Auf dem Heimweg von der Schule bin ich immer durch einen Park gegangen. Da haben sie mich auch geschnappt – die Kidnapper. Aber dieses Zwitschern hat mir Kraft gegeben. Es war der letzte schöne Laut, den ich zu Ohren bekommen habe.«

»Ich höre gar nichts«, beharrt Javier.

»Weil du nicht *hin*hörst«, rügt Greta, aber es klingt liebenswürdig.

Javier blickt mich mit erhobenen Augenbrauen an, doch ich wende den Kopf ab. Die Art, wie die beiden einander necken, hat etwas Geschwisterliches. Wahrscheinlich erinnert sie ihn an seine kleinen Schwestern in Spanien.

»Vielleicht bilde ich mir die Vögel wirklich bloß ein«, räumt Greta ein. »Aber hier bin ich schon für die kleinsten Dinge dankbar. Möglicherweise helfen sie mir ja zu verstehen, welchen Sinn mein Tod hatte.«

Javier stöhnt auf. »Als hätte es irgendeinen tieferen Sinn, dass irgendwer von uns gestorben ist.«

Ich sehe ihn an. Sollte ich die beiden vielleicht irgendwie warnen, damit sie die Gelegenheit haben, sich zu verabschieden, sich zu sagen, wie viel sie einander bedeuten? Nach Tritis Verschwinden war Javier am Boden zerstört, weil er ihr niemals hatte mitteilen können, wie sehr er sie mochte.

Ich suche noch nach den richtigen Worten, um ihn zu warnen, als Sam mit einer Obstplatte auftaucht. Zartrosa Wassermelonenstücke mit Punkten aus schwarzen Samen, dünne, saftige Ananasscheiben, perfekt geformte Erdbeeren, die sie aufgeschnitten hat, sodass jede aussieht wie ein Herz.

Als sie den Teller abstellt, sagt sie: »Kleine Aufmerksamkeit der Geschäftsführung. So einen wunderschönen Abend erleben wir nicht oft, was?« Dann flüstert sie mir ins Ohr: »Denk nicht mal dran, Alice. Sonst wehrt sie sich nachher noch dagegen. Lass sie gehen.«

»Alles in Ordnung, Alice?«, erkundigt sich Greta. »Du guckst ja, als hättest du einen G–« Sie vollendet den Satz nicht.

»Sie ist bloß sauer, weil sie nichts von unserem Obst haben kann«, meint Javier. »Hey, Alice, wenn du noch einem Gast zur Freiheit verhilfst, steigst du vielleicht auf ins nächste Level und kannst richtig mit uns essen und trinken.«

Ich könnte jetzt wiederholen, was er eben gesagt hat: *Alles hat Konsequenzen.* Aber ich lächele nur: »Ich habe tatsächlich ziemlichen Durst. Ich hole mir mal schnell was zu trinken, ihr wisst schon, im echten Leben.«

»Aber dann verpasst du den Rest vom Sonnenuntergang«, merkt Greta an.

»Nicht weglaufen, in zwei Sekunden bin ich wieder da.«

Auf Zehenspitzen schleiche ich mich zum Kühlschrank. Hier in London ist es ein Uhr morgens und der tiefschwarze Himmel hinter Lewis' Küchenfenster ist voller Sterne.

Es wird Javier das Herz brechen. Und obwohl es nicht meine Schuld ist, obwohl ich niemals auch nur auf den Gedanken gekommen wäre, Greta zu helfen, ohne ihn vorher zu fragen, habe ich das Gefühl, das alles irgendwie losgetreten zu haben. Hätte ich Triti nicht geholfen und mich in Dinge eingemischt, die ich gar nicht begreife, dann wäre Javier glücklich.

Aber was kann ich jetzt noch tun? Außer zuzusehen, wie zu Ende geht, wozu ich den Anstoß gegeben habe. Javier zu trösten, sollte Greta wirklich gehen. Oder vielleicht ... ihm auch zur Flucht zu verhelfen?

Zuerst schockiert mich dieser Gedanke. Javier ist ein so wichtiger Teil von Soul Beach, dass mir die Vorstellung des Strandes ohne ihn genauso verrückt erscheint wie ein Strand ohne Meer, Sand oder Himmel.

Ich habe ihm immer geglaubt, wenn er beteuert hat, wie sehr er sein Leben nach dem Tod liebt – aber was, wenn das nicht mehr der Wahrheit entspricht?

Vielleicht wird es langsam Zeit, Javier vor die Wahl zu stellen. Aber noch nicht sofort. Fürs Erste muss ich mich ganz normal verhalten – und für ihn da sein.

Ich schnappe mir eine Cola light aus dem Kühlschrank und setze mich zurück vor den Computer.

»Okay, Leute. Was habe ich verpasst?«

Und während meine Freunde vom Strand lachen und scherzen, versuche ich, so zu tun, als plagten mich nicht tausend Sorgen.

24

Mein Mund ist trocken, als wäre ich mit dem Gesicht nach vorn in den Sand gefallen.

Ich höre jemanden weinen. Was ist hier los?

Jetzt erinnere ich mich. Ich wollte doch bei Javier bleiben, um für ihn da zu sein. Aber was scheint mir da für ein Licht ins Gesicht? Ich sehe auf.

Ich bin immer noch in Lewis' Wohnung und das Licht kommt von draußen. Ich muss eingeschlafen sein. Wie konnte ich nur?

Aber vielleicht ist ja trotzdem alles okay. Vielleicht ist die Morgendämmerung am Strand noch nicht angebrochen.

Ich blinzele wie wild. Mein Nacken ist steif, weil ich die ganze Zeit mit dem Kopf über dem Schreibtisch gelegen habe. Im Mund schmecke ich die metallische Säure von Cola. Wieder blinzele ich. Der Bildschirm vor mir zeigt immer noch Soul Beach. Der Himmel schimmert in einem blassen Rosaton, der von der seidenglatten See reflektiert wird.

Jetzt höre ich einen lauteren Schrei, wie von einem Tier, das in einer Falle festsitzt. Ein Stück weiter kauert jemand auf dem Boden, den Rücken zu mir.

»Javier?«

»Hau ab.«

»Was ist los?«

»Lass mich in Ruhe. Du wusstest es doch, oder etwa nicht, Alice? Du hast es gewusst.«

Ich starre auf den Bildschirm. Irgendwann im Laufe der Nacht – ich kann mich nicht daran erinnern – müssen wir alle auf eine Decke direkt am Wasser umgezogen sein. Ich sitze auf der einen Seite, Javier auf der anderen, von mir abgewandt, die Knie mit den Armen umschlungen. In der Mitte des purpurroten Stoffs sehe ich eine Kuhle.

Nun weiß ich es sicher. Greta ist fort.

Ich berühre Javier an der Schulter, doch er rollt sich von mir weg in den Sand.

»Wag es ja nicht, es zu leugnen. Du wusstest, dass sie gehen würde, stimmt's, Alice?«

»Ja.«

»Du Miststück.«

Ich zucke zurück. Seine Worte schmerzen mehr als eine Ohrfeige. »Javier. Sie wollte es so.«

»Woher sollte sie denn wissen, was sie wirklich wollte? Die meisten Gäste sind total besessen davon, den Strand zu verlassen, die denken nie auch nur darüber nach, dass das, was danach kommt, noch viel schlimmer sein könnte. Loyalität hat anscheinend keine Bedeutung mehr, *Freundschaft* hat anscheinend keine Bedeutung mehr.« Seine Schultern beben.

»Greta hatte Gerechtigkeit verdient.«

Er setzt sich auf. Sein Gesicht ist verzogen vor – wie es aussieht – Hass. »Du hast ihr geholfen.«

»Nein.«

»Und ob du das hast. Du hältst dich wohl für eine Heilige. Denkst, du könntest hier Gott spielen.«

»Ich hatte nichts damit zu tun, das versichere ich dir. Ich will vor allem Meggie helfen.«

»Lüg mich nicht an, Alice.«

»Ich schwöre es. Ich weiß, wie viel Greta dir bedeutet hat. Ich hätte niemals versucht, irgendetwas zu ändern, ohne euch beide vorher zu fragen.«

Er schüttelt den Kopf. »Was stimmt denn nur nicht mit mir? Immer wenn ich jemandem näherkomme, verlässt die Person den Strand. Als ob der Fluch meines wahren Lebens mich bis hierher verfolgen würde. Ich muss wirklich ein paar schlimme Sachen angestellt haben, um das verdient zu haben, was?«

»Javier, ich bin mir sicher, dass Greta dich nicht im Stich lassen wollte. Aber vielleicht hätten wir das vorhersehen müssen. Du weißt doch, was … mit ihr passiert ist. Die Leute, die das getan haben, mussten früher oder später dafür bezahlen, oder etwa nicht?«

In diesem Moment scheint etwas in ihm nachzugeben, sein Gesicht verzieht sich. Ich strecke die Hand aus, doch er weicht erneut vor mir zurück. Tränen fallen auf sein T-Shirt.

»Kommst du zurecht?«

Er kneift die Augen zu. »Muss ich ja wohl. Oder?«

Die wenigen Wölkchen am Himmel lösen sich auf; es scheint wieder ein schöner Tag zu werden. Manchmal denke ich, wer immer hier das Sagen hat, könnte ruhig ab und zu mal einen grauen, vernieselten Tag einflechten, um die Gäste daran zu erinnern, dass Sonnenschein etwas Besonderes ist.

»Du hättest auch eine andere Wahl.«

Er sagt nichts.

»Ich könnte versuchen, dir zu helfen.« Ich sehe ihn nicht an;

vielleicht hasst er mich ja schon allein für den Vorschlag. »Natürlich kannst du hierbleiben. Der Strand ist ein wunderschöner Ort. Aber ich könnte eben auch ... ein wenig nachforschen, was mit dir passiert ist.«

Unsere Blicke treffen sich. Seiner ist trotzig.

»Ich weiß ganz genau, was mit mir passiert ist, Alice. Da gibt es kein Rätsel. Keinen Grund, Detektiv zu spielen.«

Ich nicke. »Aber wenn du es weißt ...« Ich halte inne, doch die Frage *Warum bist du dann hier?* hängt zwischen uns in der Luft.

Schließlich sagt Javier ganz leise: »Vielleicht bin ich ja wirklich neugierig, warum ich hier bin, obwohl die Erklärung für meinen Tod so ... simpel aussieht. Vielleicht bin ich neugierig, was aus den Menschen geworden ist, die ich zurückgelassen habe.«

Ich denke an letzte Nacht. Barcelona. Sahara und Ade fahren nach Barcelona, Javiers Heimatstadt. »Ich könnte dir helfen. Du brauchst nur ein Wort zu sagen. Das bin ich dir schuldig.«

Diesmal sehe ich ihm in die Augen. Sie sind gerötet vom Weinen, aber ich bin mir sicher, einen kurzen Hoffnungsschimmer darin aufblitzen zu sehen. Dann runzelt er die Stirn.

»Hier gibt es so viele, die es mehr verdient hätten, dass du ihnen hilfst, so wie du es bei Greta getan hast.« Er nickt in Richtung der Hütten, aus denen langsam die Gäste strömen. Die Hände über den Augen, spähen sie hinaus in einen weiteren hellen Morgen.

Wie lange wird es wohl dauern, bis sie merken, dass Greta nicht mehr da ist, und ebenfalls die falschen Schlüsse ziehen?

»Im Ernst, ich war das nicht.«

»Das sagtest du schon, ja. Aber solche Dinge sind unvorhersehbar. Nichts passiert ohne Konsequenzen.«

Schon wieder dieses Wort.

»Ich würde zuerst dir helfen, Javier. Aber dafür musst du mir sagen, was du willst.«

Er lacht. »Ich bin ein Mensch, Alice. Oder zumindest war ich mal einer. Also will ich selbstverständlich immer das, was ich nicht haben kann.«

In der Ferne sehe ich meine Schwester aus einer Bambushütte treten und in die Morgensonne blinzeln.

»Du bist nicht allein, Javier. Meggie ist noch da. Und Danny auch.«

»Mit mir vertreiben die sich doch bloß die Zeit, wenn sie gerade nicht mit ihren Geliebten zusammen sein können. Danny wartet immer nur auf dich. Und seit Tim da ist, braucht Meggie niemanden sonst mehr. Sie ist vierundzwanzig Stunden am Tag glücklich.«

Wieder sehe ich zu den Hütten hinüber. Auch Tim ist jetzt herausgekommen. Es ist das erste Mal, dass ich ihn hier am Strand lächeln sehe. Sein Gesicht ist wie verwandelt. »Vielleicht ist Liebe gar nicht so schlecht, um sich die Zeit zu vertreiben, Javier.«

Er lächelt. »Danke, aber ich war einmal verliebt. Ein zweites Mal könnte da gar nicht herankommen.«

Eine Möwe schwirrt über den Himmel und verschwindet am Horizont.

»Javier, hast du mit angesehen, wie Greta verschwunden ist?«

Er schüttelt den Kopf. »Wenn ich gewusst hätte, was passieren würde, wäre ich wach geblieben. Du hättest es mir sagen sollen.«

»Vielleicht«, sage ich, obwohl ich weiß, dass ich es niemals gewagt hätte, Sams Missfallen, und das der Geschäftsleitung, auf mich zu ziehen. »Aber so etwas muss jeder Gast für sich selbst entscheiden. Es war ihr Schicksal. Nicht meins.«

Wieder sehe ich die Wirkung meiner Worte in Javiers Gesicht. Er seufzt.

»Greta ist weg und ich bin … Wie sagt man so schön?« Er hebt die Hände. »Nur noch eine leere Hülle. Vielleicht wäre es wirklich am besten, nach einem Ausweg zu suchen, aber diese Entscheidung sollte ich nicht überstürzen. So eine Chance bekommt man schließlich nur einmal im Leben. Beziehungsweise im Leben nach dem Tod.«

Ich lächle. Dass er wieder sarkastische Bemerkungen macht, ist ein gutes Zeichen. Ich spüre, dass er kurz davor ist, Ja zu sagen. »Aber tief im Inneren musst du doch wissen, was du willst?«

»Ich weiß jedenfalls, dass ich mich nicht für immer so fühlen will.«

»Heißt das Ja?«

Er runzelt die Stirn. »Und was ist mit dir, meine liebe Alice? Was wird aus dir, wenn du dein Leben damit verbracht hast, die verlorenen Seelen hier zu retten? Denn es werden immer weitere nachkommen, das ist dir doch klar, oder? Auf der Welt geschehen so viele Tragödien, wie es Sandkörner an diesem Strand gibt.«

Ich erschaudere. Mir war noch gar nicht in den Sinn gekommen, dass ihre Ewigkeit leicht auch zu meiner werden könnte. Solange Meggie hier am Strand ist, werde ich es auch sein. Aber wenn ich ihren Mörder nie finde, bedeutet das dann für uns beide *für immer*?

»Meggie steht an erster Stelle«, sage ich und versuche es so sachlich wie möglich klingen zu lassen. »Erst wenn ich ihr Gerechtigkeit verschafft habe, kann ich darüber nachdenken, was danach kommt.«

25

Javier wirft mir einen Handkuss zu – wahrscheinlich seine Art, sich dafür zu entschuldigen, dass er mich ein Miststück genannt hat – und schlendert dann ans andere Ende des Strandes, wo er zumindest mehr oder weniger mit seinen Gedanken allein sein kann.

Ich bleibe allein zurück. Ich sollte mich ausloggen, bevor Lewis mich erwischt. Aber in der Wohnung regt sich nichts. Das einzige Geräusch ist das Surren der Computerbelüftung.

Plötzlich wird alles schwarz.

Ich schlage um mich, als sich unsichtbare Hände über meine Augen legen. »Nein!«

»Wer bin ich?«

»Danny!« Ich höre auf, mich zu wehren, aber mein Herz klopft immer noch wie wild. »Du hast mich erschreckt.«

Sein Griff lockert sich und er dreht mich sanft zu sich um. »Tut mir leid. Dann muss ich das wohl wiedergutmachen.«

Unser hollywoodreifer Kuss will gar nicht mehr enden. Hin und wieder hält Danny inne und flüstert meinen Namen über das sanfte Rauschen der Wellen.

Als unsere Lippen schließlich so taub sind, dass wir aufhören müssen, runzelt er die Stirn. »Du hast doch nicht etwa genug von mir, oder, Alice? Ich weiß, dass du letzte Nacht hier warst, ohne nach mir zu suchen. Und so oft wie früher kommst du auch nicht mehr.«

»Nein, nein, mir ist einfach … das Leben dazwischengekommen.«

Er zuckt zusammen und ich schelte mich innerlich dafür, das Wort mit L benutzt zu haben. Das andere Wort mit L – Liebe – geht einem am Strand so leicht über die Lippen. Aber das Leben ist außerhalb von Dannys Reichweite.

»Tut mir leid, Alice. Ich wollte dir kein schlechtes Gewissen machen, wirklich nicht. Hauptsache, du bist jetzt hier.« Er nimmt meine Hand.

Wir gehen auf eine neue Hängematte zwischen zwei schlanken Palmen zu, die nicht so aussehen, als könnten sie mein Gewicht tragen.

»Da lege ich mich auf keinen Fall rein. Bestimmt reißt dann das Seil oder die Stämme brechen durch.«

Danny lacht. »Jetzt frage ich mich aber doch, wie du in der richtigen Welt aussiehst. Ich schwöre jedenfalls, hier am Strand hast du eine zauberhafte Figur, die keinerlei Bedrohung für das Wohlergehen der Bäume darstellt. Komm schon, es ist total gemütlich.« Seine Hände umfassen meine Taille und er hebt mich hoch, als wäre ich tatsächlich nicht mehr als ein dürres Supermodel.

Ich lasse mich in den warmen Baumwollstoff der Hängematte sinken. Sie riecht nach Kokos und Meer.

»Moment«, sagt er und schwingt sich hoch, stark wie ein Athlet, elegant wie ein Balletttänzer.

Mein Freund. Wie kann *das* mein Freund sein?

Nach ein paar Sekunden wird das Schaukeln der Hängematte sanfter, ich fühle mich wie in einer Wiege. Die Sonne auf meinem

Gesicht, Dannys Haut an meiner, das fühlt sich alles so wunderbar an. Jetzt beugt er sich zu mir …

Ach, solche Küsse sollten einfach ewig weitergehen.

Doch ich fühle mich beobachtet. Als ich die Augen öffne, sehe ich ein paar Gäste, die mich anstarren. Sie haben bemerkt, dass Greta fort ist, und warten nun. Hoffen darauf, als Nächste an der Reihe zu sein.

»Was ist los, Alice?«

Danny weiß offenbar noch nicht, dass Greta den Strand verlassen hat. Das sollte ich wohl als Kompliment auffassen. Er hat nur Augen für mich. Trotzdem hätte ich irgendwie erwartet, dass er aufmerksamer ist.

»Es ist wegen Greta, sie –«

Eine SMS vibriert in meiner Tasche.

Ich ziehe mein Handy hervor: *Morgen, du Schwerenöterin. Zeit, nach Hause zu gehen. Deine Mum hat gerade angerufen, hab gesagt, du bist duschen. Ruf mich an, will Details über Nacht mit Lewis, dem sexy Nerd. Küsschen von deinem Alibi, Cara.*

»Was ist?«, fragt Danny.

»Ich muss los. Tut mir leid.«

»Aber du bist doch gerade erst gekommen.«

Ich küsse ihn ein letztes Mal. »So süß ist Trennungswehe …« Aus seinem verwirrten Gesicht schließe ich, dass er wohl nie *Romeo und Julia* gelesen hat.

Ich logge mich aus. Ob ich noch Zeit für einen kurzen Besuch bei *Flammen der Wahrheit* habe? Zu Hause kann ich sonst erst wieder morgen in aller Frühe heimlich online gehen. Ja. Mehr als ein paar Sekunden wird das doch nicht dauern, danach wecke ich Lewis und gehe nach Hause.

Heute Morgen wirkt die düstere Grafik nicht mehr ganz so verstörend auf mich. Weil ich mich langsam daran gewöhnt habe? Oder weil ich, irgendwo tief in mir, spüre, dass der Betreiber auf meiner Seite ist?

UPDATE, 2. MAI:
DIE GERICHTLICHE UNTERSUCHUNG ZU TIMS TOD WURDE VERTAGT, WÄHREND DIE POLIZEI NACH WEITEREN HINWEISEN FAHNDET. DOCH ES HAT NICHT DEN ANSCHEIN, ALS WÜRDEN SIE SICH SONDERLICH VIEL MÜHE GEBEN. IHR URTEIL STEHT OFFENBAR BEREITS FEST.
ABER WIR HIER BEI *FLAMMEN DER WAHRHEIT* MACHEN WEITER, EGAL WAS PASSIERT. WIR SIND NOCH NICHT AM ENDE, NOCH LANGE NICHT. TIMING IST ALLES, ALSO HABT EIN AUGE AUF DIE UPDATES, WENN EUCH AUCH ETWAS AN GERECHTIGKEIT LIEGT.

»Du warst doch wohl hoffentlich nicht die ganze Nacht online, oder, Ali?«

Lewis! Hastig schließe ich die Seite.

»Ich hab nur einen Blick auf mein Horoskop geworfen«, flunkere ich.

»Du glaubst doch nicht etwa an so einen Blödsinn?« Er scheint enttäuscht von mir.

»Nur wenn da steht, dass mein Tag super wird.«

Lewis lächelt. »Na ja, der wird wohl kaum super werden, wenn du nicht langsam mal nach Hause gehst, oder?« Er schüttelt den Kopf. »Komm. Du hast die ganze Nacht gehabt. Deine Eltern fragen sich sicher schon, wo du bist. Und vor allem, was du gemacht hast.« Er wird rot, als hätten wir tatsächlich miteinander rumgemacht oder so. Bei der Vorstellung werde ich auch rot.

Lewis scheint mich gar nicht schnell genug loswerden zu können. Er rast wie ein Rennfahrer und lässt mich an der Hauptstraße aussteigen, damit mich niemand ertappt.

»Du siehst ja ganz schön verkatert aus, Alice«, meint Mum, als ich zur Tür hereinkomme. Sie versucht, streng zu wirken, kann aber ein Lächeln nicht unterdrücken. Vielleicht ist eine Übernachtung bei Cara für sie ja ein Zeichen von Normalität. »Ich koche dir mal einen Kaffee, was?«

Wie die letzte Schmierenkomödiantin halte ich mir den Kopf. Einen Kater habe ich nicht, aber ich fühle mich trotzdem furchtbar.

»Und, wie war die Party?«

»Lustig. Also …«

Ich lüge sie nicht richtig an. Das muss ich gar nicht; Mum lauscht den Geschichten über Cara und mich und Matt und Craig begierig. Sie will wissen, wie die beiden aussehen, was sie studieren, welchen von beiden ich netter fand. Mir kommt es vor, als sei das alles schon Monate her – ein paar Details muss ich dazuerfinden und bekomme ein schlechtes Gewissen, als ich den Hoffnungsschimmer in ihren Augen sehe.

»Es gibt nichts Tolleres, als wenn die beste Freundin mit dem besten Freund des Freundes zusammenkommt. Du weißt ja, so habe ich deinen Vater kennengelernt«, sagt sie.

Schließlich gähne ich ein paarmal künstlich und Mum schickt mich nach oben, damit ich »meinen Rausch ausschlafen« kann.

Für später verspricht sie mir einen schönen Sonntagsbraten. »So wie früher.«

Ich bin fix und fertig, doch als ich im Bett liege, kann ich nicht schlafen. Mein Kopf ist voller beunruhigender Bilder: Greta, die zu Vogelgezwitscher davonschwebt, Javier, der mit den Tränen kämpft … und eine schattenhafte Gestalt, die hier, im wahren Leben, irgendwo vor einem Laptop sitzt und auf den richtigen Moment wartet, um der Welt zu verkünden, wie Meggie zu Tode gekommen ist.

Also wirklich, Alice. Für ein kluges Mädchen lernst du erstaunlich langsam.

Du bist zu jung, um dich von schlimmen Dingen bekümmern zu lassen. Für dich sollte das ganze Leben aus Schokomuffins und Partys und Sonnenschein bestehen. Aber wenn man sich mit den falschen Leuten einlässt, öffnet man Grausamkeit, Zorn und Kummer alle Türen.

War das, was mit deiner Schwester passiert ist, dir nicht Lektion genug? Ein außer Kontrolle geratenes Ego, ein so starkes Verlangen nach Ruhm, dass sie diejenigen, die sie liebten, zugunsten anderer, die sie groß machen konnten, zurückwies?

Meggie sollte dir eine Warnung sein. Aber anstatt das zu begreifen, scheinst du wild entschlossen zu sein, dich immer wieder in neue Gefahren zu stürzen.

Sehr unklug von dir, Alice. Konzentrier dich lieber auf deine eigene Zukunft und lass deine Schwester in Frieden ruhen – bevor es auch für dich kein Zurück mehr gibt.

26

Nach Ades Party benehmen wir uns etwa eine Woche lang wie eine richtige Bilderbuchfamilie. Mum und Dad sind die reinsten Turteltauben: Sie lacht, wenn er irgendetwas Albernes macht, er bringt ihr Blumen mit. Wir essen gemeinsam, Hausmannskost mit selbst gemachter brauner Soße. Ich lerne fleißig für meine Prüfungen.

Nur ein paar Details passen nicht in das kitschige Bild. Zum einen schleiche ich mich weiterhin jede Nacht nach unten, um Verschwörungstheorien zu lesen und mich mit meinen »imaginären« Freunden zu treffen. Und zum anderen ist mein bevorstehender Geburtstag zugleich auch der Todestag meiner Schwester.

Die Normalität ist eine dünne Schicht. Irgendwann bricht sie unweigerlich auf.

Als ich an diesem Morgen in die Küche komme, telefoniert Mum gerade mit dem Handy. Sie wirft einen kurzen Blick auf mich und geht dann nach draußen in den Garten, obwohl es dort eiskalt ist.

Dad zuckt bloß mit den Schultern und streicht Butter auf seinen Toast. Ich nehme mir Cornflakes und konzentriere mich auf das Frühstücksfernsehen.

Nach ein paar Minuten kommt Mum wieder herein. »Es ist aus.«

Dad zuckt zusammen. Ich erstarre. Die Zeit bleibt stehen. Mum will Dad verlassen? Für wen? Ihren Therapeuten?

Dann aber fährt sie fort: »Das war Fran von der Opferbetreuung. Sie wollte uns noch erwischen, bevor wir es in der Daily Mail sehen. Die berichten exklusiv darüber, dass Meggies Mordkommission aufgelöst wird. Der Fall wird geschlossen.«

»Und das stimmt auch wirklich?«, hakt Dad nach.

Mum nickt. »Es wurde gestern beschlossen. Fran wollte eigentlich herkommen und uns persönlich Bescheid sagen, aber irgendwer hat der Presse einen Tipp gegeben. Die zuständigen Beamten warten jetzt noch ab, wie die Untersuchung zu Tims Tod ausgeht, aber Fran meint, sie seien sich sicher, dass sie mit ihm ihren Mörder haben.«

Ich bin ganz ruhig, was mich überrascht. Vielleicht denkt der echte Mörder jetzt, die Sache wäre gelaufen, und fängt an, sich in Sicherheit zu wiegen. Und wenn er sich in Sicherheit wiegt, macht er möglicherweise einen Fehler.

Es ist kalt für Mai. Viel zu kalt. Als Dad Wischwasser auf die Windschutzscheibe spritzt, gefriert es milchig.

Wir sitzen nebeneinander im Auto und warten darauf, dass die Heizung das Eis zum Schmelzen bringt. Ich hatte angenommen, hinter Dads Angebot, mich zur Schule zu fahren, würde sich die Absicht verstecken, mit mir über die Neuigkeit zu reden, aber er sagt gar nichts.

Ich friemele an meinen Fingernägeln herum, meinen Handschuhen, meinem Haar. Plötzlich merke ich, wie Dad mich ansieht und den Kopf schüttelt.

»Das ist nur Wimperntusche«, sage ich. Seit Ades Geburtstagsparty habe ich angefangen, mich wieder ein bisschen zu schminken. Wenigstens hält mir das Cara vom Leib, die zufrieden ist, wenn ich mir etwas Mühe gebe. Na schön, und mein Spiegelbild sieht auch nicht mehr ganz so gruselig aus.

»Was?« Dad runzelt verwirrt die Stirn. »Ach, Quatsch, Alice. Ich meinte nicht dein Make-up. Du kennst mich doch, ich würde es nicht mal merken, wenn du schwarzen Lippenstift und eine Sicherheitsnadel in der Nase tragen würdest. Nein, es ist nur …«

Jetzt erkenne ich es in seinem Gesicht. »Ich sehe aus wie Meggie, stimmt's?«

Er nickt. »Das fällt mir gerade erst auf. Natürlich bist du immer noch Alice, aber du wirst langsam zu einer jungen Frau und deshalb wird die Ähnlichkeit immer …« Sein Blick huscht über mein Gesicht und ich weiß, er sieht genau das, was auch ich in dem Zugfenster gesehen habe. »Immer deutlicher.« Er kneift die Lider zusammen, um die Tränen zurückzuhalten, doch sie rinnen durch die kleinen Fältchen in seinen Augenwinkeln.

»Ist ja gut, Dad.«

»Ich bin doch ein Dummkopf«, murmelt er.

Endlich kommt die Heizung in Gang. Das Eis schmilzt, die Windschutzscheibe wird wieder klar und gibt den Blick auf die Welt frei. Und umgekehrt. Noch wenige Sekunden, dann können die Nachbarn meinen Vater beim Weinen bewundern.

»Alle sagen, irgendwann wird es leichter.«

Er versucht ein Lächeln. »Die haben alle auch noch keine Tochter verloren. Oder eine Schwester.«

Das versetzt mir einen Schock. Bislang hat Dad immer dieselben abgedroschenen Phrasen heruntergebetet wie die anderen: dass die Wunde irgendwann vernarben wird, dass wir meine

Schwester natürlich nie vergessen werden, dafür aber nach und nach die Tatsache, dass sie nicht mehr da ist – zuerst nur für ein paar Sekunden oder Minuten, dann aber vielleicht für Stunden oder sogar einen Tag.

Hat er je daran geglaubt oder hat er meinetwegen gelogen?

»Entschuldige, Alice. Ich bin einfach zu erschöpft, zu alt für das alles. Meine Hoffnungsreserven sind ausgetrocknet. Bei dir ist das anders, das muss es sein. Ansonsten hätte der Mörder nicht nur Meggie umgebracht, sondern gleich meine beiden wunderbaren Mädchen.«

Ich weiß, was jetzt kommt: der gewohnte Appell, für meine Schwester *mit*zuleben. Banale Instruktionen, doppelt so viel Spaß, Liebe und Erfolg zu haben. Wenn die Leute so etwas sagen, scheinen sie eins zu vergessen: Ich war schon immer die Schwester, die im Schatten stand, im Hintergrund. Mir hat das nichts ausgemacht. Das Leben ist einfacher, wenn niemand von einem verlangt, ein Star zu werden.

»Ich glaube nicht, dass ich diese ganzen Erwartungen erfüllen kann, die alle an mich haben.«

Dad starrt eine Ewigkeit auf das Lenkrad. »Weißt du, Meggie war nicht besser als du. Sie war nur anders.«

Ja klar, denke ich.

Er lächelt. »Sie war nur einfach schon ein kleines bisschen länger auf der Welt als du und hatte Zeit, sich zu überlegen, wo es für sie hingehen sollte, das ist alles. Außerdem hat sie das Singen so sehr geliebt, dass sie sich nie wie wir anderen Gedanken machen musste, was sie mit ihrem Leben anfangen sollte.«

Cara würde jetzt verächtlich die Augenbrauen hochziehen; Eltern, die versuchen, sich bei ihren Kindern einzuschleimen, sind ihr die zweitverhassteste Sache auf der ganzen Welt. Gleich nach Lady Gaga.

Aber ich weiß, Dad gibt sich bloß Mühe, mich zu trösten, und es funktioniert sogar. Ich wünschte nur, ich könnte ihn in den Arm nehmen und ihm sagen, dass es Meggie gut geht.

»Ich sehe dich jeden Tag, deshalb war mir gar nicht aufgefallen, zu was für einer hübschen jungen Frau du geworden bist. Aber du bist nicht Meggie. Du bist auf deine ganz eigene Weise schön.« Er seufzt und wendet den Blick ab. Dann dreht er den Zündschlüssel, wir fahren rückwärts aus der Einfahrt, und als ich die Sonnenblende gegen das winterlich grelle Licht herunterklappe, sehe ich es wieder im Spiegel.

Das Gesicht meiner Schwester.

Natürlich: Wenn man uns nebeneinanderstellen würde, würde ich immer noch unscheinbarer wirken. Meine Augen sind grauer und mein Haar nicht so leuchtend blond. Aber ohne das Original gehe ich zumindest als einigermaßen annehmbare Fälschung durch.

Erst als Dad vor der Schule hält, wird mir klar, was das bedeutet. Was immer ich tue, wo auch immer ich hingehe, die Leute werden mein Gesicht sehen und an schlimme, traurige Dinge denken. Ich werde zeitlebens ertragen müssen, dass wildfremde Menschen Mitleid für mich empfinden.

Es sei denn, ich unternehme etwas dagegen. Wenn ich den Mörder finde, sehen sie mich vielleicht als Alice – als eigenständige Person. Stark, entschlossen. Das Mädchen, das niemals aufgehört hat, um Gerechtigkeit für seine Schwester zu kämpfen.

27

Mum und Dad sind heute Abend ausgegangen, es ist ihre erste Dinnerparty seit beinahe einem Jahr. Fast hätte ich erwartet, dass sie den Laptop mitnehmen, um sicherzugehen, dass ich ihn nicht benutze, aber sie sind aufgekratzt wie zwei Teenager und scheinen das Verbot vollkommen vergessen zu haben.

Ich winke ihnen nach, als sie im Dunkeln verschwinden. Draußen legen sich rötlich graue Wolken wie eine alte Armeedecke über die Sterne, als wollten sie sie ersticken. Am Strand jedoch ist der Himmel von einem Sonnenuntergang erfüllt, rosa wie ein reifer Pfirsich.

Danny erwartet mich schon an unserem Felsen, obwohl ich heute, da meine Eltern nicht zu Hause sind, viel früher dran bin als sonst. Vielleicht hat er eine Art sechsten Sinn oder er verbringt sowieso den Großteil seiner Zeit hier und hält Ausschau nach mir.

Wir sagen nichts, sondern nehmen einander nur in die Arme. Unsere Küsse werden immer besser. Danny ist nicht der erste Junge, den ich je geküsst habe, aber er ist der einzig wichtige. Ein ganzes Jahrhundert könnte vergehen, ein Hurrikan uns hochwirbeln und wieder hinunter auf die Erde schmettern und, da bin ich mir ziemlich sicher, wir würden es nicht einmal merken. Doch trotz aller Leidenschaft fühle ich mich nie gedrängt. Na ja, zumindest Danny hat ja auch alle Zeit der Welt.

»Wenn du hier bist, hält mich das vom Verrücktwerden ab«, flüstert er.

»Und mich hält der Gedanke an dich vom Verrücktwerden ab, wenn ich nicht hier bin«, flüstere ich zurück.

»Ich hätte nie geglaubt, dass ich mal ein Mädchen wie dich kennenlerne.« Danny streicht sanft über meinen Arm, sodass die winzigen Härchen dort sich unter seinen Fingern aufstellen, dann glättet er sie wieder. Jeder einzelne Nerv in meiner Haut kribbelt und ich fühle mich so sicher. So geborgen.

»Zumindest nicht im Internet.«

Er sieht mich an. »Stimmt. Schönheiten wie du treiben sich jedenfalls nicht auf Dating-Seiten rum.«

Ich bin alles andere als eine Schönheit, aber woher sollte Danny wissen, wie das ist? Am Strand ist jeder Makel wie wegretuschiert, aber ich habe Fotos von Danny gesehen, als er noch lebendig war, und er hatte überhaupt kein Upgrade nötig. Mit seinem markanten Kinn könnte er die Hauptrolle in einem Hollywoodfilm abstauben. Und dann dieses dicke blonde Haar, das geradezu danach schreit, dass man mit den Fingern hindurchfährt, und schließlich die grünen Augen. Die waren das Erste, was mir an ihm aufgefallen ist, und jetzt sind sie das Letzte, woran ich nachts vor dem Einschlafen denke. Sie sind so voller Intelligenz und Traurigkeit – obwohl Letztere, seitdem wir zueinandergefunden haben, etwas weniger geworden ist.

Plötzlich löst Danny sich von mir. »Ich muss dir was zeigen.« Er greift in seine Hosentasche und zieht ein Bündel Papier hervor. Es müssen bestimmt zwanzig Seiten sein, jede einzelne vergilbt und brüchig, wie ein antikes Schriftstück oder eine Flaschenpost nach ihrer Reise durch ein, zwei Ozeane.

»Was ist das?«

»Die sind für dich. Ich wollte sie dir eigentlich nicht geben, aber ich musste … es versprechen.«

Eine Sekunde lang zögere ich. Die Seiten riechen feucht, förmlich nach Verzweiflung.

Zu spät.

Die Schrift auf dem ersten Blatt ist krakelig, als hätte der Verfasser nie zuvor einen Füller in der Hand gehalten.

»Bitte, Alice«, lese ich laut vor. »Du bist einzige Hoffnung, meine Familie Nachricht über Wasser zu bringen. Wasser mich getötet. Meine Familie muss wissen, sonst wieder passiert. Danke. Von Li.«

Danny nimmt mir den Zettel ab und deutet durch einen Spalt zwischen den Felsen auf eine athletisch wirkende Chinesin, die so tut, als bemerke sie mich nicht, während sie mit einer Freundin Schach spielt. »Li hat noch nie einen Brief auf Englisch geschrieben. Sie hat Stunden dafür gebraucht. Sie glaubt, sie wurde durch das Chemiewerk flussaufwärts von ihrem Dorf vergiftet.«

Ich nehme mir das zweite Blatt vor. Die Schrift darauf ist schnörkelig, mit ausladenden J und vollendeten kleinen Kreisen über jedem I. Diesmal lese ich nicht laut.

Alice, der Krieg in meinem Land muss aufhören, bevor er auch die neue Generation mit sich reißt, die eine andere Zukunft einläuten könnte. Der Strand ist eine einzige Qual, solange ich weiß, dass mein Volk leidet. Wenn sie erfahren, dass ich nur ein Bauernopfer war, lässt es sich vielleicht aufhalten. Und möglicherweise komme ich dann auch frei.

»Der ist von Olivier«, erklärt Danny. »Er hat in seinem Heimatland in Nordafrika zur regierenden Elite gehört. Dann ist er ermordet worden, um einen Bürgerkrieg zu entfachen. Nun sterben jede Woche Tausende von Menschen, sagt er. Erzähl ihm das nicht, aber ich fürchte, es ist hoffnungslos. Die UN sind jetzt schon seit zwanzig Jahren da unten und haben nichts erreicht.«

Plötzlich fühlt sich der Brief glühend heiß an, als wollte er mir die Finger versengen. »Sind die alle so?«

Danny seufzt. »Nachdem Triti verschwunden ist, haben die Leute noch gedacht, sie wäre vielleicht ein Einzelfall gewesen. Aber jetzt, nachdem Greta den Strand verlassen hat ...«

»Ich hab dir doch gesagt, damit hatte ich nichts zu tun!«

Er zieht die Augenbrauen hoch. »*Ich* weiß das. Aber die anderen glauben es nicht.«

Ich wende den Kopf ab. »Sehen sie denn nicht, dass ich keine neuen Privilegien habe? Und am Strand hat sich auch nichts verändert.«

Danny sieht wieder zu den Gästen hinüber. »Vielleicht nichts, was greifbar wäre. Aber sie haben jetzt mehr Hoffnung. Sie vertrauen auf dich, Alice.«

Ich schüttele den Kopf. »Ich kann doch nicht zaubern. Ich bin nichts Besonderes.«

»Da kann ich dir nicht zustimmen. Du bist sehr wohl etwas Besonderes. Und außerdem hast du etwas, was wir nicht haben. Freiheit. Ein *Leben*.«

Vielleicht müsste ich mir wirklich mehr Mühe für sie geben. Meine dämlichen Prüfungen, die dämlichen Partys vergessen. Dad hat von einem Ziel im Leben geredet – vielleicht ist das hier ja meins. Aber ich muss bereits das Rätsel um den Tod meiner Schwester lösen. Und um Javiers. Und Danny muss doch mit Sicherheit auch irgendeiner Ungerechtigkeit zum Opfer gefallen sein. Das ist einfach zu viel.

»Wo soll ich denn anfangen, Danny? Wie soll ich mich zwischen ihnen entscheiden?«

Er nimmt die Zettel und legt seinen Arm um mich, streichelt mir den Nacken. »Tut mir leid. Das ist alles meine Schuld. Das erste Mädchen, das mir einen Brief gegeben hat, hat versprochen, es nicht weiterzuerzählen, und ich konnte einfach nicht Nein sagen. Aber hier am Strand bleibt nichts lange ein Geheimnis und zack, war ich auch schon dein persönlicher Postbote.«

Der Stapel Briefe liegt auf dem Felsen. Der oberste ist in einer altmodischen, fast kalligrafischen Schrift verfasst. Die geschwungenen Buchstaben sehen hübsch aus, aber die Worte, die sie bilden, sind hässlich: *Tod, Krieg, Gift.*

»Nachdem es einmal angefangen hatte, konnte ich die anderen schlecht ablehnen. Wie könnte ich mir denn auch anmaßen, zu entscheiden, wer deine Hilfe verdient hat und wer nicht? Da würde ich mich ja fühlen, als würde ich Gott spielen.«

Ein leuchtend grünes Sittichpärchen schwirrt über den Himmel und landet auf einer Palme.

Und wer spielt an diesem Strand Gott? Seit September habe ich so viele Stunden hier verbracht, dass das alles für mich fast zur Normalität geworden ist, aber hin und wieder frage ich mich doch: Ist das Ganze nur ein Schwindel? Oder, schlimmer noch: Bilde ich es mir nur ein?

Dutzende Gäste beobachten mich. Sie warten und hoffen, dass ihre Geschichte diejenige ist, die mich am meisten bewegt, damit ich in der wirklichen Welt etwas unternehme.

»Ich werde mein Bestes versuchen«, murmele ich leise und sie scheinen mich zu hören, denn sie beginnen sich langsam zu zerstreuen.

»Denk erst mal nicht mehr daran.« Danny dreht mein Gesicht wieder zu sich. »Schluss mit den bösen Überraschungen. Nur du und ich ...«

Als meine Eltern nach Hause kommen, bin ich schon im Bett. Ich höre die Autotür zuschlagen, dann erhobene Stimmen.
»... nicht, was ihr das bringen soll. Oder Alice.«
»Aber wir würden das Richtige tun. Sie hätte gewollt, dass wir etwas unternehmen und dafür sorgen, dass andere Mädchen nicht so leiden müssen wie sie.«
Metallisches Kratzen an der Haustür, als der Schlüssel das Loch verfehlt.
»Komm, Bea. Lass mich das machen.«
Drinnen versuchen sie, leiser zu streiten, aber ich kann immer noch Bruchteile verstehen. »Meggies Geschichte kann zum Guten genutzt werden ... etwas verändern ... Olav sagt ...«
»... sollten dieses Gespräch nicht führen, solange du zu betrunken bist, um ... ist so unlogisch ...«
»Es geht nicht um Logik! Sondern um Gefühle! Aber das verstehst du vermutlich einfach nicht. Tja, mich wirst du jedenfalls nicht aufhalten, Glen. Ich folge meinem Herzen.«
Wieder knallt eine Tür zu, dann vernehme ich die unsicheren Schritte meiner Mutter auf der Treppe und schließlich nichts mehr.
Der Waffenstillstand zwischen meinen Eltern hat keine drei Wochen gehalten.

Wie schnell doch ein Jahr vergeht.

Du fehlst mir so sehr, Meggie. Deine strahlende Haut, deine zarten Hände, dein allzu schwacher Griff, mit dem du dich ans Leben geklammert hast. Ich wünschte, es hätte alles anders laufen können. Und doch habe ich oft das Gefühl, du wärst noch immer bei mir.

Und irgendwie bist du das auch, durch Alice.

Siebzehn ist so ein besonderes Alter. Welchen Rat würdest du deiner kleinen Schwester gern geben? Vielleicht, dass sie jede Minute nutzen soll. Aufpassen, was sie sich wünscht. Dankbar für diejenigen sein, die ihr am nächsten stehen.

Alles Gute zum Todestag, Megan London Forster. Verzeih mir, wenn ich in letzter Zeit nicht so oft an dich gedacht habe wie sonst.

Manchmal gibt es einfach zu viele Ablenkungen, weißt du? Aber der heutige Abend ist allein der kostbaren Erinnerung an dich gewidmet.

Träum süß.

28

Am Morgen meines siebzehnten Geburtstags wache ich schon weit vor vier Uhr auf.

Vor exakt einem Jahr ist jemand in Meggies Zimmer eingedrungen und hat sie uns geraubt.

Ich schleiche nach unten zu meinem Laptop, um *Flammen der Wahrheit* einen Besuch abzustatten. Seit Tims gerichtlicher Untersuchung ist es dort still geworden – keine Kommentare, keine neuen Einträge –, aber heute wird sicher etwas Neues zu finden sein. Dieser Tag muss dem Betreiber der Seite auch etwas bedeuten.

Trotzdem kann ich mich noch nicht so recht überwinden. Immerhin ist heute mein Geburtstag. Also logge ich mich zuerst am Strand ein.

Dort ist, im Licht des Vollmondes, ein nächtliches Fußballspiel im Gange. Meggie ist auch dabei, genau wie Danny und ein paar andere Gäste, die ich zwar erkenne, mit denen ich aber noch nie gesprochen habe. Tim sieht vom Spielfeldrand aus zu.

Als meine Schwester auf mich aufmerksam wird, winkt sie mir zu, spielt jedoch weiter. Offenbar weiß sie nicht, welcher Tag heute ist, ein Tag, der so wichtig für uns beide ist. Obwohl ich damit gerechnet hatte, schmerzt es mehr als erwartet.

»Seltsame Uhrzeit für so was, stimmt's?« Javier ist an meiner Seite aufgetaucht.

»Was meinst du?«

Er zuckt mit den Schultern. »Nur, dass es für ein Fußballspiel schon ziemlich spät ist.«

Ich erwidere nichts.

»Was ist los, Alice?«

Ich schüttele den Kopf. Wieder einmal zwingen die Regeln mich, den Mund zu halten.

»Verstehe schon, du musst vorsichtig sein. Aber raten kann ich doch, oder? Es hat irgendwas mit deiner Schwester zu tun.«

Ich nicke.

»Das Ganze ist jetzt ein Jahr her, richtig?«

Ich starre ihn an, doch sein Gesicht im sanften Schein der Lampions verrät nichts.

»Woher wusstest du das?«, frage ich ihn.

»Ich glaube, ich bin der Einzige hier, der sich noch um das Datum kümmert.«

»Aber Sam hat mir gesagt, dass niemand darauf achtet. Dass es die Gäste verrückt macht.«

»Sam weiß nicht alles, auch wenn sie das vielleicht denkt. Es ist schön, ein paar Geheimnisse zu haben, ganz besonders vor neugierigen Barkeeperinnen. Das gibt mir das Gefühl, wenigstens noch ein bisschen … Kontrolle zu haben. Auch wenn es natürlich überhaupt nicht so ist.«

»Hmm.«

Javier hat immer den Anschein erweckt, als wäre er glücklich hier, aber warum sollte er dann die Tage zählen, wie ein Gefangener, der den Rest seiner Strafe an der Zellenwand abstreicht?

»Alice, du weißt doch, dass es besser für Meggie ist, wenn sie sich nicht erinnert.«

»Ja, weiß ich. Aber ...«

Er sieht mich an. »Aber was?«

»Ich habe heute Geburtstag.«

»Ah! Und wenn du ihr das erzählst, dann ...«

»Dann erinnert sie das an ihren Todestag und ich will nicht, dass sie traurig ist.«

Javier nickt. »Du bist ein guter Mensch, Alice.« Er beugt sich vor und gibt mir auf jede Wange einen Kuss und kommt mir dabei näher, als er es normalerweise zulassen würde. Ich rieche Alkohol. Ist er betrunken? »Felicitaciones!«

»Danke.« Ich drücke ihn kurz. »Hast du ... Hast du schon darüber nachgedacht? Über mein Angebot, meine ich?«

»Ununterbrochen. Das tröstet mich, wenn dieser Ort mal wieder so perfekt ist, dass ich schreien möchte. Aber bleiben wir realistisch. Du bist eine Schülerin, aus England. Meine Geschichte beginnt und endet in einem Land, dessen Sprache du noch nicht mal sprichst.«

»Ich kann dir nichts garantieren, Javier, nur dass ich es versuche, wenn du mich lässt. Und es gibt immer Möglichkeiten. Selbst eine Schülerin ist nicht völlig machtlos. Denk zum Beispiel nur mal an das Internet.«

Er lacht. »Mein Vater hatte nicht mal eine Ahnung, was das Internet ist.«

Zum ersten Mal erwähnt er seinen Vater. »Alles, was du mir erzählst, könnte mir weiterhelfen. Über deinen Vater und –«

»Alice!«, ruft Danny, lässt Fußball Fußball sein und kommt angelaufen. »Du bist ja früh dran, was für eine tolle Überraschung!« Er küsst mich und ich sehe über seine Schulter, wie Javier sich aus dem Staub macht.

Hat er mich nun um Hilfe gebeten oder nicht? Ich bin nicht sicher, ob ich meine Antwort schon habe.

Nun stößt auch Meggie zu uns und die restlichen Spieler zerstreuen sich.

»Hey, kleine Schwester! Wie schön.« Sie legt den Arm um mich und einen Augenblick lang will ich nichts lieber als ihr erzählen, was für ein Tag heute ist. Aber das wäre einfach nicht fair.

»Wer hat gewonnen?«

Meggie lacht. »Es geht nicht ums Gewinnen. Dabei sein ist alles! Hat Miss Gregory dir das nicht immer beim Hockeytraining eingebläut?«

»Stimmt.« Miss Gregory ist letztes Jahr in Rente gegangen. Aus irgendeinem Grund will ich Meggie auch das nicht erzählen. Selbst die geringsten Kleinigkeiten müssen ihr überdeutlich vor Augen führen, dass das Leben auch ohne sie weitergeht.

»Du guckst so ernst«, bemerkt sie.

»Ich mache mir Sorgen um Javier. Wie ist er denn in letzter Zeit so drauf?«

Danny beantwortet meine Frage. »Er ist immer noch fertig wegen Greta. Das ist aber doch ganz normal, oder nicht?«

»Glaubt ihr, er will hier weg?«

Meine Schwester zieht die Stirn kraus. »Ach komm, Alice. Mach dir nicht ständig einen Kopf um andere Leute, sondern lieber das Beste aus deiner Zeit hier. Das ist immerhin das Paradies!«

Tim taucht hinter ihr auf und sie zuckt entschuldigend mit den Schultern. »Dann lasse ich euch beide jetzt mal allein, okay?«

Als sie verschwunden ist, mustert Danny mich besorgt. »Es ist meine Schuld, stimmt's? Weil ich dir diese Briefe gegeben habe, kommst du jetzt auf solche Ideen. Aber du bist keinem von uns

irgendetwas schuldig. Genieß einfach die Zeit mit uns. Mit mir.«
Er küsst mich wieder.

Für ein paar Sekunden kann ich mir einreden, dass wir ein ganz gewöhnliches Paar sind, dass er weiß, welcher Tag heute ist, und Geschenke in einer der Hütten versteckt, einen Tisch in meinem Lieblingsrestaurant reserviert hat … Ich sehne mich nach ein paar Momenten der Normalität mit dem Jungen, den ich liebe.

»Alice? Bist du das?«

Ich reiße die Augen auf.

Dad.

Ich knalle den Laptop zu, ohne mich von Soul Beach auszuloggen, und während ich aufspringe und herumwirbele, kommt er auch schon ins Wohnzimmer.

Ich schnappe mir mein Wasserglas. »Dad! Hast du mich erschreckt.«

»Du mich auch.« Er reibt sich die Augen. »Warum bist du so früh auf?«

»Konnte nicht schlafen. Da habe ich mir was zu trinken geholt.« Ich sehe auf mein Glas und mein Blick fällt auf das blaue Licht der Maus, das in der Dämmerung leuchtet. Schnell schiebe ich mich davor und hoffe, dass er es nicht bemerkt hat.

»Ich konnte auch nicht schlafen. In letzter Zeit ging es mir zwar besser, aber das Datum heute …« Dann erinnert er sich, kommt auf mich zu und zieht mich in eine feste Umarmung. »Herzlichen Glückwunsch, Alice. Ein neues Jahr. Sorgen wir dafür, dass es dein bislang schönstes wird, ja?«

29

Zum Mittagessen gehen meine Eltern mit mir in meine Lieblingspizzeria. Das Wetter scheint sich über Nacht gewandelt zu haben, sodass wir schön am offenen Fenster sitzen können. Wir trinken jeder ein Glas Sekt und Mum zögert kurz, bevor sie einen Toast »auf meine beiden Mädchen« ausbringt. Dad guckt schnell nach meiner Reaktion und ich lächele, weil es sich richtig anfühlt. Als würde Meggie hier mit uns feiern.

Der Kellner erscheint mit einem kleinen Biskuitkuchen voller knisternder Wunderkerzen, und als die anderen Gäste zu uns herübersehen, kommt es mir ausnahmsweise mal nicht so vor, als ob sie uns anstarren, weil sie uns aus den Nachrichten kennen.

Zu Hause fühle ich mich etwas schwummrig vom Sekt und müde von meinem frühmorgendlichen Strandbesuch, also verschlafe ich den Nachmittag. Dann kommt Cara, um mir beim Styling zu helfen.

Es gibt keine Party. Die Feier zu meinem Sechzehnten ist ausgefallen, nachdem die Polizei vor der Tür gestanden und uns erzählt hatte, was passiert war, und dieses Jahr etwas Großes zu planen, erschien uns allen zu sehr, als würden wir das Schicksal auf die Probe stellen. Darum gehen wir bloß in eine neue Bar an der Themse, die Cara gern ausprobieren will, zusammen mit Lewis und James, Caras neuester Eroberung.

»Und, was hast du geschenkt gekriegt?« Cara bürstet mir so energisch das Haar, dass mir Tränen in die Augen steigen.

»Fahrstunden. Ein neues Handy. Und einen Scheck.«

»Genug, um dir einen Prüfungsbelohnungstrip nach Spanien leisten zu können?«

»Schon möglich.«

Sie dreht mich zu sich um. »Heißt das, du kommst vielleicht doch mit? Oh Mann, Alice, das wird super!«

»Ich habe mich noch nicht entschieden«, entgegne ich. »Aber irgendwer muss ja wohl ein Auge auf dich haben.«

»Wieso?«

»Wo soll ich da bloß anfangen, Cara? Du fährst in ein fremdes Land, mit Leuten, die du kaum kennst, um dich an jemanden ranzumachen, der mit einer echt durchgeknallten, etwas Furcht einflößenden Frau zusammen ist, die zu allem Überfluss auch noch Muskeln wie ein Türsteher hat. Ach ja, und außerdem ist er auch noch viel zu alt für dich.«

»Ha! Ich war ja wohl schon mit viel älteren Typen zusammen. Und außerdem, meine liebe Miss Ach-ich-bin-ja-so-brav, ist Lewis älter als Ade und das hält dich ja anscheinend auch von nichts ab.«

»Lewis ist nur ein Kumpel.«

Cara lacht mich aus. »Nur ein Kumpel? Weiß er das auch?«

»Natürlich.«

Doch nachdem das Taxi schnurstracks an der Bar vorbei und stattdessen zu Lewis' Wohnung gefahren ist, wo er die Tür öffnet und ich Musik höre und Dutzende flackernde Kerzen sehe, bin ich mir da doch nicht mehr so sicher.

»Überraschung!«, ruft er und Cara zwinkert mir zu, als wir reingehen. James – ein Katalogmodel, das vierundneunzig Millimeter zu klein für den Laufsteg ist – ist bereits da.

Ich habe die Türen des Wintergartens noch nie geöffnet gesehen und mir war auch gar nicht klar, dass hinter der Wand aus adoptierten Pflanzen überhaupt noch etwas ist, jetzt aber leuchtet uns eine Lichterkette den Weg nach draußen zu einer quadratischen Terrasse, wo ein Tisch für vier gedeckt ist.

»Lewis, hast du etwa *gekocht*?«, fragt Cara, als wäre das eine Art unanständige Leidenschaft oder so.

Er wird rot. »Nein, nur die Kühltheke im Supermarkt geplündert. Ich weiß ja, dass du gern mal einen hebst, Cara, also dachte ich mir, ich muss eine solide Grundlage schaffen, damit du nicht anfängst zu singen und die Nachbarn die Polizei rufen.«

Doch das Essen wirkt alles andere als massenproduziert. Vielleicht liegt es daran, dass wir draußen sitzen, aber die Tomaten schmecken nach Sommer und das Brot ist noch ofenwarm. Das Geschirr passt nicht zusammen, ebenso wie die Gläser, aber so ist es weniger formell und gerade deswegen absolut perfekt. Genau, wie ich es mir gewünscht hatte, auch wenn ich das bis eben selbst noch nicht wusste.

James sagt nichts, ist aber sehr hübsch anzusehen, Cara gießt sich Wein ein und ich trinke jede Menge Wasser, weil der Sekt beim Mittagessen einen furchtbar trockenen Mund bei mir hinterlassen hat. Lewis wuselt immer wieder um uns herum, um neue Musik aufzulegen, unsere Gläser aufzufüllen und neue Kerzen anzuzünden.

»Jetzt entspann dich mal, Lewis«, meint Cara, als er zum fünfzehnten Mal aufsteht. »Das ist doch kein königliches Bankett.«

Schließlich schafft er es tatsächlich, ein bisschen runterzukommen, und bringt Cara mit seinem trockenen Humor dermaßen zum Lachen, dass sie mir unter dem Tisch immer wieder verstohlen das Daumen-hoch-Zeichen zeigt.

Als James anfängt, Lewis zu bedrängen, ob er nicht eine Quelle für extrastarke Wachstumshormone im Internet auftreiben kann, wird Cara unruhig und schleppt ihr Minimodel mit in einen Club, wo sein fehlendes Konversationstalent niemandem auffällt. Ich bleibe noch, um Lewis beim Aufräumen zu helfen.

»Von wegen. Du hast schließlich Geburtstag!«

Als ich mich hinter ihm zurück in die Wohnung schleiche, entdecke ich im Mülleimer die dunkelblauen Verpackungen aus einem noblen Feinkostladen in der Stadt, den sogar meine Mum zu teuer findet.

Ich weiß wirklich nicht, womit ich Lewis verdient habe. Er tut einfach immer das Richtige. Ich schätze, mir bleibt nichts anderes übrig, als zu hoffen, dass ich eines Tages die Gelegenheit haben werde, mich für seine Freundlichkeit zu revanchieren.

Drinnen muss ich beim Anblick der Computerbildschirme an den letzten Gefallen denken, den er mir getan hat.

»Ich wollte heute eigentlich bei *Flammen der Wahrheit* vorbeischauen, aber ich hatte keine Zeit. Könnte ich vielleicht kurz –«

Dann sehe ich den Ausdruck auf Lewis' Gesicht.

Was für eine dumme, egoistische Kuh ich doch bin. Aber zu spät, es ist schon heraus.

»Ich hatte gehofft, dir inzwischen etwas Neues sagen zu können, aber ...« Er seufzt. »Ich kann es natürlich gleich noch mal versuchen, wenn du willst.«

»Nein. Nicht heute, nachdem du dir schon solche Mühe mit dem Essen gemacht hast.«

»Du musst nicht so tun, als wärst du meiner angenehmen Gesellschaft wegen hier, Alice.«

»Oh Gott, nein, so habe ich das doch nicht gemeint. Ich … ich weiß wirklich nicht, was ich ohne dich machen würde, Lewis. Der Tag heute hätte so schrecklich werden können, aber du hast dafür gesorgt, dass er schön war.« Jetzt werde ich rot, doch so peinlich es mir auch ist, ich will, dass er weiß, wie wichtig er mir ist. »Das ist alles so unglaublich lieb von dir.«

»Lieb. Aha.« Er holt zwei Dosen Cola aus dem Kühlschrank und wirft mir eine zu. Es gelingt mir gerade so, sie zu fangen, und er lächelt.

Er setzt sich an den Schreibtisch. »Dann wollen wir doch mal sehen. Es war jetzt eine Weile ziemlich wenig los auf der Seite, aber ich bin mir sicher, dass derjenige, der sie betreibt, sich bewusst ist, was für ein wichtiger Tag heute ist. Nachdem die Untersuchungskommission aufgelöst wurde, gab es noch mal einen sarkastischen Kommentar, aber seitdem nichts Interessantes mehr.«

Er manövriert sich durch ein halbes Dutzend verschiedener Sicherheitskontrollen.

»Was machst du da?«

»Ich gehe über ein VPN auf die Homepage, damit der Betreiber nicht herauskriegt, wer ich bin.«

»VPN? Was ist das denn? Eine politische Partei? Vereinigte Pflanzen-Nerds?«

Lewis lacht und es scheint fast, als hätte er mir verziehen. »Ein Virtual Private Network. Das lässt es so aussehen, als wäre ich im einen Moment in Slowenien und im nächsten in Singapur. Dieselbe Technik, die auch der Seiten-Betreiber anwendet.«

Flammen der Wahrheit lädt, so gruselig wie eh und je.

Unter der Kopfzeile steht ein einziges Wort, in Riesenbuchstaben: **WUT!!!!!!!!!!!**

»Eieiei. Das war vorhin aber noch nicht da«, merkt Lewis an. Wir beugen uns beide dichter zum Bildschirm vor.

ALS WÄRE ES NICHT SCHLIMM GENUG, DASS TIM ASHLEY QUASI SCHON VON ANFANG AN FÜR DEN MORD AN MEGGIE FORSTER VERURTEILT WAR, TRITT NUN AUCH NOCH MRS FORSTER NACH!

»Was hat Mum denn gemacht?« Ich lese so schnell ich kann.

DIESES DÄMLICHE INTERVIEW ERSCHEINT MORGEN IN DER DAILY MAIL, ABER AUF DEREN WEBSITE STEHT ES JETZT SCHON. DARIN KLAGT MRS FORSTER TIM UNVERHOHLEN AN, INDEM SIE SAGT, SIE WOLLE IM NAMEN IHRER TOCHTER EINE ORGANISATION GRÜNDEN, DIE *JUNGEN FRAUEN HELFEN SOLL, DIE GEWALT IN IHRER BEZIEHUNG ERLEBEN*.
OFFENBAR IST SIE SO ÜBERZEUGT DAVON, DASS IHR SELBSTBEWUSSTES REALITY-STERNCHEN VON TOCHTER EIN OPFER HÄUSLICHER GEWALT GEWORDEN IST, DASS SIE SICH VOR ALLEM AN JÜNGERE MÄDCHEN WENDEN WILL, *DIE OFT DENKEN, SIE WÄREN ALLEIN, ODER DASS NUR ÄLTERE, VERHEIRATETE FRAUEN MISSHANDELT WERDEN*.
NUN, ZU MRS FORSTERS INFORMATION: JEDE MENGE MENSCHEN HATTEN GRUND, MEGGIE FORSTER ZU HASSEN, UND TIM ASHLEY GEHÖRTE – AUS GRÜNDEN,

DIE WOHL NUR ER SELBST KANNTE – NICHT DAZU. DAS
KONNTE JEDER SEHEN. WARUM ALSO GEHT MRS FORS-
TER NICHT LIEBER GEGEN REALITYSHOWS WIE DIE VOR,
DIE IHRE TOCHTER ALS EGOMANIN BEKANNT GEMACHT
HAT? ODER GEGEN DIE ZEITUNGEN, DIE IHRER FAMI-
LIE – GENAUSO WIE TIM – NACH DEM MORD KEINE
RUHE GELASSEN HABEN?
NEIN. DAS WÄRE WOHL ZU EINFACH FÜR BEATRICE
FORSTER. UND FÜR DIE ZEITUNGEN AUCH.
ABER JEMAND DA DRAUSSEN WEISS, WIE FALSCH ALLE
LIEGEN. UND EINES TAGES WIRD ES AN IHRER TÜR
KLOPFEN UND DANN …

»Verdammt, da ist wohl tatsächlich jemand sauer«, sagt Lewis.

Aber wer? Ich versuche mir vorzustellen, wie Ade diese Dinge sagt, aber er wirkt zu ruhig für so bittere Worte. Und dann ersetze ich ihn durch Sahara. Das ist schon wahrscheinlicher. Sie geht schließlich öfter mal zu weit.

»Kann ich den Artikel mal sehen?«, frage ich und Lewis klickt ihn an.

Die Schlagzeile lautet: *Exklusiv – Meine Meggie ist nicht umsonst gestorben*. Darunter ist ein Bild von Meggie während eines Fernsehauftritts zu sehen und dann noch ein weiteres, ziemlich fieses, auf dem es so aussieht, als würde Tim sie grob am Arm packen (in Wirklichkeit hatte er sie festgehalten, damit sie nicht über ihr langes Kleid stolperte). Und schließlich noch ein drittes Foto von Mum, die mit wehmütigem Gesichtsausdruck an der Themse entlangspaziert.

Ich wette, Dad hat von der ganzen Sache keine Ahnung.

Mum spricht ihre Idee von der Organisation nur am Rande an, als etwas, das sie in Betracht zieht. Das muss es gewesen sein, worüber sie und Dad sich nach der Dinnerparty letzte Woche gestritten haben. Warum hat sie es überhaupt erwähnt? Sie müsste doch wissen, wie wütend er darüber werden wird.

Der Rest des Artikels ist harmlos, bloß Erinnerungen an meine Schwester. Fast erwarte ich, dass Mum mich noch nicht mal erwähnt, doch ganz am Ende fragt der Journalist, wie es dem Rest der Familie geht.

Mein Mann und meine Tochter leben zurückgezogener als ich. Sie gehen anders mit ihrer Trauer um. Aber ohne sie wäre ich verloren. Alice dabei zuzusehen, wie sie zu einer erwachsenen, unabhängigen Frau wird, ist an manchen Tagen alles, was mich aufrechterhält. Sie ist das Kostbarste, was ich im Leben habe.

Der Bildschirm verschwimmt vor meinen Augen. Ich blinzele heftig. Natürlich weiß ich, dass Mum mich liebt, aber manchmal habe ich mich während des letzten Jahres gefragt, ob sie mich genauso sehr vermisst hätte wie Meggie, wenn ich an deren Stelle gestorben wäre.

Wortlos klickt Lewis zurück zu *Flammen der Wahrheit*. »Ich glaube, der Seiten-Betreiber ist gerade online. Auf der Startseite ändert sich was.«

Ich blicke hoch. Jetzt ist dort weniger Text zu sehen, und als Lewis noch einmal auf Aktualisieren klickt, ist die Überschrift **WUT!!!!!!!!!!** verschwunden. »Er nimmt es wieder runter?«

»Ja. Aber das muss bedeuten …« Lewis zieht seine andere Tastatur heran und fängt an, unglaublich schnell zu tippen und alle möglichen Fenster mit Text, Bildern und Karten zu öffnen. Während ich den Bildschirm vor mir beobachte, wird er einen

Augenblick lang schwarz, dann erscheint ein großes, leeres Rechteck.

»Da wird irgendwas hochgeladen.«

»Komm schon, komm schon«, murmelt Lewis, aber er meint nicht mich. Er tippt weiter wie ein Wilder, ohne auf seine Finger zu sehen. Mum – die immer noch mit ihren dreihundert Anschlägen pro Minute aus der Sekretärinnenausbildung angibt – wäre beeindruckt.

Auf dem Bildschirm vor mir lädt etwas mit quälender Langsamkeit, wie damals, im dunklen Zeitalter, als wir zu Hause noch keine Breitbandverbindung hatten.

Es ist definitiv ein Bild. Ein Foto.

Der Hintergrund ist weiß. Dann erscheinen davor irgendwelche Formen in Rosa.

Lewis blickt auf, hört aber nicht auf zu tippen. »Zu schnell, verdammt.«

Er hat recht, der Download geht jetzt flotter. Schließlich ist das Foto komplett zu sehen.

Es zeigt eine Hand. Was ich zunächst als Halbkreise wahrgenommen hatte, sind Fingernägel mit rosa Glitzerlack. Perfekt mandelförmig, an schlanken Fingern.

»Mist.« Lewis drückt immer wieder auf Enter. »Er ist wieder offline. Ich war so nah dran. Obwohl ...« Und wieder legt er los.

Eine rechte Hand. Am Zeigefinger ein Ring mit einem riesigen violetten Stein. Zu groß, um echt zu sein.

Diesen Ring habe ich ihr geschenkt.

»Lewis. Lewis, das ist ihre Hand. Meggies Hand.«

Er hört auf zu tippen und mustert das Bild ausgiebiger. »Irgendwas stimmt nicht mit dem Foto.«

»Was denn, außer der Tatsache, dass es anscheinend von irgendeinem Nagel-Fetischisten stammt?«

»Bist du sicher, dass das die Hand deiner Schwester ist?«

»Ja. Natürlich. Aber warum sollte jemand ein Foto nur von ihrer Hand machen? Das ist doch bescheuert.« Da kommt mir ein schrecklicher Gedanke. »Lewis, glaubst du … Kann der Mörder dieses Foto gemacht haben?«

Er fährt sich mit der Hand durchs Haar. »Möglich ist es schon, Ali. Aber … na ja, ist es nicht wahrscheinlicher, dass es Tim gehört hat? Wir wissen ja, dass zwischen ihm und dem Seiten-Betreiber irgendeine Verbindung besteht.«

»Aber ich wüsste nicht, warum er das gemacht haben sollte. Er konnte doch mit ihr Händchen halten, wann immer er wollte.«

Lewis beugt sich vor. »Da steckt irgendetwas anderes dahinter. Die Farben stimmen nicht. Die Finger sind zu blass und die Nägel viel zu rosa.«

»Nein, das war ihre Lieblingsfarbe. Aber die Haut …«

Und da begreife ich.

»Oh Gott, Lewis. Es ist auf jeden Fall Meggie. Aber wer auch immer dieses Foto geschossen hat, der hat … Ich glaube, der hat es gemacht, nachdem sie schon tot war.«

30

Lewis greift nach meiner Hand. »Das kannst du doch gar nicht wissen«, sagt er, aber es klingt alles andere als überzeugt.

»Guck doch nur mal hin, Lewis. Es ist so ... leblos. Das mit den Farben, das liegt daran, dass ...« Und dann kann ich nicht mehr weiterreden, weil mir die Tränen kommen.

»Ach, Alice.«

Lewis nimmt mich in den Arm und ich schluchze in sein T-Shirt. Aber ich weine nicht aus Traurigkeit, sondern vor Schreck und Wut, dass jemand tatsächlich so herzlos sein kann. Wer tut so etwas? Meine Schwester ermorden und dann noch ein Erinnerungsfoto davon schießen?

»Was hat er wohl noch gemacht, Lewis? Was für Fotos gibt es noch?«

Er antwortet nicht, sondern lässt mich einfach weinen und hält mich fest im Arm. Zuerst kann ich mich kaum wieder beruhigen, doch dann werden die Tränen langsam weniger und der Schreck lässt nach. Die Wut aber nimmt weiter zu.

»Dieses Schwein. Das ist so was von krank. Einfach *krank*.«

»Ich weiß. Ich weiß, Ali. Aber denk dran, dass Meggie davon nichts mehr mitbekommen hat. Nichts und niemand kann ihr jetzt noch wehtun.«

Ich richte mich wieder auf. Auf Lewis' T-Shirt ist ein runder, feuchter Fleck zu sehen, dort, wo ich mein Gesicht an seine Brust gepresst habe. »Entschuldige.«

Lewis lächelt. »Ach was. Glaubst du etwa, mich stört ein nasses T-Shirt? Ich bin ja nun nicht gerade Mr Makellos.«

Ich erwidere das Lächeln. Jetzt ist es mir nicht mehr unangenehm. Ich bin erstaunt, wie selbstverständlich er mich in den Arm genommen hat, so gar nicht wie ein unbeholfener Nerd, sondern wie ein bester Freund, dem ich am Herzen liege.

»Schlimm genug, dass jemand überhaupt so ein Foto macht. Aber wieso ist es da auf der Seite, Lewis?«

Wir wenden uns wieder dem Bildschirm zu und ich zucke unweigerlich zusammen. Lewis scrollt schnell hoch, damit ich die Hand meiner toten Schwester nicht mehr sehen muss, aber dieses Foto werde ich wohl niemals vergessen. Darunter stand nichts, keine Beschreibung, kein Kommentar. Und die Tirade auf meine Mutter ist auch verschwunden.

»Mann, ich war *so* kurz davor, den tatsächlichen Standort des Betreibers zu finden. Und es ist auch immer noch möglich, dass eins der Diagnoseprogramme ein Ergebnis bringt. Kann ein bisschen dauern, aber ich bleibe dran, okay?« Lewis tippt ein paar Zeilen Code mit der mittleren Tastatur und seufzt dann. »Das dauert jetzt wahrscheinlich ein paar Stunden. Nach dem Schock fahre ich dich wohl besser nach Hause.«

Mir fehlt die Kraft, um zu protestieren. Und eigentlich hat er auch recht. Im Moment will ich nirgendwo anders sein.

Um kurz nach eins betrete ich unser Haus. Mum und Dad sind schon im Bett. Doch als ich ins Esszimmer schleiche, ist mein Laptop verschwunden.

Was zum Teufel ist hier los? Als Erstes denke ich, Meggies Mörder war hier – ist es vielleicht immer noch.

Ich rase die Treppe nach oben, ohne darauf zu achten, ob ich meine Eltern wecke. Meine Panik hält so lange an, bis ich mein Zimmer erreiche und den Computer auf seinem alten Platz auf dem Schreibtisch stehen sehe, startbereit. Daneben liegt ein Zettel mit Mums Handschrift: *Hier noch ein kleines Geburtstagsgeschenk von uns. Wir haben dir immer vertraut, Liebes, wir wollten nur dein Bestes.*

Während ich langsam wieder zu Atem komme, wird mir klar, dass ich jetzt weiter über Meggies Tod nachforschen kann, sofort. Oder zurück an den Strand gehen und die warme Hand meiner Schwester in meiner halten, um das schreckliche Bild des Todes durch ein lebendiges zu ersetzen.

Aber meine Augen schmerzen vom Weinen und vom langen Starren auf den Bildschirm und der Gedanke an Soul Beach erschöpft mich nur. Vielleicht hat Mum wirklich nur versucht, mich zu beschützen. Niemand kann bestreiten, dass es im Internet so einiges gibt, das dort nicht sein dürfte. Das niemand sehen sollte.

Und doch, auch wenn mir beim Gedanken daran schlecht wird, bin ich froh, dass ich heute Nacht auf *Flammen der Wahrheit* war. Seit Monaten habe ich jetzt schon Lewis' Geduld mit meinen Vermutungen und Theorien strapaziert – so langsam muss er schon an meinem Verstand gezweifelt haben.

Aber jetzt, nachdem er es selbst gesehen hat, muss er einfach verstehen, womit wir es hier zu tun haben. Wer diese Fotos gemacht hat, hat meine Schwester nicht als Menschen gesehen, sondern als eine Art … Ausstellungsstück oder Trophäe.

Ich weiß, dass Lewis von Tims Unschuld nicht so überzeugt ist wie ich. Aber als wir uns eben voneinander verabschiedet haben, habe ich es in seinen Augen gesehen: Er will auch die Wahrheit wissen. Er wird mich und Meggie jetzt nicht im Stich lassen.

Ausnahmsweise schlafe ich fast auf der Stelle ein. Als ich am Samstagmorgen um neun Uhr aufwache, dauert es ein paar Sekunden, bis mir wieder einfällt, dass ich mir ja den Wecker nicht auf vier Uhr – Strand-Alarm – stellen musste.

Und nach ein paar weiteren Sekunden fällt mir ein, was Lewis und ich gestern Nacht auf *Flammen der Wahrheit* gefunden haben. Es jagt mir einen Schauder über den Rücken, aber ich muss mich jetzt auf unsere Nachforschungen konzentrieren. Wir werden den Betreiber der Seite aufspüren, das weiß ich, und dann finden wir heraus, wie er an das Foto gekommen ist.

Vielleicht ja noch heute.

Unten in der Küche liegt die Daily Mail aufgeschlagen auf der Frühstückstheke. Ich platze gerade mitten in einen Streit, so viel ist sicher.

»Guten Morgen, Alice«, zwitschert Mum viel zu fröhlich. »Du siehst ja sehr ausgeschlafen aus, wenn man bedenkt, wann du zu Hause warst.«

»So spät war's nun auch wieder nicht.«

»Zehn nach eins ist wohl spät genug für eine Sechzehn... nein, Verzeihung, Siebzehnjährige«, erwidert sie und lächelt. »Ich weiß, du findest das albern, aber ich konnte nun mal nicht einschlafen, bevor du sicher wieder zu Hause warst.«

Dads Lächeln wirkt gezwungen. »War es denn ein schöner Abend?«

»Ja, super! Und jetzt treffe ich mich mit Cara zum Frühstück –

da können wir gleich anfangen, mein Geburtstagsgeld auf den Kopf zu hauen.«

»Ich kann dich hinfahren«, bietet Mum an, ein verzweifelter Versuch, der Konfrontation mit Dad zu entgehen.

»Danke, aber nicht nötig. Der Spaziergang wird mir ordentlich den Kopf durchpusten.«

Wir treffen uns im Café von Marks & Spencer. Cara hat ihrer Mutter ein paar Frühstücksgutscheine geklaut und ist schon fleißig dabei, den Weltrekord im Plundergebäck-Schnellessen zu brechen.

»Was macht dein Kopf?«, erkundige ich mich.

»Hämmert wie blöd. Und deiner?«

Spielt immer wieder dieselben schrecklichen Bilder und eine Liste von Namen ab: Sahara, Ade, Tim, Zoe. Das ist meine Verdächtigen-Liste, frisch aktualisiert auf dem Weg hierher.

»Aufwachen, Alice! Ich hab gefragt, wie's dir geht.«

»Ganz okay.«

»Und, was haben du und dein Guter-Freund-und-nichts-weiter-Lewis noch gemacht, nachdem wir abgehauen sind?«

»Natürlich im Internet gesurft, was machen Nerds denn sonst?«

»Du bist kein Nerd, Alice.«

»Tja, verglichen mit dir und deinem Model-Boy schon. Wie war's denn in dem Club?«

»Unglaublicherweise haben sie *ihn* nach seinem Ausweis gefragt, aber ich hab die Türsteher doch noch rumgekriegt ...« Und schon plappert sie drauflos.

Ich lasse mich einfach berieseln und höre nicht sehr aufmerksam zu, aber es ist ein gutes, normales Gefühl, hier zu sitzen und mir von meiner besten Freundin von ihrem verrückten Abend erzählen zu lassen. Es hilft mir, das Bild von Meggies Hand auszublenden, mit ihren glitzernden Nägeln und –

»Dein Handy klingelt, Alice.«

Ich starre Cara an, dann begreife ich, was sie gerade gesagt hat. Ich krame in meiner Handtasche.

»Lewis«, sage ich und gehe ran. Cara grinst.

Ich stehe vom Tisch auf und schlendere in Richtung Obst- und Gemüseabteilung.

»Ali, ich glaube, ich habe was rausgefunden. Freu dich noch nicht zu sehr, aber falls das nicht wieder ein Bluff um tausend Ecken ist, dann sitzt der Seiten-Betreiber nicht hier in der Gegend«, berichtet Lewis.

»Was heißt das? Nicht in West-London?«

Eine Frau stößt ein empörtes »Tztz« aus, weil ich ihr im Weg stehe, als sie die Äpfel betasten will.

»Das heißt: Ich bin mir ziemlich sicher, dass er sich in einer anderen Zeitzone befindet. Zumindest gestern Nacht noch. Zentraleuropäische Zeit, um genau zu sein.«

»Aber du hast doch gemeint, er hätte dieses Private-Network-Dingsbums, Lewis. Und damit kann er es doch so aussehen lassen, als wäre er sonst wo auf der Welt.«

»Ja, ja, aber daran bin ich letzte Nacht noch vorbeigekommen. Ich wollte nichts sagen, bis das Programm durchgelaufen war, aber die Daten lügen nicht. Ich habe die Maskerade gelüftet. Er könnte in Paris sein, in Berlin, Amsterdam. Ist deine Schwester irgendwann mal in Europa gewesen? Oder hat sie irgendwelche Uni-Freunde außerhalb von Großbritannien?«

Ich ziehe mich aus der Kühlabteilung zurück, beim Summen

der Kühlschränke kann ich nicht richtig denken. »Na ja, laut Presse hatte sie jede Menge Fans in Europa, sogar auf der ganzen Welt, aber –«

Und dann fällt mir jemand ein, den man beim besten Willen nicht als Fan bezeichnen kann. »Liegt Barcelona auch in dieser Zeitzone?«

Ich kenne die Antwort schon, bevor Lewis sie ausspricht. »Ja. Wieso?«

»Ach, nur so. Das schwirrt mir einfach gerade im Kopf rum, weil … Egal. Hör mal, ich bin gerade mit Cara frühstücken. Lass mich ein bisschen nachdenken, dann rufe ich zurück, ja?«

»Klar. Alles in Ordnung übrigens? Nach letzter Nacht, meine ich?«

»Alles okay. Danke. Nicht nur fürs Nachfragen, sondern für alles. Dafür, dass du dranbleibst.«

Schweigen.

Dann sagt Lewis: »Ich bin nun mal ein sturer Hund, das ist alles. Ich kriege das raus und wenn es mich umbringt.« Er hält inne. »Tut mir leid, das hätte ich vermutlich anders formulieren sollen.«

»Wenn du auch noch anfängst, mich mit Samthandschuhen anzufassen, Professor, muss ich dir leider die Freundschaft kündigen.«

Ich lege auf. Jetzt weiß ich, was ich zu tun habe. Entschlossen gehe ich zurück zu Cara.

»Na, wie geht's deinem Lover? Muss ja mindestens zehn Stunden her sein, seit ihr euch das letzte Mal gesprochen habt.«

»Haha. Du solltest Komikerin werden.« Ich trinke einen Schluck von meiner heißen Schokolade. Der Zucker hilft mir, klarer zu denken. »Hey, schon mal was von Barcelona gehört?«

»Spanische Stadt mit Strand und einer verrückten Kathedrale?«
»Genau die. Ich habe beschlossen, dass ich definitiv mitkomme.«
»Im Ernst?« Sie beugt sich über den Tisch und verpasst mir einen dicken, feuchten, alkoholisch riechenden Schmatz.

»Oh Mann, Cara, wie viel hast du in dem Klub noch gebechert?«
»Klappe, ich brauche keine Gardinenpredigt. Ich will feiern. Wenn ich Mum anrufe, bucht sie uns sicher sofort Flüge.«

»Ich dachte, das hättest du schon gemacht?«

»Wollte ich auch, aber dann … Ohne dich wär's einfach nicht dasselbe gewesen, Süße.«

»Nur eins: Versprichst du mir, dass du dich nicht an Ade ranmachst?«

Cara lacht. »In der Liebe und im Krieg ist alles erlaubt.«

Mein Plundergebäck liegt immer noch auf meinem Teller. Ich habe keinen Hunger mehr. »Nein, ist es nicht.«

»Hey, bist du jetzt meine Mum, oder was? Du wolltest dich doch mehr wie ein Teenager benehmen. Da gehört Spaß haben und mit Jungs flirten nun mal dazu.«

Ich seufze. Wie soll ich Cara erklären, dass sie meinetwegen mit jedem anderen Jungen auf der Welt flirten kann? Nur nicht mit diesem, solange die Möglichkeit besteht, dass entweder Ade oder Sahara Mörder sind.

Ich versuche, es humorvoll rüberzubringen. »Klar. Aber das ist mir irgendwie alles ein bisschen viel. Sahara ist so unberechenbar. Ein echtes Pulverfass. Wenn du es dir mit der verdirbst, kommst du nachher noch in einer Kiste aus Barcelona wieder!«

»Alice!«
»Was denn?«
»Über so was macht man keine Witze. Besonders du nicht.«

Ich seufze. »Wenn hier irgendwer Witze über den Tod machen darf, dann ja wohl ich. Und ich mein's ernst.«

»Ich komm schon mit ihr klar.«

»Du weißt nicht, wozu sie in der Lage ist.«

Cara runzelt die Stirn. »Gibt es irgendetwas, das ich wissen sollte? Du glaubst doch wohl nicht, dass Sahara Meggie umgebracht hat, oder?«

Einen kurzen Augenblick bin ich versucht, ihr von meinem Verdacht zu erzählen. Selbst wenn sie mich dann für verrückt hält, reicht es vielleicht aus, um ihr ein bisschen mehr Vorsicht einzuimpfen. Hier scheint alles einigermaßen unter Kontrolle, aber wer weiß, was in Spanien passiert? Trotzdem, ich muss hinfahren, wenn ich irgendetwas herausfinden will.

»Ich meine ja nur … Wir wissen schließlich, was Eifersucht anrichten kann. Sie treibt Menschen in den Wahnsinn. Geh das Risiko nicht ein. Ich könnte es nicht ertragen, wenn dir etwas zustößt.«

»Ach, Süße. Mir passiert doch nichts.« Cara drückt meine Hand und ich drücke zurück. »Okay. Dann rufe ich mal schnell meine Mum an, ja? Stell dir vor, in weniger als einem Monat tanken wir Sonne und Sangria bis zum Abwinken.«

»Warte lieber noch, bis ich meine Eltern gefragt habe.«

»Ach, deine Mum ist sicher im siebten Himmel, wenn sie das hört. Sie scheint zu glauben, dass du dich langsam zu einer durchgeknallten Einzelgängerin entwickelst, die ihre ganze Zeit im Internet verbringt. Kann mir gar nicht vorstellen, wie sie auf so was kommt.«

»So schlimm bin ich ja wohl nicht. Gestern Abend habe ich immerhin auch nicht zu Hause gesessen.«

»Allerdings. Hey, Lewis kann doch auch mit nach Spanien kommen!«

»Damit du dich mit Ade verdünnisieren kannst?«

Cara lacht. »Alice Forster, du kennst mich einfach zu gut.«

Ich muss auch lachen, obwohl es eigentlich gar nicht so witzig ist, denn Cara kennt mich, mein wahres Ich, mittlerweile gar nicht mehr. Wie sollte sie auch?

Wohin ich auch gehe – und wenn es nur das blöde Marks-&-Spencer-Café ist –, meine Lasten schleppe ich immer mit mir herum: die Briefe von den Gästen am Strand, das Rätsel um *Flammen der Wahrheit*, meine Liste mit Mordverdächtigen, meine Sorgen um Javier.

Mittlerweile bin ich vielleicht noch zu zehn Prozent Alice Forster. Die restlichen neunzig sind nichts als Geheimnisse.

31

Ich kann Danny nicht finden.

Kein Grund zur Panik, noch nicht. Obwohl der Strand eigentlich zu klein ist, als dass dort Menschen verloren gehen könnten. Javier zum Beispiel versucht sich mit seinem Kummer um Greta zu verstecken und trotzdem weiß jeder genau, wo er ist: am selben Ort, wo sich auch Triti verschanzt hat, als sie so litt. Mit etwas Glück schaffe ich es vielleicht, auch Javiers Qual ein Ende zu setzen.

Aber wo zum Teufel ist Danny?

Zuerst war ich natürlich an unserem Felsen. Dort hatte ich eigentlich den gesamten Nachmittag mit ihm verbringen wollen. Meine Prüfungen sind vorbei, Mum ist nicht zu Hause, Cara mit ihrer Mutter bei einem Tag der offenen Tür an der Uni und mich hält nichts davon ab, neben Danny zu liegen, ihn zu küssen und zwischendurch mit ihm über Unsinn zu reden.

Wenn ich ihn endlich finde.

Die letzten ein, zwei Wochen waren eigenartig ruhig. Das hält natürlich nicht für immer an. Spanien wird vermutlich alles ändern; das ist schließlich auch der Grund, warum ich überhaupt mitfahre. Aber im Moment habe ich zum ersten Mal seit Langem wieder das Gefühl, als gehörte meine Zeit wirklich mir. Ich habe den Theorietest in der Fahrschule bestanden und auch schon meine ersten praktischen Unterrichtsstunden hinter mir. Nach den Klausuren sind Cara und ich jedes Mal lange und gemütlich mittagessen gewesen und haben am Themseufer mit Jungs geflirtet.

Ab und an habe ich sogar vergessen, mich abends nach dem Ausgehen noch am Strand einzuloggen, worüber Danny sich nachher beschwert hat. Deswegen wollte ich heute Nachmittag eigentlich alles wiedergutmachen und ein wenig Zeit mit ihm allein verbringen.

Die Sonne steht hoch und strahlend am Himmel. Ich kann den weißen, glühend heißen Sand gar nicht ansehen, ohne die Augen zuzukneifen. Am Strand scheint gerade Mittag zu sein; in der echten Welt würden da nur Verrückte und Engländer rausgehen. Aber hier, wo die Haut jedes Gastes schon so knusprig braun ist, bekommt niemand Sonnenbrand und so liegen sie alle wie immer aufgereiht am Strand.

Wie Würstchen auf dem Grill.

Wie komme ich denn plötzlich auf so was? Das würden die glamourösen Gäste sicher gar nicht gern hören.

Ich sehe meine Schwester und Tim in der Strandbar sitzen und einander mit Eiscreme füttern. Meggies Hand, die den Löffel hält, ruft mir das Foto in Erinnerung. Seitdem ist nichts Neues auf der Website aufgetaucht, nicht einmal ein Kommentar, aber jedes Mal wenn ich nachsehe, wird mir fast übel.

Als Meggie mich sieht, beugt sie sich vor und sagt etwas zu Tim. Dann steht sie auf und kommt auf mich zu, um mich zu umarmen. »Schwesterchen!«

Sie setzt sich auf eine der groben hölzernen Treppenstufen, die zur Bar hochführen, und klopft einladend auf den freien Platz neben sich. Seit Tim hier ist, haben die beiden wie in einer unsichtbaren Blase gelebt und es war schwer, Meggie mal allein zu erwischen.

»Und, was gibt's Neues?«, erkundigt sie sich.

Ich bringe sie mit der Geschichte des Nachbarhundes, der von einer Katze gejagt wurde, zum Lachen und erzähle jede Menge anderen unwichtigen Kram. Meinen Geburtstag habe ich nie auch nur ansatzweise erwähnt und sie genauso wenig. Vielleicht ist ihr dabei auch unbehaglich zumute.

»Und wie läuft es mit Tim?«, frage ich.

Ihr Lächeln beantwortet die Frage zur Genüge. »Ich war ja schon außer mir vor Freude, als du an den Strand gekommen bist. Seit er nun auch hier ist, scheint mir alles wie verwandelt. Die pure Zufriedenheit. Langweiliges Wort, oder? Aber das beschreibt es am besten.«

Ich umarme sie abermals und dabei fällt mein Blick über ihre Schulter auf Tim.

»Er sieht zu mir rüber, stimmt's?«, fragt meine Schwester.

»Wie ein Küken, das seine Mutter verloren hat.«

Sie kichert. »Es gibt Schlimmeres, als so angebetet zu werden. Das solltest du doch wissen, bei Danny ist es schließlich genauso.«

Ich seufze. »Ja. Darum bin ich auch hier. In letzter Zeit hatte ich so viel um die Ohren, da wollte ich endlich mal wieder etwas Zeit mit ihm verbringen.«

Meggie gibt mir einen Kuss. »Na dann nichts wie los. Komm doch später noch mal vorbei, wenn du Lust hast. Tim gewöhnt sich langsam besser ein und ich will, dass ihr zwei wieder so gute Freunde werdet wie … vorher.«

Sie hüpft die Stufen hinauf und ich gehe weiter in Richtung der

Strandhütten hinter der Bar. Normalerweise halte ich mich dort nicht so gern auf, weil die Gäste meistens entweder zum Rummachen oder zum Streiten hierherkommen, aber ich will Danny finden und wüsste nicht, wo er sonst sein sollte.

»… aber wenn es doch so wichtig ist, warum fragst du sie dann nicht einfach?«, dringt eine Mädchenstimme aus einer der Hütten.

»Weil ich Angst vor der Antwort habe.«

Eine Männerstimme. Dannys?

Die Hütten stehen auf dünnen Pfählen. Ich trete ein paar Schritte näher, dann bleibe ich stehen. Und lausche. Bestimmt war das gar nicht Danny. Natürlich versteht er sich mit jedem hier – er ist nun mal einfach so ein freundlicher Typ –, aber außer Meggie und mir hat er eigentlich keine engen weiblichen Freunde.

»Was soll sie denn schon Schlimmes sagen?« Wieder die Mädchenstimme. Ich glaube, sie kommt aus der letzten Hütte, dringt durch die Ritzen der Bambuswand.

»Dass ich ihr nicht das bieten kann, was sie sich wünscht.«

Ich halte die Luft an. Es kann niemand anders sein. Ich zwänge mich in die Lücke zwischen der Hütte und dem mit Gestrüpp bewachsenen Fels dahinter. Nicht dass sie mich noch beim Lauschen erwischen. Ich fasse es nicht, was ich hier gerade tue, aber ich kann mich auch nicht losreißen.

»Ja klar, du bist ja auch nur der Traum jedes Mädchens. Der extrem charmante, extrem gut aussehende Danny Cross, Erbe eines der größten Unternehmen Amerikas.«

Danny lacht und es klingt unglaublich traurig. »Tja, um irgendwas erben zu können, müsste ich aber lebendig sein, stimmt's? Und genau das kann ich Alice nicht bieten.«

»Aber das wusstest du doch von Anfang an, Danny. Eine Beziehung zwischen einem Gast und einer Besucherin hat nun mal keine Zukunft.«

Ich stelle mir eine Zukunft ohne Danny vor und es tut so weh, als hätte mir jemand einen Hieb mit einem Schlagring versetzt. Mit Spikes dran.

»Sag so etwas nicht!«, ruft Danny.

Ich höre eine Bewegung aus der Hütte und weiche schnell zurück in das piksige Farndickicht zwischen den Felsen. Plötzlich schäme ich mich furchtbar, dass ich Danny nachspioniere, aber jetzt kann ich auch nicht mehr aufhören.

»Setz dich hin, Danny. Pass auf, ich kenne Alice ja nicht, aber die Kleine scheint doch echt ganz nett zu sein.«

Kleine? Wie alt ist denn dieses Mädchen bitte, mit seiner Minnie-Maus-Stimme?

»Sie ist keine Kleine. Sie ist wunderbar.«

»Aber sie ist trotzdem eine Besucherin, Danny. Die kommen eigentlich nur aus einem Grund her: um demjenigen zu helfen, der sie gerufen hat.«

»Das weißt du doch gar nicht. Niemand hat überhaupt eine Ahnung davon, was an diesem Ort wirklich abläuft, Roberta.«

Roberta. Eine irrationale Eifersucht beginnt in mir aufzulodern.

»Tja, ich weiß zumindest, dass sich einiges verändert hat, seit sie Triti geholfen hat. Das ist dir doch auch klar, Danny. Und seit dieses deutsche Mädchen weg ist, ist es noch schlimmer geworden. Die Leute werden unruhig.«

»Das ist nicht Alice' Schuld. Sie hatte nichts mit Gretas Verschwinden zu tun.«

»Wie du meinst.« Roberta stößt einen lauten Seufzer aus. »Wenn du meine Meinung nicht hören willst, warum fragst du mich dann überhaupt?«

Ja, warum vertraust du dich ihr an und nicht mir, Danny?

»Weil ich solche Angst habe, sie zu verlieren. Ich wollte mit jemand Unbeteiligtem reden.«

»Niemand hier ist unbeteiligt. Deine Freunde ... Wir machen uns Sorgen um dich. Was passiert, wenn sie irgendwann nicht mehr wiederkommt? Denn früher oder später wird es so weit sein, das weißt du. Entweder klärt sie auf, was mit ihrer Schwester geschehen ist, oder es wird ihr langweilig und sie lebt in *ihrer* Welt weiter.«

Das werde ich nicht.

»Dann ... akzeptiere ich das. Was bleibt mir denn auch anderes übrig? Aber bis dahin will ich lieber mit ihr zusammen gewesen sein, als es gleich ganz sein zu lassen.«

Trotz der Traurigkeit in seiner Stimme breitet sich in meinem Inneren Wärme aus.

»Es hat sich doch längst verändert, Danny. Sogar uns ist schon aufgefallen, dass sie nicht mehr so oft kommt wie früher.«

»Alice hat wichtige Prüfungen. Sie ist sehr beschäftigt.«

»Ich geb's auf. Dir ist nicht zu helfen.« Die Hütte knarzt.

Danny lacht leise. »Kann sein. Aber wenigstens bin ich glücklich, solange ich sie habe.«

»Na, dann hoffe ich für dich, dass das noch ein bisschen so weitergeht. Falls nicht, sind wir für dich da, Danny. Wir sammeln dann hinterher die Scherben auf.«

Hastig krabbele ich rückwärts, als sie aus der Hütte klettert. Roberta ist die perfekte Strandschönheit, blond und mit einem so winzigen Bikini bekleidet, dass er wohl in der Wäsche eingelaufen sein muss. Wäre Danny mit einem Mädchen wie ihr wohl glücklicher als mit mir?

Nach einer Minute oder so kommt auch Danny aus der Hütte. Er muss sich ducken, damit sein kräftiger Körper durch die Türöffnung passt. Sieht aus, als wollte er zu unserem Felsen.

Ich gebe ihm einen Vorsprung und krieche dann aus meinem Versteck. Auf dem Weg zum anderen Ende des Strandes überlege ich, ob ich ihm erzählen soll, dass ich gelauscht habe, oder ob ich besser so tue, es wäre alles in Ordnung. Als ich bei ihm ankomme, sieht er lächelnd zu mir hoch, so als hätte er schon gewusst, dass ich da bin.

»Hey, Danny.«

»Hey, schöne Frau.«

Ich werde rot. Das werde ich immer, wenn er so etwas sagt, weil es einfach nicht wahr ist. »Tut mir leid, dass ich im Moment nicht so oft da bin. Ich mache gerade eine seltsame Phase durch.«

Er sagt nichts, sondern sieht mir nur weiter in die Augen. Ich wende den Blick als Erste ab. »Ich hatte viel zu tun in meiner Welt. Aber das wird sich wieder ändern. Es bedeutet nicht, dass ich dich auch nur ein winziges bisschen weniger liebe, Danny.«

»Nein?« Er sieht zum Himmel auf. »Du hast also keine Zweifel? An uns?«

»Nicht deinetwegen. Ich frage mich nur manchmal, was als Nächstes passiert. Wenn Meggie … geht, darf ich dann nicht mehr wiederkommen?«

Danny zuckt mit den Schultern. »Es ist eine schreckliche Vorstellung, aber ich würde es verstehen, falls du die Sache lieber jetzt beenden willst. Du hast dein Leben. Ich halte dich sicher nur davon ab.«

Ich betrachte seine wunderbaren Hände, seinen Hals, seine Lippen und weiß, dass ich ihn nicht verlassen kann.

»Aber ich liebe dich, Danny.«

»Ich dich auch, Alice. So sehr. Aber je mehr Zeit wir zusammen verbringen, desto schwerer wird es, wenn wir uns für immer trennen müssen. Am vernünftigsten wäre es, wenn ich dich jetzt gehen ließe.«

»Vernünftig?«

»Und fair.«

»Könntest du das wirklich? Mich aus Vernunftgründen gehen lassen?«

»Ich …« Sein Blick wirkt sehr nachdenklich, aufs Schlimmste gefasst. Aber der Gedanke, ihm nie wieder in die Augen sehen zu können …

»Vernunft, Fairness, Logik. Das sind doch nur Wörter, Danny. Die kommen nicht gegen das Gefühl an, das ich verspüre, wenn ich hier bin, mit dir. Ich will nicht, dass es zu Ende ist. Das halte ich nicht aus.«

Er blickt nicht sofort auf, aber ich sehe, dass er die Stirn runzelt. Ich erstarre. Vielleicht will er tatsächlich Schluss machen.

Dann aber steht Danny auf und beugt sich vor, um mich zu küssen, und ich sehe, dass seine Augen feucht sind. »Ich habe mir doch auch nur was vorgemacht. Ich hätte es nie ertragen, wenn … Nein, ich kann es noch nicht mal aussprechen. Komm her, schnell.«

Wir fallen einander in die Arme, beide etwas wackelig auf den Beinen. Die scharfe Kante des Felsens kratzt über mein Bein, aber ich spüre es kaum. Wir sind wieder vereint. So soll es sein.

32

»Bar-ce-LONA, la, la, la, la, la. BAR-ce-lona, la, la, la, la, LA, LA, LAAAAA!«

Es scheint, als wäre Cara ein winziges bisschen aufgeregt.

Sie übernachtet bei mir, bevor Dad uns morgen zum Flughafen Gatwick fährt, aber wenn sie so weitermacht, wird wohl keine von uns ein Auge zumachen.

»Ade ist schon auf mich aufmerksam geworden, da bin ich mir sicher. Oder, Alice?«

»Vielleicht.«

»Nein, nicht vielleicht, ganz sicher.«

»Warum fragst du mich dann?«

»Spielverderberin!«

So langsam wünschte ich, sie würde nicht hier schlafen.

»Aber du bist vorsichtig, ja?«, flehe ich. »Nur weil du Ade vielleicht haben *könntest*, heißt das ja nicht, dass du es auch wirklich durchziehen musst. Man braucht sich doch nicht immer verhalten wie ein Kind im Süßwarenladen.«

»Warum sollte ich denn sonst mitfahren?«

Ich gebe mir wirklich Mühe, nichts Schnippisches zu erwidern, aber leicht fällt es mir nicht. »Äh, vielleicht, um eine von Europas interessantesten Hauptstädten zu sehen? Um Spanisch zu lernen? Um eine schöne Zeit mit deiner besten Freundin zu verbringen?«

Dabei sollte ich ihr wohl kaum eine solche Predigt halten; meine eigenen Motive sind immerhin auch alles andere als ehrlich.

Cara schweigt und ich frage mich, ob sie jetzt beleidigt ist. Doch nach ein paar Minuten höre ich an ihrer Atmung, dass sie endlich eingeschlafen ist.

Es ist Viertel nach zwei. In zwei Stunden müssen wir schon wieder aufstehen, aber vorher habe ich noch etwas zu erledigen. Ich könnte versuchen, unter meiner Bettdecke ins Internet zu gehen, aber Cara hat einen ziemlich leichten Schlaf. Sie behauptet gern, das käme daher, dass sie immer auf der Hut ist, ob ein Typ sich mitten in der Nacht davonschleichen will. Manchmal frage ich mich wirklich, warum meine beste Freundin so seltsam ist und ob es wohl daran liegt, dass ich nicht genügend für sie da gewesen bin.

Nach Spanien wird alles anders. Das muss es einfach.

Ich nehme meinen Laptop mit nach unten. Seit ich ihn wieder in meinem Zimmer haben darf, ist der Strand nicht mehr ganz so aufregend. Aber hier im Esszimmer, wo ich jederzeit erwischt werden kann, kehrt etwas von der alten Spannung zurück.

Am Soul Beach ist es finsterer als draußen vor den Fenstern. In meiner Welt steht die Mittsommernacht kurz bevor, also wird es gerade nie richtig dunkel. Doch am Strand scheint heute Nacht kein Mond und irgendjemand hat mehr Lampions als sonst im Sand aufgestellt, die sanftes rosa- und lilafarbenes Licht verbreiten. Von weither höre ich Gesang, seltsame Melodien aus unbekannten Instrumenten. Vielleicht sind es ja Meerjungfrauen, die Seeleute an den Felsen zerschellen lassen.

Ich gehe am Wasser entlang und versuche, meine Schwester oder Danny unter all den Silhouetten zu entdecken, wage es jedoch nicht, mich den Gästen zu nähern. Nach allem, was ich gehört habe, sind sie ja so unruhig, weil ich bis jetzt noch nicht auf ihre Briefe und Bitten reagiert habe. Ich will ja, aber im Moment drängt sich das echte Leben einfach in den Vordergrund.

Es ist, als würde irgendwo eine Uhr ticken.

Dann entdecke ich die Person, mit der ich wirklich reden muss, auf dem Steg.

»Javier!«

Er winkt mich zu sich. »Hola, Alice. Falls du Meggie suchst, die ist mit Tim in einer der Hütten.«

»Eigentlich wollte ich mit dir sprechen.« Ich setze mich neben ihn. »Du gehst mir in letzter Zeit aus dem Weg. Ich habe mir schon Sorgen gemacht.«

Javier schwingt einen Fuß durchs Wasser. »Vielleicht genieße ich ja meine Melancholie. Auf so was stehen wir Katalanen.«

»Katalanen?«

»Ja. Da, wo ich herkomme, hat jeder eine dunkle Seite.«

»Ah. Dann sind in Barcelona also alle so wie du?«

»Oh, da könnte ich dir Geschichten erzählen ... Es ist auf jeden Fall ein sehr leidenschaftlicher Ort.«

»Das sehe ich ja dann bald selbst. Sehr bald sogar. Morgen. Na ja, eigentlich schon heute, wenn man's genau nimmt.«

Er dreht sich zu mir um. »Sehr witzig.«

»Das ist kein Witz. Ich fahre nach Barcelona. Darum bin ich auch jetzt hier. Ich wollte sichergehen, dass ich auch das Richtige tue.«

Javier starrt ins Wasser. »Ha! Das Richtige? Woher soll ich wissen, was das ist?«

Ich antworte nicht.

»Und das tust du für mich, Alice?«

»Zum größten Teil. Das heißt, meine Freunde wollten sowieso hinfahren. Aber ich hatte mich noch nicht ganz entschlossen, bis Greta verschwunden ist und ich gesehen habe, wie traurig dich das macht. Es ist ein Zufall, aber ein sehr praktischer.«

»Zufall? Oder vielleicht ist alles miteinander verbunden und wir sind nur zu blind, um es zu erkennen. Aber Barcelona …« Javier pfeift. »Das ist eine wunderschöne Stadt. Ich vermisse sie. Den Strand … Na ja, er ist natürlich nicht mit Soul Beach zu vergleichen. Kein Paradies. Rauer, aber dafür auch wirklicher. Nun, weniger wirklich als hier könnte er wohl auch kaum sein, was?«

»Sag mir, was ich tun soll, Javier. Wo soll ich hingehen?«

Er schweigt lange, ich höre nur ein Flattern wie von papiernen Flügeln, als eine Brise über die Lampions streicht.

»Da ist jemand …«

Ich warte, doch dann schüttelt er den Kopf.

»Aber vielleicht ist es besser, die Lebenden mit solchem Spuk in Ruhe zu lassen.«

Möglicherweise habe ich ja alles völlig falsch verstanden und er will den Strand gar nicht verlassen. Doch seine Traurigkeit umgibt Javier wie eine Art Kraftfeld, so deutlich spürbar ist sie.

»Es liegt ganz bei dir, Javier. Ich will dich zu nichts drängen. Du hast nur in letzter Zeit so einsam und verzweifelt gewirkt, aber vielleicht wird das ja langsam auch wieder besser.«

»Besser?« Er lacht. »Ich wünschte, es wäre so. Ich habe bloß Angst, das Ganze noch schlimmer zu machen, das ist alles. Wer weiß, was ich zu Hause zurückgelassen habe? Vielleicht tut es nur noch mehr weh, wenn ich es erfahre.«

»Es ist deine Entscheidung.«

Ein limettengrüner Sittich fliegt krächzend an uns vorbei, sein Gefieder schimmert im Licht der Lampions.

»Weißt du, manchmal glaube ich, *das* könnte Greta sein«, murmelt Javier. »Oder vielleicht eher Triti. Sie hat Schmuck und schrille Farben geliebt. Aber wahrscheinlich ist das dumm, denn nach diesem Ort hier kommt sicher nur ein großes Nichts. Es wäre doch sicher noch eine größere Strafe, als Vogel hier leben zu müssen statt als Gast, oder?«

Er erwartet keine Antwort. Er blickt dem Vogel nach und wendet sich dann wieder mir zu. »Manchmal fürchte ich mich vor diesem Nichts und dann wieder denke ich, es wäre das Beste, was mir je passieren könnte. Ich bin gefangen in meiner Unentschlossenheit. Hätte ich eine Münze, die ich werfen könnte, würde ich mich so entscheiden.«

»Ich habe eine.« Ich greife hinter mich in das Kästchen, in das mein Vater jeden Abend nach der Arbeit sein Wechselgeld wirft. »Willst du es wirklich dem Zufall überlassen?«

Ein schiefes Lächeln erscheint auf Javiers Gesicht. »Ich glaube, die Idee gefällt mir. Que será, será. Das passt zu einer Welt, in der man nichts kontrollieren kann.«

»Kopf oder Zahl?«

»In Spanien sagen wir cara o cruz, Gesicht oder Kreuz. Gut, lass mich überlegen. Gesicht heißt, du unternimmst nichts. Kreuz, du versuchst, etwas herauszufinden.«

Mir kommt der Gedanke, dass ich ihn einfach anlügen könnte. So oder so behaupten, die Münze zeige Kreuz, weil das, meiner Meinung nach, das Richtige für Javier ist.

Ich werfe die Münze. Sie landet auf dem Tisch.

»Zahl ... ich meine, Kreuz.«

Javier legt den Kopf in den Nacken und lacht. »Okay. Dann haben wir's also. Und gerade wird mir klar, dass es so auch richtig ist, Alice. Denn wenn es nicht Kreuz, also Zahl, gewesen wäre, hätte ich dich gebeten, noch mal zu werfen, wieder und wieder, bis es so gekommen wäre.«

Mir bleibt nicht mehr viel Zeit, bis ich diesen Strand gegen den von Barcelona eintauschen muss. »Und was jetzt?«

Er lächelt mich an. »Moment noch. Ich kann dich ja wohl schlecht ohne ein paar heiße Tipps in meine Heimatstadt reisen lassen, oder? Also, die Sagrada Família ist von außen interessanter als von innen, darum kannst du dir das Schlangestehen dort schenken. Der Parc de la Ciutadella ist eigentlich das ganze Jahr über schön. Wirklich ein sehr hübsches Fleckchen. Oh, und magst du Schokoladenbrownies?«

Ich werde ungeduldig. Für so etwas gibt es doch Reiseführer. Ich muss wissen, wie ich ihm helfen soll. »Klar, aber –«

»Geh zum Café Dulce, auf der Carrer de Balboa. Die haben die besten Brownies in der ganzen Stadt, warm, mit einer Kugel Eis dazu. Und die besten Kellner auch. Sag dem süßesten von allen, dass du mich kennst. Aber pass auf, gut möglich, dass er dann deinen Teller fallen lässt.«

»Das war's?«

»Du bist ein cleveres Mädchen, Alice. Ich vertraue völlig darauf, dass du weißt, was zu tun ist, wenn du erst da bist.« Und dann umarmt er mich, was er sonst niemals tut.

Ich lasse zu, dass er mich an sich drückt, und fühle sein Herz an meiner Brust klopfen. Er will es wirklich. Ich werde mein Bestes tun.

Nachdem Javier gegangen ist, mache ich mich auf den Weg zu den Hütten hinter der Strandbar, vorsichtig, um im Dunkeln nicht zu stolpern. Alles, was ich hören kann, sind ruhige Atemzüge; niemand ist mehr wach. Es ist so vollkommen finster, dass meine Lider schwer werden.

Ich werfe einen Blick in die erste Hütte. Eine einsame Kerze in einer Bootslaterne beleuchtet das Gesicht meiner Schwester und das von Tim neben ihr. Erstaunlich, dass zwei Menschen, die auf derart furchtbare Weise gestorben sind, so friedlich aussehen können. Sie halten Händchen im Schlaf.

Einen Augenblick lang spiele ich mit dem Gedanken, sie zu wecken. Dieses Wochenende könnte den ersehnten Durchbruch liefern und wenn es mir gelingt, ihren Mörder zu stellen, wäre das womöglich das Ende ihrer Zeit am Strand. Und auch meiner eigenen.

Mein Atem wird schneller. Es ist zu früh.

Aber Meggie sieht viel zu zufrieden aus, um sie aus dem Schlaf zu reißen, und was könnte ich ihr schon erzählen, ohne vom Soul Beach verbannt zu werden? Außerdem kann ich mir nicht vorstellen, dass die Reise wirklich in Spanien zu Ende geht. Sicher wäre es doch passender, wenn Meggie in London Gerechtigkeit widerfährt, dort, wo Meggie gestorben ist.

Vielleicht rede ich mir das aber auch nur ein, um mir weiszumachen, ich hätte etwas Einfluss auf das, was mit ihr, mir oder sonst irgendeinem von uns passiert.

»Schlaf schön, Meggie. Ich komme bald wieder. Versprochen«, flüstere ich.

Sie lächelt im Schlaf, als hätte sie mich gehört.

33

In der Abflughalle singt Cara immer noch ihr Barcelona-Lied.

Ich trinke Cola light, Sahara hat sich einen Soja-Proteinshake geholt und Ade verspeist ein Panino zum Frühstück. Und wir wünschen uns alle, Cara würde mal eine andere Platte auflegen.

Ich bin schon gestresst genug angesichts der Vorstellung, bald mit drei Mordverdächtigen in Spanien zu sein und dann auch noch diese Riesenverantwortung Javier gegenüber zu haben. Das Lied macht mich noch nervöser.

»Muss sie denn der ganzen Bar mitteilen, wo wir hinfliegen?«, murrt Sahara. Aber anscheinend traut sie sich nicht, Cara direkt zu konfrontieren. Vielleicht ist sie doch gar nicht so Furcht einflößend.

Der Gesang hört auf.

»Adrian?«, säuselt Cara und wickelt sich eine Strähne frisch weiß gefärbten Haars um den Finger. »Alice und ich hätten so gern einen kleinen Drink. Du weißt schon, um in Urlaubsstimmung zu kommen.«

Sahara runzelt die Stirn. »Wir haben euren Eltern versprochen, auf euch aufzupassen. Und außerdem ist es noch nicht mal halb zehn.«

»Mum lässt mich zum Essen immer Wein trinken. Sie sagt, das ist der Grund, warum französische Kinder später nicht zu Kampftrinkern werden«, erwidert Cara. Klar, ihre Mutter erlaubt ihr wirklich ein kleines Gläschen am Abend, aber das hält Cara nicht davon ab, später im Pub noch mehr zu kippen.

»Na ja, die beiden sind doch immerhin im Urlaub«, sagt Ade zu Sahara. »Und ich hätte auch nichts gegen ein kleines Bierchen.«

Sahara hebt die Hände. Sind ihre langen, spitzen Finger etwa gewachsen, seit ich sie das letzte Mal gesehen habe? »Und meine Meinung interessiert dich gar nicht?«

»Nein, so ist das nicht, ich dachte nur –«

»Wer will was trinken?«

Diese Stimme ist die letzte, die zu hören ich erwartet hätte. Ich drehe mich um.

»Lewis?«

Er strahlt mich an. Sein Gesicht hinter der Designerbrille ist gerötet, als wäre er gerannt. »Was für ein Zufall, euch hier zu treffen!«

»Was machst du denn hier, Lewis?« Ich bin überrascht – er war ja nicht gerade Feuer und Flamme, als ich in seiner Wohnung gewitzelt hatte, dass er doch mitkommen könnte.

»Ich muss zu einer Konferenz in Barcelona. Da kommen jede Menge potenzielle Kontakte.«

»Hast du ja gar nicht erzählt.«

»Ja, ich habe auch erst in letzter Minute zugesagt. Ich dachte, du freust dich vielleicht. Tagsüber habe ich zu tun, aber wir können ja alle zusammen zu dem Straßenfest gehen.«

»Super!« Und das finde ich wirklich – er ist so ziemlich der einzige Mensch hier, dem ich vertraue. Obwohl, ein bisschen komisch ist es schon, dass er einfach so auftaucht, ohne Bescheid zu sagen.

Lewis parkt seinen schwarzen Ledertrolley unter dem Tisch und tritt dann einen Schritt vor. »Du bist sicher Sahara?«, sagt er und überrascht sie mit einer schnellen, selbstbewussten Umarmung, dann streckt er Ade die Hand hin. »Und du musst Adrian sein. Freut mich, euch kennenzulernen. Alice hat mir so viel von euch erzählt. Was ihr für sie getan habt.«

»Ach, das ist doch selbstverständlich«, murmelt Sahara.

»Und mir sagst du gar nicht Hallo, Bill Gates?«, empört sich Cara.

Lewis grinst und umarmt sie. »Wie könnte ich dich vergessen, Cara? Also, wo war ich? Was zu trinken, genau. Was darf's denn sein?«

»Weißweinschorle«, bestellt Cara.

»Ich bleibe bei Cola«, sage ich demonstrativ, obwohl die Situation langsam so irre wird, dass sie wahrscheinlich erst mit einem Drink in der Hand wieder normal erscheinen würde.

Als Lewis in Richtung Theke abzieht, beugt sich Cara zu mir. »Ist das romantisch, oder was? Wie in einem Hugh-Grant-Film!«

»So ein Blödsinn. Er muss in Barcelona arbeiten.«

»Und dann sieht er auch noch so super aus in seinem Anzug. Wer hätte das gedacht?«

»Ist mir gar nicht aufgefallen.« Ich war so überrascht über sein Auftauchen, dass ich keinen Gedanken an Lewis' Kleidung verschwendet habe. Aber es stimmt, sein Leinenanzug sitzt so gut, dass er bestimmt maßgeschneidert ist.

»Netter Hintern.« Cara kichert. »Aber keine Sorge, ich habe nur Augen für Ade. Ich finde ja übrigens, du hättest auch Wein bestellen sollen. So eine Cola lässt dich doch in Lewis' Augen wie ein kleines Kind aussehen, nicht wie eine Frau.«

»Ich lege keinen Wert darauf, dass er mich als Frau sieht«, zische ich. Aber wie ein Kleinkind will ich natürlich auch nicht von ihm behandelt werden.

»Wie liegen wir in der Zeit?«, fragt Ade Sahara.

Sahara sieht von ihrem Handy hoch, wirft einen Blick auf ihre Armbanduhr und springt dann auf. »Mist. Wir sind ja schon total spät dran. Hoffentlich lassen sie uns überhaupt noch an Bord, bei diesen Billig-Airlines weiß man ja nie.« Und schon wirft sie sich ihren khakigrünen Rucksack über die Schulter und rennt los. Sie benimmt sich wie ein Soldat bei einer Übung.

Wir bemühen uns, mit ihr Schritt zu halten. Cara kippt ihren Weißwein auf dem Weg zum Gate hinunter, während Ade hinter Sahara herläuft. Lewis und ich betreten als Schlusslichter zügig den Rollsteig.

»Na, das fängt ja gut an«, sagt er.

»Ich fasse es immer noch nicht, dass du hier bist.«

»Diese Konferenz ist echt wichtig. Und außerdem ... na ja, diese Zoe würde ich mir gern mal näher ansehen. Du weißt doch, einem Rätsel kann ich nicht widerstehen. Von einem tollen Feuerwerk ganz zu schweigen.«

»Ich hab das Gefühl, da könnte schon so einiges in die Luft gehen, bevor wir überhaupt in Barcelona ankommen«, entgegne ich.

»Hmm. Diese Sahara ist schon sehr speziell.«

»Ich hatte ganz vergessen, dass du sie noch nie getroffen hast. Irgendwie kommt es mir vor, als würde ich dich schon ewig kennen. Aber Sahara ist wirklich komisch. Ich habe nie verstanden, warum gerade sie an der Uni Meggies beste Freundin war.«

Lewis schüttelt den Kopf. »Nein. Ich kann mir auch nicht vorstellen, dass die beiden viel gemeinsam hatten.«

Ich wünschte wirklich, er würde solche Sachen nicht sagen. Sachen, die danach klingen, als hätte er meine Schwester gut gekannt, obwohl er immer darauf beharrt, dass es nicht so war.

»Vielleicht war sie an der Uni ja ganz anders.«

»Menschen sind einfach unberechenbar, Ali. Darum haben die Objekte meiner Begierde auch meistens eher superschnelle Mikrochips und einen Riesen-RAM.« Er grinst auf diese selbstironische Weise, die mich jedes Mal beruhigt.

Am Flugsteig angekommen, fängt Sahara fast an zu hyperventilieren, weil die Schlange so lang ist. Ich sehe aus dem wandhohen Fenster auf das Flugzeug und erstarre.

Fliegen hat mir bis jetzt doch nie etwas ausgemacht, warum also fühlen sich meine Beine plötzlich an, als hätte jemand alle Muskeln durchtrennt?

Dann begreife ich: Es ist wegen Danny. Danny ist gestorben, als sein Flugzeug vom Himmel fiel und wie ein Stein in die Wüste krachte. Bevor ich ihn kannte, sind nur Fremde mit Flugzeugen abgestürzt, in fernen Ländern. Jetzt erscheint mir das Ganze wie ein furchterregend denkbares Schicksal.

»Alles okay, Alice?«, fragt Cara und ich merke, dass ich den Zugang blockiere, der zum Flugzeug führt.

»'tschuldigung«, murmele ich den ungeduldigen Passagieren hinter mir zu.

Dann sind wir an der Flugzeugtür und Cara schiebt mich mit einem Jetzt-mach-bloß-keinen-Stress-Schubs hinein. Ich stolpere in die Kabine und der Steward muss mich auffangen.

»Wow, da freut sich aber jemand auf den Urlaub, was?« Er lacht.

Ich gebe mir Mühe, nicht durchzudrehen, als ich die schale Luft einatme. Das sind viel zu viele Sitze auf viel zu wenig Raum.

»Da drüben.« Cara dirigiert mich in die fünfte Reihe. »Je weiter vorne wir sind, desto früher kommen wir raus aus dem Flugzeug.«

Und desto näher sind wir auch an den Notausgängen.

Meggie hätte mich ausgelacht. Sie fand Fliegen toll. Sie hat immer gesagt, es wäre nur eine Frage der Zeit, bis sie nach links in die erste Klasse abbiegen würde statt nach rechts zu den Touristen. Dann würde sie ihre Flüge champagnerschlürfend oder in eine Kaschmirdecke gehüllt verbringen, bevor sie sich dem unvermeidlichen Paparazzi-Empfangskomitee an der Landebahn stellte. Aber dazu ist es nie gekommen.

Sahara, Ade und Lewis steigen hinter uns ein; in Barcelona erwartet uns Zoe. Ich habe meine Verdächtigen alle beisammen. Eine bessere Gelegenheit, Meggies Mörder zu finden, werde ich so schnell nicht bekommen.

Meine Atmung beruhigt sich ein wenig. Der Flug ist nicht das Gefährlichste an dieser Reise. Mein Spiel mit dem Feuer beginnt erst, wenn wir in Barcelona landen.

34

Selbst in dem Meer von Gesichtern in der Ankunftshalle fällt Zoe auf. Es liegt nicht nur an ihrer blassen Haut oder an der Mütze, die sie trägt, obwohl es draußen mindestens fünfundzwanzig Grad sein müssen. Sie umgibt eine so starke Aura des Unglücks, dass es die Leute regelrecht abzuschrecken scheint. Überall sonst drängeln, zerren und rufen Familien, nur rings um Zoe ist jede Menge Platz. Niemand will ihr zu nahe kommen.

Jetzt krieg dich mal wieder ein, Alice, du klingst ja schon genauso verrückt wie Sahara.

Wir gehen zu ihr und sie hebt die Hand zu einer Geste, die halb Winken, halb Abstandhalten ist.

»Ihr seid spät dran«, murmelt sie Sahara zu und marschiert direkt los, ohne sich zu vergewissern, dass alle da sind. Zoe scheint geradewegs auf Leute zulaufen zu können, denn jeder geht ihr hastig aus dem Weg. »Überall diese verdammten Touristen, nur wegen des dämlichen Straßenfests.«

So wie sie das sagt, besteht für mich kein Zweifel daran, dass wir ihr zur Last fallen. Meine ganze Euphorie über die sichere Landung und den Anblick von *echter* Sonne zum ersten Mal seit Monaten löst sich in Luft auf.

»Na, die hat wohl 'nen Clown gefrühstückt, was?«, raunt Lewis hinter mir.

»Verstehst du jetzt, warum ich denke, dass sie dahinterstecken könnte?«

»*Flammen der Wahrheit*?«, flüstert er. »Oder ...«

»Nicht hier.«

Als wir den Bahnhof erreichen, bin ich schon total verschwitzt. Zoe verteilt Fahrkarten, als wären wir kleine Kinder. Aber bei Lewis angekommen, stockt sie. Ihr Gesicht verzieht sich.

Vor Angst? Oder nur aus Ärger?

»Was soll das denn?«, fragt sie Sahara, als wäre Lewis gar nicht da.

»'tschuldige, Zoe, wir haben in letzter Minute noch Zuwachs bekommen. Lewis ist ein Freund von Alice. Er ist wegen irgendeiner Konferenz hier.« Sahara runzelt die Stirn. »Du wolltest doch bestimmt nicht bei uns in der Jugendherberge wohnen, oder, Lewis? Ich weiß nämlich nicht, ob da noch was frei ist.«

Lewis schüttelt den Kopf. »Keine Sorge, ich habe mein eigenes Quartier.«

Zoe sieht ihn immer noch nicht an. »Solange er nicht von mir erwartet, dass ich ihn da hinbringe. Ich habe auch so schon genug zu tun.«

Lewis wirft mir einen Blick mit erhobenen Augenbrauen zu. Wie überaus gastfreundlich.

»Achtet auf eure Taschen und Pässe und so weiter«, mahnt Zoe mit genervter Stimme, die sie sicher auch ihren Sprachschülern gegenüber benutzt. »Barcelona ist heutzutage berühmter für seine Taschendiebe als für Picasso. Die sind mittlerweile mit dem Fahrrad, Skateboard oder zu Fuß unterwegs. Und ganz besonders in der Metro. Nehmt besser keine Wertsachen mit. Aber in der Jugendherberge würde ich sie auch nicht liegen lassen, die ist nämlich eine der schäbigsten der ganzen Stadt.«

»Willkommen im wunderschönen Barcelona!«, ruft Cara und alle lachen.

Alle außer Zoe.

So übel ist die Jugendherberge nun auch wieder nicht. Okay, das Gemeinschaftsbad schon. Und unser Zimmer ist nicht viel mehr als ein vom Flur abgeteiltes Kabuff mit vier Etagenbetten übereinander. Ich bin mir sicher, bereits mindestens zwei verschiedene Kakerlakenarten gesichtet zu haben. Aber Badezimmer und Betten sind auch nicht wichtig. Sondern die Tatsache, dass wir gerade mal sechsunddreißig Schritte vom Meer entfernt sind.

Durch die Lücken zwischen den Häusern habe ich immer wieder mal einen Blick darauf erhaschen können, während wir uns mit unseren Trolleys durch schmale Gässchen kämpften. Zoe schien uns in einem wilden Zickzackkurs zu führen, dann aber bogen wir irgendwann um eine Ecke und sie wartete auf unsere Reaktion, als hätte sie uns gerade das tollste Geschenk der Welt überreicht, verziert mit einer riesigen Schleife.

Vor uns lag das Meer, traumhaft blau, nichts zu sehen außer ein paar Windsurfern und einem schimmernden Gebäude in Form eines Segels auf einer kleinen Landzunge.

Ich warf Zoe einen Blick zu und sie wirkte so … stolz, als hätte sie diesen Ausblick persönlich geschaffen. Zum ersten Mal seit unserer Ankunft erschien sie mir wirklich menschlich. Dann jedoch umwölkte sich ihr Gesicht direkt wieder und sie beklagte sich, dass sie unseretwegen zu spät zu ihrem Kurs für Umgangsenglisch kommen würde.

In der Jugendherberge stehen Sahara und Ade nun am Fenster und kriegen sich gar nicht mehr ein beim Anblick des glitzernden Meeres und des sanften Rauschens der Wellen.

Cara ruft Lewis, der unten in der Sonne wartet, zu: »Geh ruhig in dein schickes Hotel, Mann! Wir haben von hier oben den besten Ausblick der Welt!«

Javiers Strand. Hier liegen seine Geheimnisse begraben. Aber nicht mehr lange. Ich greife in meine Tasche und finde den Zettel mit der Adresse des Cafés. Noch heute werde ich danach suchen. Ich habe es versprochen.

»Los, du Träumerin, lass uns runtergehen«, sagt Cara und lässt ihre Sachen einfach liegen.

»Wartet auf mich!«, ruft Ade, bemerkt dann Saharas finstere Miene und berichtigt sich: »Wartet auf uns!«

Sie verlassen den Raum. Zoe und ich bleiben allein zurück.

»Wie gefällt es dir denn hier?«, erkundige ich mich. »Besser als zu Hause?«

Sie zuckt mit den Schultern. »Soll ich ehrlich sein?«

»Mich musst du nicht anlügen, Zoe. Ich weiß, wie es ist, wenn man jemanden verliert.«

»Dann weißt du wohl auch, dass es total egal ist, wo man wohnt. Aber zumindest scheint hier öfter die Sonne als in London.«

Ich mustere ihr farbloses Gesicht. Wetten, dass sie sich sowieso nie in die Sonne legt?

»Und was ist mit dir, Alice? Bist du meinem Rat gefolgt, mit deinem Leben weiterzumachen?«

»Ich bin hier, oder? Mein erster Urlaub, seit es passiert ist.«

Aber Zoe scheint mich zu durchschauen. »Urlaub? Ist es denn einer?«

Es ist gut möglich, dass vor mir die Person steht, die hinter *Flammen der Wahrheit* steckt. Ich könnte Zoe auf der Stelle fragen. Und danach, woher sie dieses Foto hat, und wer ihrer Meinung nach meine Schwester ermordet hat.

Es sei denn, sie hat Meggie selbst getötet.

Nein. Wäre sie es gewesen, hätte sie wohl kaum ein Problem damit gehabt, dass Tim beschuldigt worden war. Ich habe nur eine einzige Chance, sie unvorbereitet zu erwischen, und noch fühle ich mich dafür nicht bereit.

»Kommst du mit uns zum Strand?«, frage ich und deute Richtung Tür.

»Nein. Abgesehen davon, dass ich mir meinen Lebensunterhalt verdienen muss, finde ich, es gibt nichts Langweiligeres, als am Strand rumzugammeln.«

»Seltsamer Wohnort für jemanden, der den Strand nicht mag.«

Zoe zuckt mit den Schultern. »Seltsamer Freund für ein Mädchen wie dich.«

»Lewis? Der ist nicht mein Freund«, fauche ich und dann wird mir etwas klar. »Kennst du ihn etwa?«

Zoe starrt mich an. »Woher denn bitte? Aber ich kenne solche Typen wie ihn. Sei vorsichtig, Alice. Nicht jeder ist auf deiner Seite.«

»Wie meinst du das? Was verschweigst du mir, Zoe?«

»Lass gut sein, Alice.«

»Ich kann dir helfen. Du musst nicht allein damit klarkommen. Wenn es irgendwas gibt, das du weißt, dann solltest du es mir sagen. Das wäre vielleicht ... sicherer für dich.« Deutlicher kann ich nicht darauf hinweisen, dass ich über *Flammen der Wahrheit* Bescheid weiß.

Sie schüttelt den Kopf. »Du bist echt noch jung, Alice. So läuft das nicht auf der Welt. Nicht alle Geschichten haben ein Happy End.«

»So einfach lasse ich mich nicht abwimmeln. Denk wenigstens darüber nach, Zoe, versprich es mir.«

Sie wirft einen Blick auf ihre Uhr. »Jetzt muss ich aber wirklich los. Wir sehen uns später, dann erzähle ich euch mehr über die Stadt. Ach ja, und dann muss ich euch noch ein paar Sachen zum Correfoc morgen sagen.«

»Zum was?«

»Das große Finale der Fiesta. Correfoc heißt Feuerlauf. Eigentlich geht es erst morgen Abend los, aber viele Leute feuern jetzt schon ihre Knaller ab, also sag den anderen, dass sie sich heute Abend etwas Langes anziehen sollen. Die Leute hier sind verrückt nach Feuer. Nach Einbruch der Dunkelheit ist niemand in Sicherheit.«

35

Der Strand von Barcelona kommt mir völlig falsch vor. So viele seltsame Menschen: zu alt, zu bleich, zu sonnenverbrannt, zu uneinheitlich.

Ich schließe die Augen, blinzele heftig. An Soul Beach gewöhnt, erwarte ich Perfektion, aber so oberflächlich will ich nicht sein. Als ich die Augen wieder aufschlage, weise ich mich selbst auf die lachenden Familien hin, die alten Männer, die mit wegen der Sonne zusammengekniffenen Augen vor ihren Brettspielen hocken. Ich höre quietschende Fahrräder, schreiende Babys und trommelnde Musiker. Ich rieche frittierte Speisen und Meerwasser.

Dann spüre ich eine Hand an meiner.

»Alles in Ordnung?«

Lewis. Ich ziehe die Hand weg. »Ja, Fliegen macht mich bloß immer so müde. Ich dachte, du wolltest in dein Hotel einchecken.«

»Habe ich schon.« Er nickt in Richtung des segelförmigen Gebäudes weiter hinten an der Küste.

»Wow. Das ist ja der Wahnsinn.«

»Stimmt, der Zimmerpreis allerdings auch. Was anderes habe ich so kurzfristig nicht mehr gekriegt.«

»Tja, ein Glück, dass du Millionär bist. Und, was hältst du von Barcelona?«

»Das viele Tageslicht ist schon ein ziemlicher Schock für das Nervensystem, wenn man sonst den ganzen Tag im Halbdunkeln vor dem Bildschirm hockt, aber abgesehen davon ist es ganz nett hier – falls wir es vermeiden können, ausgeraubt oder von Aliens entführt zu werden, natürlich.«

»Zoe ist schon sehr eigen, findest du nicht?«, frage ich und beobachte sein Gesicht.

Lewis lacht. Oder zumindest zum größten Teil, irgendwie erreicht die Fröhlichkeit nicht seine Augen. »Meinst du, sie hat was zu verbergen, Ali?«

»Ich weiß nicht. Nachdem du rausgefunden hattest, dass jemand aus dem Ausland die Seite aktualisiert hat, war ich mir so sicher, dass sie es ist. Aber seit dieses grausige Foto aufgetaucht ist, hat sich nichts mehr getan. Vielleicht hat, wer auch immer hinter *Flammen der Wahrheit* steckt, ja einfach aufgegeben.«

Lewis schüttelt den Kopf. »Nein. Hinter den Kulissen läuft immer noch einiges ab, so als ob der Betreiber der Seite sich auf irgendetwas vorbereitet. Vielleicht ein Update?«

»Noch mehr Fotos?« Die Vorstellung macht mich krank, aber gleichzeitig weiß ich, dass ich mehr Informationen brauche, um weitermachen zu können.

»Kann schon sein. Oh, und ich habe einen Namen rausgefunden.«

»*Was?*«

»Keinen richtigen natürlich, das wäre ja zu leicht. Aber immerhin bin ich bis auf die Administratoren-Seite gekommen und habe einen Avatar gefunden. La Fée Verte.«

Lewis nuschelt die letzten Wörter ein wenig und ich bin nicht sicher, ob ich ihn richtig verstanden habe. »Ist das Spanisch?«

»Ähm, nee. Französisch. Mit der Aussprache hatte ich es noch nie so. Aber dank Google weiß ich, dass es ›die grüne Fee‹ bedeutet.«

Ich suche nach einer Verbindung zwischen diesem Namen und Tim oder meiner Schwester. »Sagt mir nichts.«

»Keine Sorge, Ali. Wir kommen der Sache näher. Aber versuch die Zeit hier auch ein bisschen zu genießen, ja? Wir können schließlich nicht die ganze Zeit Detektiv spielen.«

Detektiv spielen? Am liebsten würde ich laut schreien.

Er deutet auf eine Strandbar ein Stück weiter. »Lass uns mit den anderen was essen. Ein Glas Sangria und ein Teller spanische Wurst sind genau die richtige Stärkung für einen Nachmittag voller Nerd-Vorträge und antisozialer Netzwerke. Kommst du?«

Nein. Das kann doch nicht sein.

Ich stolpere auf die Bar zu und versuche zu begreifen, was ich da sehe. Bilde ich mir das nur ein, wegen der Müdigkeit oder vor lauter Stress … oder weil ich verrückt geworden bin?

Oder sieht diese Strandbar in Barcelona wirklich haargenau so aus wie die am Soul Beach?

»Hier drüben!«, ruft Cara. Sie sitzt mit Sahara und Ade an einem Bambustisch, auf dem ein Einmachglas mit einem Strauß Lilien und eine ellenlange Cocktailkarte stehen. Sie verhalten sich, als wäre alles völlig normal.

Aber das ist es nicht. Dieser Ort sollte gar nicht existieren, nicht hier. Er passt genauso wenig hierher wie ein roter Doppeldeckerbus auf den Mond.

»Bisschen kitschig, was?«, sagt Lewis und hilft mir auf die etwas erhöhte hölzerne Plattform.

Ich schlängele mich zwischen den Tischen hindurch und versuche, niemanden anzustarren, obwohl der Anblick ältlicher, übergewichtiger Touristen auf den Stühlen, die normalerweise den Schönsten der Schönen am Soul Beach vorbehalten sind, in meinem Gehirn fast einen Kurzschluss zu verursachen droht.

Als ich mich hinsetze, reicht Cara mir eine Speisekarte. Auf der Vorderseite sind die Silhouette einer Palme und die Worte *Bienvenido al Chiringuito Tropicano* abgedruckt.

»Chiringuito?«

»Der Kellner hat mir erklärt, so nennen sie hier in der Gegend eine Strandbar«, erklärt Cara und mir fällt wieder ein, dass Javier dieses Wort auch benutzt hat.

Vielleicht ist er öfter mal hier gewesen? Ich durchforste mein Gehirn nach anderen Verbindungen zwischen den Soul-Beach-Gästen und ihren früheren Leben. Hat Greta nicht etwas von Singdrosseln erzählt, obwohl das gar keine tropischen Vögel sind? Und Tritis Wahnsinn war von einem Feuerwerk ausgelöst worden, das sie an zu Hause erinnert hatte.

Aber nichts am Strand könnte Meggie an ihre alte Heimat in unserem Vorort erinnern, oder an ihre steile Karriere bei *Sing for your Supper*.

»Wir haben einen Krug Sangria und ein paar Tapas bestellt.« Cara spricht die spanischen Wörter so temperamentvoll aus wie eine Flamencotänzerin. Ein paar junge Typen am nächsten Tisch drehen sich um und winken. Sie zwinkert ihnen zu und flüstert dann: »Bis jetzt finde ich Barcelona super, du nicht auch?«

Ich höre gar nicht richtig zu. Wie Sams Bar ist auch diese offen gebaut, aber während der Strand draußen endlos weit scheint, ist Soul Beach eine Bucht, abgeschirmt von allem: ein Gefängnis, getarnt als Paradies.

Das Wasser hier ist dunkelblau und aufgewühlter, als es vom Jugendherbergszimmer aus gewirkt hat, mit Dutzenden von Surfern, die am Horizont entlangschnellen. Direkt vor uns rennt ein großer zotteliger Hund ins Meer und sofort wieder hinaus, wo er sich fröhlich das Wasser aus dem Pelz schüttelt. Ein paar Tropfen davon spritzen auf mein Bein und bringen mich zum ersten Mal, seit ich in Barcelona bin, zum Lächeln.

»Sangria, aceitunas, pan con tomate.« Eine männliche Stimme mit einem allzu vertrauten Akzent. Langsam drehe ich mich um. Wenn der Kellner jetzt auch noch aussieht wie Javier, verliere ich offiziell den Verstand.

Doch der Mann ist klein mit einem buschigen Bart und Knopfaugen, die uns schon auf unsere Spendierfreudigkeit hinsichtlich des Trinkgelds einzuschätzen versuchen, noch während er den Sangria-Krug abstellt.

»Der ist ja gar nicht rot!«, ruft Cara aus und versucht gar nicht erst, ihre Enttäuschung zu verbergen. »Wir wollten keinen Orangensaft, sondern Sangria.«

»Vielleicht war der gute Mann der Meinung, dass ein *paar* von uns lieber die Finger vom Alkohol lassen sollten«, murmelt Sahara.

»Das ist Sangria de Cava«, erklärt der Mann auf Englisch. »Orangensaft und unser hiesiger Sekt.« Als er uns einschenkt, perlt und zischt es, gefolgt von einem Platschen, als die Eiswürfel, Orangenstückchen und Erdbeerscheiben in die Gläser plumpsen.

Nachdem der Kellner wieder verschwunden ist, erheben wir die Gläser.

»Prost!«, sagt Ade.

»Salud!«, verbessert ihn Cara. »So sagt man auf Spanisch. Das heißt so viel wie: Auf eure Gesundheit – und ich bin mir sicher, dass ein Wochenende in der Sonne mit netten Leuten meiner Gesundheit nur guttun kann.«

Außer dem einen Glas an meinem Geburtstag habe ich noch nie wirklich Sekt getrunken. Aber ich könnte mich daran gewöhnen. Auf einem Foto von Meggie, das die Presse immer wieder benutzt, hält sie auf irgendeiner Premiere ein Glas Champagner hoch. Kein Wunder, dass sie so strahlt.

Wir sind erst seit ein paar Stunden hier und die Sonne brennt ohne Unterlass, viel unbarmherziger als am Soul Beach. Ich spüre jetzt schon die ersten Anzeichen eines Sonnenbrands.

Ade schlägt einen Spaziergang durch die Altstadt vor und Cara stimmt sofort zu, woraufhin Sahara ein langes Gesicht zieht. Sie hatte sich offensichtlich auf ein paar romantische Stunden allein mit ihrem Freund gefreut.

Ohne Zoes Führung allerdings verlieren wir innerhalb von Minuten die Orientierung.

»Wie kann es denn sein, dass wir nicht wissen, wo wir sind, wenn ich immer noch das Meer hören kann?«, schimpft Cara.

Lewis hält sein iPhone hoch. »Keine Sorge, das haben wir gleich.«

Ich weiß gar nicht, warum er immer noch bei uns ist – seine Konferenz muss doch schon längst angefangen haben.

»Schummeln gilt nicht!«, meckert Sahara. »Wie heißt es so schön: Man lernt eine Stadt erst dann richtig kennen, wenn man sich in ihr verläuft.«

Also marschieren wir weiter. Die Straßen sind lang und gerade, von allen Balkonen hängt Wäsche wie Markisen und alte Frauen sitzen auf Plastikstühlen und plaudern miteinander oder mit ihren Hunden und Wellensittichen, als befänden sie sich in ihren Wohnzimmern.

Schließlich erreichen wir einen großen Platz, wo Kinder an Betonplatten Tischtennis spielen. Sahara will unbedingt in die Markthalle, um die »Kultur auf sich wirken zu lassen«. Ich finde ja, abgesehen von der Sonne und den Wellensittichen wirkt die Kultur hier gar nicht so viel anders als bei uns zu Hause, aber wir folgen ihr trotzdem hinein. Direkt am Eingang ist ein Käsestand, der auf dem ganzen Markt das Aroma von Schweißfüßen verbreitet.

Sahara pilgert von Stand zu Stand, verzieht immer mal wieder beeindruckt das Gesicht oder drückt fachmännisch am Gemüse herum. Ich kann Cara und Lewis nicht ansehen, aus Angst, laut loszuprusten, und selbst Ades Miene wirkt etwas starr, als gäbe auch er sich Mühe, nicht zu lachen, während seine Freundin sich die volle Kulturdröhnung holt.

»Wie *authentisch* das alles ist«, schwärmt Sahara.

»Mir wäre ein authentisch spanisches Glas Wein lieber«, murrt Ade.

Sahara kichert. Es klingt wie eine Motte, die in einem Lampenschirm gefangen ist. »Entschuldigt. Ade hat mich vorher schon gewarnt, dass ich euch nicht langweilen soll. Gehen wir woanders hin.«

Cara wirft mir einen Blick zu, der wohl *Was für eine Idiotin* ausdrücken soll.

Die Nachmittagssonne taucht die Jachten am Hafen in blassorangefarbenes Licht und Cara kommentiert die nobelsten Boote, an denen wir vorbeikommen. »Das weiße könnte mir gefallen. Oder nein, das da in Rosa. Lewis, du kannst dir doch bestimmt eine Jacht leisten. Wie wär's, wenn wir zwei mal zusammen in den Sonnenuntergang segeln?« Doch ihr strahlendstes Lächeln hat sie für Ade reserviert. Sahara fällt entweder nicht auf, wie Cara mit ihm flirtet, oder sie ignoriert es.

»Wenn wir weiter da langgehen, kommen wir zur Rambla, das ist die totale Freakshow«, meint Lewis. »Aber wir können ja trotzdem mal einen Blick darauf werfen. Haltet eure Taschen fest, wie Zoe gesagt hat.«

Ich hole zu ihm auf, als wir die Hauptstraße überqueren. »Du bist ja ein richtiger Barcelona-Experte. Und du warst wirklich noch nie hier?«

»Wozu die Mühe, wenn doch eh alles hier drin steht?«, sagt er und tätschelt sein Handy.

Ich will ihm gerade sagen, wie erbärmlich solche virtuellen Reisen sind, als mir klar wird, wie süchtig ich selbst nach Soul Beach bin. Ich bin kein bisschen besser.

Aber seltsamerweise fehlt mir mein Strand momentan gar nicht. Die Wirklichkeit ist so ... aufregend *wirklich* und in unserer Gruppe fühle ich mich sicherer. Fast könnte ich mir einbilden, ich wäre tatsächlich einfach im Urlaub. Abgesehen davon, dass ich das Verhalten jedes meiner Freunde analysieren und natürlich auch noch nach Javiers Café suchen muss.

Wir befinden uns jetzt auf einer Fußgängerpromenade, die ewig bergauf zu führen scheint. Sie ist voll mit umherschlendernden Touristen, vorbeieilenden Einheimischen und, wie es aussieht, einer Versammlung der gesamten lebenden Statuen der Welt.

»Willkommen im Irrenhaus«, sagt Lewis.

Wir müssen die Ellbogen einsetzen, um uns durchzukämpfen, unsere Taschen unter den Arm geklemmt. Cara und Ade stürzen sich grinsend in die Menge. Vielleicht hat sie ja recht und die beiden würden wirklich ein gutes Paar abgeben. Sahara sieht aus, als wäre sie lieber an jedem anderen Ort auf der Welt. Sie drückt sich ihren Rucksack an die Brust, als wäre er eine kugelsichere Weste.

»Na komm, so schlimm ist es nun auch wieder nicht.« Lewis hakt sich bei ihr ein.

Ich bin wieder auf mich allein gestellt und werde so schnell an den Ständen links und rechts vorbeigeschoben, dass ich nur kurze Blicke auf die angebotenen Waren erhasche. Es gibt als Souvenirs Miniaturen der örtlichen Sehenswürdigkeiten, die ich noch nicht gesehen habe: die Kathedrale mit ihren spitzen Türmen, eine Mosaik-Eidechse, eine Kolumbus-Statue. Außerdem Haustierbedarf, Pflanzen und alte Uhren. Und alle paar Meter ein Restaurant, in dem Paella in geradezu radioaktivem Gelb serviert wird.

Die anderen habe ich aus den Augen verloren. Ich werde geschubst und gedrängt, aber das ist nicht der Grund, warum mein Herz so schnell schlägt. Sondern das altbekannte Gefühl – jemand beobachtet mich.

Ich drehe mich um, doch ich sehe nur Touristen. Sonnenverbrannt, verliebt, aufgedreht.

Vielleicht spüre ich ja nur die Blicke der Taschendiebe auf mir, die mich abschätzig mustern. Nur irgendwie fühlt es sich bedrohlicher an.

Dann lichtet sich die Menge etwas und ich entdecke Lewis und Sahara vor ein paar lebenden Statuen. Ein silberner Roboter, ein Cowboy und ein Mann auf einer Toilette.

Lewis liest von seinem Handy ab: »Fäkalhumor ist ein beliebtes Thema in der lokalen Kultur. Eine wichtige Figur in der Krippenszene zu Weihnachten ist beispielsweise der Caganer, also der

Scheißer, der mit heruntergelassenen Hosen irgendwo im Hintergrund hockt. Er soll den Kreislauf der Natur symbolisieren, indem er die Erde düngt und so eine gute Ernte verheißt.«

Sahara verzieht das Gesicht. Dabei war *sie* doch so furchtbar interessiert an der örtlichen Kultur.

Die lebenden Statuen werden immer ausgefeilter. Ein Typ in der blau-roten Tracht des FC Barcelona hält einen Fußball unablässig in der Luft, mit dem Kopf, dem Fuß, dem Knie. Falten teilen sein Gesicht in gleichmäßige Achtel auf. Vielleicht steht er schon seit Jahrzehnten mit demselben Ball an derselben Stelle.

»Wir sollten wohl mal zu den anderen aufschließen«, sagt Sahara.

Lewis ist als Einziger von uns groß genug, um über die Köpfe der Leute zu blicken. »Die sind da drüben.« Er deutet nach links. Dann hakt er sich bei mir ein und wir schieben uns langsam, aber zielstrebig an den letzten lebenden Statuen vorbei auf ein großes Steingebäude zu. Als wir näher kommen, sehe ich Cara und Ade, vertieft in ein Gespräch.

»Hey, ihr zwei. Versucht ihr, uns abzuhängen, oder was?«, ruft Lewis ihnen zu.

Ade und Cara fahren herum; er wirkt schuldbewusst, sie zufrieden mit sich selbst. Sahara fletscht fast die Zähne bei ihrem Anblick. Vielleicht sollte ich sie warnen, dass Cara bis jetzt noch jeden Mann gekriegt hat, den sie wollte. Schwierigkeiten hat sie eher damit, sie auch zu halten.

»Gott sei Dank haben wir euch alle wiedergefunden«, meint Cara sarkastisch. »Wir waren bestimmt schon, lasst mich kurz nachsehen, Mann, *vier Minuten* getrennt.«

»Wir dachten, wir könnten hier vielleicht einen Kaffee trinken.«

Ade deutet auf eins der belebtesten Cafés. »Ein bisschen Leute gucken und so. Und danach vielleicht ein paar Souvenirs kaufen.«

Sahara nickt so begeistert, dass ich fürchte, sie holt sich noch ein Schleudertrauma.

»Ich sollte jetzt wirklich los zu meiner Konferenz«, sagt Lewis. »Muss mich da ja wenigstens mal blicken lassen.«

Ich sehe die anderen drei an. Vielleicht sollte ich bei ihnen bleiben und ein Auge auf sie haben. Aber selbst Sahara würde sich wohl nicht bei helllichtem Tag auf Cara stürzen, oder?

»Ich gehe mit Lewis zurück. Dieser Cava hat mich ganz schön duselig gemacht, da lege ich mich vor dem Abendessen lieber noch ein bisschen hin.«

Allerdings will ich vorher vielleicht noch einen kleinen Umweg über das Café machen, wo es die besten Schokoladenbrownies von ganz Barcelona geben soll ...

36

Lewis sagt nichts auf dem Weg zu seinem Hotel. An der Ecke zur Jugendherberge verabschieden wir uns unbeholfen, nicht sicher, ob wir einander umarmen sollen oder nicht. Die Spanier um uns herum sind alle so furchtbar körperlich und verknutscht.

Schließlich einigen wir uns auf eine Art linkische Halb-Umarmung, dann gehe ich rein. An der Rezeption gibt es Stadtpläne, also nehme ich mir einen und suche nach der Straße, in der Javiers Café sein soll. Auf dem Papier ist es einfacher zu erkennen, dass die Straßen als Gitternetz angelegt sind, wie in New York.

Nach ein paar Minuten spähe ich nach draußen, ob Lewis auch weg ist. Ein seltsames Gefühl, komplett allein an einem fremden Ort zu sein und gehen zu können, wohin ich will. Aber Angst habe ich nicht. Soul Beach hat mich mutiger gemacht. Ich stelle mir vor, wie Meggie anerkennend nickt. *Du wirst erwachsen, Florrie.*

Auf meinem Weg komme ich wieder an der Markthalle vorbei, dann folge ich einer schmalen Straße mit hohen, terrakotta- und senffarbenen Häusern. Ich biege in die Carrer de Balboa ein und merke, dass dies das falsche Ende sein muss. Hier ist es ruhiger. Ich komme an einer Gruppe fußballspielender Kinder vorbei und starre sie an, suche nach Javiers Schwestern, aber es sind alles Jungen. Einer starrt zurück und streckt mir plötzlich die Zunge raus. Zuerst zucke ich zusammen, dann aber muss ich lachen.

Die Häuser sind so hoch, dass, obwohl über dem Strand noch immer die Sonne lacht, nur wenige Strahlen die Straße vor mir erreichen. Die Pflanzen auf den Balkonen recken ihre Blätter nach oben, um wenigstens eine kleine Dosis Licht zu erhaschen.

Ich bin schon wieder hungrig. Natürlich will ich vor allem Javier helfen, aber die Aussicht auf einen Schokoladenbrownie ist auch ziemlich verlockend. Als ich mich dem anderen Ende der Straße nähere, sehe ich vor einem Café eine burgunderrote Reklametafel: *Brownies, pasteles, cócteles, bocadillos.*

Die restlichen Wörter verstehe ich nicht, aber Brownies bedarf keiner Übersetzung. Mir läuft das Wasser im Mund zusammen.

Ich werfe einen Blick durchs Fenster: raue Backsteinwände, gemütliche Sofas und eine Kühltheke voller Kuchen. Das Café ist fast leer und am Fenster steht ein roter Ledersessel mit Blick auf die Straße, der nur auf mich zu warten scheint.

Dennoch zögere ich.

Es ist nur ein Kellner da. Er steht mit dem Rücken zu mir, eine schwarze Schürze fest um die Hüfte gebunden, und hat blondes Haar, das sich fast bis auf seine Schultern hinunter lockt. Ist das der süße Kellner, von dem Javier geredet hat? Und wenn ja, was zum Teufel soll ich zu ihm sagen?

Peng!

Was war das? Der Knall hinter mir dröhnt in meinen Ohren. Der Kellner dagegen ist noch nicht mal zusammengezuckt. Ich drehe mich um, doch ich sehe kein brennendes Auto, keinen flüchtenden Mörder. Dann höre ich Gekicher. Ein scharfer Geruch steigt mir in die Nase und mir wird klar: Feuerwerkskörper. Daran hätte ich eher denken sollen, aber sie passen einfach so gar nicht in einen Mittsommernachmittag auf einer spanischen Straße.

Zwei der kleinen Jungs, die eben noch Fußball gespielt haben, tauchen aus den Schatten auf. Sie laufen weg und werfen irgendetwas. Diesmal höre ich das Zischen, aber bevor ich mich regen kann, explodiert ein weiterer Feuerwerkskörper keine zehn Meter von mir entfernt. Laut und so grell, dass es mir ein Loch in die Netzhaut zu brennen scheint.

Diesmal dreht sich der Kellner im Café um. Sein dunkelblondes Haar umrahmt ein gebräuntes Gesicht und seine Augen sind jeansblau. Süß? Und ob. Trotz meiner temporär eingeschränkten Sicht würde ich sagen, ich habe Javiers Kellner gefunden.

Er winkt mich herein.

Das geht alles zu schnell. Ich will mich abwenden, Zeit schinden, um zu überlegen, was ich sagen soll. Aber jetzt kann ich nicht mehr zurück. Ich drücke die Tür auf.

»Hi. Was darf's denn sein – ein spätes Mittagessen, eine Tasse Kaffee?« Er hat einen australischen Akzent.

»Hallo. Woher wusstest du …«

»… dass du Englisch sprichst? Du bist noch nicht so lange in der Stadt, stimmt's?«

»Nein, ich bin zum ersten Mal hier.«

»Mach dir nichts draus. Ich habe mir nur so was gedacht, weil du zu blass bist, um aus der Gegend zu sein. Tank ein bisschen Sonne, während du hier bist, ja? Sonne macht glücklich. Kuchen übrigens auch. Ich würde mal sagen, das hier ist dein Platz.« Er deutet auf den Sessel am Fenster und reicht mir eine Speisekarte.

Ich schüttele den Kopf. »Ich weiß schon, was ich nehme. Einen von euren berühmten Schokoladenbrownies mit Eis, bitte.«

»Berühmt, aha. Da wird unser Küchenchef aber erfreut sein, das zu hören. Etwas zu trinken dazu?«

»Nur ein Glas Leitungswasser.«

Er verzieht das Gesicht. »Das würde ich dir nicht raten. Ehrlich. Das ist keine Abzocke oder so, versprochen. Aber das Leitungswasser hier schmeckt furchtbar. Das ist das einzig Schlechte an Barcelona. Na ja, und die Touristen.« Er zwinkert mir zu. »Ich mache dir einen guten Preis für eine Flasche stilles Mineralwasser.«

»Na gut.«

Dann verschwindet er mit meiner Bestellung in der Küche. Er ist ein großer, breitschultriger Kerl. Surfer, möchte ich wetten. Vielleicht halte ich auch einfach alle Australier für Surfer. Aber war er auch Javiers erste, *einzige* Liebe?

»Und, was machst du so im schönen Barça?« Er spricht das C mit einem sanften Zischen aus. »Du hast doch nichts dagegen, ein bisschen zu plaudern, oder? Es ist heute so ruhig hier. Die Leute sind alle unterwegs, ihre verdammten Feuerwerkskörper und Skimützen für morgen Abend kaufen.«

»Im Ernst? Ist dieser Feuerlauf so gefährlich?«

Der Kellner setzt sich mir gegenüber auf die Armlehne des zweiten Ledersessels. »Kommt drauf an, wie du gefährlich definierst. Die sind hier echt verrückt nach Feuer. Den Kindern drücken sie schon Knaller in die Hand, bevor sie laufen können. Eine ganze Nation von Pyromanen. Na ja, dafür sind Australien und England Alkoholiker-Nationen, das ist weit weniger nett anzusehen als ein Feuerwerk.«

»Wir sind nur übers Wochenende hier.«

»Wir?« Er tut, als sähe er sich um. »Du und deine imaginären Freunde?«

»Die anderen gucken sich irgendwelche Sehenswürdigkeiten an und shoppen. Darauf hatte ich keine Lust.«

»Ein Mädchen, das nicht total wild aufs Shoppen ist? Wow! Wenn ich doch nur auf Frauen stehen würde, dann wären wir das perfekte Paar.«

Er ist also wirklich schwul. »Ich bin Alice.«

Er streckt mir die Hand hin. »Gabriel. Wie der Erzengel. Aber alle nennen mich Gabe.« Irgendwo klingelt ein Glöckchen. »Das ist dein Brownie.«

Als er ihn mir bringt, schmilzt die buttergelbe Eiscreme schon zu einer Pfütze um den warmen Kuchen.

»Guten Appetit.« Gabe stellt den Teller vor mir ab. Er verschwindet, um einen der anderen Tische abzuräumen, und ich starre auf meinen Kuchen. Er riecht fantastisch, aber mein Appetit ist plötzlich verflogen.

Ich weiß, dass ich etwas sagen sollte, bevor es zu spät ist, aber was?

Gabe bringt den einzigen anderen Gästen, einem spanischen Mutter-Tochter-Gespann, die Rechnung. Er lächelt ihnen liebenswürdig zu, aber als sie gegangen sind, verfinstert sich sein Gesicht augenblicklich.

»Weißt du, was außerdem nicht so toll ist an Barcelona? Die Einheimischen geben niemals Trinkgeld.« Er bleibt stehen. »Alles in Ordnung? Sag mir nicht, dass du deinen Brownie nicht magst. Dann begeht unser Küchenchef mit seiner Trüffelgabel Harakiri.«

»Nein, nein, der ist super. Gabe ... darf ich dich was fragen?«

»Klar.« Er setzt sich wieder hin. »Aber wenn du einen Hasch-Brownie erwartet hattest, muss ich dir sagen, dass du dafür vielleicht noch ein bisschen jung bist.«

Spätestens wenn er hört, was ich zu sagen habe, wird er denken, dass ich schon längst auf Drogen bin. »Hör zu, das klingt jetzt vielleicht komisch, aber versprich mir, dass du mich ausreden lässt, okay?«

»Okay. Komisch ist gut. Ich steh auf komisch. Ganz besonders an so einem ruhigen Nachmittag, wenn ich nichts Besseres zu tun habe.« Er macht eine Geste in Richtung des leeren Cafés.

»Hast du mal einen Jungen namens Javier gekannt?«

Seine Augen werden schmal. Das Lächeln ist verschwunden.

»Kann sein.« Er starrt mich an und sein Blick verrät absolut nichts.

»Es ist so: Ich kenne … Ich kannte ihn auch. Nicht besonders lange, aber gut genug.«

»Ich dachte, du wärst zum ersten Mal in Barcelona.«

»Bin ich auch.« Ich halte seinem Blick stand, auch wenn sein Gesicht jetzt verschlossen wirkt.

»J hat Spanien sein ganzes Leben lang nicht verlassen. Was zum Teufel soll das werden? Wer bist du?«

»Ich heiße Alice Forster. Ich lebe in London und habe gerade meine mittlere Reife –«

»Quatsch mich nicht zu, ich will nichts von deinen Schulnoten hören. Sag mir, was du von mir willst. Wieso fängst du mit dieser Scheiße an? Du hast bestimmt irgendwo etwas über J gelesen und meinst jetzt, du müsstest dich einmischen, was?«

Ich schlucke, wütend über mich selbst, weil ich das Ganze nicht besser geplant habe. Aber selbst wenn ich bis Weihnachten Zeit gehabt hätte, wäre mir wahrscheinlich trotzdem keine vernünftige Herangehensweise eingefallen. Entweder er glaubt mir oder nicht.

»Glaubst du … glaubst du an ein Leben nach dem Tod, Gabe? Also daran, dass Menschen eine neue Existenz haben können, nachdem sie gestorben –«

»Ich weiß, was Leben nach dem Tod bedeutet, verdammt.«

»Aber glaubst du, dass es so etwas gibt?«

»Oh Mann, jetzt habe ich aber echt genug. Machst du 'ne Ausbildung zur Wahrsagerin, oder was? Falls du mir nämlich eine Séance anbieten willst: danke, kein Interesse.«

Das war's dann wohl. »Du hast versprochen, dass du mich ausreden lässt.«

»Das war, bevor ich gemerkt habe, dass du völlig durchgeknallt bist, *Alice* – falls du wirklich so heißt. Du solltest jetzt lieber gehen, bevor ich richtig sauer werde.«

»Meine große Schwester ist ermordet worden«, sage ich und hasse mich dafür, dass ich Meggie benutze, um Gabes Mitleid zu erregen. Aber gleichzeitig weiß ich, dass das der einzige Weg ist, ihn davon abzuhalten, mich ständig zu unterbrechen. »Sie war in Javiers Alter.« Ich halte inne, damit er das Ganze auf sich wirken lassen kann.

»Das tut mir leid. Aber ich weiß immer noch nicht, was das mit mir zu tun haben soll.«

»Es gibt da etwas, das ich … weiß. Ich kann es nicht besser erklären, aber mittlerweile bin ich jedenfalls sicher, dass es ein Leben nach dem Tod gibt, zumindest für diejenigen Menschen, die zu früh sterben. Menschen wie meine Schwester. Und Javier.«

»Aber Javier ist von einem verdammten Dach gesprungen! Wie kann er da zu früh gestorben sein, immerhin hat er *freiwillig* den einfachsten Ausweg genommen. Immerhin hat er die Leute, die blöd genug waren, ihn zu lieben, bewusst im Stich gelassen.«

Ich starre ihn an. »Gesprungen?«

»Hör mal, ich will das wirklich nicht alles wieder aufrollen. Wegen der Geschichte hätte ich damals beinahe die Stadt verlassen.«

»Wie kommst du denn darauf, dass er gesprungen ist?«

Er presst sich die Hände auf die Ohren. »Schluss jetzt. Ich will nie wieder darüber sprechen.«

Ich sehe den Schmerz in seinem Gesicht und es ist, als würde ich in einen Spiegel blicken. »Es tut mir leid. Ich wollte nicht ... Er hat mir gesagt ...« Ich breche ab. Was immer ich auch sage, es wird Gabes Qual nicht lindern.

»Er?«

Ich hole mein Portemonnaie aus der Tasche und lege fünf Euro auf die Theke. Gabe hält meine Hand fest.

»Du glaubst also wirklich, du hast mit ihm *geredet*?«

Ich versuche, mich aus seinem Griff zu befreien, aber er ist zu stark. »Ich weiß, das hört sich verrückt an, Gabe, aber du hast es selbst gesagt – woher sollte ich sonst von Javier wissen? Und ich glaube auch nicht, dass er gesprungen ist. Er hätte seine Schwestern nicht einfach so zurückgelassen, oder seine Mutter. Und dich auch nicht.«

Gabe lässt los. Als ich aufblicke, ist sein Gesicht noch verzerrter. »J *hat* mich verlassen.«

»Nein. Ich glaube, da irrst du dich. Ich gehe jetzt, versprochen. Aber sag mir eins: War Javier in deinen Augen wirklich ein Mensch, der sich das Leben nehmen würde, ohne sich zu verabschieden?«

37

Einen Augenblick lang glaube ich, ihn überzeugt oder mir zumindest etwas mehr Zeit verschafft zu haben.

Dann aber schüttelt Gabe den Kopf und der gequälte Ausdruck kehrt in sein Gesicht zurück. »Geh einfach.«

Ich tue, was er sagt. Ich habe es vergeigt. Javier im Stich gelassen. Was für ein Recht habe ich denn auch, jemandem Schmerz zuzufügen, der offensichtlich schon so viel hat erleiden müssen? Ich verlasse das Café und achte darauf, dass die Tür nicht hinter mir zuknallt. Als würde das noch etwas ausmachen.

Auf dem Weg zurück zur Jugendherberge sehe ich zu den Dächern hinauf. Bei dem Gedanken, dass Javier so tief gefallen ist, wird mir ganz schwindelig.

Gefallen? Oder tatsächlich gesprungen?

Wie kann ich mir so sicher sein, dass er nicht gesprungen ist? Er hat mir selbst gesagt, sein Leben nach dem Tod wäre tausendmal schöner als sein echtes.

Ich gehe schneller und hoffe, dass Cara es irgendwie schafft, mich aufzuheitern. Doch die Atmosphäre in unserem Zimmer ist erdrückend. Sahara redet nicht mit Ade, Cara redet nicht mit Sahara und ich habe keine Lust, mit irgendwem von ihnen zu reden; ihr Gezänk wirkt einfach zu albern nach dem Gespräch mit Gabe.

Es ist so wenig Platz, dass wir alle auf unseren Betten hocken müssen. Sahara schnarcht, Ade spielt ein Handyspiel, Cara schminkt sich und ich versuche immer noch zu begreifen, was eben in dem Café eigentlich passiert ist. Ich kann die Leute im Zimmer nebenan feiern hören. Draußen explodiert alle paar Sekunden ein Feuerwerkskörper, unberechenbar und aggressiv.

Zoe hat uns erklärt, dass man in Barcelona frühestens um neun Uhr ausgeht. Bis dahin haben wir also noch unsere Ruhe. Aber Lewis hat uns eine SMS geschickt; anscheinend hat er einen coolen Laden gefunden, wo wir uns treffen können.

»Meint ihr, es ist sicher, wenn wir zu dieser Bar laufen?«, fragt Sahara, die offenbar aufgewacht ist, in das Schweigen hinein.

Cara knurrt: »Wer sollte sich deiner Meinung nach denn auf uns stürzen, Sahara? Vampire oder Werwölfe vielleicht?«

Natürlich ist das sarkastisch gemeint, dennoch gelingt es ihr mit dem Witz, die Stimmung etwas aufzulockern.

Ade legt einen Arm um Sahara. »Ich beschütze dich, meine Hübsche. Egal, ob vor Vampiren, Werwölfen oder Zombies. Kommt nur, ihr Mächte des Bösen! Wir sind Briten. Wir werden auf den Stränden gegen euch kämpfen.«

Selbst Sahara kann ein Lächeln nicht unterdrücken. »Vielleicht sollten wir heute Abend einfach extra viel Knoblauch essen. Damit wehren wir Straßenräuber *und* übernatürliche Wesen ab.«

Wir folgen Lewis' extrem ausführlicher Wegbeschreibung und treffen ihn schließlich in einer Bar mit Buntglasfenstern, alten Ledersofas und einer kleinen Terrasse zur Straße hin.

»Für mich einen Mojito.« Cara hält Ade einen Fünf-Euro-Schein hin, damit er ihr etwas zu trinken holt.

»Betrink dich nicht zu sehr«, flüstere ich ihr zu. »Sahara ist jetzt schon auf dem Kriegspfad.«

Doch Cara lacht nur und genießt die Aufmerksamkeit, die ihr superkurzer Rock ihr einbringt.

Sahara verzieht sich in eine dunkle Ecke und winkt mich zu sich. Als ich mich ihr nähere, scheint das Gelächter in der Bar zu verstummen.

»Wie fühlst du dich, Alice?«

Wo soll ich da nur anfangen? »Irgendwie seltsam.«

Sahara nickt. »Sie sollte bei uns sein, stimmt's? Wir standen uns alle so nahe. Es kommt mir einfach falsch vor, mich zu amüsieren, wenn sie nicht dabei ist.«

»Das verstehe ich.« Doch obwohl ich genau weiß, was sie meint, kann ich nicht vergessen, was Meggie erzählt hat: dass sie vor ihrem Tod eine ganze Weile nicht mehr miteinander gesprochen hatten und wie anhänglich Sahara geworden war. Warum war es so weit gekommen? Kann es sein, dass es aus Frust über einen Streit zu Gewalt gekommen ist?

»Manchmal kommt es mir vor, als wäre sie hier. Das klingt vermutlich total verrückt, oder?«

»Auch nicht verrückter als alles andere, was passiert ist.«

Als Sahara darauf nichts erwidert, sehe ich zu ihr auf und merke, dass sie sich zusammenreißen muss, um nicht zu weinen. Ich lege die Hand auf ihre und fühle mich dabei wie eine falsche Schlange. Aber so durcheinander ist mein Leben momentan nun mal: Im einen Augenblick bin ich überzeugt, dass Sahara eine Mörderin ist, und im nächsten will ich ihr versichern, dass alles wieder gut wird.

»Sahara, irgendwann wird es leichter.«

»Wirklich?«

»Wirklich.« Aber das sage ich nur, damit es ihr besser geht, nicht, weil ich tatsächlich daran glaube. Gelingt es mir irgendwie, Meggies Tod aufzuklären, könnte alles eher noch viel schwerer werden.

Sahara lächelt. »Ich werde immer Meggies Freundin bleiben. Und jetzt bin ich auch deine.«

Ich erwidere das Lächeln. Aber warum klingen ihre Worte mehr wie eine Drohung als wie ein Versprechen?

Zoe taucht erst um kurz vor zehn auf und erklärt auch nicht, warum. Sie jammert, die Bar wäre voller Gringos, obwohl ich überhaupt keine anderen englischen Stimmen hören kann. Als ich an der Bar neben ihr stehe, rieche ich Alkohol in ihrem Atem.

»Warst du erst noch woanders?«

Sie wirft mir einen eigenartigen Blick zu. »Nein, nur bei mir zu Hause.« Dann bestellt sie sich einen Absinth. »Solltest du auch mal probieren, Alice. Das ist was Besonderes. Macht die Realität ein bisschen angenehmer. Und das können wir beide doch gut gebrauchen, was?«

»Danke, ich bleibe lieber bei Cola light.«

Der Barkeeper reicht ihr ein Glas mit einer kleinen Menge gelblich grüner Flüssigkeit.

»Du nimmst nicht gern fremde Ratschläge an, was?«, bemerkt Zoe.

»Wie meinst du das?«

»Das, was ich dir in der Jugendherberge gesagt habe, hast du auch nicht ernst genommen. Dass du vorsichtig sein solltest, weil nicht jeder auf deiner Seite ist.«

Warnt sie mich, weil sie weiß, wer der Mörder ist, und sich Sorgen macht – oder weil an ihren eigenen Händen Blut klebt?

»Zoe, würdest du mir *bitte* endlich sagen, was du weißt? Ich will doch nur die Wahrheit wissen.«

»Und wessen Wahrheit soll das sein?«

»Alles in Ordnung, Alice?« Lewis ist hinter uns aufgetaucht.

»Ja, ja. Die Schlange ist nur ewig lang.«

Er nickt. »Wir haben einen Tisch im Außenbereich gefunden, da ist es ein bisschen kühler.«

Zoe drängt sich an Lewis vorbei, ohne ihn auch nur anzublicken.

Der Tisch ist einer von einem halben Dutzend draußen auf der Terrasse, wo die Kinder aus der Gegend schon mal Feuerwerk üben. Die Hunde sind so daran gewöhnt, dass sie nicht mal zusammenzucken, als die Knaller explodieren.

»Also, wie war das jetzt mit deiner Konferenz?«, fragt Ade, als wir uns hinsetzen.

»Ja, genau. Wie eben schon gesagt, die Grenzen verschwimmen immer mehr. Cowboys und Indianer, Gut gegen Böse – so was gehört alles ins letzte Jahrhundert. Heute weiß niemand mehr, wer der Feind ist.«

Ade nickt. »Also sind ein paar von den Teilnehmern möglicherweise Hacker?«

»Definitiv. Oder Spitzel. In manchen Fällen auch beides. Im W Hotel wird heute Abend mehr intrigiert als in einem James-Bond-Film.«

So habe ich Lewis noch nie reden hören; er will ganz offensichtlich sein Publikum beeindrucken. Und vielleicht ganz besonders eine Person. Aber Zoe würdigt ihn immer noch keines Blickes.

»Und wo stehst du, moralisch gesehen?«, will Sahara wissen.

Lewis grinst. »Es heißt ja, das Internet ist eine moralfreie Zone.

Das meinte ich eben mit Gut gegen Böse. Online gibt es keine klare Unterteilung in Schwarz und Weiß. Natürlich unterstütze ich es nicht, wenn demokratische Regierungen gestürzt werden. Oder Cyber-Terrorismus. Aber guckt euch zum Beispiel so was wie Wikileaks an. Ich stehe auf Offenheit.«

»Auch wenn durch diese Offenheit vielleicht Leute sterben? Manches davon waren Staatsgeheimnisse«, wendet Zoe ein. Ich bin mir ziemlich sicher, dass sie Lewis gerade zum ersten Mal direkt angesprochen hat.

Er lächelt ihr zu. »Informationen sind neutral. Erst das, was man mit ihnen anstellt, zählt. Und es sind ja auch nicht nur die großen Operationen, die etwas verändern. Schon ein Mensch allein kann eine Menge bewegen. Im Moment gibt es da so einen Programmierer, den ich sehr bewundere, der berichtet über ein Fehlurteil. Ist eine ziemlich obskure Geschichte …«, er wirft mir einen Blick zu, »und dieser Programmierer gibt seine Informationen nur tröpfchenweise preis. Er, oder vielmehr sie, könnte echt etwas bewirken.«

»Sie?« Zoes Stimme klingt erstickt.

Ich versuche, Lewis' Blick aufzufangen, aber er sieht einfach an mir vorbei. Sollte man die Sache wirklich so angehen?

Er lacht. »Oh, da draußen gibt es mittlerweile jede Menge Nerd-Mädels – obwohl das in diesem Fall nur so eine Ahnung von mir ist, weil die Homepage so viele Ebenen hat. Sie hat so etwas Kompliziertes, Verschlungenes … wie eine Stickerei.«

»Mann, bist du ein Sexist, Lewis«, regt sich Cara künstlich auf.

Lewis grinst sie an. »Tja, erwischt. Aber diese Seite ist definitiv von jemandem entworfen worden, der gut multitasken kann, und ihr wisst ja, wie mies wir Männer in so was sind. Und dann ist da auch noch der Benutzername.«

Zoe trinkt einen Schluck Absinth. »Der da lautet?«

Lewis sieht uns alle der Reihe nach an, bis er wieder bei Zoe ankommt. »Ist eine witzige Geschichte. Zuerst wusste ich nicht, was er bedeutet, aber dann habe ich ein bisschen gegoogelt. Vielleicht ist sie Französin. Sie nennt sich La Fée Verte. Das heißt: die grüne Fee.«

Ich beobachte Zoes Gesicht. Zuckt da ein winziger Muskel unter ihrem Auge? Schnell lasse ich den Blick über die anderen schweifen. Sahara guckt interessiert, Cara gelangweilt, Ade amüsiert.

»Also, demnach muss es ja wohl ein Mädchen sein. Oder ein schwuler Mann mit Umweltfimmel.« Ade schmunzelt über seinen eigenen Witz.

»Eigentlich«, erklärt Zoe, »ist das eine alte französische Bezeichnung für Absinth. Der ist nämlich berühmt dafür, dass er Halluzinationen verursacht. Man sieht Dinge, die gar nicht da sind.«

Sie erwidert Lewis' Starren.

Spielt sie mit oder warnt sie ihn, es nicht zu weit zu treiben? Zoe ist so unberechenbar, dass ich fürchte, Lewis könnte alles ruiniert haben, so wie ich bei Gabe.

Ich warte ab, wer als Erstes blinzelt.

Da blendet mich ein Lichtblitz, gefolgt von einem lauten Knall. Ein Feuerwerkskörper ist direkt neben unserem Tisch in die Luft gegangen und ich sehe ein kleines Mädchen in einem Blümchenkleid kichernd zurück zu seinen Freunden rennen.

Sahara kreischt, lacht aber schließlich auch, als sie begreift, was passiert ist.

»Und, wo gehen wir gleich noch hin?«, erkundigt sich Cara.

»Hast du eine Heiße-Clubs-mit-heißen-Spaniern-App auf deinem Handy, Lewis?«

Als ich meine Aufmerksamkeit wieder Lewis und Zoe zuwende, versuchen sie nicht mehr, einander niederzustarren. Mein Instinkt sagt mir jedoch, dass hier, heute, irgendetwas begonnen hat – und ich kann noch nicht sagen, ob es mir bei meiner Suche nach Antworten helfen wird oder mir die Tür für immer vor der Nase zuschlägt.

38

Ich falle.

Unter mir glitzert grausam das Straßenpflaster. Nein, es ist kein Pflaster.

Es sind Flammen. Sie glühen blutrot, recken sich gierig züngelnd nach meinen Kleidern, meiner Haut, meinem Haar.

Ich warte auf den Aufprall, das Ende. Doch die Feuergrube hat keinen Boden. Die Flammen kommen direkt aus dem Mittelpunkt der Erde und ich falle und falle und falle …

»Alice, wach auf, bitte! Hör auf zu schreien. Du bist in Sicherheit. Ich bin bei dir. Cara.«

»Cara?«

Sie ist mir so nahe, dass ich ihren Atem riechen kann, und *das* holt mich schließlich zurück in die Realität: eine abgestandene Mischung aus Cocktails, Zigaretten und Knoblauch. Der gestrige Abend, zusammengefasst in einem einzigen, übel riechenden Hauch.

Ich drehe den Kopf weg. »Ich brauche frische Luft.« Als ich mich aufrichte, stoße ich mir den Kopf an der Metallstange über mir.

»Pass auf, Süße!« Cara hilft mir aus dem Bett. Ich fühle mich benommen, obwohl ich kaum etwas getrunken habe; Cara hingegen ist frisch wie der junge Morgen – wenn man mal von ihrer Fahne absieht. Die Welt ist so ungerecht.

Ich sehe, dass das Zimmer leer ist. »Wo sind die anderen?«

Cara zieht ein biestiges Gesicht. »Sahara hat Ade zu einem romantischen Strandspaziergang aus den Federn gezerrt. Igitt. Nur wir beide sind übrig. Ach ja, und anscheinend irgendein mysteriöser Typ namens Danny.«

»Danny?«

»Den Namen hast du jedenfalls die letzten fünf Minuten gerufen. Ich habe versucht, dich zu wecken, aber du hast immer nur ›DANNY! DANNIIIIIIIEEE!‹ geschrien.« Sie schafft es, wie eine jämmerlich verzweifelte Version von mir zu klingen. »Kein Wunder, dass du keine Zungenpolka mit Lewis veranstaltest, wenn du von irgendwelchen anderen Typen träumst.«

»Ich kenne gar keinen Danny. Ich muss etwas anderes gerufen haben.«

Sie sieht mir scharf in die Augen, versucht, die Wahrheit zu erkennen. »Und was, bitte sehr? Danone, oder wie? Ich mag Joghurt, aber so gerne nun auch wieder nicht. Komm schon, raus damit.«

Ich schließe die Augen. »Spar dir die spanische Inquisition, Cara. Das war nur ein Albtraum.«

Sie seufzt, dann tritt sie ans Fenster und wölbt die Hand über den Augen, um sie vor der Sonne zu schützen. »Schließ mich nicht immer aus.«

»Tu ich gar nicht.« Ich hasse mich für diese Lüge. Cara gibt sich solche Mühe mit mir, während die meisten anderen mich längst aufgegeben hätten. Ich habe sie überhaupt nicht verdient.

»Hast du so was öfter, Al? Solche Albträume?«

Ich gehe ebenfalls zum Fenster und stelle mich dicht neben sie. »Nicht so oft wie früher mal.«

»Tja, irgendwas hat sie anscheinend wieder hochkommen lassen. Und das mit diesem Danny nehme ich dir nicht ab, aber ich kann dich schließlich nicht zwingen, es mir zu sagen.« Sie boxt mir sanft gegen den Arm, als Zeichen, dass sie mir verziehen hat, trotz meiner Treulosigkeit. »Lass uns frühstücken gehen, ja?«

»Wie spät ist es denn?«

»Schon nach zehn, du Schlafmütze. Mein Magen glaubt allmählich schon, mir hätte jemand die Kehle durchgeschnitten.«

»Besser?«

Ich kann nur nicken, weil ich den Mund immer noch voll mit dem besten Schokoladencroissant der Welt habe. Wir liegen zehn Meter vom Wasser entfernt und das Handtuch unter uns ist feucht vor Gischt. Ich schlucke den Bissen herunter. »Woher kanntest du diese Bäckerei?«

»Erinnerst du dich nicht an den Typen in der mexikanischen Bar gestern? Der so um meine Nummer gebettelt hat?«

Ich erinnere mich an gar niemanden, nicht, weil ich so betrunken gewesen wäre, sondern weil ich zu beschäftigt war, auf Anzeichen von Gefahr zu achten: Wie oft Cara Gelegenheit gefunden hat, Ade über den Arm zu streichen, und wie oft es Sahara aufgefallen ist. Was Lewis zu Zoe gesagt hat, was Zoe zu Lewis gesagt hat, und alle Pausen dazwischen.

»Ich hatte eigentlich erwartet, dass er vor der Bäckerei auf mich wartet«, meint Cara enttäuscht. »Auf Männer ist einfach kein Verlass. Zum Glück weiß man wenigstens bei Croissants, was man hat.« Sie beißt ein Riesenstück von ihrem ab, sodass Blätterteigflöckchen an ihren Lippen kleben bleiben. »Köstlich. Und, wie lautet der Plan für heute, Miss Forster?«

Ich wünschte, ich könnte sagen: Lass uns shoppen gehen oder

mit der Seilbahn fahren oder einfach am Strand rumhängen und den Jungs hinterhergucken.

Aber es hilft nichts. So schön Barcelona auch ist, das hier ist kein Urlaub. Wenn ich nicht gerade auf der Jagd nach Meggies Mörder bin, sollte ich versuchen herauszufinden, warum Javier am Soul Beach festhängt – darum habe ich schon ein schlechtes Gewissen, wenn ich nur mal einen kurzen Moment der Normalität genieße, so wie jetzt.

»Wir können uns ja nachher zum Mittagessen treffen.«

Als ich die Enttäuschung in Caras Gesicht sehe, könnte ich mir selbst einen Tritt versetzen.

»Zum *Mittagessen*?«, wiederholt sie.

»Tut mir leid. Ich will nur ...« Ich suche nach einem guten Grund, warum ich meine beste Freundin sitzen lassen will. »Na ja, zu Hause stehe ich die ganze Zeit unter Beobachtung. Meine Eltern, die Lehrer. Schätze, ich hatte mich einfach auf ein bisschen Zeit für mich gefreut, solange wir hier sind.« Ich bin entsetzt, wie leicht mir das Lügen mittlerweile fällt, besonders denjenigen gegenüber, die mir am meisten bedeuten.

Es dauert fast eine Stunde, bis ich irgendwo einen Computer finde. In einer kleinen Seitengasse stoße ich schließlich auf ein Internetcafé, das ganz offensichtlich aus der Zeit gefallen sein muss, mit einem verblassten Schriftzug auf dem Schaufenster und zwei vergilbten PCs im Hintergrund. Zum Glück weist der eine, der funktioniert, zur Wand, sodass niemand sehen kann, was ich mache.

Der Inhaber bringt mir ein Glas Kaffee, das aussieht wie ein winziges Guinness – unten schwarz und obendrauf eine helle, milchige Haube. Als er es vor mir abstellt, fallen mir rote Narben an seinen knotigen Fingern auf.

Ich gedulde mich, bis er wieder in den vorderen Bereich des Cafés verschwunden ist, und gehe dann direkt auf *Flammen der Wahrheit*. Die Verbindung ist langsam und stockend, der Computer regelrecht antik, und während ich warte, dass die Seite lädt, frage ich mich, ob Zoe wohl seit gestern Abend irgendetwas verändert hat. Wenn es denn Zoe ist. Aber wer sollte es sonst sein? Sie hat noch vier weitere Absinth hinuntergekippt und ist dann abgehauen, ohne irgendwem Bescheid zu sagen.

Endlich lädt die Seite. Ich sehe einen leeren Kasten, wo wohl ein Foto sein sollte, und zuerst denke ich, es wäre das von Meggies Hand. Doch als ich hinunterscrolle, stoße ich auf eine weitere fotoförmige Lücke, die, als ich mit dem Cursor darüberfahre, mit *MeganForster_Hand.jpg* betitelt ist. Das muss das alte Bild sein. Was also ist auf dem neuen zu sehen?

Ich versuche, die Seite zu aktualisieren, doch es passiert nichts. Die Verbindung ist wohl einfach zu langsam. Der einzige Hinweis ist der Titel dieses Fotos: *MeganForster_Lippen.jpg*.

Hat der Mörder auch ihren Mund fotografiert? Vielleicht noch während sie ihren letzten Atemzug tat? Bei der Vorstellung wird mir übel, aber ich muss gegen meine Emotionen ankämpfen und mich auf die Fakten konzentrieren.

Ich aktualisiere die Website ein drittes Mal, aber es ist einfach zu viel für den alten Computer. Ich ziehe mein Handy aus der Tasche, um Lewis anzurufen, doch das Display zeigt nur irgendetwas auf Spanisch an und ich erreiche ihn nicht. Also schreibe ich ihm stattdessen eine SMS und bitte ihn, sich die Seite anzugucken, aber er antwortet nicht.

Zeit, es mit Soul Beach zu versuchen. Obwohl ich ziemlich sicher bin, dass ich mit diesem blöden Computer dort auch nicht sonderlich weit kommen werde. Ich mache alles wie gewohnt – stöpsele meine Kopfhörer ein, suche die E-Mail mit Meggies Einladung und warte …

Nichts passiert. Ich werfe einen Blick auf mein Handy. Keine Nachricht von Lewis.

Das funktioniert doch nie. Wenn dieses dämliche Ding nicht mal zwei Fotos anzeigen kann, wird es mir wohl kaum einen atemberaubenden Strand präsentieren, der so wirklichkeitsgetreu animiert ist, dass es wirkt, als wäre man tatsächlich dort. Ich sollte aufgeben – aber ich habe für eine ganze Stunde Internet bezahlt und außerdem gehen mir langsam die Möglichkeiten aus.

Die golfballgroße Webcam über dem Monitor blinkt auf. Ich halte die Luft an. Doch der Bildschirm bleibt weiß und das Laufwerklicht flackert verzweifelt, als der Computer versucht, irgendetwas zu laden.

»Alice?« Javiers Stimme dringt klar und deutlich durch meine Kopfhörer.

Ich beuge mich zu dem Mikrofon unter der Kamera. »Du kannst mich sehen? Ich dich nämlich nicht.«

»Du bist so … verschwommen. Im einen Augenblick bist du da und im nächsten siehst du mehr aus wie eine Fata Morgana, oder ein Geist. Alice, der lebendige Geist.« Ich höre ihn lachen.

»Warte mal. Vielleicht lädt es jetzt doch.«

Aber auf dem Bildschirm verändert sich nichts. Das Weiß brennt mir in den Augen und ich kann keine Silhouetten darauf ausmachen. Dafür höre ich Wellenrauschen, das nicht aus Barcelona kommt. Die Wellen von Soul Beach klingen anders.

»Du bewegst dich gar nicht, Alice. Und du guckst echt ziemlich jämmerlich aus der Wäsche.«

»Ich bin wirklich ein bisschen deprimiert, Javier.« Oder sollte ich ihn J nennen?

»Deprimiert, in Barcelona? Das geht doch gar nicht.«

»Die Stadt ist toll, aber … die Umstände könnten besser sein.« Ich traue mich nicht, irgendetwas zu erzählen, ohne dass er danach gefragt hat.

»Du warst im Café Dulce, stimmt's?«

Ich nicke, sage aber immer noch nichts. Nicht nur, weil ich Angst habe, die Regeln zu brechen, sondern auch, weil ich nicht weiß, wie ich ihm beibringen soll, dass ich rausgeschmissen worden bin.

»War er da?«

»Da war ein Kellner namens Gabe.«

Ich höre Javier scharf einatmen. »*Gabe*. Wie geht es ihm?«

»Er war …« Wie soll ich ihn beschreiben? » … niedergeschlagen. Wirklich süß, aber sehr niedergeschlagen.«

»Meinetwegen?« Javiers Stimme klingt brüchig.

»Er denkt, du hast ihn verlassen, Javier. Dass du …«, ich suche nach den richtigen Worten, »*absichtlich* gegangen bist.«

»Absichtlich? Er glaubt, ich hätte mich umgebracht? Ich wäre gesprungen?«

Ich nicke. »Ich habe ihm gesagt, so etwas würdest du meiner Meinung nach nicht tun, aber er wollte mir nicht zuhören. Kann man ihm ja auch nicht gerade verübeln, wenn plötzlich ein Mädchen aus dem Nichts auftaucht und ihm Geschichten über jemanden erzählen will, dem er einmal sehr nahestand. Er schien … Angst zu haben.«

»Gabe? Er war der furchtloseste Mensch, der mir je begegnet ist.«

»Ich glaube, er hatte Angst, dass ich seine schlimmsten Befürchtungen bestätige. Dass du dich aus dem Staub gemacht hast, weil du das Leben nicht mehr lebenswert fandest.«

»Nein! So etwas hätte ich nie getan.«

»Das habe ich ihm auch gesagt. Ich habe gesagt, du bist nicht der Typ, der einfach geht, ohne sich zu verabschieden. Dass es nur ein Unfall war. Aber er war so wütend.«

»Du hast ihm gesagt, es wäre ein *Unfall* gewesen?«

»War es denn keiner?«

Schweigen.

Habe ich mit dieser direkten Frage gegen die Regeln des Strandes verstoßen?

»So etwas wie Unfälle gibt es nicht, Alice. So viel weiß ich inzwischen. Aber es ist schrecklich, dass Gabe glaubt, ich hätte ihn im Stich gelassen. Das ertrage ich nicht.«

Fast bin ich froh, dass ich Javiers Gesicht nicht sehen kann, der Schmerz in seiner Stimme ist schon schlimm genug. »Ich kann es noch mal versuchen, aber ich glaube nicht, dass er mir diesmal zuhört.«

»Du könntest ihn dazu bringen, mit meiner Hilfe. Du könntest ihm Sachen erzählen, die nur ich wissen kann.« Er hält kurz inne und einen Augenblick lang frage ich mich, ob die Verbindung jetzt ganz abgerissen ist. Dann aber höre ich ihn wieder, ganz leise. »Du könntest ihm erzählen, wie ich gestorben bin ...«

39

»Willst du damit sagen, du weißt, wie du gestorben bist, Javier? Du erinnerst dich? Ich dachte, das kann niemand am Strand.«

»Die meisten Gäste können es wirklich nicht. Vielleicht ist das so eine Art … Sicherheitsvorkehrung. Damit sie sich nicht mit dem herumquälen, was hätte sein können. Aber in meinem Fall ist die Sache kristallklar. Ich weiß genau, wie ich ums Leben gekommen bin und wessen Schuld es war.«

Ich starre auf den leeren Bildschirm und versuche ihn mit purer Willenskraft dazu zu bewegen, mir Javier zu zeigen. »Aber wenn alles so klar wäre, dann wärst du doch gar nicht am Soul Beach. Du hättest … « Ich halte inne. »Deinen Frieden, schätze ich. Oder wärst im Himmel.«

»Im Himmel. Na klar. Wieso bin ich darauf nicht selbst gekommen?« Er lacht verbittert. »Alice, wo bist du gerade?«

»Äh … in so einem uralten Internetcafé nicht weit vom Strand. Im alten Fischerviertel.«

»Also in meinem Barrio. Meinem Viertel. Wirkt alles sehr anständig, stimmt's? Und wo die Touristen nicht hinkommen, auch ziemlich friedlich. Dort achtet man noch darauf, was die Nachbarn denken. Darum hat sich mein Vater außer Haus auch wie der perfekte Gentleman benommen. Und daheim wie ein Schwein. Ein Tyrann. Ein Mistkerl.«

Ich beuge mich dichter zum Bildschirm. Ich will Javier zeigen, dass ich jedem Wort lausche.

»Schon als kleiner Junge habe ich gemerkt, dass das nicht normal war. Und ich habe etwas im Gesicht meiner Mutter gesehen, das es in den Gesichtern der Mütter meiner Freunde nicht gab, die immer fröhlich zu lächeln schienen. Erst später wurde mir klar, dass es Angst war.

Papa legte immer viel Wert auf Respekt. Wenn meine jüngste Schwester geweint hat, dann lag das an ihrem Mangel an Respekt, ganz egal, dass Rosa noch ein Baby war, erst ein paar Monate alt. Wenn meine mittlere Schwester, Karina, ins Bett gemacht hat – und das passierte sehr oft –, dann war das für ihn eine persönliche Beleidigung, ein Akt des Ungehorsams. Also schlug er zu – für gewöhnlich traf es meine Mutter, als Strafe dafür, was *ihre* Kinder wieder angerichtet hatten. Natürlich waren wir auch *seine* Kinder, aber das vergaß er gern, wenn er wütend war.«

»Ach, Javier.« Ich weiß nicht, was ich sonst sagen soll.

»Ein Weilchen nach Rosas Geburt machte ich die Entdeckung, dass mir körperlicher Schmerz nicht so viel ausmachte wie meiner Mutter und meinen Schwestern. Warum, weiß ich nicht. Vielleicht haben sie es einfach zu nah an sich herangelassen, während ich mir ganz gut einreden konnte, dass das alles gar nicht passierte, und es zugleich für später in mir speicherte, wenn ich groß genug sein würde, um mich zu wehren. Also fing ich an, ihn herauszufordern. Wege zu finden, seine Ausbrüche auf mich umzulenken. Was ziemlich einfach war. Mein Vater schien seine Wut sogar gern an mir auszulassen. Vielleicht hat er sich männlicher dabei gefühlt, wenn er einen Jungen schlug, auch wenn der gerade mal acht Jahre alt war.«

Ich versuche, nicht an den kleinen Jungen auf dem Foto zu denken, das ich in dem Zeitungsartikel über Javiers Tod gesehen habe.

»Meine Mutter zog sich immer weiter zurück. Karina redete fast nur noch mit ihrer Plüschkatze, sie hat das schäbige Vieh sogar mit zur Schule genommen. Bis sie sechs war, da hat unser Vater das Kuscheltier in Stücke geschnitten, damit sie, wie er meinte, endlich erwachsen wurde. Rosa und ich standen uns am nächsten. Sie hat mir immer etwas vom Abendessen aufgehoben, wenn ich wieder mal früh ins Bett geschickt wurde, oder mir etwas vorgesungen, wenn ich vor Schmerzen nicht einschlafen konnte. Seit Greta fort ist, glaube ich manchmal, Rosas Stimme zu hören, hier am Strand.« Seine Stimme klingt wehmütig. Sie erinnert mich an die Art, wie Greta von den Singdrosseln erzählt hat.

»Wusste denn niemand, was bei euch los war?«

»Darauf haben wir peinlich genau geachtet. Meine Mutter hat die Lüge aus Scham immer weiter aufrechterhalten und wir Kinder lernten von ihr, dasselbe zu tun. Uns wurde weisgemacht, dass es besser wäre, die anderen Leute würden nicht merken, dass wir so ungehorsam waren und so etwas verdienten. Wir wohnten im obersten Stockwerk, darum hat man wahrscheinlich auch nichts davon gehört. Und ich habe mir immer Mühe gegeben, nicht zu schreien. Sogar Dad hat sich auf seine Weise bemüht, indem er mich nur an Stellen schlug, wo man es nicht sehen konnte, und nie so weit ging, dass ich zum Arzt gemusst hätte. Das Ulkige dabei ist, ich hatte eigentlich gar keine Angst vor ihm, Alice. In seinen Augen konnte ich immer sehen, dass er sich zumindest zum Teil unter Kontrolle hatte.«

Irgendwie schockiert mich das von allem, was er mir erzählt hat, am meisten. »Er wusste also, was er tat?«

»Bis zu jener letzten Nacht. In dieser Nacht hat er geschrien und gebrüllt und geschubst und gedrängelt wie ein Tier. Ich hatte damals beschlossen, mich endlich gegen ihn aufzulehnen, weißt du? Die Uni zu verlassen. Einen Job anzunehmen, um meine Mutter und die Mädchen zu unterstützen. Wir brauchten ihn nicht mehr. Und das habe ich ihm auch gesagt.«

»Was ist passiert?«

»An diesem Abend fand das Mercè-Fest statt, das Stadtfest von Barcelona. Dann liegt die ganze Woche immer schon so eine Energie in der Luft – etwas Wildes.«

Genau wie jetzt.

»Ich merkte, dass er immer wütender wurde. Fast fand ich es aufregend, obwohl der Wahnsinn in seinen Augen mir ein bisschen Angst machte. Ich zog mich nach draußen auf die Dachterrasse zurück, damit er sich etwas beruhigen konnte. Es war eine gute Nacht zum Streiten. Unser Geschrei wäre sicher im Partylärm untergegangen. Aber anstatt sich zu beruhigen, folgte mein Vater mir nach draußen. Warf mir die üblichen Beleidigungen an den Kopf, aber diesmal schwang regelrechter Hass darin mit. Du kannst es dir ja vorstellen. Ich habe meinen Eltern nie gesagt, dass ich auf Männer stehe, aber ich glaube, sie wussten es trotzdem. Und meinem Vater kam es wohl vor, als wäre ich nur schwul geworden, um ihm Schande zu bereiten. Ich wehrte mich mit Worten und zum ersten Mal schubste ich ihn auch weg, als er versuchte, mich zu schlagen.«

»Und da bist du vom Dach gefallen?«

Javier scheint mich nicht gehört zu haben. »Du hättest sein Gesicht sehen sollen, Alice. Der Gedanke, dass ich mir eines Tages nicht mehr alles gefallen lassen würde, war ihm offenbar noch nie gekommen. Einen Moment lang war ich völlig euphorisiert. Aber dann ... stürzte er sich wieder auf mich. Ich war größer als er, kräftiger gebaut. Und der ganze Alkohol hatte ihn vorzeitig altern lassen. Aber ich hatte einfach nicht damit gerechnet.«

»Und dann?«

»Und dann. Na ja, du kannst dir ja denken, was dann passiert ist. Nur vielleicht nicht, dass ich im Fallen fast ein Gefühl von Triumph verspürt habe. Keinen Schmerz. Bloß ... dieses Wissen, dass er mir nie wieder etwas würde antun können. Nachdem ich hier am Strand angekommen war, habe ich versucht, das Ganze rational zu betrachten – dass es besser für Mama und meine Schwestern wäre, wenn sie es für einen Unfall hielten. Und vielleicht hatte mein Vater dadurch, dass er mich getötet hatte, ja seine Lektion gelernt. Aber jetzt ... Alice, was ist, wenn meine Schwestern dasselbe glauben wie Gabe? Dass ich sie absichtlich im Stich gelassen habe?«

»Javier –«

In meinem Nacken bildet sich Schweiß; jemand steht hinter mir. Langsam drehe ich mich um, beinahe überzeugt, Sahara oder Zoe zu sehen.

Aber es ist bloß der Caféinhaber. »Problem?«

Wir sehen beide auf den Bildschirm. »Nein. Ich warte nur darauf, dass die Seite lädt.«

Der Mann wirft mir einen argwöhnischen Blick zu und sagt: »Jetzt bezahlen Sie eineinhalb Stunden.«

»Bist du noch da, Alice?«, fragt Javier. »Ich dachte, ich hätte was gehört.«

»Jemand aus dem Internetcafé, mehr nicht.«

»Ach so. Es klang eher wie ... Feuerwerk.«

Hier drin höre ich nichts außer dem Summen der Computer. »Javier, ich fürchte, ich muss gleich aufhören, aber ich wollte dir noch sagen, dass ich es jetzt verstehe – warum du immer gesagt hast, dass du Soul Beach deinem alten Leben vorziehst.«

»Das war, bevor ich gemerkt habe, dass mir auch der Strand nicht den Schmerz erspart, einen geliebten Menschen zu verlieren.«

»Du willst also immer noch weg, Javier? Du willst immer noch, dass ich dir helfe?«

»Ich will … Ich will vor allem wissen, ob es ihnen gut geht. Meiner Familie. Ob ich freikomme oder nicht, ist gar nicht mehr relevant. Frieden oder der Himmel, oder wie du es auch immer nennen willst – das wünsche ich mir für die Lebenden. Wir Toten spielen keine Rolle mehr.«

»Das stimmt doch nicht, Javier, du hast es verdient –«

Er unterbricht mich. »Alice. Wenn du mir helfen willst, dann hilf ihnen.«

»Klar. Aber wie denn?«

»Das kommt darauf an, ob er noch da ist oder nicht. Wie lange bleibst du in der Stadt?«

»Nur bis morgen Abend.« Dann wird mir klar, dass Javier damit nichts anfangen kann. »Noch anderthalb Tage. Und die Nacht natürlich. Nicht sehr lange, aber ich tue, was ich kann.«

»Dann denke ich, du solltest als Erstes herausfinden, ob sie glücklich sind. Obwohl … ich nicht weiß, ob ich es ertrage, sollte es nicht so sein.«

»Vielleicht sage ich dir nur etwas, wenn ich gute Nachrichten habe«, überlege ich laut. »Wenn nicht, kann ich ja so tun, als wären sie nicht zu Hause gewesen.« Obwohl ich dann natürlich ein weiteres schreckliches Geheimnis bewahren müsste.

»Aber wenn du schlechte Nachrichten hast, könnten wir vielleicht etwas daran ändern, Alice. Oder vielmehr du.«

Manchmal macht es mir Angst, wie viel Vertrauen die Gäste in mich setzen. Und warum überhaupt? Nur weil ich lebendig bin, bin ich noch lange nicht allmächtig. Aber was bleibt mir anderes übrig, als Ja zu sagen? »Du weißt aber, dass das ... auch für dich etwas verändern kann, ja?«, warne ich Javier sanft.

Javier lacht leise. »Das Leben ist ein ständiger Wandel. Und der Tod auch. Hast du einen Stift?«

Ich notiere mir die Adresse seiner Familie; er muss sie mir buchstabieren.

»Ob du's glaubst oder nicht, das bedeutet Glückstadtstraße«, sagt er. »Wenn du in der Nähe des Strandes bist, dann bist du auch nicht weit von unserer Wohnung weg. Rosa sieht mir am ähnlichsten, vielleicht triffst du sie ja auf der Straße. Ich habe ihr Fußballspielen beigebracht – damit sie ordentlich treten kann, falls es mal nötig werden sollte. Aber möglicherweise interessiert sie sich ja mittlerweile für ganz andere Dinge – Klamotten und Jungs. Vielleicht ist sie ... in Sicherheit.«

»Und wenn ich deinen Vater sehe?«

Javier lacht, aber es klingt hohl. »Oh, Alice. Ich hoffe, das wirst du nicht. Denn dann kannst du wohl nichts tun.«

»Obwohl ich weiß, was er für ein Mensch ist? Was er getan hat?«

»Ich vertraue darauf, dass du weißt, wann du dich zurückhalten musst. Denk dran, was passiert ist, als ich versucht habe, etwas zu ändern. Ich kann nicht zulassen, dass du dich auch in Gefahr bringst. Das Letzte, was ich will, ist ein weiteres verschwendetes Leben.«

40

Als ich wieder aus dem Café komme, sticht mir die grelle Sonne in den Augen und macht mich ganz benommen.

Immer noch keine SMS von Lewis wegen *Flammen der Wahrheit*, aber Cara hat mir geschrieben: *SÜSSE! Wo treffen wir uns zum Essen? Komm zum Park, der ist riesig! Es gibt Bier! Und sexy Täter! Besos – das heißt Küsschen auf Spanisch. Hat der eine Typ mir am 1. Abend gesagt. Rat mal, warum, haha. Vermiss dich, Kleine. xxx*

Sexy Täter? Was soll ich mir denn darunter vorstellen? Vermutlich nur ein Verschreiber, aber angesichts der Umstände würde es ja passen.

Ich lächele. Nach dem aufwühlenden Gespräch mit Javier ist jetzt ein entspanntes Mittagessen mit meiner besten Freundin genau das Richtige. Ich bin schließlich auch keine Maschine: Ein, zwei Stunden, in denen ich nur in der Sonne liege und über unwichtige Dinge plaudere, sind sicher gut, um wieder einen klaren Kopf zu bekommen.

Natürlich werde ich trotzdem mein Versprechen Javier gegenüber halten und mir das Haus ansehen, in dem seine Familie wohnt, aber sofort hinzugehen, scheint mir keine gute Idee zu sein. Man hat ja gesehen, was herausgekommen ist, als ich mich so unüberlegt in die Sache mit Gabe gestürzt habe. Am besten lege ich mir diesmal einen anständigen Plan zurecht, bevor ich meine zweite – und wahrscheinlich letzte – Chance nutze, um Javier zu Frieden zu verhelfen.

Mithilfe des Stadtplans mache ich mich auf den Weg Richtung Park, doch wegen der vielen Menschen komme ich nur langsam voran. Auf der Rambla versuchen die Kellner, mich mit diversen Fischgerichten in ihre Restaurants zu locken. Familien balancieren Eishörnchen, auf denen sich die pastellfarbenen Kugeln nur so türmen. Ein bisschen erinnert mich das Ganze an meine Ausflüge mit Meggie und Mum nach Brighton. In einem Sommer, als es von Mai bis Juli nonstop geregnet hatte, hat sie uns kurzerhand während des Unterrichts aus der Schule geholt, als zum ersten Mal die Sonne herauskam. Wir versuchten Sandburgen an dem kiesigen Strand zu bauen, fuhren Achterbahn und aßen so viele Pommes, dass wir nachher kaum noch den Hügel zum Bahnhof hochkamen.

Trotz allem, was passiert ist, hatten Meggie und ich es wohl ziemlich gut. Verglichen mit Javier und seinen Schwestern hatten wir eine nahezu perfekte Kindheit.

Ich brauche eine halbe Stunde bis zum Eingang des Parks. Neben dem Tor halten zwei Statuen Wache: die männliche davon hat einen Körper, der selbst mit den bestgebauten am Soul Beach mithalten könnte. Aber ich muss feststellen, dass es gar nicht so einfach sein wird, Cara zu finden; der Park ist fast so voll wie der Strand von Barcelona. Egal wo ich hinsehe, sind Menschen mit irgendetwas beschäftigt: Jonglieren, Joggen, Slacklining.

Ich beginne meine Suche am Rand des Parks, wo ich gegen den Uhrzeigersinn losziehe, um mich erst mal zu orientieren. Überall sehe ich Gebäude wie aus dem Märchen: ein leuchtend rosafarbener Turm mit einer Uhr, eine Art Schloss mit gotischen Türmchen, ein riesiges altes Gewächshaus. Es gibt einen See, auf dem man Boot fahren kann, und eine lebensgroße Skulptur eines Mammuts, vor der die Touristen für Fotos posieren. Ich komme an Hunden, Babys und händchenhaltenden Paaren vorbei.

Von irgendwoher dringt südländische Musik an mein Ohr, also folge ich dem Rhythmus. In der Ferne erspähe ich einen zierlichen Musikpavillon auf einem weißen Marmorpodium und davor tanzende Paare.

Aha, die sexy Täter sollten anscheinend tatsächlich Tänzer sein. Was bedeuten muss, dass sich Cara irgendwo hier rumtreibt.

Die Sonne scheint durch die schnörkeligen Eisenverzierungen des Pavillons und verwandelt die Tänzer in Silhouetten. Die Musik und ihre Bewegungen passen perfekt in diese Stadt: temperamentvoll, energiegeladen, aber auch ein kleines bisschen überspannt.

Ich wünschte, ich könnte so tanzen.

Meggie hatte das natürlich drauf. Innerhalb von einer Woche hat sie Millionen Zuschauer davon überzeugt, dass sie die wildeste Carmen der Welt war, voll lateinamerikanischem Feuer. Bevor sie in der nächsten Sendung ganz in Weiß erschien und selbst die eingefleischtesten Atheisten mit ihrer Version von *Amazing Grace* dazu brachte, an Gott zu glauben. Als Schauspielerin war sie fast genauso gut wie als Sängerin. Aber hat sie auch uns etwas vorgemacht – und so getan, als wäre alles in Ordnung, während ihr in Wirklichkeit ein Stalker oder irgendjemand anderes Angst machte?

Ein langsameres Musikstück beginnt. Ich nähere mich dem Pavillon, wo Zuschauer applaudieren und den Tänzern Lob zurufen.

So eine Art von Tanz kenne ich bisher nur aus dem Fernsehen. Jetzt live dabei zu sein, ist etwas ganz anderes. Wahrscheinlich sind viele Liebespaare darunter, die ihre Leidenschaft und Innigkeit in jede Bewegung legen können.

Oh nein.

Da sind Cara und Ade. Und sie *tanzen*.

Sein Arm ist fest um ihre Taille geschlungen und ihrer liegt auf seiner schmalen Schulter.

Schnell weiche ich einen Schritt zurück, doch ich hätte mir keine Sorgen machen müssen. Die beiden sind so damit beschäftigt, die Bewegungen der anderen nachzuahmen, dass sie nichts um sich herum wahrnehmen. Glucksend stolpern sie umher, während die übrigen Paare auf dem Podium ihnen elegant ausweichen.

Während Cara und Ade pausenlos die gleichen Schritte wiederholen, versuche ich mir einzureden, dass sie nur ein bisschen Spaß haben, sich eben wie Touristen benehmen. Nur passen sie einfach so gut zueinander, viel besser als Sahara und Ade.

Die Musik endet mit einem Crescendo und Cara beugt sich zurück, ein Bein um Ades Hüfte gehakt, sodass ihr Haar nach unten fällt wie ein weißer, seidener Vorhang.

Das Lied ist vorbei. Sie regen sich nicht. Ich wende den Blick ab und habe plötzlich das Gefühl, dass ich ihnen nicht zusehen sollte. Während die anderen Tänzer etwas trinken gehen, stehen die beiden inmitten all des Gewusels noch immer da wie Statuen.

Schließlich zieht Ade Cara nach oben und ich warte, dass die beiden anfangen zu kichern.

Sie küssen sich.

Oh nein! Das darf nicht wahr sein. Nicht hier …

Sie hören nicht auf, sondern küssen sich einfach weiter. Irgendwann geht die Musik wieder los und der Bann ist gebrochen. Sie starren einander an.

Ich bin mir ziemlich sicher, dass ich gerade Zeugin ihres ersten Kusses geworden bin. Was haben sie sich nur dabei gedacht? Jeder hätte sie sehen können.

Ich muss von hier verschwinden, bevor *sie mich* sehen. Eine Gruppe Touristen fährt auf orangefarbenen Fahrrädern an mir vorbei und ich nutze die Deckung für meinen Rückzug. Da ist ein großer Brunnen, gekrönt von einer goldenen Pferdekutsche, die in der Nachmittagssonne gleißt. Ich renne daran vorbei und wende mich dann nach rechts, in Richtung des Sees.

»Entschuldigung!«, sage ich, als ich beinahe mit jemandem zusammenstoße. »Lo siento.«

»Alice?«

Es ist Sahara. Sie hält mich an den Armen fest. Ihr Gesicht ist knallrot und unter ihren Achseln sehe ich Schweißflecken.

»Alles in Ordnung, Sahara? Du siehst so …« Verzweifelt aus, denke ich, beende den Satz jedoch nicht.

»Mir geht's gut.«

»Sicher?« Ihre Pupillen sind riesig, obwohl die Sonne so hell scheint. Als wäre sie auf Drogen. Hat sie Cara und Ade vielleicht auch gesehen?

»Das ist nur die Hitze. Die vertrage ich einfach nicht. Ich war die ganze Zeit auf den Beinen und jetzt bin ich wohl dehydriert.«

»Komm, wir kaufen dir ein Wasser, da ist ein Kiosk.« Dann wird mir klar, dass ich sie dort nicht hinbringen kann, weil das zu nahe an dem Pavillon ist. »Oder vielleicht solltest du lieber zurück zur Jugendherberge gehen.«

»Das hatte ich sowieso vor«, meckert sie. »Hast du mal gesehen, was hier los ist? Diese Menschenmassen machen mich total verrückt und jetzt fangen sie auch noch an, Straßensperren für heute Abend aufzustellen. Der ganze Weg bis rauf zur Hauptstraße steht voller Krankenwagen. Ziemlich beunruhigend, findest du nicht auch?«

»Ach, da passiert sicher nichts. Sonst würden die so was doch nicht stattfinden lassen.«

Sie verzieht skeptisch das Gesicht. »Ich weiß nicht, irgendwie sind die Leute hier anders. Wilder. Unberechenbarer.«

»Die Spanier?«

»Ja, die auch. Aber wir genauso. Vielleicht verändern wir uns ja alle, wenn wir nicht zu Hause sind. Werden risikofreudiger.«

Ich starre sie an. »Ach komm, wenn wir zusammenbleiben, passiert uns bestimmt nichts. Ich weiß, Zoe redet ständig davon, dass wir auf unsere Sicherheit achten müssen, aber sie war immerhin selbst schon mal dabei und hat es überlebt.«

»Wahrscheinlich hast du recht.« Sahara seufzt.

»Willst du, dass ich dich zur Jugendherberge begleite?« Zumindest kann ich so dafür sorgen, dass sie nicht in die Nähe des Pavillons gelangt. Obwohl ich natürlich nicht vergessen darf, was ich Javier versprochen habe.

Sie schüttelt den Kopf. »Nein. Ich will dir nicht auch noch den Tag verderben.«

Ich bemühe mich, kein allzu erleichtertes Gesicht zu machen. »Wenn du meinst … Ich glaube, der Ausgang ist genau in der Richtung, aus der du gekommen bist.« Ich deute weg vom Pavillon. »Hier, ich leihe dir meinen Stadtplan.«

Sie nimmt ihn. »Danke, Alice, den kann ich wahrscheinlich

wirklich gebrauchen. Es kommt mir vor, als würde ich schon seit Stunden in diesem Park umherirren.«

Ob sie dabei zufällig ihren Freund mit Cara hat tanzen sehen? Schwer vorzustellen. Sahara kann doch nie etwas für sich behalten und hätte es mir sicher sofort erzählt.

Ich setze mich für ein paar Minuten auf eine Bank und warte, bis sie in der Menge verschwunden ist. Am Seeufer gegenüber jongliert ein Mann mit Fackeln. Jedes Mal wenn er eine fallen lässt, lächelt er. Das Gras rings um ihn herum ist schon völlig versengt.

Wie es scheint, spielen hier alle mit dem Feuer. Cara und Ade küssen sich in aller Öffentlichkeit, Lewis jagt Hacker und sogar Zoe macht mit, wenn wir richtig liegen und es tatsächlich sie ist, die *Flammen der Wahrheit* ins Leben gerufen hat, um Gerechtigkeit für Tim zu fordern.

Und ich selbst bin auch nicht besser. Ich versuche, Meggies Mord aufzuklären, und biete Javier an, nach seiner Familie zu sehen, obwohl ich damit alles nur noch schlimmer statt besser machen könnte.

Aber die Alternative wäre, nichts zu unternehmen, nichts zu fühlen. Und der Tod meiner Schwester hat mir klargemacht, was für eine Verschwendung das wäre.

Ich schreibe Cara eine SMS: *Hab dich gesucht. Und gefunden … Wirktest ein bisschen beschäftigt, deshalb dachte ich, wir lassen das Mittagessen ausfallen ;-) Bin grad S begegnet, hab sie in die andere Richtung geschickt!! Bis später in der Jugendherberge, xxx*

Sie antwortet fast augenblicklich mit einem Smiley und einer langen Reihe von Küsschen.

Zeit, Javiers altem Zuhause einen Besuch abzustatten.

Ich verlasse den Park und mache mich, ohne meinen Stadtplan, wieder auf den Weg zum Fischerviertel. In einer Hinsicht zumindest hatte Sahara recht – auf den Straßen scheint es immer lauter zu werden. Javier hat gesagt, sein Streit mit seinem Vater sei damals im Lärm der Fiesta untergegangen, und ich schätze, heute Abend wird es nicht anders sein. Überall hängen Plakate, an Hauswänden und Laternenpfählen, auf Spanisch oder vielleicht auch Katalanisch. Das einzige Wort, das ich erkenne, ist Correfoc. Feuerlauf.

Vor mir liegt nun das Meer, also wende ich mich nach rechts in die dunklen Straßen von Javiers Viertel. Hier laufen weniger Touristen herum. Je tiefer ich in dieses Labyrinth vordringe, desto ruhiger wird es. Falls ich die Adresse nicht finde, kann ich mir immer noch einen neuen Stadtplan in der Jugendherberge holen, aber ich denke, wenn ich das Straßennetz methodisch durchkämme, müsste ich es auch so schaffen.

Schwierig wird es erst, wenn ich dort bin. Was soll ich sagen?

Ich biege rechts ab: Carrer Salamanca. Nein, das ist nicht richtig. Ich gehe ein paar Hundert Meter und nehme dann die nächste Straße links: Carrer Ginebra. Auch nicht. Wieder rechts. Ich versuche, die Orientierung zu behalten, aber ich habe das Gefühl, mich schon verlaufen zu haben, und die Hitze macht mich ganz benebelt.

Wieder biege ich rechts ab. Diese Ecke kommt mir plötzlich bekannt vor, obwohl eigentlich alle Straßen gleich aussehen.

Und dann begreife ich auch, warum: Ich bin wieder auf der Carrer de Balboa.

Ich weiß, dass das Zufall ist. Aber Javier sagt doch immer, er glaube nicht an Zufälle. Also gibt es vielleicht doch einen Grund, warum ich hier gelandet bin. Immerhin habe ich im Café Dulce wirklich noch etwas zu erledigen. Letztes Mal habe ich für Gabe alles nur schlimmer gemacht. Vielleicht sollte ich die Gelegenheit ergreifen, um es diesmal besser zu machen.

Was hat Javier noch gleich gesagt? *Du könntest ihm Sachen erzählen, die nur ich wissen kann. Du könntest ihm erzählen, wie ich gestorben bin ...*

Ich gehe schnell, damit ich gar nicht erst Zeit habe, es mir wieder anders zu überlegen. Doch das Rollgitter am Café ist bereits heruntergelassen. Ich trete näher und horche auf Lebenszeichen. Läuft da drinnen Musik? Ich hämmere mit der Faust gegen das Metall. Schweiß trieft mir von der Stirn. Außer Kaffee habe ich heute noch nichts getrunken. Die schattige Straße wird immer dunkler – oder stehe ich kurz vor einer Ohnmacht?

Ich lehne mich gegen das Rollgitter, mein Gesicht ans Gitter gepresst. Das Metall riecht nach Rost. Wie Blut.

»Gabe?«, rufe ich. »Gabe, wenn du da bist, lass mich rein.«

Plötzlich bewegt sich das Gitter. Ich kann gerade noch beiseitespringen.

»Du schon wieder!«, sagt Gabe. »Das hätte ich mir ja denken können. Jetzt tust du also auch noch so, als wärst du krank, oder wie? Was für eine verdammte Dramaqueen!« Er will das Rollgitter wieder runterlassen.

»Warte! Gabe, bitte hör mir zu. Ähm, Karina ... Karina, so heißt die mittlere Schwester. Sie hatte ein Kuscheltier, das ihr Vater in Stücke geschnitten hat.« Fieberhaft versuche ich mich an mehr zu erinnern. »Und Rosa singt ... Hat Javier immer etwas vorgesungen, wenn es ihm schlecht ging. Sie ist die Kleinste.«

Gabe starrt mich an. »Ist das wieder einer von deinen Tricks?«

»Das ist kein Trick. Bitte gib mir nur eine Sekunde, um es zu erklären. Ich kann dir doch sowieso nicht noch mehr wehtun, als ich es eh schon getan habe, oder?«

Er denkt nach. Schließlich öffnet er die Tür ein Stückchen weiter. Ich trete ins Café und er schließt hinter mir ab und lässt das Rollgitter wieder halb herunter. Der Raum liegt fast im Dunkeln, mit Ausnahme der Teelichter, die immer noch auf den Tischen brennen.

»Ich bin nicht unbedingt in Stimmung für ein großes Straßenfest«, erklärt Gabe. »Zu viele Erinnerungen.«

»Weil J am Abend so einer Fiesta gestorben ist, nicht wahr?«

»Du hältst dich für ganz schön clever, was, Alice? Aber das könntest du auch aus dem Internet haben.«

»Ich verlange ja gar nicht, dass du mir glaubst. Hör mir bitte nur zu.«

»Ich weiß überhaupt nicht mehr, was ich glauben soll. Andererseits weißt du Bescheid über J und mich – das kann sonst niemand in Barcelona von sich behaupten.«

Ich brauche ein paar Sekunden, bis der Groschen fällt. »Ihr habt es also geheim gehalten?«

Gabe nickt. »Ging nicht unbedingt von mir aus, aber so, wie sein Vater drauf war, habe ich es schon verstanden. Das hier ist weniger eine Großstadt als eine Ansammlung von Dörfern. Verdammt, ich nenne ihn ja extra schon ›Jay‹, wie einen Australier, weil die Spanier das J anders aussprechen. Nur damit bloß niemand die Verbindung zwischen ihm und mir zieht.«

»Aber wenn niemand wusste, dass ihr zusammen wart, wie war das dann, als er gestorben ist? Hat niemand …«

Er nickt. »Genau. Als er gestorben ist, hat mir niemand Bescheid gesagt. Bei der Fiesta ist er nicht aufgetaucht. Achtundvierzig Stunden lang war ich wütend auf ihn und wurde immer wütender. Manchmal hat er einfach ziemliches Muffensausen bekommen bei der Vorstellung, wie sein Vater reagiert hätte, wenn er das mit uns rausgefunden hätte. Ich dachte, das wäre einfach wieder so eine Phase.«

»Oh, Gabe …«

»Dann habe ich die Zeitung gesehen. Er war schon die ganze Zeit tot. Und genau darum glaube ich auch nicht an Nachrichten aus dem verdammten Jenseits. Ich hätte es wissen müssen. Wenn er versucht hätte, irgendwem etwas mitzuteilen, dann ja wohl mir und nicht irgendeiner englischen Göre.«

Ich erwidere nichts.

»Aber jetzt bist du ja nun mal hier, was, Alice?« Sein Zynismus ist verflogen. In seiner Stimme liegt nur noch Traurigkeit.

Wir sitzen im Dunkeln, während draußen die Knaller explodieren.

»Ja, bin ich.«

»Sein Vater ist noch ganz vom alten Schlag. Sie sind aus dem Süden hierhergezogen, vom Land, und sein Dad lebt nach einem Wertesystem, daneben wirkt selbst Hitler moderat. Ich dachte, deswegen hätte J allem ein Ende gemacht. Dass er zu dem Schluss gekommen wäre, mit diesem Doppelleben niemals glücklich zu werden.«

»Hättet ihr zwei nicht irgendwo anders hingehen können?«

Gabe seufzt. »Meinst du, ich hätte nicht versucht, ihn zu überreden? Australien wäre natürlich eine Option gewesen. Oder irgendwo anders in Europa, mir ganz egal. Ich wollte nur …«

Ich muss an Danny denken und daran, wie hin- und hergerissen ich mich zwischen dem Strand und meinem wahren Leben fühle. Und doch gewinnt immer der Strand. »Mit ihm zusammen sein?«, beende ich den Satz für Gabe.

»Für mich hätte jeder Ort zum Zuhause werden können, solange nur er dort war. Aber er wollte seine Schwestern nicht verlassen. Ich dachte, vielleicht würde er es schaffen, wenn sie erst älter wären. Aber dann ...«

»Er hat sich nicht umgebracht.«

»Ach, nicht? Und wie hat er dir das mitgeteilt, Alice? Einmal klopfen für Ja, zweimal für Nein?«

Ich ignoriere seinen Sarkasmus. »Er hat sich mit seinem Vater geprügelt. Der Kampf geriet außer Kontrolle. Javier wurde geschubst und die Dachterrasse hatte kein Geländer. Nichts, was seinen Fall hätte verhindern können.«

Einen Augenblick lang reagiert Gabe überhaupt nicht. Dann boxt er so heftig gegen die Steinwand, dass ein Stück herausbricht, aber er scheint keinen Schmerz zu spüren.

»Dieses *Schwein*.« Er nimmt sich einen Stuhl und setzt sich, den Kopf in die Hände gestützt.

»Bist du seinem Vater je begegnet?«

»Nein. Ich ... ich habe gesehen, wo es passiert ist. Die Adresse stand in der Zeitung. Noch nicht mal Blumen hatte irgendwer abgelegt. Ich bin zum Strand gegangen und habe ein paar Muscheln gesammelt und dann habe ich sie dort verteilt, wo er gelandet sein muss, auf der Straße. Ja, ja, ich weiß, total albern. Wahrscheinlich waren die nur noch Pulver, nachdem das erste Moped vorbeigefahren war.«

»Nichts ist albern, wenn man trauert.«

Er sieht mich lange an. »Ich habe dich gegoogelt, Alice. Das mit deiner Schwester. Du weißt also wirklich, wie das ist, stimmt's?«

Ich greife nach seiner Hand und er umklammert meine und lässt sie nicht los.

»Ich bin gerade auf dem Weg dorthin«, sage ich. »Zu Javier nach Hause. Ich will nachsehen, ob sein Vater noch da ist und ob es seinen Schwestern gut geht.«

Ihm davon zu erzählen, ist riskant. Wenn Gabe mich nicht schon vorher für verrückt gehalten hat, dann wohl spätestens jetzt.

Doch seine Finger halten meine immer noch fest. »Und was machst du, wenn es ihnen nicht gut geht?«

Darauf habe ich keine Antwort. Stattdessen sage ich: »Ich fände es schön, wenn du vielleicht mitkommen würdest. Ich könnte mir vorstellen, dass es genau das Richtige ist, für dich und für mich.«

Das ist ja eine turbulente Jagd, auf die du mich hier führst, Alice.

Es ist zu heiß für solche Spielchen. Auf und ab durch die Straßen dieser schmuddeligen, wunderschönen Stadt, als wärst du auf der Suche nach etwas, das du verloren hast.

Oder jemandem.

Wen suchst du? Etwa mich?

Dafür müsstest du dich doch bloß mal umdrehen.

41

Zum Glück weiß Gabe, wo wir hinmüssen, denn ich habe mittlerweile völlig die Orientierung verloren. Die Straßen sehen alle gleich aus: hohe Gebäude, Wäscheleinen, spielende Kinder.

Nur dass unter den Kindern in dieser Straße Javiers Schwestern sein könnten.

»Karina müsste inzwischen elf sein und Rosa acht.«

Gabe wirft mir einen komischen Blick zu, fragt jedoch nicht, woher ich das weiß.

An dem Haus, in dem Javiers Familie wohnt, lehnt ein ungefähr achtjähriges Mädchen und sieht den anderen Kindern in ihren Barça-Trikots beim Fußballspielen zu. Sie steht in Richtung Meer gewandt, darum kann ich nur ihren Hinterkopf sehen, der sich dunkel vor der untergehenden Sonne abhebt. Sie hat lange schwarze Locken und einen Augenblick lang denke ich, sie hält eine neue Plüschkatze im Arm, einen Ersatz für die, die Javiers Vater aus Bosheit zerschnitten hat. Aber das war ja Karinas Spielzeug gewesen und nicht Rosas.

Plötzlich bewegt sich die Plüschkatze und mir wird klar, dass sie lebendig ist, ein Junges mit rotem Fell.

»Könnte das da Rosa sein?«, frage ich Gabe.

Er antwortet nicht, und als ich mich zu ihm umdrehe, um die Frage zu wiederholen, sehe ich, dass er das Mädchen so eindringlich anstarrt, dass sie es geradezu spüren muss. Und richtig, sie wendet den Kopf und blickt uns direkt an.

Sie ist eher außergewöhnlich als hübsch. Und es sind nicht ihre Gesichtszüge, die mir bestätigen, dass ich recht habe. Sondern ihr herausfordernder Blick.

»Mein Gott. Wie eine Miniversion von ihm«, sagt Gabe.

»Sollen wir sie ansprechen?«

Doch bevor wir uns dazu entschließen können, setzt das Mädchen die Katze ab und das Tier zockelt brav hinter ihr her, als sie im Hauseingang verschwindet.

»Hast du ihren Gang gesehen?«, flüstert Gabe. Sie hat eine Selbstsicherheit an sich, die uns beide an ihren großen Bruder erinnert.

Ich ermahne mich, mir bloß keine falschen Hoffnungen zu machen.

»Ich hatte erwartet, dass sie irgendwie ... verhuschter wirken würde, schätze ich. Nach allem, was Javier mir über ihr Familienleben erzählt hat.«

»Ich auch.«

Wir würden gern noch ein bisschen warten, aber in dieser Gegend kann man nicht allzu lange in einer Ecke herumlungern, ohne die Aufmerksamkeit der Anwohner auf sich zu ziehen. Auf einem kleinen Platz am Ende der Straße finden wir eine Bank und beobachten das Haus von dort aus.

Der Himmel ist immer noch leuchtend blau. Darunter die flachen Dächer, übersät mit Antennen und alten Fahrrädern. Wir zählen ein, zwei, drei, vier Häuser weiter; das Dach, von dem Javier gefallen ist, muss das mit den leuchtend bunten Plastikspielsachen auf einem niedrigen Mäuerchen sein.

Gabe zündet sich eine Zigarette an. Es stinkt, selbst hier an der frischen Luft. »Und, hast du gefunden, wonach du gesucht hast?«

Ich überlege. »Wenn das definitiv Rosa war –«

»Sie war es. Das weißt du genauso gut wie ich.«

»Dann könnte das etwas Gutes bedeuten. Sie wirkte nicht unglücklich, oder? Und die Katze. Javiers Vater stelle ich mir nicht unbedingt wie jemanden vor, der Haustiere erlaubt. Vielleicht hat er sich ja aus dem Staub gemacht – vor lauter schlechtem Gewissen oder so.«

Gabe zieht lange an seiner Zigarette, dann schüttelt er den Kopf und steht auf. »Wir können noch den ganzen Tag hier sitzen und Vermutungen anstellen. Ich gehe mich jetzt mal nach seinem alten Herrn erkundigen.«

Ich denke an das, was Javier mir erzählt hat. »Sei vorsichtig.«

Gabe lächelt und marschiert los. Ich sehe, wie er auf eine Frau mit einem Baby im Arm zuhält, die jedoch zuckt nur mit den Schultern und deutet auf eine andere, wesentlich ältere, die auf einem grünen Plastikstuhl sitzt. Sie tut so, als würde sie stricken, ist jedoch in Wirklichkeit viel zu beschäftigt damit, alles um sich herum mit ihren Knopfaugen zu beobachten, als dass sie mit ihrer Handarbeit weiterkommen würde.

Irgendetwas passt hier nicht zusammen. Wenn es diesem kleinen Mädchen so gut geht, wie es den Anschein hat, dann wäre Javiers Tod doch längst aufgeklärt. Warum also ist er noch am Strand?

Gabe hat der Frau eine Zigarette angeboten, woraufhin sie einladend auf den freien Plastikstuhl neben sich gedeutet hat und nun hocken sie zusammen und unterhalten sich.

Hoffentlich hilft es ihm. Ich kann den Gedanken nicht ertragen, alles nur noch schlimmer zu machen.

Mein Handy vibriert in meiner Tasche. Lewis: *Melde dich so schnell wie möglich wegen der Fotos. Müssen reden.*

In dem Moment kommt Gabe zurück. Sein Gang wirkt überaus kontrolliert, doch als er sich bei mir einhakt und mich außer Sichtweite der Plastikstuhlfrau zieht, spüre ich, wie aufgeregt er ist. Oder wütend?

»Was ist?«

»Er ist wieder da«, sagt Gabe. »Das Schwein ist wieder da.«

»Wo ist er denn gewesen?«

»Die alte Tratschtante weiß alles über jeden in der Straße, aber selbst sie ist sich nicht sicher. Sie glaubt jedenfalls, dass er gegangen ist – oder rausgeschmissen wurde –, nachdem J gestorben ist.«

»Vielleicht ist Javiers Mutter von allein darauf gekommen, dass es kein Unfall war.«

Gabe nickt. »Die wissen natürlich alle, dass der Vater ein Verbrecher ist. Wenn man so dicht aufeinanderhockt, entgeht den Nachbarn nicht viel. Anscheinend waren die Mädchen wie ausgewechselt, nachdem er weg war. Die Große wurde richtig gut in der Schule. Und mit der Katze hattest du auch recht. Js Mum hat sie ihnen gekauft, sobald der Vater abgehauen war.«

»Aber?«

Seine Miene verfinstert sich. »Vor ein paar Wochen haben sie wieder laute Stimmen aus der Wohnung gehört. *Seine* Stimme, um genau zu sein. Da wussten sie, dass er wieder da war. Die Nachbarin vermutet, dass er sich irgendwie wieder reingewieselt hat. Als sie ihn das erste Mal wiedergesehen hat, war er total abgemagert. Vielleicht war er krank. Aber sie sagte, es könnte auch nur am Alkohol gelegen haben. ›Eine Schande, dass der ihn nicht ganz erledigt hat‹, meinte sie. Einen Beliebtheitswettbewerb würde der Kerl hier jedenfalls nicht gewinnen.«

»Was hast du ihr erzählt?«

»Hab angedeutet, dass er bei mir Schulden hat – ich dachte mir, für so was ist er genau der Typ. Und damit hatte ich sie auch schon in der Tasche. Mittlerweile ist mein Katalanisch ganz gut. Keine Sorge, dass ich J kannte, hab ich für mich behalten. Ich werde mich hüten, hier sein großes Geheimnis rauszuposaunen.« In seiner Stimme liegt Traurigkeit.

Mein Handy vibriert. Ich wette, das ist wieder Lewis. Was er wohl herausgefunden hat?

»Ich bin mir sicher, dass er seiner Mutter und seinen Schwestern irgendwann von dir erzählt hätte«, versichere ich Gabe.

Er lässt meinen Arm los. »Das werde ich nie erfahren. Ich hätte genauso gut gar nicht existieren können.«

»Wenn dem so wäre, warum hat Javier mich dann zu dir geschickt?«

»Vielleicht bist du ja nur eine Halluzination. Vielleicht weiß ich tief im Inneren, dass J mich nie verlassen hätte, und habe dich mir deswegen ausgedacht – um mich daran zu erinnern, dass er mich geliebt hat.«

»Von wegen Halluzination. Ich bin absolut echt.« Zum Beweis drücke ich Gabes Hand. »Und jetzt?«

Seine Augen werden schmal. »Ich habe heute Abend noch nichts vor. Ich werde auf ihn warten.«

»*Wie bitte?* Aber was willst du denn unternehmen?«

Er zuckt mit den Schultern. »Da verlasse ich mich ganz auf meinen Instinkt.«

»Nein. Gabe, das hätte J nicht gewollt. Sein Vater ist gefährlich.

Ich bin mir ganz sicher, dass Javier all dem ein Ende setzen wollte und keinen Rachefeldzug anleiern.«

»Nimm's mir nicht übel, Alice, aber diese Entscheidung liegt nicht bei dir.«

Ich höre die eiserne Entschlossenheit in seiner Stimme, aber das kann ich einfach nicht zulassen. Die Konsequenzen will ich mir noch nicht mal ausmalen. Und es ist alles meine Schuld. Ich habe ihn hergebracht. »Bitte tu es nicht.«

Gabe seufzt. »Ich weiß, du willst nur vernünftig sein. Aber du musst doch verstehen, dass mir die Gefahr egal ist. Das Einzige, was ich will, ist, alles wieder ins Lot zu bringen. Gerechtigkeit herstellen, wenn du es so ausdrücken willst.«

Dieses Wort schon wieder. Eins der gefährlichsten, die ich kenne.

»Sein Vater ist irre, Gabe. Was, wenn er dich auch umbringt?«

Gabe schüttelt den Kopf. »Weißt du was? Soll er doch.«

Vielleicht enden Javier und Gabe ja so wie Meggie und Tim, gemeinsam am Strand bis in alle Ewigkeit. Ich will nicht, dass das passiert, aber mir ist auch bewusst, dass ich etwas in Gang gesetzt habe, das ich nun nicht mehr aufhalten kann.

»In Ordnung, Gabe. Aber wenn du das wirklich machst, dann will ich dabei sein.«

»Das ist echt lieb von dir, Alice, aber ich kann schon auf mich selbst aufpassen.«

»Das hat J auch gedacht. Ich versuche auch nicht, dich aufzuhalten, versprochen. Das mit der Gerechtigkeit ist mir fast genauso wichtig wie dir.«

Ich sehe, wie er darüber nachdenkt, und schließlich entspannt sich seine Miene ein wenig. Auch wenn ich für ihn nur ein kleines

Mädchen bin, spüre ich, wie erleichtert er ist, dass ich ihm bei dieser Sache zur Seite stehe.

Gabe nickt. »Na gut. Aber du musst nicht die ganze Zeit mit mir warten.«

»Und wenn ich das gerne möchte?«

»Alice, sei nicht albern. Das kann noch Stunden dauern.«

Ich werfe einen Blick auf meine Uhr. Es ist erst kurz nach halb fünf. Um acht treffen wir uns mit Zoe, damit wir noch einen Spitzenplatz für die Parade ergattern – obwohl sie gelacht hat, als Sahara den Feuerlauf so bezeichnet hat. *Wir sind doch hier nicht in Disneyland, es gibt keine Clowns und Motivwagen oder so was. Die nehmen diese Sache hier echt ernst. Und das solltet ihr auch.*

»Wenn ich dir meine Nummer gebe, versprichst du mir dann, eine SMS zu schreiben, bevor du seinen Vater konfrontierst?«, flehe ich Gabe an. »Bitte. Ich bin sowieso hier in der Gegend. Aber langsam sollte ich wohl wirklich zurück zu meinen Freunden, sonst wundern die sich, wo ich abgeblieben bin.«

Freunde? Mit Freundschaft hat der heutige Abend herzlich wenig zu tun. Er ist meine letzte – und größte – Chance, meine Verdächtigen zu beobachten und vielleicht bei irgendetwas zu ertappen. Und im Moment sollte ich wohl längst auf dem Weg zu Lewis sein, um mit ihm über die Fotos auf *Flammen der Wahrheit* zu sprechen.

Gabe nickt. »Danke.«

»Dank nicht mir, Gabe. Ich weiß, Javier hätte nicht gewollt, dass du das allein durchmachst. Und ich *muss* das einfach zu Ende führen.«

42

Lewis' Hotelzimmer sieht aus wie die Kulisse aus einem James-Bond-Film. Das Bad ist doppelt so groß wie unser Jugendherbergszimmer und der Ausblick aus dem zwölften Stock so atemberaubend wie von einem riesigen Ozeandampfer. Wenn ich hier wohnen würde, würde ich keinen Schritt mehr vor die Tür setzen.

Lewis dagegen interessiert sich nicht für das, was vor seinem Fenster liegt, oder dafür, wie mein Tag gewesen ist. Er ist viel zu beschäftigt damit, stirnrunzelnd auf seinen Laptop zu starren. »Das musst du dir ansehen, Alice.«

Er hat *Flammen der Wahrheit* aufgerufen.

Ich spähe über seine Schulter.

Eine Nahaufnahme von einem kristallenen Weinglas.

»Was soll das denn …«

Dann bemerke ich den Lippenstift, in tiefstem Purpur. Eine Nuance, die Meggie nie getragen hat, viel zu vulgär für ihre helle Haut und ihr goldenes Haar.

Aber dieser Lippenabdruck. Ich bin mir ziemlich sicher, dass das ihrer ist. Irgendwann hatte sie mal eine Phase, in der sie alle Briefe mit einem rosa Küsschen verziert hat, und die perfekt geschwungene Form auf dem Glas sieht genauso aus.

Das ist das Foto, das ich vorhin nicht sehen konnte: *MeganForster_Lippen.jpg*.

»Das ist doch einfach nur krank.«

Lewis nickt. »Dieses Bild. Und das andere«, er scrollt weiter zu dem ersten Foto von Meggies lebloser Hand. »Ich weiß, das klingt jetzt komisch, aber die erinnern mich fast an Sammlerstücke – wie in einem Museum.«

Mir fällt noch eine andere Interpretation ein, die mich erschaudern lässt.

»Oder an Tatortfotos aus Krimiserien.«

Lewis nickt. »Wenn wir herausfinden, wer die gemacht hat, dann haben wir wohl unseren Mörder.«

Natürlich habe ich genau dasselbe gedacht, aber es laut ausgesprochen zu hören, führt mir die Gefahr, in der ich mich befinde, deutlicher vor Augen denn je. Und nicht nur ich, sondern auch Lewis. Wir alle. Außer einer Person … Ich werde den Gedanken nicht los … Ist Sahara mir heute Mittag vielleicht gefolgt?

»Alice, ich habe nachgedacht. Ich will dich ja nicht beunruhigen, aber vielleicht sollte ich die Seite doch lieber abschalten. Im Moment kennt sie ja noch so gut wie niemand. Aber wenn auch nur ein Mensch über diese Fotos stolpert und kapiert, was sie bedeuten, dann verbreiten die sich sicher wie ein Lauffeuer. Und dann … na ja, dann könnte es wesentlich schwieriger werden, die Wahrheit herauszufinden.«

»Das kannst du? Die Seite abschalten?«

»Ich könnte sofort eine Dienstblockade herbeiführen. Zu neunundneunzig Prozent funktioniert das, zumindest bis nach dem Straßenfest – bis wir Gelegenheit gehabt haben, mit Zoe zu reden.«

»Du glaubst also immer noch, dass sie dahintersteckt?«

»Alice, ich *weiß* es. Nach unserem Gespräch gestern Abend über

La Feé Verte hat jemand stundenlang das Internet nach Informationen über mich durchkämmt. Und sie war nicht so vorsichtig wie sonst, wenn sie ihre Seite kodiert. Ich habe die Suche bis in eine Gegend in der Nähe der Rambla zurückverfolgt, die Raval heißt. Da wohnt Zoe. Das wäre ein zu großer Zufall.«

Ich nicke. Eigentlich war mir das ja schon längst klar. »Aber wo soll sie denn die Fotos herhaben?«

»Beziehungsweise, von wem?«, fügt Lewis hinzu.

Der Mülleimer ist bis obenhin voll mit Cola-Dosen. Er scheint sich in seinem Hotelzimmer wie zu Hause zu fühlen. Ich frage mich, ob er überhaupt mal geschlafen hat, seit wir hier sind, und wie viel Zeit er auf der Konferenz verbracht hat, wegen der er doch angeblich hergekommen ist.

»Lewis, jetzt verstehst du es doch, oder?«, frage ich. »Warum ich nicht glauben kann, dass Tim Meggie getötet hat.«

Er sieht mich nicht an. »Es könnte immer noch Tim gewesen sein, der die Fotos gemacht hat, oder nicht?«

»Aber er war doch mit ihr zusammen. Warum sollte er es nötig gehabt haben, ihren Lippenstiftabdruck auf einem Glas zu fotografieren?«

»Falls er sie ermordet hat, Alice, dann glaube ich nicht, dass er Skrupel wegen ein paar seltsamer Bilder gehabt hätte.«

»Lewis, du denkst doch nicht wirklich, dass er sie umgebracht hat?«

Lewis lächelt erschöpft. »Hör mal, ich sage ja nicht, dass du mit Tim falschliegst. Zoe scheint schließlich zu denselben Schlüssen gekommen zu sein. Sie versucht, die Leute zu warnen, hat aber Angst, damit an die Öffentlichkeit zu gehen. Und das wohl auch zu Recht, wenn man bedenkt, dass wir es mit jemandem zu tun haben, der möglicherweise schon zwei Menschen ermordet hat.«

»Sie wird es merken, wenn du die Seite abschaltest. Sie wird sich denken können, dass du das warst.«

»Weiß ich. Aber ich kann es so einstellen, dass es erst passiert, wenn wir auf der Fiesta sind. Das verschafft uns die Gelegenheit, mit ihr zu reden. Vielleicht will sie das ja mittlerweile sogar, Alice.«

»Ich habe es doch schon versucht, aber –«

»Dann versuch es noch mal. Du kommst wahrscheinlich immer noch weiter als ich.«

»Wie meinst du das?«

Er zuckt mit den Schultern. »Sie ist ziemlich misstrauisch gegenüber Fremden, stimmt's? Aber ich sage dir, wenn ich mir diese Homepage ansehe, dann erkenne ich, außer einem schlechten Geschmack in Bezug auf Grafik, auch den verzweifelten Wunsch, sich jemandem anzuvertrauen. Irgendwem ihren Verdacht mitzuteilen.«

Ich nicke, obwohl ich weiterhin überlege, warum Zoe dann nicht einfach zur Polizei geht. Ich frage mich, ob sie die Seite immer noch beobachten – oder ob die Beamten den Tod meiner Schwester einfach völlig abgeschrieben haben, seit der Fall zu den Akten gelegt wurde.

»Also, wir sehen uns dann später, ja?«, entlässt Lewis mich demonstrativ.

»Was, du willst, dass ich jetzt gehe?«

»Ich soll hier eigentlich arbeiten, schon vergessen? An meinen Kontakten. Das Hotelzimmer ist echt teuer genug, also müsste ich wohl wenigstens versuchen, irgendetwas Produktives auf die

Reihe zu kriegen, anstatt nur Zoe auf *Flammen der Wahrheit* zu stalken.«

»Ach so. Ich dachte bloß, ich könnte vielleicht kurz deinen Laptop benutzen – nur ein paar Minuten. Ich müsste ein, zwei E-Mails schreiben.« Und mit einem toten Jungen reden, der nur ein paar Meter von hier entfernt gewohnt hat.

Lewis runzelt die Stirn. »Ach, Alice. Jetzt muss ich ausnahmsweise mal Nein sagen, du führst ja schließlich kein internationales Unternehmen, da können deine Mails doch sicher noch ein bisschen warten. Warum gehst du nicht runter an den Strand und machst den Jungs schöne Augen wie ein normales Mädchen?«

Ich werfe einen Blick aus dem Fenster, auf die Küste und die dahinterliegende Stadt. Explodierende Feuerwerkskörper erhellen Straßen und Plätze. Ich kann zwar nichts hören, aber da draußen scheint es immer wilder zuzugehen.

Die Grenze zwischen normal und außer Kontrolle scheint in dieser Stadt so schmal zu sein wie nirgends sonst.

Nach all dem Luxus in Lewis' Hotel ist die Jugendherberge ein regelrechter Schock. Unser Zimmer stinkt nach Caras und Saharas rivalisierenden Parfums und der Boden ist von einer öligen Schicht Sand bedeckt, die beim Umziehen an meinen Füßen kleben bleibt.

Immer wieder sehe ich auf mein Handy, aber Gabe hat sich noch nicht gemeldet. Ich hoffe, er denkt an sein Versprechen, auf mich zu warten, bevor er sich Javiers Vater vornimmt.

»Ich hatte einen wunderschönen Nachmittag«, schwärmt Sahara. »Das Picasso-Museum ist unglaublich. Da könnte ich eine ganze Woche lang wohnen.«

Lügt sie? Ich dachte, sie wollte den Nachmittag über in der Jugendherberge bleiben, um den Menschenmassen zu entgehen.

»Warst du ganz allein da?«, erkundige ich mich.

Sie nickt. »Adrian ist ja in vielerlei Hinsicht der perfekte Freund, aber für Kunst hat er einfach nichts übrig, nicht wahr, Liebling?« Sie streckt die Hand aus und streichelt ihm über den Nacken.

»Ich hab's echt versucht, aber ich bin wohl einfach ein Kulturbanause.«

»Na ja, ich wollte sowieso lieber meine Ruhe. Vor manchen Bildern bin ich zwanzig Minuten stehen geblieben. Die Leute haben schon angefangen, komisch zu gucken«, berichtet Sahara.

Cara lächelt. »Na, wir hatten jedenfalls einen super Nachmittag am Strand, stimmt's, Alice?«

Ich sehe sie stirnrunzelnd an. Dieses Alibi hat sie nicht mit mir abgestimmt. Aber Saharas Misstrauen erwecken will ich natürlich auch nicht.

»Der Tag ist nur so verflogen«, erwidere ich vage.

»Und dann haben wir noch ein herrliches Picknick gemacht, quasi als verspätetes Mittagessen«, fügt Cara hinzu.

Sahara zieht die Stirn kraus. »Mittag*essen* oder eher *-trinken*?«

Ich mustere Cara; ihr Blick wirkt ein wenig glasig und ihr Make-up ist verschmiert.

Sie zieht eine Grimasse. »Wir sind schließlich im Urlaub, falls du das vergessen hattest.«

»Trotzdem, Cara«, sage ich. »Zoe meint, diese Feuergeschichte kann ziemlich leicht außer Kontrolle geraten. Wir sollten lieber vorsichtig sein. Und sie rät uns, was Langes anzuziehen.«

Sahara hält das rote Halstuch und die Skimütze hoch, die sie heute gekauft hat, und Ade schlüpft in ein blaues Hemd aus dicker

Baumwolle, dessen Manschetten so lang sind, dass sie seine Hände bedecken.

»Mensch, Alice, jetzt lass endlich mal gut sein. Das ist bloß ein Straßenfest. Im Ernst, Süße, du warst doch früher nicht so ein Angsthase«, mault Cara.

Sahara starrt sie an. »Wundert es dich etwa, dass sie sich nach dem, was mit Meggie passiert ist, Sorgen um die Leute macht, die ihr wichtig sind? Also wirklich, Cara. Wenn du dafür kein Verständnis hast, dann hast du eine Freundin wie Alice absolut nicht verdient.«

Cara wird rot. »Tut mir leid«, entschuldigt sie sich bei mir. »Okay, du hast gewonnen. Ich zieh mir nachher was über.«

»Wir werden schon trotzdem Spaß haben«, meine ich versöhnlich. »Auf jeden Fall. Wir sollten nur dran denken, dass es in der Gruppe sicherer ist. Solange wir alle zusammenbleiben, wird es bestimmt super.«

43

Für heute Abend müssen alle Feuerwerkskörper der Welt nach Barcelona verschifft worden sein.

Und jetzt, bei Sonnenuntergang, werden sie in der ganzen Stadt gezündet. Es blitzt ununterbrochen, sodass es fast wieder taghell ist.

Die Bars sind voll; nur in einem Irish Pub mit einem Außenbereich, wo sich die Leute um Stehtische drängen, finden wir noch ein freies Eckchen. Obwohl es furchtbar schwül ist, haben sich die Einheimischen in mehrere Lagen Kleidung gehüllt, während die Touristen nur dünne Baumwollshirts tragen. Plötzlich wird mir klar, woran Gabe erkannt hat, dass ich nicht von hier bin; unter den eleganten Katalanen fallen wir auf wie bunte Hunde.

Noch immer keine Nachricht von ihm. Ich sehe alle paar Minuten auf mein Handy und habe ihm sogar eine Erinnerungs-SMS geschrieben, aber keine Antwort erhalten.

»Zoe weiß auch definitiv, dass wir hier sind, oder?«, fragt Lewis.

Es ist jetzt zehn nach acht. Eigentlich waren wir für acht Uhr verabredet, damit wir noch einen Platz mit guter Aussicht *und* schneller Fluchtmöglichkeit finden. *Von dieser Menschenmenge sollte man sich besser nicht mitreißen lassen*, hat Zoe uns gewarnt.

Sahara kramt nach ihrem Handy und schreibt ihr noch mal. »Sonst ist sie immer so pünktlich.«

Lewis und ich werfen uns einen Blick zu. Er hat die Dienstblockade so eingerichtet, dass sie *Flammen der Wahrheit* um acht Uhr lahmlegt, weil wir davon ausgegangen sind, dass Zoe dann auf jeden Fall nicht mehr vor ihrem Computer sitzen würde. Aber was, wenn sie sich entschlossen hat, später zu kommen? Dann entgeht uns nicht nur die Chance, mit ihr zu reden, sondern sie gerät vielleicht auch noch in Panik, versucht die Blockade aufzuheben und taucht gar nicht mehr auf.

Die Vorstellung, dass mich das alles hier nicht weiterführen könnte, dass ich vielleicht nach Hause fahre, ohne mehr über Meggies Tod herausgefunden zu haben, lähmt mich.

Lewis berührt verstohlen meine Hand. »Keine Sorge, wir kriegen das schon hin«, flüstert er. »Selbst wenn wir zu ihrer Wohnung gehen und sie dort konfrontieren. Diese Reise war nicht umsonst, das verspreche ich dir.«

Cara sieht seine Hand auf meiner und grinst mich mit erhobenen Augenbrauen an, als hätte ich es faustdick hinter den Ohren – dabei ist sie doch diejenige, die alle Bedenken in den Wind schlägt. Okay, von der Sache heute Mittag hat Sahara nichts mitbekommen, aber das war pures Glück. Und wenn Cara und Ade schon so schamlos am helllichten Tag rumknutschen, dann will ich nicht wissen, was sie erst im Schutz der Dunkelheit alles veranstalten.

Ich ziehe meine Hand zurück und lehne mich zu Cara. »Lassen wir heute Abend doch mal einfach Jungs Jungs sein, ja? Ich will viel lieber mit dir zusammen sein als mit sonst irgendjemandem.«

Zuerst erkenne ich den maskierten Banditen gar nicht, der sich zu uns an den Tisch gesellt.

»Zoe?«, fragt Sahara zweifelnd und beugt sich vor, um der vermummten Gestalt in die Augen zu sehen.

»Na, wer denn wohl sonst?« Zoe ist nur an ihrer Stimme zu erkennen. Ihr kahler Kopf ist wie immer von einer Kapuze bedeckt, nun aber hat sie sich auch noch ein limettengrünes Tuch vors Gesicht gebunden, dazu trägt sie eine dicke Skijacke, schwarze Lederhandschuhe, eine alte Jeans und Stiefeletten. Sie muss sich doch zu Tode schwitzen.

»Wir wollten dich schon fast abschreiben«, schimpft Sahara. »Die Parade fängt bald an.«

»Wie oft soll ich dir noch sagen, dass das keine Parade ist, verdammt noch mal?«, faucht Zoe.

Falls das überhaupt möglich ist, wirkt sie noch fahriger als sonst. Ist sie Lewis' Aktion auf die Schliche gekommen oder macht sie etwas anderes nervös?

»Zum Spaß würde ich mich ja wohl kaum so anziehen, oder?«

»Aber genau darum geht's doch heute Abend, oder nicht?«, meint Cara. »Dass wir Spaß haben.«

Sofort geht Zoe auf sie los. »Du willst doch wohl nicht in den Klamotten da rausgehen!«

»Oh Mann, jetzt komm mir nicht wieder mit der Leier«, stöhnt Cara. »Du bist ja schlimmer als meine Mum.«

Zoe schüttelt den Kopf. »Hier läuft eben alles ein bisschen anders, so ist nun mal die Kultur. Jeder passt auf sich selbst auf, niemand erwartet, dass andere das für ihn übernehmen.«

Cara trägt das knappste Neckholderkleid, das man sich nur vorstellen kann. »Wir haben Sommer, falls dir das noch nicht aufgefallen sein sollte. Aber keine Sorge, Ade leiht mir sein Hemd.« Sie und Ade wechseln einen flüchtigen Blick, der nur mir auffällt. Sahara ist zu sehr damit beschäftigt, ihre Skimaske überzuziehen und sich das Tuch über das dünne, leicht strähnige Haar zu binden.

»So kann ich doch gehen, oder?«, vergewissert sie sich.

»Damit würdest du wahrscheinlich sogar eine Atombombe überleben«, erwidert Zoe. Dann wendet sie sich mir zu. »Bei dir ist so weit alles in Ordnung, Alice. Nur auf deine Haare musst du aufpassen; am besten setzt du auch noch eine Kopfbedeckung auf.«

»Ach, ich bin sowieso zu feige, um mich ins Getümmel zu stürzen«, versichere ich ihr.

Zoe übertreibt doch sicher, oder nicht? Ich kann mir einfach nicht vorstellen, dass der breite Boulevard, den wir gestern noch hinunterflaniert sind, sich in ein flammendes Inferno verwandeln soll.

»Falls ich wider Erwarten *nicht* als menschliche Fackel enden sollte, wie habe ich mir das Ganze überhaupt vorzustellen?«, will Cara wissen. »Wir tanzen ein bisschen im Feuer rum und dann?«

»Als ich das erste Mal mit meinen Eltern hier war, haben sie darauf geachtet, dass ich sicher am Rand stehen geblieben bin. Da schien das Spektakel stundenlang zu dauern. Aber ich nehme an, wenn man mittendrin ist, vergeht die Zeit blitzschnell. Dafür wird die Angst schon sorgen.«

Sahara hat ihre Skimaske wieder ausgezogen, aber ihre Augen sind weit aufgerissen, als erwarte sie, dass jeden Moment der Teufel selbst aus dem Fass springt, auf dem wir unsere Getränke abgestellt haben.

Ich ziehe mein Handy aus der Tasche. Keine neuen Nachrichten.

Cara zwinkert mir zu. »Wir warten doch nicht etwa auf eine SMS von einem gewissen Danny, oder?«, flüstert sie.

Wenn sie wüsste.

Es wird schnell dunkel und die Atmosphäre erinnert mittlerweile mehr an Halloween als an einen Sommerabend. Überall in den Bars und Cafés brennen Kerzen, doch der Wind hat aufgefrischt, sodass die Flammen ständig ausgeblasen werden.

Es ist immer noch warm, aber ich zittere. Lewis fängt meinen Blick auf und nickt dann in Richtung Zoe. Ich weiß, was er denkt. Wenn der Feuerlauf tatsächlich mehrere Stunden dauert, wäre jetzt vielleicht die beste Gelegenheit, mit Zoe zu reden. Falls er recht hat und sie tatsächlich gern jemandem ihr Herz ausschütten würde, muss ich vielleicht nichts weiter tun, als mich von der Gruppe zu lösen und zu warten, dass sie zu mir kommt.

Die anderen plaudern und lachen, während ich mich an den Straßenrand dränge und dabei »versehentlich« Zoe streife. Ich gehe über die Straße, näher Richtung Hafen und Stadtmuseum. Einige der Jachten sind beleuchtet, doch die meisten Leute strömen nach rechts, in die Innenstadt.

»Du weißt Bescheid, stimmt's?«

Langsam drehe ich mich um. Zoes dunkle Kleidung lässt sie noch kleiner wirken, als sie sowieso schon ist.

»Worüber soll ich Bescheid wissen, Zoe?«

»Dass ich La Fée Verte bin.«

Obwohl ich es Lewis ja geglaubt hatte, ist es noch einmal etwas ganz anderes, es von Zoe selbst zu hören – der erste wirklich große Schritt vorwärts, seit ich Meggie am Soul Beach wiedergefunden habe und mir klar wurde, was ich zu tun hatte.

»Wir hatten so eine Ahnung.«

»Du und dein *Schatz*?«

»Er ist nicht mein –« Ich sehe sie an und merke, dass ihre Augen glitzern vor ... was? Belustigung? Oder Panik.

»Aber die anderen denken das, nicht wahr? Ich bin da schon etwas aufmerksamer. Mir fällt so einiges auf, zum Beispiel, dass ihr zwei ganz offensichtlich auf einer Art Mission seid. Also, wie seid ihr dahintergekommen?«

»Ich habe vermutet, dass du La Fée Verte sein könntest, und Lewis hat es mir bestätigt.« Soll ich noch weiter gehen? »Ich weiß, was du zu erreichen versuchst, und dafür bewundere ich dich.«

»Aber warum kommst du mir dann in die Quere?« Sie klingt nicht wütend, nur neugierig.

»Weil ich dasselbe denke wie du: dass Tim meine Schwester nicht getötet hat. Und dieses Wissen ist gefährlich. Aber deine Geheimnistuerei ist es genauso. Warum gehst du nicht zur Polizei?«

»So wie Tim das gemacht hat, meinst du?«

»Was?«

Eine Familie mit Zwillingstöchtern prallt lachend gegen uns und die Mutter lächelt entschuldigend.

»Ja. Tim war bei der Polizei. Sie haben ihm nicht geglaubt. Sie dachten, er wolle nur von seiner eigenen Schuld ablenken. Und als Nächstes hatte er sich plötzlich *umgebracht*.«

»Denkst du etwa, die Polizei hatte etwas damit zu tun?«

»Nein. Nein. Die sind nur zu inkompetent in Bezug auf alles, was über das Wissen aus einem Detektivhandbuch für Kinder hinausgeht, demzufolge sie a) einen offensichtlichen Verdächtigen finden, b) es den Medien ohne jeglichen Beweis verkünden und c) ihn ohne Erbarmen jagen müssen.«

»Und was *würden* sie finden, wenn sie nicht so inkompetent wären?«

»Ich will dich da nicht mit reinziehen, Alice. Du musst dir nicht auch noch die Hände schmutzig machen.«

»Ich habe dir doch schon gesagt, dass ich dir helfen will. Ich *muss* es.«

Zoe starrt zu Boden. Ich warte ab.

Schließlich sieht sie wieder zu mir hoch. »Na ja, wenn ich bei der Polizei wäre, dann würde ich bei den Fotos anfangen. Sie behaupten zwar, die beweisen gar nichts, aber ich sehe das anders.«

»Die beweisen … gar nichts?« Ich denke darüber nach. »Aber die muss doch der Mörder gemacht haben.«

»Und ich glaube, genau das ist der Grund, warum Tim sterben musste. Er hat sie gefunden.«

»Und sie dir gegeben?«

»Nein. Nicht direkt. Die Homepage habe ich ja schon vor seinem Tod eingerichtet, einfach, weil ich so wütend war. Aber ich hatte nie vor, dort so etwas wie diese Bilder zu zeigen. Die habe ich erst nach seinem Tod bekommen. Er hatte mir gesagt, falls ihm irgendetwas zustößt, sollte ich in einem Spind an der Uni nachsehen – der hat so einem Typen gehört, der mitten im ersten Semester abgebrochen hat. Das habe ich gemacht und USB-Sticks gefunden. Zwölf Stück.«

»Und darauf waren die Fotos gespeichert?«

»Ja. Und noch Tausende mehr. Die meisten davon sind unwichtig, soweit ich das beurteilen kann. Ich habe Stunden gebraucht, bis mir klar geworden ist, dass das mit dem Weinglas etwas zu bedeuten hat. Schätze mal, Tim hat sie vermischt, damit jeder andere, der sie vielleicht hätte finden können, sich nichts dabei gedacht hätte. Seit er gestorben ist, habe ich die Bilder immer wieder durchgeguckt, aber ich bin mir nicht mal sicher, was ich da überhaupt sehe – oder wonach ich suche.«

»Oder wer sie gemacht hat?«

Sie schließt die Augen. »Es muss jemand sein, der hier ist, oder, Alice? Jemand hier *bei uns*.« Sie flüstert.

»Aber du weißt nicht, wer?«

»Jemand, der ihr nahestand, Alice. Es muss so sein. Wenn du die Bilder kennen würdest …«

»Ich könnte sie mir doch ansehen, Zoe. Ich könnte mit dir nach Hause gehen, sofort. Vielleicht erkenne ich ja irgendwas, das dir entgangen ist. Wir müssen nicht mit auf diese Fiesta, ich weiß, dass die dir genauso egal ist wie mir –«

»Nein! Verstehst du denn nicht? Wenn wir nicht dabei sind, dann weiß der Täter Bescheid. Er wird uns durchschauen. Oder sie.«

Ich starre sie an. »Du denkst, dass es Sahara oder Ade gewesen sein müssen, oder?«

»Alice, ich –« Zoes Augen weiten sich, als hätte sie ein Gespenst gesehen.

»Hier versteckt ihr euch also!«

Sahara. Ade, Cara und Lewis sind direkt hinter ihr.

»Meine Güte«, sagt sie zu Zoe, »deine dunklen Klamotten sind an so einem Abend echt die perfekte Tarnung.«

Zoe weicht zurück in die Schatten. Ich greife nach ihrer Hand und halte sie fest.

»Wir haben uns die Jachten angesehen«, erkläre ich. »Stimmt's, Zoe?« Ich drücke ihre Hand und lasse sie los. »Nach dem Feuerlauf«, flüstere ich ihr zu.

Sie nickt, dann marschiert sie los und bahnt uns einen Weg durch die Menge.

Lewis und ich lassen uns etwas zurückfallen. »Und?«

»Du hattest recht. Nach dem Feuerlauf gehe ich mit zu ihr nach

Hause. Sie hat noch mehr Fotos, Tausende. Die Antwort ist irgendwo darunter, Lewis, das weiß ich.«

»Aber was ist denn auf den Bildern?«

Ich will gerade antworten, als mein Handy vibriert. Gabe? Ich ziehe das Telefon aus meiner Tasche.

Er ist hier. Allein. Du musst nicht kommen, aber ich hatte ja versprochen, Bescheid zu sagen.

Es ist halb neun. Das Timing könnte gar nicht schlechter sein, aber ich darf nicht zulassen, dass Gabe Javiers Vater allein konfrontiert. Das bin ich ihm – und Javier – schuldig.

Wenn ich jetzt losgehe, nein, *-renne*, könnte ich immer noch rechtzeitig zur Fiesta zurück sein.

»Alice? Kommst du?«

»Ja, klar. Bin schon da. Ich glaube, ich brauche nur mal kurz ein paar Minuten für mich allein. Das heute Abend … das ist alles ziemlich heftig, Lewis.«

»Ich bleibe bei dir.«

Ich lächele. »Allein, mein lieber Professor, heißt *allein*, dich eingeschlossen. Aber ich komme nach, sobald ich so weit bin.«

»Verlauf dich bloß nicht, Ali.« Er drückt meinen Arm. »Ich schreibe dir dann, wo wir sind. Dieses Ereignis darf man sich schließlich nicht entgehen lassen, was?«

44

Javiers Straße liegt verlassen da. So muss sie auch an dem Abend ausgesehen haben, als er gestorben ist.
Keine alten Frauen, keine Kinder. Kein Gabe.
»Gabe? Wo bist du?«
Ich fühle mich wie der einzige Mensch in einem Kriegsgebiet, aus dem alle anderen längst geflüchtet sind. Das Feuerwerk scheint näher zu rücken wie eine Armee.
Ich gehe zu dem Hauseingang, in dem Rosa vorhin verschwunden ist. Doch nirgends sind Namen zu sehen, auf den silbernen Klingelschildern stehen lediglich Zahlen. Nur auf dem obersten lese ich *Ático*, was, denke ich, wahrscheinlich Dachboden heißt.
Ist Gabe schon ohne mich reingegangen?
Ich habe ja jetzt seine Handynummer, doch als ich versuche, ihn anzurufen, höre ich eine spanische Nachricht vom Band und danach einen Piepton. Also schreibe ich ihm eine SMS: *Bin da. Lass uns kurz reden, bevor du was unternimmst.*
Aber ob er auch wirklich warten wird? Ich habe ja gesehen, wie wütend er geworden ist, als er herausgefunden hat, dass Javiers Vater wieder da ist. Und Wut treibt die Menschen manchmal dazu, die verrücktesten Dinge zu tun, besonders an einem Abend wie heute, wenn die ganze Stadt von Feuer und Explosionen erfüllt ist. Gabe denkt vielleicht, er hätte nichts zu verlieren.

Auf dieser Straße sind kein Radio und kein Fernseher zu hören. Das einzige Geräusch kommt von einem verängstigten Hund, der jedes Mal winselt, wenn es in der Ferne knallt.

»Gabe, wo bist du?«, rufe ich, diesmal lauter.

Nur ein paar Meter weiter prallt etwas auf die Straße. Ein Feuerwerkskörper? Ich gehe näher heran.

Nein, es ist eine Puppe. Oder zumindest war es mal eine. Jetzt ist nicht mehr von ihr übrig als ein Haufen rosa Gliedmaßen und ein Porzellankopf mit einem stetigen Lächeln auf dem eingeschlagenen Gesicht.

Ich sehe hoch und erkenne zwei Gestalten, dicht beieinander, auf dem Dach.

»Gabe?«

Das ist definitiv das Haus, in dem Javier gewohnt hat.

Ich renne rückwärts, weiche Mülltonnen und Unebenheiten im Straßenpflaster aus. Ich kann die Gestalten noch immer nicht ganz klar erkennen. Doch als ich das Zischen des Feuerwerks ausblende und mich konzentriere, meine ich, erhobene Stimmen zu hören. Einen heftigen Streit.

Vielleicht habe ich von der Bank, auf der wir vor ein paar Stunden gesessen haben, einen besseren Blick. Ich klettere darauf.

Zwei Männer bauen sich voreinander auf, schwarze Silhouetten vor dem pulverroten Nachthimmel. Einer davon ist Gabe, da bin ich mir sicher. Javiers Schwester haben wir an ihrem leicht arroganten Gang erkannt, bei Gabe dagegen sind es die lässigen Surfer-Bewegungen, die ihn unverwechselbar machen.

Der andere ist kleiner, gedrungener. Die Stimmen werden lauter, aber sie sprechen Spanisch oder Katalanisch. Ich verstehe nichts, der drohende Unterton jedoch ist erschreckend eindeutig.

»*Gabe!*«

Ein Kampf bricht aus. Die beiden nähern sich dem niedrigen Steinmäuerchen, das die Dachterrasse umgrenzt. Es reicht ihnen gerade mal bis zu den Knien.

Ich denke an das Schicksal der Puppe. Und an Javiers.

Ich darf nicht zulassen, dass so etwas noch einmal passiert. Doch hier ist niemand, der mir helfen könnte. Ich schreie: »Gabe, *aufhören!*«

Es ist unmöglich auszumachen, wer wen angegriffen hat. Aber wenn Javiers Vater, ohne mit der Wimper zu zucken, seinen eigenen Sohn getötet hat, dürfte es ihm bei einem Fremden wohl umso leichter fallen. Die Worte lösen sich auf und alles, was ich noch höre, sind Geschrei, Grunzen, Gebrüll.

Wiederholt sich hier gerade die Vergangenheit?

Nein, es ist sogar noch schlimmer. Denn wenn hier wirklich etwas passiert, ist es *meine* Schuld. Ich habe Gabe hierhergebracht. Ich bin für all das verantwortlich.

»Gabe, er ist es nicht wert!« Ich rufe so laut, dass mir der Hals wehtut, aber es reicht längst nicht, um mir über dem Lärm der Feuerwerkskörper, die in der ganzen Stadt explodieren, Gehör zu verschaffen.

Sie nähern sich immer weiter der Dachkante.

Ich springe von der Bank und renne zurück zur Haustür. Das hätte ich schon viel früher tun sollen. Ich hämmere mit der Faust gegen das Holz und drücke mit der Linken auf alle Klingeln, für den Fall, dass noch irgendjemand zu Hause sein sollte, der Hilfe rufen kann.

Dann öffnet sich abrupt die Tür.

Ich stolpere in den Flur.

»Alice!«

Es ist Gabe.

Ich versuche, mich aufzurappeln, meine Hände finden kaum Halt auf dem gefliesten Boden.

»Komm.« Gabe zieht mich am Arm hoch. »Lass uns von hier verschwinden.«

»Was hast du mit Javiers Vater gemacht? Hast du ihm was getan?«

Gabe schüttelt den Kopf, aber seine Miene ist grimmig. »Nein, obwohl er es verdient hätte.«

»Wo willst du denn hin?«

»Weit genug weg, damit ich nicht doch noch der Versuchung nachgebe, ihm die Zähne einzuschlagen. Aber nicht so weit, dass ich ihn nicht verschwinden sehen kann.«

Wir zittern beide, als wir zurück zu der Bank stolpern. Als ich diesmal zum Dach hochsehe, zeichnet sich bloß die Mauer vor dem Himmel ab. Es ist, als wäre gar nichts passiert.

Gabe keucht. »Mein Gott, Alice … ich wusste nicht, dass das Böse einen Geruch hat. Am Anfang wirkte der Typ noch ganz normal, aber als ich näher ran bin, war es schlimmer als Schweißgestank.«

»Wie bist du denn reingekommen?«

»Die Mutter ist mit den Mädchen weggegangen; sie hatten sich alle für den Correfoc schick gemacht. Js Mutter wirkte bedrückt und Rosa hat gesagt, dass es sicher lustig werden würde und Papa sich schon beruhigen würde, bis sie zurückkämen. Er war anscheinend die ganze Zeit da.«

»Und was hast du gemacht?«

»Ich habe mich reingeschlichen, als von den Nachbarn jemand rauskam. Ganz oben stand Js Alter auf der Terrasse und hat geraucht. Er war viel zu betrunken, um sich groß zu wundern, dass da plötzlich ein Fremder aus dem Nichts auftaucht. Ich habe ihm gesagt, wie ich heiße, aber damit konnte er ganz offensichtlich nichts anfangen.«

In der Ferne höre ich Trommeln, aber die Knallerei hat aufgehört – beinahe wie aus Respekt vor Javier.

»Der Alte hat nur geflucht und sich dann zu mir umgedreht. Alice, das war, als hätte ich so was wie eine grotesk verzerrte Version von Javier vor mir gehabt. Und dann habe ich auf die Straße geguckt. Es ging so unglaublich weit nach unten. Eigentlich hatte ich mir ja vorgenommen, ruhig zu bleiben, aber als ich gesehen habe, wie tief Javier gefallen ist, hat mich das so wütend gemacht wie nichts zuvor in meinem Leben.«

»Das kann dir wohl niemand verübeln, Gabe.«

»Ich habe ihn geschlagen, Alice. Hart, ins Gesicht. Ich habe noch nie jemandem eine reingehauen, aber diesmal musste es sein. Irgendwas hat geknackt, wahrscheinlich seine Nase. Und dann hat er sich gewehrt. Für einen Betrunkenen erstaunlich gut. In dem Moment war es mir egal, ob ich falle, solange ich ihn nur mitnahm. Und dann habe ich meinen Namen gehört. Du hast von hier unten nach mir gerufen. Das war vermutlich das Einzige, was mich davon abgehalten hat, ihm den Rest zu geben.« Gabe klingt beschämt.

»Nein. Du hast ihn nicht getötet, weil du ein guter Mensch bist.«

Er seufzt. »Vielleicht. Jedenfalls hat es mich wieder so weit zur Besinnung gebracht, dass ich tun konnte, was ich ursprünglich geplant hatte. Ich habe Js Vater gesagt, dass ich weiß, wie Javier gestorben ist. Er hat irgendwas genuschelt, das klang wie: ›Ich kenne keinen Javier.‹ Und als ich dann gesagt habe: ›Ihr Sohn, erinnern Sie sich?‹, hat er nur den Kopf geschüttelt. ›Ich habe keinen Sohn, nur Töchter. Und eine Schlampe von Frau, aber keinen Sohn.‹ Es ist mir so schwergefallen, ruhig zu bleiben, aber ich wusste, J hätte gewollt, dass ich als Allererstes an seine Mutter und an seine Schwestern denke. Also habe ich ihm alles haarklein erklärt, in Worten, die auch ein Säufer versteht. Habe ihm J beschrieben. Wie er ausgesehen hat, was er gemocht hat. Seine Träume. Und da habe ich eine Veränderung in seinem Gesicht gesehen. Er wusste, dass ich es wusste. Ich habe die Geschichte wiederholt, die J dir erzählt hat: wie er gestorben ist, in allen Einzelheiten, und warum. Schließlich hat er es irgendwann kapiert. Ich habe ihm gesagt, dass er seine Sachen packen soll. Noch heute Abend. Und dann für immer verschwinden. Dass er weg sein soll, bevor die Familie wiederkommt. Und wenn nicht, wäre ich da und würde ihn beobachten und nur auf meine Chance warten, und dann könnte er froh sein, wenn es die Polizei wäre, die ihn am Ende erwischt. Und nicht ich.«

»Und hat er dir geglaubt?«

»Verdammt, Alice, sogar ich hatte Angst vor mir. Ich schätze, ihm war klar, dass es mir egal ist, ob ich selbst sterbe, wenn ich nur J rächen konnte. Und als du dann anfingst, an die Tür zu hämmern, habe ich gesagt, nächstes Mal sind das die Mossos. Die Polizei. Ich habe ihm zehn Minuten gegeben, um zu packen und zu verschwinden.«

»Zehn Minuten.« Ich sehe auf meine Handyuhr. Lewis fragt per SMS, wo ich bleibe. »Also müsste er ungefähr jetzt rauskommen.«

»Du musst nicht mit mir warten.«

»Doch, das muss ich.«

Eine Minute verstreicht. Zwei. Wird Javiers Vater wirklich gehen – oder muss Gabe seine Drohung wahr machen?

Dann öffnet sich die Haustür. Wir halten beide die Luft an.

»Das ist er«, flüstert Gabe und greift nach meiner Hand.

Der Mann trägt Jeans und einen Kapuzenpullover. Über die Schulter hat er eine schwarze Reisetasche geschlungen und hält ein paar große Einkaufsbeutel in der anderen Hand.

Vielleicht liegt es daran, dass ich weiß, was er getan hat – aber er hat etwas Widerwärtiges an sich, als er kakerlakengleich aus der Tür huscht.

Er blickt sich um, entdeckt uns aber nicht. Mit der Kapuze auf seinem Kopf kann ich keine Ähnlichkeit zu Javier feststellen. Er zieht die Tür mit einem aggressiven Knall hinter sich zu, der lauter als jeder Feuerwerkskörper durch die verlassene Gegend zu hallen scheint.

Schließlich sieht der Mann an dem Gebäude hoch zum Dach hinauf. Ich frage mich, ob er seine Tat bereut.

Dann aber hebt er den Kopf und ich sehe die Wut in seinem Gesicht, bevor er vor die Tür spuckt und schließlich die Straße hinunter Richtung Innenstadt stolziert.

Ich merke, dass ich die ganze Zeit die Luft angehalten habe.

Gabe lässt meine Hand los. »Meinst du, er kommt noch mal wieder?«, flüstert er, nachdem die Gestalt verschwunden ist.

»Dafür ist er doch viel zu feige, oder nicht? Und es klingt auch nicht so, als wäre er aus Liebe zu seiner Familie zurückgekommen, sondern eher, weil das eben ein bequemes Leben war. Ich hoffe, du hast ihm genügend Angst eingejagt, um ihm begreiflich zu machen, dass sich fernzuhalten seine einzige Option ist.«

Gabe nickt. »Danke. Dafür, dass du mit mir hier bist. Und dass du mich von etwas abgehalten hast, das ich bereut hätte. Es macht mich fertig, *wie* kurz davor ich war.«

»Am wichtigsten ist doch, dass du dieser Dunkelheit nicht nachgegeben hast. Denk dran, du hast nur versucht, die Menschen zu schützen, die J geliebt hat. Was hast du denn jetzt vor?«

»Noch eine Weile hier in der Stadt bleiben, nehme ich an. Mich vergewissern, dass er wirklich für immer weg ist. Aber dann ist es wohl aus zwischen mir und Barcelona. Dann ist das hier mein Ex-Lieblingsort auf der Welt.« Gabe blickt hoch zum Himmel. »Natürlich ist die Stadt immer noch wunderschön, aber es wird Zeit, sie zu verlassen.«

Ich frage mich, ob es wohl auch Zeit für Javier ist, Soul Beach zu verlassen? Das hier *muss* doch jetzt reichen. Der Gerechtigkeit ist Genüge getan.

Obwohl die Knallerei wieder eingesetzt hat, wirkt die Straße ruhig. Als hätte Js Vater durch sein Verschwinden alles leichter gemacht.

J wird heute Nacht gehen, keine Frage. Ich spüre, wie sich mir die Kehle zuschnürt: Der Gedanke an den Strand ohne Javiers beißenden Humor und die Verletzlichkeit, von der ich weiß, dass sie darunterliegt, lässt mir die Tränen in die Augen steigen. Was auch immer später bei Zoe zu Hause passieren wird, irgendwann vor dem nächsten Sonnenuntergang am Soul Beach muss ich ins Internet und mich verabschieden.

Aber bevor mich die Traurigkeit überwältigt, zwinge ich mich, an das Gute zu denken, das wir heute Abend hier bewirkt haben. Ich war so überzeugt davon, dass etwas schiefgehen würde. Dass jemand ums Leben kommen würde.

Aber das ist nicht passiert.

Plötzlich erscheint mir alles heller.

»Ich sollte dann mal zurück zu meinen Freunden«, sage ich schließlich.

Gabe drückt meine Hand. »Ich weiß nicht, was du hier machst oder wie du mich gefunden hast, Alice. Vielleicht bist du ja ein Engel, eine Ausgeburt meiner Fantasie.«

»Ich bin echt. Ganze ein Meter fünfundsechzig Mensch. Engel essen keine Schokoladenbrownies.«

Gabe lacht. »Na, für heute Abend hast du dein Werk hier auf der Erde jedenfalls vollbracht. Jetzt genieß den Correfoc. Das hast du dir verdient.«

45

Die Luft über Barcelona stinkt nach Schwarzpulver und die gesamte Stadtbevölkerung scheint sich auf einer einzigen Straße zu drängen. Als ich die Via Laietana erreiche, kann ich mich nur weiterbewegen, wenn es der Rest der Menge auch tut. Ich fühle mich nicht mehr wie eine Einzelperson, sondern als Teil von etwas Größerem.

Halb macht mir das Angst, halb berauscht es mich. Zum ersten Mal freue ich mich auf die Fiesta. Die Sache mit Gabe hat mich förmlich an den Rand meiner Beherrschung getrieben. Ich hatte so gefürchtet, dass die Vergangenheit sich wiederholen würde, jetzt aber ist mein Körper wie von Hoffnung durchflutet. Der heutige Abend ist ein Glücksabend, das spüre ich. Und in ein paar Stunden bekomme ich dank Zoe vielleicht auch endlich die Beweise, die mich zum Mörder meiner Schwester führen.

Bis dahin kann ich diesen Feuerlauf vielleicht so genießen, wie er gedacht ist: als eine Feier des Lichts.

In den herrschaftlichen Gebäuden auf beiden Straßenseiten stehen an fast jedem Fenster Menschentrauben, auf den Balkonen und sogar (knapp vor dem Herunterfallen) auf den schmalen steinernen Simsen. Das Knallen der Feuerwerkskörper scheint jetzt weiter weg; es ist einfach zu eng, als dass irgendjemand in der Menge welche zünden würde.

Trotz Zoes Erzählungen hatte ich mir das Ganze nicht so gewaltig vorgestellt. Die kleinen Kinder haben die besten Plätze auf den Schultern ihrer Väter und Großväter. Viele haben sich Schals um die Gesichter gebunden wie Nachwuchsbankräuber. Ein paar haben ihr ganzes Gesicht hinter einer Art Imkermaske mit feuerfestem Nackenschutz verborgen, die das Haar bedeckt.

Während ich mich Richtung Metrostation durchkämpfe – wo laut SMS Lewis und die anderen sind –, lässt mein Zittern nach und ich fange stattdessen an zu schwitzen. Es sind nur ein paar Hundert Meter, aber bei der Geschwindigkeit, mit der ich vorankomme, brauche ich sicher noch eine Stunde bis dorthin. Und die Fiesta kann jede Sekunde beginnen. Selbst wenn ich nicht wüsste, wie spät es ist, könnte ich an den aufgeregten Gesichtern der Kinder ablesen, dass die Welt bald in Flammen aufgehen wird.

Das Geplapper um mich ist beinahe ohrenbetäubend. Ich höre Spanisch, aber auch Deutsch, Chinesisch, Französisch. Und Englisch? Vielleicht sind das Cara und die anderen, aber ich kann über die Menge hinweg nichts sehen außer dem M an der Metrostation. Ich versuche, mich in diese Richtung zu schieben.

Am Straßenrand stehen die Leute schon in Dreier- bis Viererreihen hintereinander. Und auf so einer Prachtstraße, die mindestens so lang ist wie die Oxford Street zu Hause, ist das eine Riesenversammlung.

Dann sehe ich ihn.

»Lewis!«

Er hockt auf einer Telefonzelle, zusammen mit drei anderen Typen mit Kameras. Eigentlich ist dort nicht mal Platz für auch nur einen von ihnen, aber sie haben alle ein Eckchen für sich in Beschlag genommen.

»*Lewis!*«

Er hört mich, ohne mich zu sehen, und lässt seinen Blick über die Menge schweifen. Ich versuche zu winken, aber es ist nicht genug Platz, um die Arme zu heben. Wie ein Leuchtturm ragt Lewis über dem Menschenmeer in die Höhe. Sein Gesicht wird von den Straßenlaternen in Licht und tiefe Schatten getaucht und der Wind hat sein Haar so nach oben gezaust, dass es noch wilder aussieht als sonst.

Er ist wirklich einzigartig.

»Alice!« Endlich entdeckt er mich, grinst und winkt so heftig, dass er auf seiner Telefonzellenecke fast das Gleichgewicht verloren hätte. Was ihn nur noch breiter grinsen lässt.

Ich wüsste wirklich nicht, was ich ohne ihn machen würde.

Schritt für Schritt nähere ich mich der Telefonzelle und er deutet auf eine Stelle dahinter.

Plötzlich packt mich jemand beim Arm. Cara.

»Hey, Miss Mysteriös. Wo bist du denn abgeblieben? Wir dachten schon, du verpasst alles!«

Sie trägt jetzt Ades dickes blaues Hemd, Gott sei Dank. Von den Knien abwärts sind ihre Beine zwar immer noch nackt, aber zumindest ihr Oberkörper ist bedeckt. Das war das Einzige an der Fiesta, was mir noch Sorgen gemacht hat, aber jetzt weiß ich, dass ihr nichts passieren wird. Sie steht etwas zu dicht neben Ade, aber in dieser Menschenmasse könnte man das wahrscheinlich auch einfach für einen Zufall halten.

Zuerst kann ich die anderen beiden nicht sehen, dann aber zumindest entdecke ich Sahara, dicht an die Mauer eines Bankgebäudes gedrückt, die Schultern gekrümmt, als versuchte sie sich schon jetzt vor dem Feuer zu schützen, das noch gar nicht ausgebrochen ist. Ihr Haar hängt ihr in feuchten Strähnen vor dem Gesicht. Ich gehe zu ihr. Als sie mich sieht, zwingt sie sich zu einem schwachen Lächeln.

»Ein Glück, dass du da bist, Alice. Ich dachte schon, wir hätten dich verloren.«

Unter ihrem moschusschweren Parfum wittere ich ihren Schweiß. Beides in Kombination lässt sie mehr wie ein Tier als wie einen Menschen riechen.

»Nein, ich wollte nur ein Weilchen allein sein«, lüge ich. »Komm doch ein Stückchen weiter nach vorne. Ich kann mich später auch gerne vor dich stellen, wenn es dir zu viel wird.«

Sahara antwortet nicht, lässt jedoch zu, dass ich sie bis zum Bordstein ziehe.

Als Ade sie sieht, bleibt sein Gesicht ausdruckslos: Er scheint sich kein bisschen über den Anblick seiner Freundin zu freuen und grüßt sie noch nicht mal. Caras Hand lässt er allerdings so abrupt los, dass ihr Arm herunterfällt und sie zusammenzuckt. Dann bemerkt auch sie Sahara und versteht.

»Wo ist Zoe?«, erkundige ich mich bei Sahara.

»Ich glaube, sie wollte Wasser holen.«

»Da hab ich was Besseres.« Ade greift in seinen Rucksack und holt ein paar Bierdosen heraus. Ich drücke mir eine davon gegen die Stirn und genieße die Kühle.

Alles blickt nun zum Anfang der Straße. Sie schlängelt sich aufwärts, sodass wir dort nicht besonders viel erkennen können.

»Hört ihr das?«, ruft Cara. »Ich glaube, es geht los!«

»Noch nicht«, sagt eine Stimme.

Ich drehe mich um und sehe Zoe mit einer dünnen blauen Plastiktüte voller Wasserflaschen. Sie schiebt ihren Handschuh zurück, um auf ihre Armbanduhr zu sehen. »Die Prozession fängt in ungefähr fünfundvierzig Sekunden an. Sie wird von den Einheimischen mit den Correfoc-Gruppen angeführt. Die schneidern sich ihre Kostüme selbst und haben Trommeln dabei, ein bisschen wie ein Moriskentanz auf Acid.«

Lewis lächelt. »Und was machen wir?«

»Ja, was passiert als Nächstes?«, fragt Cara.

»Wir laufen mit den Drachen und Teufeln mit«, erklärt Zoe. »Und passen auf, dass wir uns nicht verbrennen.«

»Aber wir können auch nur zugucken, oder?«, erkundigt sich Sahara. »Ich hasse es, wenn meine Haare nach Rauch stinken.«

Zoe wirft ihr einen Blick zu, der Glas zerschmettern könnte. »Tja, dann bist du hier aber definitiv falsch, Sahara. Es ist ja nicht nur Rauch – wenn alles vorbei ist, wirst du auch nach Schwarzpulver stinken. Und vielleicht nach verbranntem Fleisch.« Sie starrt hinunter auf Caras nackte Beine. »Die Touristen sind immer am schlimmsten. Die besaufen sich und kapieren gar nicht, wie schlimm sie sich verkokelt haben, bis sie dann am nächsten Morgen voller Brandblasen aufwachen.«

»Ich habe mir doch schon was übergezogen«, protestiert Cara.

Sahara schüttelt den Kopf. »Cara wird dem Feuer auf keinen Fall zu nahe kommen. Und Alice auch nicht. Wir haben euren Eltern versprochen, dass wir auf euch aufpassen.« Sie wirft Ade einen finsteren Blick zu. Vielleicht hofft sie ja, dass er nicht mehr ganz so begeistert von Cara ist, wenn sie sie wie ein kleines Kind dastehen lässt.

Dafür ist es allerdings schon ein bisschen zu spät ...

Von Weitem dringt eine Art Donnergrollen zu uns.

»Geht es jetzt los?«, ruft Ade.

Zoe schüttelt den Kopf. »Bald. Jeden Moment.«

»Lewis?«, brüllt Ade nach oben. »Kommst du runter und stürzt dich mit mir ins Getümmel? Schätze mal, das wird eine reine Männerveranstaltung.«

»Nee, Kumpel, ich bin doch der Hoffotograf. Den Platz hier gebe ich nicht ab«, erwidert Lewis.

Cara stupst mich an und deutet auf Lewis' Arm unter dem T-Shirt-Stoff. »Nette Muskeln. Ich würde sagen, Professor Nerd hat fleißig trainiert. Wen er damit wohl beeindrucken will?«

Ich tue so, als hätte ich es nicht gehört.

»Die Metrostation hier ist auch ein guter Treffpunkt, falls wir einander verlieren«, sagt Zoe, obwohl ich den Verdacht habe, dass es ihr nicht sonderlich viel ausmachen würde, wenn sie uns los wäre. »So, und für alle, die mitlaufen wollen, ist es jetzt höchste Zeit, sich in Position zu bringen.«

Ich halte sie am Ärmel fest. »Aber wenn das hier vorbei ist, gehen wir zu dir, ja?«

Sie nickt. »Ich kann dir alles zeigen, was ich herausgefunden habe …« Sie zögert und beugt sich dann noch etwas dichter zu mir. »Ich wünschte, das hätte ich schon früher gemacht. Du hattest recht. Zusammen arbeiten wir sicher effektiver.«

»Wir schaffen das schon, Zoe. Du hast das viel zu lange allein gemacht.«

Sie lächelt mich an, das erste echte Lächeln, das ich je bei ihr gesehen habe. »Ich fühle mich jetzt schon ein bisschen erleichtert. Und sicherer. Tut mir leid, dass ich so ein Sturkopf gewesen bin.«

Ich will etwas erwidern, doch der Lärm um uns schwillt an: ein stetiges tiefes Rumpeln, vermischt mit Explosionen und Geschrei. Also drücke ich nur ihre Hand.

Ich kann nicht richtig sehen, was am Anfang der Prozession passiert – es sind einfach zu viele Leute mit Wollmützen und Tüchern im Weg. Dann bricht lauter Jubel aus, und als ich den Kopf nach rechts wende, sehe ich die anderen Leute nur noch als Silhouetten vor einem übernatürlich weißen Leuchten.

Der Geruch allerdings hat nichts Übernatürliches an sich. Ist das Schwarzpulver?

Sahara weicht mit weit aufgerissenen Augen zurück, während sie die Skimaske aus ihrer Tasche fummelt und sie sich hastig übers Gesicht zieht. Ade scheint ein Grinsen über ihren lächerlichen Aufzug kaum unterdrücken zu können. Er holt einen Schal aus seinem Rucksack, dann eine Sonnenbrille, und Zoe schiebt ihr Tuch höher, sodass es Mund und Nase bedeckt. Ihre Augen blitzen, als ganz in der Nähe ein Feuerwerkskörper hochgeht.

»Wünsch mir Glück«, sagt Ade zu Cara. Ich stehe immer noch direkt neben ihr und sehe, wie er im Schutz der Menge ihre Taille drückt. Natürlich könnte das auch einfach eine freundschaftliche Geste sein, doch dafür bleibt seine Hand einen Moment zu lange dort liegen.

Trotz des Lärms höre ich sie verzückt seufzen. Aber wenigstens stürzt sie sich nicht mit ihm ins Geschehen. Ausnahmsweise scheint meine beste Freundin heute mal einigermaßen vernünftig zu sein.

Ein neues Geräusch kommt auf uns zu: Trommeln. Rhythmisch heben sie sich gegen das chaotische Heulen und Knallen der Feuerwerkskörper ab. Trotz der prachtvollen Gebäude um uns herum und der vertrauten Markennamen über den Geschäften kommt mir die Stadt plötzlich wie ein primitiver Ort vor.

Dann sehe ich zum ersten Mal den Teufel.

Oder zumindest einen, denn es gibt mehrere. Hunderte – eine satanische Prozession, die sich über eine Meile lang die Straße hinauf erstreckt. Doch dieser erste Teufel hat schon alles, was dazugehört: rotes Gesicht, schwarz umrandete Augen, Hörner, die ihm aus dem Kopf zu wachsen scheinen, und in der Hand einen gefährlich spitzen Metalldreizack, der Funken in sämtliche Richtungen versprüht.

Die Leute springen ihm in den Weg und kreischen vor Begeisterung oder Angst oder beidem. Ich stehe gerade weit genug weg, um mich sicher zu fühlen, doch ich kann sein Gesicht sehen. Er lächelt und auch das nimmt mir die Furcht; er amüsiert sich einfach zu sehr, um wahrhaft teuflisch auszusehen. Er liebt diesen Tanz und die Menge liebt ihn dafür, wie er knurrend und den brennenden Dreizack schwenkend auf sie zuspringt. Selbst das kleine Mädchen, das vor mir auf den Schultern seines Vaters sitzt, streckt die Hände nach ihm aus. Vielleicht sind sie aber auch verwandt, schließlich hat sie selbst ein gestricktes Paar Hörner auf dem Kopf.

Die Prozession hat etwas Magnetisches an sich, die wilde Energie zieht mich regelrecht an. Lewis' Telefonzelle wird von einem weiteren Fotografen gestürmt, obwohl da oben eigentlich nun wirklich kein Platz mehr ist. Die Männer schwanken wie betrunken, dann aber ziehen ihn zwei von ihnen zu sich hoch. Einen Augenblick lang sieht es aus, als würden sie allesamt herunterfallen. Ich halte die Luft an. Irgendwie aber gelingt es ihnen, oben zu bleiben, indem sie einander umklammern und sich gemeinsam drehen und winden.

Ade und Zoe sind in der turbulenten Masse verschwunden und laufen mit den Dämonen und sonstigen Kreaturen um die Wette.

Cara befindet sich ein Stückchen vor mir, ich sehe ihr leuchtend weiß gefärbtes Haar. Zu meiner Überraschung erscheint nun auch Sahara an meiner Seite und drängt sich nach vorn, als bliebe ihr gar keine andere Wahl.

»Das war knapp. Hast du gesehen, Lewis ist beinahe von der Telefonzelle gefallen!«

Sie wirft mir einen seltsamen Blick zu. »Sah fast so aus, als würden die da oben miteinander *tanzen*, oder, Alice?« Ihre Stimme dringt gedämpft durch die Skimaske.

»Tanzen?«, frage ich verwirrt zurück.

Sahara schiebt den Stoff zur Stirn hoch. »So wie die Tangotänzer im Park, so fest umklammert, als hinge ihr Leben davon ab. Was ja in diesem Fall auch irgendwie so war.«

»Ach, jetzt verstehe ich, wie du das …« In dem Moment wird mir klar, was sie gerade gesagt hat. »Die Tänzer?«

»Sag nicht, du hättest sie nicht gesehen, Alice.« Sahara starrt mich an.

»Wen?« Meint sie Ade und Cara?

»Die Tänzer. Die waren ja so … leidenschaftlich. Geradezu *feurig*.«

Oh Gott. Was, wenn sie die beiden wirklich gesehen hat? Ich kann sie nicht fragen, ohne mich selbst zu verraten. Aber wenn Sahara mitbekommen hätte, wie ihr Freund eine andere küsst, hätte sie ihn doch bestimmt darauf angesprochen. So etwas kann doch niemand für sich behalten, oder? Es sei denn, derjenige plant, sich auf eine andere Art zu rächen!

Bevor mir etwas einfällt, das ich erwidern könnte, drängt die Menge nach vorn.

Ein Drache, größer als ein Rennpferd, kommt auf uns zu, sein

Kopf wackelt und dreht sich von links nach rechts und aus seiner Nase und seinem Maul schießen Feuerwerkskörper.

Ich suche nach Caras weißem Haar. So weit vor mir war sie ja nicht – wahrscheinlich sollte ich sie warnen, vorsichtig zu sein. Vielleicht meint Sahara ja gar nicht das, was ich denke, aber ich gehe lieber auf Nummer sicher.

Doch ich kann meine beste Freundin nirgends sehen.

»Cara? *Cara!*«

Es hat keinen Zweck. Die Explosionen sind viel zu laut, als dass sie mich hören könnte, und selbst wenn, kenne ich meine Freundin einfach zu gut. Ich wette, sie hat sich mit Ade in die Flammen gestürzt. Sie kann nun mal nicht anders.

46

Ich versuche, ruhig zu bleiben. Wenn ich Cara nicht finde, kann ich mich zumindest wie eine Klette an Sahara heften. Noch ist nichts passiert ...

Doch als ich mich umdrehe, ist niemand mehr da. Ich starre auf das Bankgebäude, aber dort ist nur eine Glasscheibe, die die Explosionen reflektiert. Die Luft ist rauchvernebelt und ständig leuchten irgendwo detonierende Feuerwerkskörper auf. Es erinnert mich an eine Filmpremiere, wo die Pressefotografen mit ihren Blitzlichtern lauern.

Oder an ein Katastrophengebiet.

Ich bemühe mich, nicht in Panik zu geraten, logisch zu denken. Als wir nach vorn gedrängt wurden, habe ich Sahara aus den Augen verloren, aber das muss ja nicht heißen, dass sie Cara gefolgt ist. Wir sind einfach durch die Menge getrennt worden. In ein paar Sekunden kommt bestimmt die nächste Welle und dann landen wir wieder alle beieinander. Menschliches Treibgut. Das ist alles.

Warum bekomme ich dann keine Luft? Meine düstern Gedanken sind so beharrlich wie die Schläge der Trommeln.

Sahara hat sich mit meiner Schwester gestritten, kurz bevor diese gestorben ist.

Sahara hat allen erzählt, Tim hätte Meggie getötet.

Sahara redet immer wieder davon, dass sie ihr näher stand als irgendjemand sonst.

Sahara würde Ade niemals kampflos aufgeben.

Der Geruch – nein, eigentlich ist es mehr ein Geschmack – von Schwarzpulver erfüllt meinen Mund. Ich sehe hoch zur Telefonzelle, versuche, nach Lewis zu rufen, doch er kann mich nicht hören, obwohl er nur wenige Meter entfernt ist. Ich winke, aber er ist zu beschäftigt damit, seine blöde Handykamera auf die Ereignisse unter ihm zu richten.

Wenn Sahara meine Schwester getötet hat, weiß sie, dass sie einmal mit einem Mord davongekommen ist. Vielleicht sogar zweimal, falls sie auch Tim auf dem Gewissen hat. Was soll sie davon abhalten, es ein drittes Mal zu tun? Eifersucht ist eins der stärksten Motive, die es gibt.

Bumm, bumm, bumm. Zwanzig Teenager in roten Kostümen schlagen im Takt auf Trommeln und Becken, so laut, dass es in meinem Kopf widerhallt. Meine Ohren tun weh, aber ich weiß, dass ich trotzdem näher heran-, weiter vorwärtsmuss. Ein Funkenvorhang regnet vor den Trommlern nieder. Mehr Drachen und Teufel tauchen an jeder freien Stelle auf.

Aber Cara ist nirgendwo zu sehen. Und Sahara ebenso wenig.

Die Mitwirkenden der Prozession scheinen instinktiv zu wissen, wie weit sie mit ihren Fackeln und Feuerwerkskörpern gehen können. Aber Sahara hatte trotzdem Angst vor ihnen. Also kann sie sich nur aus einem einzigen Grund mitten in den Trubel gestürzt haben.

Um Cara etwas anzutun.

Plötzlich bin ich überzeugt davon, dass sie gesehen hat, wie meine beste Freundin ihren Freund geküsst hat. Und noch überzeugter, dass sie es nur für sich behalten hat, um länger an ihren Racheplänen schmieden zu können.

Alles, was dazu nötig wäre, ist ein Stoß mit einem der Dreizacke oder ein absichtlich in Caras Richtung geworfener Feuerwerkskörper und schon ...

Ich bin die Einzige, die das verhindern kann.

Ich dränge mich weiter nach vorn. Zwischen den Läufern und Zuschauern gibt es eine klare Trennungslinie, die ich mich zu überschreiten fürchte. Aber Cara ist meine beste Freundin. Sie hat immer zu mir gehalten, auch in den schlimmsten Zeiten. Dasselbe muss ich nun für sie tun. Ich ziehe meine Jacke enger um mich, schlage den Kragen hoch, um meinen Nacken zu schützen, und stürze los in Richtung der Flammen.

Die Leute wirbeln herum, als sie mein Drängeln in ihrem Rücken spüren, ihr Blick ist misstrauisch. Vielleicht halten sie mich für eine Taschendiebin. Ich zwinge mich zu lächeln. »Entschuldigung. Entschuldigung.«

Nur noch eine Reihe.

Jetzt bin ich mitten im Geschehen.

Ich erstarre, während alles um mich herum tanzt. Es ist, als wäre ich die einzig Nüchterne auf einer Party, nur dass die anderen nicht vom Alkohol berauscht sind, sondern vom Feuer.

Die Trommler ziehen vorüber, aber das, was jetzt kommt, ist viel furchterregender: Ein noch größerer Drache hält auf uns zu. Auf mich. Schnell drehe ich mich weg, als die Katapulte an seinem Körper Feuerbälle in die Luft schleudern, die kurz darauf zischend auf die Menge niedergehen.

Der Drache scheint über dem Pflaster zu schweben und sich von ganz allein zu bewegen, bis mir auffällt, dass eine Gruppe von

Teufeln ihn an Griffen über die Straße trägt. Immer wieder laden sie die Katapulte nach.

»No pasa! No pasa!«, beginnen die Leute neben mir dem Drachen zuzurufen. Sie klingen richtig zornig und doch sehe ich Entzücken in ihren Gesichtern. Während ich zurückweiche, rennen sie gebückt auf den Drachen zu und versuchen, ihn von unten zu attackieren. Doch das Ungeheuer bewegt sich stetig weiter und sie rufen und rufen, während sich ein weiterer Funkenregen über uns senkt.

Das geht alles zu schnell. Ich kann nirgendwohin flüchten. Ich kauere mich zusammen, die Hände über dem Kopf. Kneife die Augen zu. Warte.

Die Glutstückchen zischen, als sie mich treffen. Für einen Sekundenbruchteil spüre ich nichts, dann aber brennt es wie Säure, nicht nur an meinen Händen, sondern auch auf meinem Rücken, durch die Kleider hindurch. Ich öffne die Augen und der Drache ist mir so nah, dass die Lichter mich blenden. Die Kracher schwirren über meinen Kopf, lauter als ein Flugzeugmotor, und ich fürchte um meine Trommelfelle.

»No pasa!«

Unter lautem Geschrei und Gelächter versuchen die Banditen ein letztes Mal, den Drachen aufzuhalten, doch das Biest donnert furchtlos vorüber. Ich werde in seinem Kielwasser mitgerissen.

Wenigstens komme ich so wesentlich schneller voran. Es ist unmöglich, sich dem Sog der Masse zu widersetzen. Im Rhythmus des Knallens und Zischens drängen wir nach vorn wie ein gefährlich hastiger Pulsschlag.

Langsam müsste ich die anderen doch eingeholt haben.

Wo bist du, Cara?

Ein grellweißer Blitz explodiert über mir und ich weiß nicht mehr, ob ich die Augen geschlossen halte oder das Licht mich geblendet hat.

Nach und nach lösen sich wieder Formen aus dem Weiß. Ich suche nach meiner besten Freundin, doch alles, was ich sehe, sind noch mehr Ungeheuer und das manische Grinsen in den Gesichtern der wenigen Teilnehmer, die nicht komplett vermummt sind. Neben mir läuft ein Tourist in einem furchtbar dünnen Baumwollhemd, der kahl werdende Kopf unbedeckt. Schon jetzt sehe ich Verbrennungen auf seinem Schädel, wie rosa Konfetti, aber er scheint es noch nicht bemerkt zu haben. Als er sich zu mir umdreht, rieche ich Alkohol – ob sein Atem wohl Feuer fangen könnte wie der der Drachen? Er will nach meinen Händen greifen, mit mir tanzen, aber ich schiebe mich schnell weiter.

Ich suche nach Cara in Ades Hemd oder nach der dunklen Skimaske auf Saharas Kopf. Wenn ich nur eins von beidem finde, ist alles gut.

Das Trommeln geht weiter, als wollte die Gruppe irgendwelche Dämonen vertreiben. Oder sie herbeirufen. Durch die stetige Bombardierung stinkt die Luft nach Schwefel und Feuer. Riecht es so in der Hölle?

Hölle?

Ich befinde mich auf einer Einkaufsstraße in einer modernen Stadt. Zu neunundneunzig Prozent bin ich mir sicher, dass meine Fantasie mit mir durchgeht. Aber das eine restliche Prozent ...

Als ich nach rechts blicke, in die Straßenmitte, sehe ich nur rot, schwarz und orange. Die Farben des Feuers. Was ist mit dem Limettengrün von Zoes Tuch, dem Blassblau von Ades Hemd, dem strahlenden Weiß von Caras Haar?

Hoffentlich ist sie in Sicherheit. Das ist alles meine Schuld. Hätte sie Ade nicht kennengelernt, wäre sie gar nicht hier. Und wenn ich nicht wäre, dann hätte sie Ade nie kennengelernt.

»Ali! ALI!«

Täusche ich mich? Oder ist das Cara, die nach mir ruft?

Ich wende mich der Stimme zu, doch irgendjemand lacht laut, direkt in mein Ohr, und ich höre Cara nicht mehr.

Ich bin so weit gekommen, aber wenn ich mich umdrehe, kann ich in der Ferne immer noch das Telefonzellenhäuschen in der Menge sehen.

Vielleicht täusche ich mich auch. Denn zwischen den anderen Fotografen, die sich umeinanderwinden, um das beste Bild zu schießen, ist kein Lewis zu sehen.

Mir fehlt die Energie, mich der Masse entgegenzustellen. In meinen Ohren pfeift es von den vielen Knallern und meine Kehle ist rau und trocken vor Rauch. Wo sind sie denn alle? Die Menge bewegt sich jetzt schneller, schiebt sich auf das Ende der Straße und den dahinterliegenden Hafen zu.

Ich bemühe mich, logisch zu denken. Bestimmt ist Cara bei Ade und knutscht in irgendeiner dunklen Gasse mit ihm. Und Sahara ist wahrscheinlich zurück in die Jugendherberge gegangen, weil ihr klar geworden ist, dass sie hier absolut nichts verloren hat.

Und sie hat auch überhaupt nicht gesehen, wie ihr Freund und meine beste Freundin sich küssen.

Ich entspanne mich ein bisschen und lasse mich von der Menge tragen. Wenn das hier vorbei ist, treffen wir uns an der Metrostation wieder, genau wie Zoe vorgeschlagen hat, und dann gehen wir was trinken, essen ein paar Tapas und Cara kann nachher der ganzen Schule davon erzählen. »Ja, da war echt die Hölle los«, werde ich dann sagen. »Barcelona ist voller Pyromanen. Einer der verrücktesten Abende meines Lebens.«

Schließlich lässt das Gedrängel etwas nach. Vor mir sind weniger Leute und es knallt und blitzt auch nicht mehr so oft. Es ist, als hätte ein plötzlicher kühler Regenschauer das Feuer gelöscht.

Aber es regnet nicht. Es herrscht immer noch mittsommerliche Hitze.

Ein schreckliches, vertrautes Gefühl breitet sich in mir aus, dunkler und heftiger als je zuvor. Die Lichter werden schwächer, eins nach dem anderen, bis nur noch Nacht und Tod und Nichts übrig sind.

Dann höre ich den Schrei.

47

Es ist die Stimme eines Mädchens. Und sie klingt entsetzlich vertraut.

Cara!

Der Schrei ist so durchdringend, dass ich überrascht bin, dass nicht alle Fenster entlang der Straße zerspringen und Glasscherben hinunter auf unsere Köpfe regnen lassen.

Ich kämpfe mich durch die Menschenmasse in Richtung des Geschreis und wünschte, ich wäre schneller, doch die Angst drückt die Luft aus meinen Lungen und hält mich zurück.

Eine weitere Menschenwelle schiebt mich in die richtige Richtung. Jetzt brüllen noch mehr Leute wie am Spieß.

»Cara! Cara, ich komme!«

Verglichen mit dem Geschrei erscheint die restliche Geräuschkulisse der Fiesta wie verstummt. Das Trommeln hat aufgehört, die Explosionen auch.

Welcher Anblick erwartet mich? Hat ihr Haar Feuer gefangen? Oder hat sie etwa Funken ins Auge bekommen?

»Cara?«, rufe ich, doch niemand antwortet.

»Lewis? Ade? Wo seid ihr denn alle?« Ich drängele, setze Ellbogen, Knie und Kopf dabei ein. »Lasst mich durch. Lasst mich durch.«

Es ist kein Spanisch, aber die Leute verstehen mich trotzdem. Sie rufen in Dutzend verschiedenen Sprachen durcheinander.

»Helft ihr«, brüllt ein Mann auf Englisch. »Tut doch was!«

»Ich komme, Cara!«, rufe ich.

Bin ich zu spät? Das Mädchen hat aufgehört zu schreien. Dann teilt sich die letzte Menschenreihe vor mir.

Auf dem Boden liegt eine zierliche Gestalt.

Das ist nicht Cara.

Dieses Mädchen hat nicht Ades blaues Hemd an und seine Beine sind bedeckt.

Definitiv nicht Cara. Gott sei Dank.

Dann sehe ich, dass sie in eine Decke gewickelt ist.

Ich kauere mich auf den Boden, neben einem Sanitäter in neongelber Jacke, der in ein Funkgerät spricht.

»Scheiße, was ist denn hier los, Alice?«

Ich fahre herum und erblicke Cara. »Oh Mann, Cara.« Ich greife nach oben, nach ihrer Hand. »Ich dachte, das wärst du. Wo warst du denn, verdammt?«

Hinter ihr taucht Ade auf. Einen Augenblick lang überkommt mich der paranoide Verdacht, dass sie mir einen Streich gespielt haben. Correfoc-Verstecken.

Das Mädchen auf dem Boden wimmert. Und plötzlich weiß ich, warum der Schrei so vertraut geklungen hat.

»Zoe?«

Ich beuge mich vor. Der Sanitäter versucht, seine Patientin abzuschirmen, aber ich habe schon einen Blick auf den limettengrünen Stoff erhascht, der wie ein Schleier über ihrem Gesicht liegt.

Oh Gott.

Die Kapuze bedeckt noch ihren Kopf, sodass, glaube ich, niemand ihren kahlen Schädel gesehen hat. Darüber wird sie erleichtert sein, wenn sie wieder bei Bewusstsein ist. Schließlich hat sie sich solche Mühe gegeben, es geheim zu halten.

An der rechten Wange hat sie eine frische rote Wunde. Ihre Augen sind geschlossen und scheinen im Licht der Fackeln so tief in ihren Höhlen zu liegen, dass sie beinahe wie ein Skelett aussieht.

»Zoe.« Ich greife nach ihrer leblosen Hand. »Zoe, was ist passiert? Ich bin's. Alice.«

»Dejala!«, schimpft der Sanitäter. »Lass sie!«

»Das ist meine Freundin«, erwidere ich. »Bitte.«

Vielleicht hört er die Verzweiflung in meiner Stimme, jedenfalls schreit er mich nicht mehr an.

»Zoe, was ist passiert?«

Ihre Lider zucken.

»Wenn du mich hören kannst, Zoe, dann sag mir, ob das ein Unfall war oder …« Mir fällt ein, dass die anderen direkt hinter mir stehen, also flüstere ich: »… oder ob dir jemand etwas angetan hat.«

Ihre Lippen bewegen sich.

Oder der flackernde Feuerschein hat meinen Augen einen Streich gespielt.

»Sag's noch mal«, flüstere ich.

»Du.«

»Ich? Ja, ich bin hier.«

Sie schürzt die Lippen, doch diesmal kommt kein Laut aus ihrem Mund.

Dann werde ich weggezogen. Ade steht hinter mir und hält mich am Arm aufrecht.

Zwei weitere Sanitäter kommen dazu, um Zoe zu versorgen. Ich will erklären, wer sie ist, aber mir fehlen die Worte. Lewis könnte die eine oder andere Phrase kennen.

Lewis! Wo ist er überhaupt? Und Sahara ist auch nirgends zu sehen.

Das Heulen einer Sirene wird lauter, kommt näher. Ade tritt vor, aber ein Polizist schubst ihn zurück und lässt ganz offensichtlich nicht mit sich spaßen. Er spricht in sein Funkgerät und ich höre das Wort Inglés. Vielleicht rufen sie ja jemanden, der übersetzen kann.

»Unsere Freundin. Unsere … Amigo«, sage ich, weiß jedoch nicht, ob das richtig ist. »Das hier ist unsere Freundin.«

Doch der Kreis von Rettern um Zoe wird immer größer und bald kann ich sie gar nicht mehr sehen.

Das alles scheint so unwirklich. Noch vor weniger als einer Stunde waren wir voller Leben, voller Spannung, voller Hoffnung. Javiers Familie war in Sicherheit, Gabe wusste, dass er etwas bewirkt hatte, und ich dachte, ich wäre dem Mörder meiner Schwester endlich ein Stück näher gekommen.

Jetzt aber bin ich niedergeschlagener denn je.

»Was zum Teufel ist passiert?«, fragt Ade.

»Das solltest du am besten wissen. Ihr habt euch doch gemeinsam da reingestürzt!«, entgegne ich.

»Nein.« Er schüttelt den Kopf. Ich sehe einen winzigen Anflug von schlechtem Gewissen in seinem Gesicht aufblitzen und weiß, dass er mit Cara zusammen war und sie nur Augen füreinander hatten.

»Was ist los?« Das ist Sahara, sie drängt sich durch die Menge und reißt sich die Skimaske vom Kopf. Ihr Haar ist zerzaust, aber sie wirkt ruhiger als die ganze Zeit zuvor.

»Zoe ist verletzt«, erkläre ich. »Sie kümmern sich bereits um sie, aber …«

Sahara öffnet den Mund und ich warte auf einen Schrei. Stattdessen ringt sie nach Luft, dann noch einmal, und sackt schließlich zusammen.

Ade fängt sie so mühelos auf, als täte er so etwas andauernd. Und während er sie wieder auf die Beine stellt, macht die Polizei einen Weg für die Sanitäter und Zoe frei.

48

Alles wirkt so durcheinander und verschwommen, wie eine Raubkopie des echten Lebens.

Zoe wird auf einer Trage weggebracht, bevor wir der Polizei erklären können, dass sie zu uns gehört. Schließlich finden wir einen Beamten, der gut Englisch spricht. Er sorgt dafür, dass wir zum Krankenhaus gebracht werden, doch als wir dort ankommen, sagt uns trotzdem niemand, was los ist, weil wir nicht mit Zoe verwandt sind. Wir tappen komplett im Dunkeln, wissen weder was mit ihr los ist, noch wie schlimm es ist, und nicht einmal genau, wo wir sind. Unser einziger Anhaltspunkt ist das Meer, das wir vom Krankenhauseingang aus sehen können.

Außerdem ist Lewis immer noch nicht aufgetaucht, der Einzige von uns, der gut genug Spanisch kann, um mit den Ärzten zu reden. Ich habe ihm zwei SMS geschrieben, aber keine Antwort bekommen. An die Spannungen zwischen ihm und Zoe will ich nicht denken, denn die haben schließlich nichts mit alldem zu tun. Oder?

Du, hat sie gesagt.

Oder hat sie versucht, *Lewis* zu sagen?

Ich rufe mir Zoes Lippen vor Augen, als sie zu sprechen versucht hat. Aber alles, was ich vor mir sehe, ist die rote Wunde auf ihrer Wange und ihr schlaffer Körper.

Ist der Mörder vielleicht gerade mit mir hier?

Saharas Gesicht ist kreidebleich, so als könnte sie jeden Moment erneut in Ohnmacht fallen. »Wie lange dauert es noch?«

Es gibt keinen, den wir fragen könnten. Das Krankenhaus ist sauber und neu und so gut wie leer. Niemand scheint ernsthaft verletzt zu sein. Anscheinend wissen die Einheimischen wirklich auf sich aufzupassen.

Ich stehe auf. Was die Polizisten wohl von uns gedacht haben: Ade und ich mit unseren vielen Kleidungsschichten, Sahara, die aussieht wie eine Bankräuberin, und Cara, verschwitzt wie nach einem Clubbing-Abend.

»Hatte sie Verbrennungen?«, fragt Cara.

»Ich habe dir doch gesagt, das war schwer zu erkennen.« Ich mache die Augen zu. »Aber auf einer Wange hatte sie eine ziemlich große Wunde. Und irgendwas roch verkohlt. Ich dachte, das käme vom Feuerwerk, aber vielleicht riecht ja auch Haut so ...« Mir ist zu übel, um den Satz zu beenden.

»Aber sie hatte sich doch so gut eingepackt.« Cara sieht auf ihr nacktes Schienbein hinunter; dort sind ein paar winzige Flecken von der Farbe reifer Kirschen zu sehen. Sie reibt darüber. »Autsch.«

Sahara beugt sich vor. »So ist das nun mal, wenn man mit dem Feuer spielt.«

»Mit mir ist alles okay«, meint Cara. »Und bevor du mir eine Standpauke hältst, guck dir lieber mal unsere brave Alice an.« Sie zupft an meiner Jacke, und als ich meinen Arm hinuntersehe, erkenne ich zwei, drei ... nein, mindestens zehn kleine Brandlöcher im Stoff.

Ich erinnere mich an den ersten Funkenregen, der mich getroffen hat. »Die Jacke war sowieso schon alt.« Ich könnte Cara aufklären, dass ich nur ins Feuer gegangen bin, um sie zu beschützen – aber was würde das bringen?

»Ja, aber was ist mit deinen Haaren?«

Ich hebe die Hand an den Kopf. Cara tritt auf mich zu und berührt eine Stelle hinter meinem linken Ohr. »Aua!«

»Runtergebrannt bis auf die Haut.«

Ich taste die Stelle ab und finde eine Wunde von der Größe einer Fünfpencemünze. »Habe ich gar nicht gemerkt.«

Cara wirkt schockierter über meine Verletzung als über alles andere, was geschehen ist. Sanft zieht sie ein paar Haarsträhnen über die Blessur. »So sieht man es überhaupt nicht, Alice.«

»Kann natürlich sein, dass Zoe zusätzlich noch niedergetrampelt wurde«, sagt Sahara.

Cara und ich starren sie mit offenem Mund an.

Selbst Ade, der, seit wir hier sind, kein Wort gesprochen hat, schüttelt den Kopf. »Sahara. Je mehr man darüber spekuliert, desto schlimmer wird es.«

Sie steht auf. »Na ja, was sollen wir denn sonst machen, solange wir warten? Wer garantiert uns denn, dass sie uns –«

Ich sehe ihn als Erste. »Lewis!«

Er stürmt zum Krankenhauseingang herein und starrt uns nacheinander an, als stellte er eine Inventur auf. »Wie geht es Zoe?«

Ich zucke mit den Schultern.

»Was ist denn überhaupt passiert?«, fragt er.

»Das wissen wir noch nicht«, antwortet Sahara. »Du musst versuchen, mit ihnen zu reden. Du kannst besser Spanisch als wir.«

Er schüttelt den Kopf. »Eine große Hilfe bin ich wahrscheinlich auch nicht, aber ich kann's probieren. Wo sind denn die Ärzte?«

»Zeige ich dir.« Ich führe ihn in Richtung Empfang. »Wo warst du?«, zische ich, sobald wir außer Hörweite sind.

»Ich habe nach euch gesucht.«

»Hast du denn da oben auf deiner Telefonzelle nicht gesehen, was passiert ist?«

»Sei nicht albern, Ali. Wenn ich sie hätte brennen sehen, dann wäre ich ihr ja wohl zu Hilfe geeilt, oder nicht?«

»Brennen?«

»Oder was sonst mit ihr passiert ist.« Lewis dreht mir den Rücken zu und sagt irgendetwas zu der Frau hinter dem Empfangstresen, die erleichtert scheint, dass wenigstens mit einem von uns zu reden ist. Ich schnappe das eine oder andere Wort auf und begreife, dass sie offensichtlich sehr wohl Englisch spricht, uns anderen aber offenbar nicht über den Weg traut.

Allerdings ist es nicht das, was mich gerade so verwirrt. Brennen. Wie konnte er das wissen?

»Sie schicken so bald wie möglich jemanden zu uns raus«, sagt Lewis.

Ich sehe zu Boden anstatt in sein Gesicht. Natürlich ist es naheliegend, unter den Umständen anzunehmen, dass Zoe sich irgendwie verbrannt hat … Aber er klang einfach so sicher.

»Du hast doch gerade gesagt, du hättest ihr geholfen, wenn du sie brennen gesehen hättest. Hast du mit ihr geredet? Hat sie dir gesagt, dass sie sich verbrannt hat? Bist du sicher, dass du nichts beobachtet hast?«

Lewis' Augen werden schmal. »Ich finde nicht, dass das hier der richtige Zeitpunkt für so ein blödes Fragespiel ist, Alice. Ich habe einfach angenommen, dass sie sich verbrannt hat, weil das in diesem Wahnsinn da draußen das Wahrscheinlichste war. Außerdem haben mir das die Umstehenden erzählt, als ich nach euch anderen gesucht habe. Sie haben etwas von einem englischen Mädchen gesagt, das sich verbrannt hat und ...« Er zögert. »Na ja, wenn du es unbedingt wissen musst: Ich hatte Angst, dass du es sein könntest.«

»Oh. Nein, mir geht's gut.«

Lewis seufzt. »Das hätte ich nicht ertragen. Ich meine ... ich weiß nicht, warum, aber ich fühle mich irgendwie für dich verantwortlich.«

»Das musst du nicht. Ich bin immerhin siebzehn.«

Er stößt ein eigenartiges Lachen aus. »Stimmt. Siebzehn. Wie dumm von mir, damit bist du natürlich so gut wie unverwundbar. Jedenfalls bin ich erleichtert, okay? Also, natürlich nicht wegen Zoe, aber ich bin froh, dass mit dir alles in Ordnung ist.«

»Na ja, meine Jacke ist nicht gerade in Bestform.« Ich deute auf meinen Ärmel.

»Ich kaufe dir eine neue. Also, was wissen wir denn jetzt über Zoe?«

Ich zucke mit den Schultern. »Uns sagt keiner was. Ich habe sie auf dem Boden liegen sehen, aber ich weiß nicht, wie es dazu gekommen ist.«

»Hast du mit ihr geredet?«

»Nein«, lüge ich. »Sie war bewusstlos.«

»Mist.«

Wir gehen zurück zu den anderen.

»Ich habe mit einer Krankenschwester gesprochen. Die kommen bald und erklären uns alles«, berichtet Lewis.

Komisch, wie sehr seine Anwesenheit uns alle zu beruhigen scheint, als wären mitten in einem Albtraum plötzlich unsere Eltern aufgetaucht, hätten uns ein Glas heiße Milch ans Bett gebracht und uns gesagt, dass alles gut würde.

Aber wird tatsächlich alles gut?

Zoe ist bewusstlos und ich weiß nicht, was sie weiß, und habe keine Ahnung, was ich glauben oder wem ich trauen soll. Was wohl erst mal bedeutet: niemandem.

Fast eine Stunde vergeht, bevor ein Arzt erscheint. Er wirkt jünger als ich.

»Tut mir leid, dass ich nicht früher kommen konnte, aber wir waren mit anderen Patienten beschäftigt.« Er hat einen amerikanischen Akzent. Vielleicht hat er den ja aus irgendwelchen Fernsehserien. Es lässt das Ganze noch unwirklicher erscheinen, als befände ich mich in einer Folge von *Dr. House*.

»Wie geht es ihr?«, fragen Sahara und ich im Chor.

»Sie sind alle nicht mit ihr verwandt, richtig?«, erkundigt sich der Arzt.

»Wir sind ihre Freunde – die engsten, die sie hier hat«, entgegnet Sahara etwas unwirsch.

»In dem Fall wäre es sehr hilfreich, wenn Sie uns helfen könnten, ihre Familie zu kontaktieren. Es ist ziemlich dringend.«

»Ist es denn so ernst?«, will Lewis wissen.

Der Arzt lässt sich seufzend wie ein alter Mann auf den Stuhl uns gegenüber sinken. »Fürs Erste ist sie stabil. Viel kann ich Ihnen nicht sagen, auch weil die Mossos – die Polizei – sicher noch mit Ihnen reden will. Solche Unfälle passieren hier nur sehr selten. Und wie auch in diesem Fall treffen die schweren Verletzungen beim Correfoc fast ausschließlich Touristen.«

»Sie *wohnt* hier«, versuche ich Zoe zu verteidigen. »Sie hat uns sogar noch gewarnt, dass wir uns anständig anziehen sollen, bevor wir auch nur in die Nähe des Feuers gehen.«

»Das Feuer war nicht das Problem. Außer ein paar oberflächlichen Verbrennungen haben die Knallkörper ihr keine Verletzungen zugefügt.«

»Hat sie denn gesagt, wie es passiert ist?«, fragt Lewis.

Der Arzt zögert. »Nein. Möglicherweise ist sie gestolpert und dann von der Menge … niedergetrampelt worden. Vielleicht haben sie sie nicht sofort gesehen. Das wäre zumindest die plausibelste Erklärung für die Kopfverletzungen, die uns am meisten Sorgen bereiten.«

Lewis runzelt die Stirn. »Sie ist also noch nicht aufgewacht?«

»Wir haben ihr Beruhigungsmittel verabreicht, damit sie noch etwas länger bewusstlos bleibt – kontrolliert –, während wir unsere Möglichkeiten und eventuelle Schäden abwägen.«

Schäden. Er meint *Hirn*schäden.

»Nein!«, rufe ich, bevor ich mich zurückhalten kann.

Das darf nicht sein. Doch nicht bei Zoe. Sie hat so viel in ihrem Kopf aufbewahrt – so viele Geheimnisse und Ängste. Wenn ihr Hirn Schaden genommen hat, ist die wahre Zoe verloren und mit ihr meine größte Chance herauszufinden, wer Meggie getötet hat.

Was – wenn man mal darüber nachdenkt – genau das sein müsste, was der Mörder bezwecken wollte.

Beim Militär nennt man so etwas Kollateralschaden.

Bedauernswert, aber im Hinblick auf den Erfolg der gesamten Mission leider unvermeidbar.

Zoe ist zäher, als ich dachte. Aber der menschliche Körper kämpft nun mal noch lange, nachdem man ihn schon für besiegt gehalten hat, ums Überleben. Unter diesen Umständen bleibt nur zu hoffen, dass ihr Geist weniger widerstandsfähig ist.

Zum Nachdenken, zum Absichern blieb keine Zeit. Drachen und Teufel – was für ein Klischee! Aber sie war niemals das wahre Ziel, egal was sie geglaubt haben mag.

Jetzt, Alice, begreifst du doch bestimmt, mit wem du dich hier anlegst. Du bist ein Quell der Inspiration, aber das macht dich noch lange nicht unantastbar.

49

Die Polizei verrät nichts. Sie nehmen unsere Personalien auf und teilen uns mit, dass sie gleich morgen früh zur Befragung in die Jugendherberge kommen wollen. Sie sprechen sehr langsam und halten uns offensichtlich für ziemliche Idioten.

Es scheint ihnen nicht einmal in den Sinn gekommen zu sein, dass einer von uns ein Mörder sein könnte.

Als wir zurück Richtung Strand gehen, ist dort noch eine Party im Gange. Die Leute hüpfen lachend in den warmen Wellen herum, nicht betrunken, nur berauscht vom Feuerlauf.

Keiner von uns sagt etwas. Vielleicht denken die anderen darüber nach, was sie der Polizei erzählen wollen – ihre Version der Ereignisse. Wer von ihnen legt sich eine Lügengeschichte zurecht?

Cara hat Zoe nicht angegriffen, da bin ich mir sicher. Trotzdem hat sie wohl eher kein Interesse daran, die Wahrheit zu sagen, falls sie während des Correfoc mit Ade zusammen war.

Sahara scheint unter Schock zu stehen. Aber das könnte sie uns auch nur vorspielen. Wenn sie meine Schwester getötet hat, hat sie vielleicht mitbekommen, dass Zoe kurz davor war, mir alles zu erzählen, was sie wusste. Und das könnte ausgereicht haben, um sie zu einem dritten Angriff zu treiben.

Und Ade: Was, wenn er Saharas Geheimnis kennt oder selbst etwas zu verbergen hat?

Und schließlich Lewis. Mein guter Freund. Nein. Mein Verbündeter. Und doch frage ich mich, ob ich ihm trauen kann. Seltsam war es schon, als er plötzlich am Flughafen aufgetaucht ist. Und ist es normal, dass er fast genauso besessen von *Flammen der Wahrheit* ist wie ich?

Ich versuche, mich von den Geschehnissen nicht verrückt machen zu lassen. Aber hier im Dunkeln reißen die Zweifel einfach nicht ab, wie eine Batterie Feuerwerkskörper, die in meinem Kopf herunterbrennt.

Wir sind wieder in der Jugendherberge.

»Ich bin so fertig«, ächzt Sahara. »Das muss der ganze Stress sein.«

Ade nickt. Sogar Cara gähnt.

»Ich weiß nicht, wie du an Schlaf auch nur denken kannst«, erwidere ich und es ist mir egal, wie zickig das klingt. »Nach allem, was passiert ist.«

»Geht mir genauso«, stimmt Lewis zu. »Wenn ihr auch nicht schlafen könnt, kommt doch mit zu mir ins Hotel. Ich habe eine Minibar. Und einen Fernseher. Vielleicht geht es uns besser, wenn wir nicht allein sind.«

Ein seltsamer Vorschlag. Dann aber sehe ich sein Gesicht, die Art, wie er mich anstarrt. Offenbar versucht er, mir etwas zu sagen.

Ade schüttelt den Kopf. »Ich bin nicht mehr in der Stimmung zum Trinken. Das kommt mir einfach nicht richtig vor.«

Sahara greift nach seiner Hand. »Genau.«

»Ich hatte heute schon ein bisschen zu viel«, meint Cara.

Ich will mitgehen. Aber soll ich Cara wirklich mit Sahara und Ade allein lassen? In ein paar Stunden kommt allerdings schon die Polizei – nur ein völlig verzweifelter Mörder würde jetzt einen weiteren Angriff wagen.

»Vielleicht hilft es uns ja, Alice«, sagt Lewis, »wenn wir darüber reden, was passiert ist.«

Ich will nicht bloß reden, sondern unseren nächsten Schritt planen. Das könnte unsere letzte Chance sein, an Antworten zu kommen, während wir noch in Barcelona sind. »In Ordnung. Ich komme wieder, wenn ich müde bin. Auf jeden Fall rechtzeitig, bevor morgen früh die Polizei hier auftaucht.«

Sahara und Ade geben mir jeder ein Gutenachtküsschen und Cara zieht mich fest an sich. Ausnahmsweise macht sie mal keinen Witz darüber, dass ich allein mit Lewis mitgehe.

Draußen machen wir uns auf den Weg in Richtung seines Hotels, doch nach ein paar Schritten bleibe ich stehen.

»Du hast einen Plan, stimmt's?«

»Ich finde, wir sollten zu Zoes Wohnung gehen und uns holen, was auch immer sie dir zeigen wollte.«

»Du glaubst nicht, dass sie bloß hingefallen ist, oder, Lewis?«

»Du etwa?«

»Ich kann den Gedanken nicht ertragen, dass ich nur wenige Meter von ihr entfernt war, als sie angegriffen wurde.«

Lewis nickt. »Du denkst also auch, sie wurde angegriffen.«

»Gibt es etwa eine andere Erklärung?«

»Darum müssen wir ja in die Wohnung. Nicht nur, damit du Informationen bekommst, sondern auch, um Zoe zu helfen. Du hast doch gesehen, wie die Polizisten drauf waren. Die wollen das runterspielen. Besoffene Touristin fällt auf die Nase – Ende, aus. Wir sind die Einzigen, die ein Interesse daran haben herauszufinden, was wirklich passiert ist.«

Er wirkt so entschlossen, doch bei dem Gedanken, Zoes Sachen zu durchwühlen, wird mir fast schlecht. Gerade bei Zoe, die immer so auf ihre Privatsphäre bedacht war.

War? Wieso denke ich denn in der Vergangenheitsform an sie? Schließlich ist sie noch am Leben. Und vielleicht finden wir in ihrer Wohnung ja wirklich einen Hinweis darauf, warum sie im Krankenhaus liegt und mit dem Tod ringt.

»Okay. Ich bin dabei.«

Unser Weg führt uns zurück in die Stadt bis auf die Via Laietana. Der Feuerlauf ist erst ein paar Stunden her, aber schon jetzt wirkt alles wieder vollkommen normal. Die verschossenen Feuerwerkskörper sind aufgefegt worden, die Barrikaden und die Krankenwagen verschwunden. Die einzigen Anzeichen, dass er überhaupt stattgefunden hat, sind ein gelegentlicher Hauch von Schwarzpulver und vereinzelte Grüppchen von Feiernden, die noch immer ihre roten Umhänge und Teufelshörner tragen.

Ich will die Stelle nicht sehen, an der Zoe gelegen hat. Irgendwie macht es das Ganze nur noch schlimmer, dass jeder Hinweis darauf, was ihr geschehen ist, so schnell entfernt wurde. Wie ein schändliches Geheimnis aus den Geschichtsbüchern.

Lewis sagt nichts, aber er nimmt meine Hand. Ich merke, dass ich wieder friere, und seine Berührung wärmt mich. Wir wandeln durch das Labyrinth kopfsteingepflasterter Gassen.

Er wirft einen Blick auf seinen Handy-Stadtplan; Zoe hatte uns für Notfälle ihre Adresse gegeben und das hier ist definitiv einer. »Es ist nicht mehr weit.«

Ich gehe hinter ihm auf dem Bürgersteig, der nicht breit genug ist für uns beide.

»Bin ich zu schnell?« Lewis wartet auf mich. Er deutet die Straße hinunter, wo zwei Frauen mittleren Alters in sehr kurzen Röcken an der Wand lehnen und rauchen. »Das hier scheint der belebtere Teil der Stadt zu sein.«

»Sind das Prostituierte?«

»Na ja, sagen wir mal so: Ist zumindest eine ungewöhnliche Uhrzeit, um die Aussicht zu bewundern.«

»An was für wunderbare Orte du mich immer führst«, witzele ich mit einem halbherzigen Lächeln.

»Reisen erweitert den Horizont, Ali.«

»Aber warum wohnt Zoe in so einer Gegend?«

»Es ist billig. Und authentisch. Sie hat doch Digitale Medien studiert, oder nicht?«

»Ach ja?« Mir wird klar, dass ich sie nie gefragt habe, was sie gemacht hat, bevor sie die Uni aufgegeben hat.

»Hier gibt's auf jeden Fall eine Menge Fotomotive«, sagt Lewis.

Er hat recht. Wir passieren chinesische und polnische Läden, muslimische Metzgereien und Geschäfte, bei denen ich die Buchstaben auf den Schildern nicht einmal einer Sprache zuordnen kann.

»Okay, da sind wir.« Lewis bleibt abrupt vor einer unbeleuchteten Glastür stehen. »Verhalte dich ganz normal, ja?«

Normal? Ich weiß nicht, ob ich mich überhaupt noch daran erinnere, wie das geht.

Er drückt gegen die Tür, die ein bisschen in den Angeln wackelt, aber nicht aufgeht.

Mein Herz rast. »Eine Einbrecher-App hast du wohl nicht zufällig?«

Lewis grinst. »Wenn es darum geht, sich irgendwo Zutritt zu

verschaffen«, sagt er, während er seine Kreditkarte aus der Tasche zieht und sie in den Spalt zwischen Tür und Rahmen schiebt, »muss man bloß einigermaßen raffiniert vorgehen.«

Ich starre auf die offene Tür und kann nicht glauben, was er gerade getan hat.

»Komm schon, Ali. Es sei denn, du willst, dass wir erwischt werden.« Lewis zieht mich in den Flur und leuchtet mit der Handy-Taschenlampe über die Metallbriefkästen an der Wand. »Gonzales ... Perrera ... Bingo!« Er greift in einen Briefschlitz und zieht etwas hervor.

Als wir auf Zehenspitzen die Treppe hochgehen, huscht eine Kakerlake vor uns davon. Meine Ohren klingeln immer noch von dem Feuerwerk. Oder vielleicht auch vor Furcht.

Die Stufen sind steil und ausgetreten. Ich halte mich am Geländer fest, das allerdings teilweise fehlt. Die Luft riecht leicht gammelig.

»Fast geschafft. Auf dem Briefkasten steht, dass Zoe in Apartment Nummer vier wohnt. Also müsste es in der nächsten Etage sein.« Lewis klingt etwas kurzatmig. Er steigt die letzten Stufen hoch und bleibt dann stehen. Die Wohnungstür ist genauso schmutzig braun wie alle anderen, aber es ist die einzige mit einem Spion darin.

»Lewis, da kommen wir doch niemals rein. Wir sollten gehen, bevor uns noch die Nachbarn hören.«

»Sei nicht so negativ«, raunt er, kurz darauf höre ich ein Klicken und die Tür schwingt quietschend auf. »Sesam, öffne dich.« Er zieht mich nach drinnen und schließt die Tür hinter uns, dann schaltet er das Licht an. »Ich bin ja versucht, dich in dem Glauben zu lassen, ich wäre der größte Schlossknacker aller Zeiten, aber

Zoe hat einen Ersatzschlüssel im Briefkasten aufbewahrt.« Er hält ihn hoch.

»Woher wusstest du das?«

»Das war geraten.«

»Aber sie ist doch immer so auf Sicherheit bedacht.«

Lewis nickt. »Ja, aber sie ist auch gerade erst hergezogen. Und sie ist nicht der Typ, der fremden Leuten ohne Weiteres traut. Also hätte sie niemanden anrufen können, wenn sie sich mal ausgesperrt hätte.«

Meine Augen gewöhnen sich an das schummrige Licht. »Mein Gott, was für ein Chaos.«

Das Zimmer ist winzig und sowohl der Boden als auch das Schlafsofa sind voll mit Papierstapeln, Zeitungen und Ordnern. Das einzig Ordentliche ist ein kleiner Tisch am Bettende, wo zwei Laptops nebeneinanderstehen. Die Einschaltknöpfe glühen orangefarben.

»Nicht gerade luxuriös, was?«, meint Lewis.

Es gibt ein Fenster, kaum größer als ein DIN-A4-Blatt, doch als ich den Vorhang davor hochhebe, blicke ich steil nach unten in einen Hinterhof voller Müll. Ich drehe mich um. Lewis ist schon dabei, die Laptops einzuschalten und sich gleichzeitig durch die Papiere zu wühlen. Ich versuche, mir Zoe auf diesem Bett vorzustellen, wie sie an *Flammen der Wahrheit* arbeitet. Mir fällt auf, dass die Wohnungstür von innen mit drei Schlössern gesichert ist.

»Sie hatte wirklich Angst, Lewis.«

»Und wir müssen herausfinden, warum. Such weiter, Ali.«

Im Zimmer steht eine Kleiderstange mit lauter leeren Drahtbügeln, die aneinanderklappern, als ich daran vorbeigehe. Ich öffne den Kühlschrank, doch außer zwei Flaschen Wasser und ein paar

Bechern Joghurt ist nichts darin. Vor mir sehe ich eine Sperrholztür, und als ich sie öffne, schlägt mir ein feuchter, abgestandener Geruch entgegen.

»Ich habe das Badezimmer gefunden.«

Zum Baden ist jedoch kein Platz, nur für eine Toilette und, direkt darüber, einen Duschkopf. An der Wand hängt ein Spiegelschränkchen. Als ich mein Gesicht darin sehe, kommt es mir fremd vor, die Augen weit aufgerissen, der Blick überdreht.

Und ich sehe Meggie noch ähnlicher als sonst.

Ich öffne den kleinen Schrank. Darin finde ich eine Zahnbürste und Zahnpasta sowie verschiedene braune Fläschchen und Schachteln mit spanischem Aufdruck. Medikamente. Ich nehme sie heraus und bringe sie Lewis. Er hat einen der Laptops zum Laufen gebracht und einen USB-Stick hineingesteckt. »Was meinst du, was das alles ist?«, frage ich.

Er untersucht die Schachteln und scannt die Strichcodes mit seiner Handykamera. Dann stößt er ein missbilligendes Schnalzen aus. »Schlaftabletten, Beruhigungsmittel. Oh Mann, damit könnte man dieses Mammut im Park umhauen.«

»Wann warst du denn im Park?«

Er schüttelt den Kopf. »Gestern. Ein bisschen Sightseeing musste ich ja wohl auch machen, ich kann schließlich nicht den ganzen Tag nur mit meinen Nerd-Brüdern rumhängen. Egal, konzentrieren wir uns lieber auf das, was wichtig ist. Wenn Zoe auch nur ein Viertel von dem Kram hier eingenommen hat, überrascht es mich, dass sie sich überhaupt noch an ihren Namen erinnern konnte.«

»Sahara hat gesagt, sie hatte Schlafstörungen. Seit Meggies Tod.«

»Das Ausstelldatum hier drauf ist noch gar nicht lang her.« Lewis hat die Verpackungen geöffnet; in jedem Folienstreifen fehlt mehr als die Hälfte der Pillen. »Vielleicht ist das sogar eine Erklärung für das, was heute Abend passiert ist. Wenn ihre Reaktionen verlangsamt waren, ist sie vielleicht wirklich einfach hingefallen und nicht wieder hochgekommen.«

»Willst du damit sagen, dass du es jetzt doch für einen Unfall hältst?«

Lewis seufzt. »Nein. Es ist einfach nur so schrecklich: erst Meggie, dann Tim und jetzt auch noch Zoe.«

Das ist das erste Mal, dass ich ihn so bedrückt erlebe. Aber bevor ich etwas sagen kann, wendet er sich wieder dem Laptop zu.

»Okay, dann wollen wir mal sehen. Wie hieß Tim noch gleich mit Nachnamen?«

»Ashley.«

»Ich lade gerade Zoes E-Mails auf den Stick. Und ihre Browser-Chronik auch. Aber das ist so viel, dass ich Prioritäten setzen muss.« Er tippt Tims Namen ein. Hunderte E-Mails erscheinen auf dem Bildschirm, alle ohne Betreffzeile. Während ich mich vorbeuge, ordnet Lewis sie nach Datum. »Die letzte stammt von dem Nachmittag, bevor Tim gestorben ist.« Er öffnet sie.

Hey Zo,

wie geht's?
Was deinen Umzug angeht, finde ich, du solltest deinem Herzen folgen, und wenn das Spanien sagt, dann fahr dahin. Vielleicht brauchst du einfach ein bisschen Sonne, neue Horizonte. Könnte sogar gut für deine Haare sein. Aber du weißt ja, ich hab dich kahlköpfig genauso lieb.

»Lieb?«, wiederhole ich argwöhnisch. »Wieso hat er Zoe denn *lieb*?«

Lewis zuckt mit den Schultern. »Klingt für mich, als wären sie einfach gute Freunde gewesen.«

> Mach dir bitte keine Sorgen um mich, Zo. Ich fühle mich … na ja, das glaubst du mir jetzt vielleicht nicht, aber seit ein paar Tagen kommt es mir so vor, als hätte ich alles wieder ein bisschen besser unter Kontrolle. Mir geht's immer noch nicht gut, nicht so, wie es war, als Meggie noch gelebt hat, aber … Ich weiß auch nicht. Gerade kommt es mir vor, als wäre das Leben doch nicht ganz so sinnlos.
> Vielleicht liegt's aber auch bloß dran, dass die Narzissen endlich blühen.
> Die Website solltest du vielleicht lieber fürs Erste ruhen lassen. Das hier ist mein Problem, damit muss ich alleine klarkommen. Und das werde ich auch. Aber womöglich ist es besser, alles ein bisschen abkühlen zu lassen. Dann entspannt sich die Person vielleicht. Und fängt an, Fehler zu machen.

Den Teil lese ich noch einmal.

Genauso war ich es auch angegangen, was den Mörder betrifft. Dennoch ist Tim jetzt tot und Zoe bewusstlos. Möglicherweise lagen wir falsch.

> Kannst du mittlerweile besser schlafen? Ich habe mit dem Trinken aufgehört, das hat mir total geholfen. Ich würde sagen, mach mit den Tabletten lieber noch eine Weile

weiter, obwohl es mir echt nicht gefällt, dass du so etwas nimmst. Aber vielleicht wird das ja in Spanien ebenfalls besser?

Hasta la vista, Zo.
Tim xx

Lewis seufzt. »Und – wie lange, sechs Stunden? – später hat Ade ihn dann gefunden.«

»Und er hatte getrunken, obwohl er hier schreibt, er hätte aufgehört. Weshalb hätte er am selben Tag wieder anfangen sollen?«

»Vielleicht hat er Zoe ja angelogen«, überlegt Lewis.

»Warum sollte er –« Ich halte inne. »Hast du auch was gehört? Draußen?«

»Nein«, sagt Lewis, aber dann verändert sich sein Gesichtsausdruck. »Eine Sirene?«

»Glaube schon.«

»Geh du nachsehen, während ich das hier fertig mache.«

Auf Zehenspitzen schleiche ich mich aus der Wohnung. Auf dem nächsten Treppenabsatz gibt es ein Fenster zur Straße. Ich muss den Hals recken, um hindurchsehen zu können.

»Mist.« Schnell ziehe ich mich aus dem Treppenhaus zurück. »Das ist die Polizei. Die kommen sicher gleich rein.« Meine Stimme ist ganz quietschig vor Angst.

Lewis blinzelt ein paarmal krampfhaft, aber deutlicher zeigt er seine Panik nicht, wenn er denn überhaupt welche empfindet. »Okay. Wir gehen die Treppe einfach ganz hoch und verstecken uns da, bis sie weg sind. Wahrscheinlich suchen sie nur nach irgendwelchen Kontaktdaten von Zoes Eltern.«

Seine Hände zittern nicht einmal, als er den Speicherstick herauszieht und den Laptop zuklappt. Dann greift er nach dem zweiten Laptop, in den er sich nicht einloggen konnte, und steckt ihn mitsamt Kabel in seinen Rucksack.

»Was machst du denn da?«

Er hebt den Finger an die Lippen. »Psst.«

Ich folge ihm aus der Wohnung und die Treppe hinauf. Meine Schritte erscheinen mir so dröhnend wie die eines Riesen. Wir laufen immer weiter, auch wenn ich kaum Luft bekomme.

Schließlich, gerade als wir am obersten Absatz angelangt sind, höre ich Holz zersplittern und Metall knarzen. Sie brechen Zoes Tür auf.

»Jetzt können wir nur noch warten«, sagt Lewis so ruhig, als säßen wir an einer Bushaltestelle.

Ich muss meinen Kiefer mit der Hand umklammern, um nicht mit den Zähnen zu klappern.

Die Polizei bleibt keine zwanzig Minuten, obwohl es mir wie eine Ewigkeit vorkommt. Lewis und ich reden nicht, er hält nur meine Hand, die nach einer Weile endlich aufhört zu zittern.

Schließlich hören wir Stimmen im Treppenhaus – zwei Männer und eine Frau, glaube ich. Sie plaudern und lachen sogar, während gebohrt und dann mit Metall geklappert wird. Am Ende fällt die Haustür zu.

Lewis hilft mir auf. Mein Fuß ist eingeschlafen, weil ich keinen Muskel gerührt habe, während wir in die Ecke gequetscht auf dem kalten Boden saßen.

»Lass uns mal nachsehen, was sie gemacht haben«, meint er.

Als wir Zoes Etage erreichen, ist die Tür mit einem riesigen Vorhängeschloss und einer Kette verriegelt. Da kommen wir so schnell nicht wieder rein.

Wir gehen die Treppe hinunter und aus der Haustür, zurück auf die Straße, wo der Verkehr immer noch vorbeirauscht und die Damen aus dem horizontalen Gewerbe immer noch kettenrauchend herumstehen, als wäre nichts passiert.

»Dieses Schloss. Das hängt da, weil ihre Wohnung ein Tatort ist, oder?«, flüstere ich, nachdem wir einen ganzen Block zurückgelegt haben.

»Du guckst zu viele amerikanische Serien, Alice Forster. Das haben die nur angebracht, weil sie die Tür aufbrechen mussten, sonst nichts.«

»Wie kannst du dir da so sicher sein? Machst du so was etwa regelmäßig?«

»Mit Sicherheit nicht.« Er kichert in sich hinein.

»Was ist denn jetzt bitte so lustig?«

»Wenn ich wirklich hauptberuflicher Einbrecher oder Spion oder sonst was wäre, hätte ich bestimmt nicht meine Fingerabdrücke überall in dieser Wohnung hinterlassen, oder?«

»Was?«

»Wir hätten Handschuhe anziehen sollen, Ali. Aber egal, jetzt ist es sowieso zu spät und die haben ja auch keinen Grund, die Wohnung auf Fingerabdrücke zu untersuchen.«

Als wir zurück Richtung Meer marschieren, kommen mir die Minuten in Zoes Wohnung völlig unwirklich vor. Genau wie Lewis' Verhalten. Er wirkte so professionell, als wäre er wirklich ein Einbrecher oder so.

Mit Ausnahme des einen Moments, in dem es so wirkte, als hielte er das, was mit Zoe passiert ist, auch nicht für einen Unfall.

»Ich sollte dann wohl mal zurück zu den anderen«, sage ich, als wir an der Kreuzung ankommen, wo es rechts zu Lewis' Hotel und links zur Jugendherberge geht. »Danke. Wie immer weiß ich nicht, was ich ohne dich machen würde.«

»Tja, mit dir wird das Leben jedenfalls nie langweilig, Kleine.«

Ich runzele die Stirn.

Lewis schlägt sich die Hand vor den Kopf. »Oh Mann. Du darfst mich offiziell Mr Unsensibel nennen. Aber es ist nun mal so, Alice: Ich kenne Zoe nicht besonders gut. Natürlich ist es schrecklich, was ihr zugestoßen ist, aber wenn ich mir aussuchen dürfte, ob sie niedergetrampelt wird oder du, dann … Na ja, ich kann jedenfalls nicht so tun, als wäre ich nicht froh darüber, dass es *dir* gut geht.«

50

In unserem Zimmer schläft niemand, auch wenn alle so tun als ob. Wenigstens sind wir zusammen: Cara, Sahara, Ade und ich. So wie alles gerade läuft, muss man dafür wohl schon dankbar sein.

Gegen vier Uhr morgens quetscht sich jemand zu mir ins Bett.

»Ich habe schlimm geträumt«, flüstert Cara. Ihre Haut fühlt sich feucht an und sie riecht nach Rauch. Das tun wir wahrscheinlich alle, aber an jemand anderem fällt es irgendwie mehr auf.

Ich halte mich an ihr fest und sie sich an mir. Ihre Atmung verlangsamt sich und ich rieche noch etwas anderes, Alkohol. Einen Cocktail. Tequila Sunrise?

Und da fällt es mir wieder ein: Javier.

Ich erstarre. Wenn es hier vier Uhr nachts ist, hat er den Strand vielleicht schon verlassen. Wie konnte ich das nur vergessen?

Na ja, ich weiß, warum. Der Angriff auf Zoe hat mit uns Lebenden zu tun. Hier kann ich noch etwas ausrichten. Was zwischen Sonnenuntergang und -aufgang mit Javier passiert, darauf habe ich hingegen keinen Einfluss.

Ruhe in Frieden, Javier.

Ich kneife die Augen zu, aber die Tränen quellen trotzdem hervor und rinnen über meine Wangen bis auf das Laken hinunter. Ich bemühe mich, leise zu schluchzen, um Cara nicht zu wecken.

Irgendwann endet die Nacht und der Tag bricht an. Wir vier sitzen auf den Plastikstühlen vor der Jugendherberge und warten auf die Polizei. Am Strand ist schon wieder einiges los: Adrett gekleidete Rentnerpärchen genießen die ersten Sonnenstrahlen und smarte Familienväter gehen mit ihren perfekt gestylten Frauen und Kindern spazieren. Der Besitzer des Chiringuito öffnet gerade seine Bar.

»Es war ja alles sehr modern«, sagt Cara, als niemand sonst Worte zu finden scheint. »Da in dem Krankenhaus. Und der Arzt wirkte auch ganz kompetent. Vielleicht ist Zoe hier ja besser dran als in irgendeinem ollen Krankenhaus zu Hause.«

Nur dass es zu Hause gar nicht erst passiert wäre.

Die Stadt ist noch genauso schön wie gestern, aber meine Augen sind wund vom Weinen und vom Schlafmangel und ich will unbedingt hier weg. Obwohl selbst das unlogisch ist, denn wenn Zoe wirklich angegriffen wurde, ist der Täter einer der Menschen, die mit mir zurück nach London fliegen.

Die Polizisten sind überaus höflich, so wie Lehrer, wenn sie einen insgeheim am liebsten anschreien wollen, weil man sie in den Wahnsinn treibt.

Als sie mich zu sich rufen, muss ich mich erst mal ermahnen, weiterzuatmen. Ein Mann und eine Frau führen mich in ein vollgestopftes Büro in der Jugendherberge. Ich bin die Letzte.

»Haben Sie etwas getrunken, bevor Sie zur Via Laietana gegangen sind?«, fängt die Frau an. Mir kommt es so vor, als hätte sie bereits entschieden, dass die Antwort Ja lautet.

»Wir waren in einer Bar, aber ich habe nichts getrunken. Die anderen haben sich an Bier gehalten, nichts Stärkeres. Und Zoe hat dort überhaupt nichts getrunken. Sie ist erst später gekommen und dann sind wir direkt zum Fest gegangen.«

Der Mann blickt skeptisch. »Sie meinen also, dass niemand von Ihnen betrunken war, als Sie den Irish Pub verlassen haben?«

»Für die anderen kann ich nicht sprechen, aber ich war definitiv nüchtern. Ich dachte mir, das Feuerwerk wird wahrscheinlich auch ohne Alkohol schon aufregend genug. Zoe hat gesagt, dass es unter Umständen ein bisschen gefährlich werden könnte.«

»Es besteht keinerlei Gefahr«, zickt die Frau mich an, »zumindest, wenn einem der Respekt vor Feuer anerzogen wurde.«

Meine Hand tastet unwillkürlich nach der verbrannten, wunden Stelle an meinem Kopf. »Ich weiß. Zoe hat uns mehrfach ermahnt, vernünftig zu sein.«

Die Polizistin seufzt. »Ihre Freunde haben mir erzählt, Zoe hätte sich vermummt. Und trotzdem hat sie eine Gesichtsverletzung erlitten. Wie erklären Sie sich das?«

»Das kann ich mir nicht erklären.«

»Aber es muss doch einen Grund geben, wenn sie nicht betrunken war.«

»Hören Sie, ich will einfach nur nach Hause.«

Aber so schnell werden sie mich wohl nicht gehen lassen. Immerhin gibt es ja noch die Sache mit Meggie zu bereden. Sahara wird wohl kaum durch die Befragung gekommen sein, ohne eine lange, gefühlsgeladene Erklärung darüber abzuliefern, was wir überhaupt hier machen und wie viele Tragödien *sie* schon hat erleiden müssen.

Es sei denn, sie hat den Mund gehalten, weil sie etwas zu verbergen hat …

Die beiden Polizisten wechseln einen Blick. »Wir haben keinen

Grund, Sie länger hierzubehalten«, sagt der Mann. Es klingt, als wünschte er sich, er könnte uns alle einsperren und den Schlüssel wegwerfen.

»Dann kann ich jetzt gehen?«

»Ihr Flug geht doch heute Nachmittag, richtig? Den können Sie ruhig nehmen. Schließlich kann uns niemand von Ihnen etwas Hilfreiches über den Unfall sagen.«

»Vorfall«, korrigiert ihn seine Kollegin. Aber aus ihrem Tonfall kann ich schließen, dass sie sich bereits sicher sind, wie es abgelaufen ist: Betrunkene Britin kippt aus den Latschen. Ganz wie Lewis es vorhergesagt hat.

»Und Zoe? Wie geht es ihr?«

»Diese Information ist ihren nächsten Verwandten vorbehalten. Wir sind nicht befugt, Ihnen mehr darüber zu sagen.«

»Aber wir können doch nicht einfach nach Hause fahren und sie hierlassen, ohne dass irgendwer sich um sie kümmert.«

Die Polizistin steht auf und öffnet die Tür, um mich endlich loszuwerden. »Ihre Eltern sitzen bereits im Flugzeug hierher. Es liegt an ihnen, ob sie Sie im Krankenhaus sehen wollen. Ich bin mir allerdings nicht so sicher, ob ich, an ihrer Stelle, daran erinnert werden wollte, was mit meiner Tochter passiert ist, während ihre Freunde nicht hingesehen haben.«

Die anderen warten schon vor dem Büro mit unserem Gepäck auf mich.

»Wir dachten, wir gehen noch schnell zum Krankenhaus, bevor wir zum Flughafen fahren«, sagt Cara.

Ich hatte eigentlich gehofft, am Soul Beach vorbeischauen zu können, um mich zu vergewissern, dass Javier nicht mehr da ist.

Um herauszufinden, ob ihn irgendjemand hat gehen sehen. Aber es ist sowieso zu spät, als dass ich dort noch irgendetwas ausrichten könnte.

Vielleicht ist es für Zoe auch schon zu spät.

Unsere Trolleys hinter uns herziehend, weichen wir auf der Promenade Skateboardern und Fahrradfahrern aus. Es ist noch heißer als gestern und schon jetzt ist es am Strand gerammelt voll. Meine Haut brennt und mein Gepäck fühlt sich schwerer an, obwohl ich gar keine Souvenirs gekauft habe. Ich werde mich auch ohne Plastikkastagnetten oder Tassen mit Barcelona-Schriftzug an jedes Detail erinnern.

Bei dem Gedanken an Javier und Gabe formt sich in meiner Kehle ein Kloß.

Ich lasse mich ein Stück zurückfallen und beobachte die anderen. Sahara seufzt in einer Tour und ich würde sie am liebsten direkt fragen: Warst du es? Aber das kann ich nicht und darum werde ich mit jedem Schritt wütender. Auf halbem Weg begreife ich, dass ich vor allem sauer auf mich selbst bin.

Ich habe es nicht verhindert.

Selbst wenn Zoes Eltern uns zu ihr lassen, bin ich nicht sicher, dass wir es auch verdient haben.

»Komm schon, Alice.« Cara wird ebenfalls langsamer, als wir uns dem Krankenhaus nähern. Sie greift nach meiner Hand. »Es ist schwer, ich weiß, ganz besonders für dich. Aber es ist doch nicht unsere Schuld. Unfälle passieren nun mal. Wenn wir nach Hause kommen, kehrt sicher bald wieder Normalität ein.«

»Nicht für Zoe.«

»Nein. Das ist wahr. Aber du darfst dich nicht für alles und jeden verantwortlich fühlen, Süße.«

Aber das tue ich nun mal, denn der Rest der Welt erscheint mir einfach nicht mehr vertrauenswürdig. Die Kriminalbeamten, die in Meggies Fall ermittelt haben, haben bereits einen weiteren Todesfall zu verantworten. Sie hätten Zoe zum Reden bringen müssen, die Fotos finden, ihre E-Mails durchsuchen. Lewis hat schließlich nur ein paar Sekunden gebraucht, um die Nachricht zu entdecken, die Tim ihr an seinem Todestag geschickt hatte. Die, in der er Zoe erzählt hat, dass es ihm langsam besser ging.

Wenigstens habe ich noch Lewis. Der Nerd und das Teenie-Mädchen gegen den Rest der Welt. Aber die Sache liegt uns wirklich am Herzen. Vielleicht ist das ja genug, um zu erreichen, woran der Rest der Welt bislang gescheitert ist.

Meggie, Tim und Zoe hätten es verdient.

51

Lewis ist bereits im Krankenhaus. Das hatte ich nicht erwartet.

»Ich bin schon seit heute Morgen hier, nur für alle Fälle. Schließlich bin ich der Einzige, der ein bisschen Spanisch kann.« Er fährt mit uns im Fahrstuhl nach oben. »Zoes Eltern sind gerade angekommen, sie sind im Moment bei ihr drin.«

»Hast du mit ihnen geredet?«, fragt Sahara.

Lewis schüttelt den Kopf. »Ich dachte mir, das kann noch warten.«

»Und wie hast du das Krankenhauspersonal dazu gekriegt, dir zu verraten, wo sie liegt?«, erkundige ich mich, als der Aufzug anhält und die anderen aussteigen.

»Denen habe ich erzählt, ich wäre ihr Cousin«, erklärt er und hebt die Augenbrauen, als ich das Gesicht verziehe. »Hey, das Geschichtenerfinden, um zu kriegen, was man will, hast *du* mir beigebracht. Weißt du noch, als du angeblich Tritis Schulfreundin warst?«

»Das war was anderes.«

»Wenn du meinst.«

Niemand scheint in Stimmung, sich zu unterhalten. Ich setze mich Lewis gegenüber. Ade und Cara sitzen nebeneinander. Sahara tigert rastlos auf und ab.

Was für ein Chaos.

Nach ein paar Minuten tritt ein Paar aus einem der Zimmer in den Flur. Der Mann hat eine Reisetasche in der Hand. Er ist groß und so weiß wie die Wand hinter ihm. Die Frau ist rundlich und hat leuchtend rotes Haar, aber ihr markantes Kinn sieht genauso aus wie das von Zoe.

Ade geht gemessenen Schrittes auf sie zu. Sie sehen auf, die Gesichter wie erstarrt. Vermutlich halten sie ihn für einen der Ärzte.

»Mr und Mrs Tate, ich bin Adrian, ein ehemaliger Kommilitone von Zoe. Wir haben sie alle dieses Wochenende besucht.« Er macht eine Geste in unsere Richtung und wir stehen auf, halten jedoch respektvoll Abstand. »Es tut uns so leid.«

Mr Tate schüttelt Ades Hand, Mrs Tate regt sich nicht.

»Ihr wart *dabei*?«, fragt Zoes Vater und ich erkenne die Ähnlichkeit in seiner und Zoes Stimme. Dieselbe Schroffheit.

»Wir haben nicht gesehen, wie es passiert ist«, antwortet Ade. »Überall waren so viele Leute und dann sind wir getrennt worden und –«

»Dann seid ihr keine besonders guten Freunde, wenn ihr mich fragt«, faucht Zoes Mutter. »Unglaublich, was heutzutage als Freundschaft durchgeht.«

»Eve, bitte.« Zoes Vater dreht sich um und berührt seine Frau am Arm. »Sie können doch nichts dafür.«

»Wenn sie ihre *Freunde* sind, hätten sie bei ihr bleiben sollen. Sie ist doch so labil.«

»Schatz, wir haben Zoe doch selbst erlaubt, hierherzuziehen, weil wir sie nicht mehr in Watte packen wollten.«

»Aber das hätten wir wohl besser nicht getan, was?«, kreischt seine Frau.

Zum ersten Mal blickt sie uns wirklich an und ihre trüben

grauen Augen wirken anklagend. Warum kommt sie mir bloß so bekannt vor? Ich habe sie noch nie zuvor gesehen. Dann wird mir klar, dass es nicht sie ist, die ich erkenne, sondern ihre Verzweiflung. Meine Eltern sahen nach Meggies Tod ganz genauso aus.

»Hauen wir lieber ab«, flüstere ich Lewis zu. Er nickt.

Sahara ist schon vormarschiert zum Aufzug. Sieht ihr gar nicht ähnlich, so einem Drama aus dem Weg zu gehen, also warum bleibt sie nicht hier? Es sei denn, sie fühlt sich schuldig, weil sie mit den Folgen ihrer Tat konfrontiert wird.

»Wir gehen«, beteuert Ade. »Aber wir wären Ihnen wirklich sehr dankbar, wenn Sie uns sagen würden, wie es ihr geht.«

Zoes Vater seufzt. »Sie ist noch nicht aufgewacht. Die Ärzte meinen, es ist noch zu früh, um irgendetwas mit Bestimmtheit zu sagen, dass es besser wäre, sie erst mal in diesem ... Zwischenzustand zu lassen. Aber sie haben auch gesagt, dass die ersten vierundzwanzig Stunden die wichtigsten sind. Und jetzt sind es schon, wie viel, neunzehn Stunden? Sie sollte mittlerweile auf irgendetwas reagieren.«

Mrs Tate gibt einen seltsam erstickten Laut von sich.

»Wir denken an sie«, sagt Ade und wir nicken und weichen langsam zurück.

Der Aufzug ist stickig, voll abgestandener Luft und Kummer. Als wir das Erdgeschoss erreichen, kann ich es gar nicht erwarten, nach draußen zu kommen. Die Sonne scheint hell. Ein kleiner Junge rennt vorbei, einen kläffenden Hund an der Seite, und lacht, als er einen Ball wirft und das Tier hinterherflitzt.

Ich will zurück an *meinen* Strand. Und nach Hause.

In dieser Reihenfolge.

Am Flughafen wandern wir wie Zombies vom Check-in-Schalter durch die Sicherheitskontrolle bis zur Abflughalle, froh über die endlosen Warteschlangen und vielen Regeln, die uns vom Denken abhalten.

Die Sicherheitsleute sind bei Lewis ein bisschen gründlicher als bei uns, weil er zwei Laptops dabeihat, von den anderen scheint sich jedoch keiner zu erinnern, dass er mit nur einem gekommen ist. Ade und Sahara verschwinden, ohne zu sagen, wohin. Cara geht shoppen, obwohl sie gar kein Geld mehr hat.

Bleiben also nur noch Lewis und ich. Wir suchen uns einen Platz ganz hinten in der Abflughalle, wo wir ungestört reden können. Er klappt sofort seinen Laptop auf.

»Hat es funktioniert?«

Lewis sieht zu mir auf. »Was?«

»Das mit der Dienstblockade oder wie das hieß.«

Er nickt. »Klar. Ich will dir aber was anderes zeigen.«

»Wenn es ein YouTube-Video von einer klavierspielenden Katze ist: Dafür bin ich gerade nicht in Stimmung.«

Lewis lächelt. »Ich habe mir die Sachen, die ich von Zoes einem Laptop runtergeladen habe, mal genauer angesehen. Da ist einiges Interessantes dabei.«

Er dreht den Laptop so, dass ich auf den Bildschirm sehen kann. Da ist eine Liste Hunderter, vielleicht sogar Tausender von Dateien: E-Mails, Protokolle, Dokumente.

»Soll ich auf irgendwas Bestimmtes achten?«

Lewis dreht den Laptop wieder zu sich um. »Na ja, es könnte alles nützlich sein. Das hier sind technische Details zu *Flammen der Wahrheit*: die Domainregistrierung, der Hosting-Service. Aber das Wichtigste sind die Mails zwischen Tim und Zoe. Er schreibt immer wieder von einer *Versicherung*. Zuerst dachte ich, es geht um eine Lebensversicherung oder so, und habe mich gefragt, ob Meggie vielleicht irgendwie versichert und er begünstigt war.«

»So was hatte sie nicht, Lewis. Sie war doch gerade mal zwanzig.«

»Das habe ich mir dann auch gedacht. Und um so eine Versicherung geht es auch gar nicht. Tim meint die Fotos, von denen Zoe dir erzählt hat, die er in diesem Spind versteckt hatte. Ich habe ein paar davon von ihrer Festplatte geholt, aber nur die, die sie schon hochgeladen hatte oder bei denen sie es vorhatte.«

»*Vorhatte?* Etwa neue? Was ist denn da drauf?«

Er runzelt die Stirn. »Willst du sie wirklich jetzt sehen? Die letzten vierundzwanzig Stunden waren schon so schrecklich, da dachte ich, wir warten lieber, bis wir zu Hause sind. Es sind wieder solche seltsamen Nahaufnahmen von deiner Schwester, aber ich will dich nicht noch mehr aufregen ...« Lewis sieht zu mir auf.

»Jetzt. Bitte.«

»Okay, warte, dann rufe ich sie auf. Ich habe sie ziemlich heftig kodiert – dachte mir, das wäre angesichts der Umstände besser so –, darum dauert es vielleicht ein paar Minuten.« Er fängt an zu tippen. »Na ja, jedenfalls glaube ich, dass die restlichen Bilder, die vielen Tausend, von denen Zoe dir erzählt hat, auf dem anderen Laptop sein müssen.« Er tätschelt seine Messenger Bag, die er immer noch über die Schulter geschlungen hat.

»Hast du den denn schon geknackt?«

»Gib mir ein bisschen Zeit, Ali, das muss ich wirklich zu Hause versuchen. Und in den E-Mails steht schon genug, damit bin ich erst mal ordentlich beschäftigt. Zoe hat die Seite eingerichtet, ohne dass Tim davon wusste, und als er davon erfahren hat, war er erst mal sauer. Er hat sie gebeten, sie wieder aus dem Netz zu nehmen, aber Zoe hat darauf bestanden, dass es sie beide schützen würde.«

Ich erschaudere. Tim ist tot. Zoe liegt im Koma. Schlimmer hätte sie sich gar nicht irren können. »Meinst du, sie hat damit genau das Gegenteil bewirkt? Jemanden zu diesen Taten angestachelt?«

Lewis runzelt die Stirn. »Sicher kann man sich da nie sein. Ich habe mir mal die Besucherzahlen der Seite angesehen. Fast niemand wusste davon. Dich habe ich direkt gefunden – das konnte ich an deinem Standort erkennen. Und mich – mein Standort ist zwar verschlüsselt, aber von den Zeiten her kommt es hin. Und dann noch mehrere Besucher mit verschiedenen Standorten in Greenwich.«

»Zoe hat in Greenwich gewohnt, bevor sie hergezogen ist.«

»Stimmt. Also ist einer davon wahrscheinlich sie selbst. Dann ist da ganz offensichtlich Tim, der sich die Seite angeguckt hat; seine Mails an Zoe folgen genau auf die Zeitpunkte, an denen er online war. Aber es gibt noch einen weiteren regelmäßigen Besucher, in der Nähe der Uni …« Lewis zögert.

»Wo genau in der Nähe der Uni?«

»Ich will dir ja keine Angst einjagen, aber ich glaube, es ist das Wohnheim.«

Ich starre ihn an. »Wo Sahara immer noch wohnt.«

Lewis nickt. »Das muss nicht automatisch bedeuten …« Er beendet den Satz nicht.

Die Lichter des Flughafens scheinen sich zu verdunkeln und es ist, als wäre die Temperatur abrupt um mindestens zehn Grad gesunken.

»Alles in Ordnung, Ali? Vielleicht hätte ich es dir nicht unbedingt jetzt sagen sollen, nach all den Schocks.«

»Doch, ich bin froh, dass du das gemacht hast.«

»Komm, ich hole dir einen Kaffee. Und was Süßes.« Er steht auf. Dann fügt er hinzu: »Ich bin kurz da drüben in dem Café. Nicht weit weg.«

»Lewis, kann ich von hier aus mit deinem Laptop ins Internet?«

Er mustert mich. »Na, das nenne ich eine schnelle Erholung.«

»Es gibt da noch etwas, das ich erledigen muss, bevor wir ins Flugzeug steigen.«

Beziehungsweise einen Ort, den ich besuchen muss – den einzigen, an dem ich mich noch sicher fühle.

52

Die Schritte, die zum Einloggen bei Soul Beach nötig sind, gehen mir mittlerweile wie automatisch von der Hand, was auch gut so ist, denn ich kann an nichts anderes denken als an Sahara. An das, wovon ich denke, dass sie es getan hat. Und warum.

Und ob sie es wieder tun wird.

»Florrie, wo warst du denn?«

Meine Schwester steht am Wasser. Ihre Augen wirken gerötet.

»Unterwegs, Meggie. Tut mir leid. Aber jetzt bin ich ja wieder da.«

Der Flughafen um mich herum verblasst. Der heiße Sand lässt meine nackten Füße kribbeln und eine intensive Wärme breitet sich in mir aus wie Feuer und vertreibt die Kälte, die ich eben noch verspürt habe.

»Du hast Javier geholfen.« Das ist keine Frage. Sie weiß Bescheid.

»Ist er weg?«

»Irgendwann heute Nacht. Wir sind gestern Abend alle zusammen schlafen gegangen und haben davor noch den Sonnenuntergang angeguckt. Es war wunderschön. Als ich aufgewacht bin, war mir kalt. Beim Einschlafen hat Javier noch meine Hand gehalten, aber dann war er nicht mehr da.« Meggie gibt sich Mühe, nicht in Tränen auszubrechen. »Bei Triti wussten wir ja, dass es passieren würde. Aber diesmal hatte ich noch nicht mal die Gelegenheit, mich zu verabschieden.«

»Es tut mir leid, Meggie.« Auch mir tut der Verlust von Javier höllisch weh, obwohl ich ja davon wusste.

Ohne seinen scharfen Verstand, seinen Zynismus, wird der Strand ein langweiligerer Ort sein. Aber natürlich war das nur seine raue Schale. Darunter verbarg sich ein verletzter, verzweifelter Junge, der seine Schwestern, seine Mutter und einen Mann namens Gabriel geliebt hat.

Das Leben ist ein ständiger Wandel. Das war einer der letzten Sätze, die er zu mir gesagt hat. Vielleicht wollte er mir ja damit mitteilen, dass er bereit war loszulassen.

»Ich hatte ihm noch so viel zu sagen, Florrie«, klagt Meggie. »Wie sehr er mir geholfen hat, als ich hergekommen bin. Er war der Einzige, der mich nie belogen hat, darüber, wie schwer es hier manchmal sein kann. Dafür hätte ich ihm danken sollen.«

»Vielleicht sind Abschiede gar nicht so wichtig, Schwesterherz. Die Hauptsache ist doch, dass er wusste, wie gern du ihn hattest. Aber das, was hier in der echten Welt passiert ist, die Umstände, die dazu geführt haben, dass Javier ... gehen konnte ...« Ich halte inne. »Für die Menschen, die er zurückgelassen hat, ist es so am besten.«

»Ehrlich?«

»Ich schwöre dir, das ist die Wahrheit.« Die Sache mit Javier ist das einzig Richtige, was ich auf dieser Reise getan habe, auch wenn ich ihn dadurch nun für immer verloren habe und er mir so sehr fehlt, als wäre er ein Familienmitglied gewesen.

»Wenigstens haben wir immer noch einander, Florrie.«

Ich betrachte meine Schwester und versuche mir vorzustellen, wie es wäre, wenn ich Meggie befreien könnte. Werde ich das jemals über mich bringen? Ich trete einen Schritt vor, um sie zu umarmen, doch sie hebt die Hand.

»Eine Frage habe ich noch, Schwesterchen. Ich weiß, du musst mit der Antwort vorsichtig sein, aber macht Javiers Verschwinden es auf irgendeine Art wahrscheinlicher, dass ich auch ... woanders hingehe? Hat es dir in der Hinsicht weitergeholfen? Mir wäre beides recht – hierzubleiben oder Soul Beach zu verlassen –, ich möchte nur gern vorbereitet sein, wenn möglich.«

»Ich weiß es nicht, Meggie. Ich werde versuchen, dich zu warnen, bevor ... irgendetwas passiert, aber es kann sein, dass das nicht geht.«

Sie nickt. »Verstehe. Für dich muss es auch schwer sein. Sogar noch schwerer, weil alles in deiner Verantwortung liegt –« Ihre Stimme bricht und diesmal lässt sie zu, dass ich sie in den Arm nehme und mein Gesicht in ihrem goldenen Haar verberge.

Was ist das?

Plötzlich bin ich woanders. Nicht am Strand, nicht bei Meggie. Und obwohl meine Augen geschlossen sind, sehe ich etwas.

Schwarze Handschuhe. Einen bläulich weißen Lichtblitz ... Nein, kein Licht. Das ist etwas anderes.

Ich öffne die Augen. Meggie tritt zurück. Das Bild verschwindet.

»Florrie, was ist los?«

»Ich habe etwas gesehen, als wir uns berührt haben. Wie ein Foto.«

Meine Schwester runzelt die Stirn. »Ein Foto wovon?«

Ja, *wovon* zum Teufel? Ich weiß nur eins: Es hat mir Angst gemacht.

»Ali? Ali!« Eine Männerstimme hinter mir.

Ich blinzele, blicke vom Laptop auf und sehe Lewis vor dem Café stehen und auf seine Uhr tippen. »Wir müssen zum Gate«, ruft er. »Sie haben schon zum Einsteigen aufgerufen.«

»Meggie. Ich bin bald wieder da. Sag Danny, dass ich … dass ich ihn liebe«, flüstere ich, obwohl es mir unangenehm ist, ihm diese Botschaft über jemand anderen zukommen zu lassen. »Ich kriege das hin. Ich kriege das alles hin. Lass mir nur Zeit.«

Damit logge ich mich beim Strand aus, dann bei meinem E-Mail-Account und ziehe die Kopfhörer aus meinen Ohren. Ich will den Laptop gerade zuklappen, als ich sehe, dass die Bilder von Meggie, die Lewis entschlüsselt hat, sich geöffnet haben.

Das erste ist eine extreme Nahaufnahme ihrer Augen. Sie wirken trüber und grauer als in meiner Erinnerung, aber da spielt mir wahrscheinlich nur der Strand einen Streich, der sie in einem hübscheren Babyblau als im wahren Leben erstrahlen lässt.

Die Augen auf diesem Foto blicken nicht verängstigt, aber misstrauisch. Irgendetwas stimmte nicht und das war ihr bewusst.

»Alice! Jetzt komm, wir verpassen noch den Flug«, ruft Lewis.

Ich schließe das Fenster, doch dahinter erscheint ein zweites Foto. Eine weitere Aufnahme von ihrem Gesicht, diesmal aber nicht so nah herangezoomt wie die erste.

Nein. Das ist nicht möglich!

Diese Augen. Das Mädchen auf dem Bild. Das ist nicht Meggie. Das bin ich.

Als wir auf dem Rollfeld aus dem Flughafenbus steigen, sind schon fast alle an Bord. Ade und Cara stehen ganz vorn in der Schlange und Sahara muss bereits im Flugzeug sein. Ich steige die Treppe hoch und die Sonne knallt mir erbarmungslos auf den Rücken, so heiß, dass die kleinen Verbrennungen von letzter Nacht wieder anfangen wehzutun.

Ich stolpere über eine Stufe. Meine Beine versagen mir den Dienst. Lewis nimmt meine Hand und hilft mir in die Kabine.

»Jetzt sind wir schon so gut wie zu Hause«, sagt er.

Der Mörder ist mir gefolgt.

Das Flugzeug ist fast voll. Eine ungeduldige Stewardess komplimentiert Lewis auf den ersten freien Sitz. Ade hat einen Platz ziemlich weit vorn im Gang, Cara direkt hinter ihm. Ich gehe weiter und halte mich dabei an den Lehnen fest, weil ich mich immer noch wackelig auf den Beinen fühle.

»Alice! Ich habe dir einen Platz freigehalten!«

Sahara winkt mir aus der Nähe des mittleren Notausgangs zu. Einladend klopft sie auf den Platz neben sich. »Ich gebe dir auch ein Blätterteiggebäck aus. Ich habe extra ein paar Euro für etwas zum Naschen auf dem Rückweg beiseitegelegt.«

Ich starre sie an. Sie muss es sein. Wo hat sie dieses Foto von mir gemacht? Und warum?

Sie hält mir die Hand hin, ihre langen Finger strecken sich durch die jetzt schon abgestandene Flugzeugluft nach mir aus.

Dieser Anblick löst irgendetwas in mir aus.

Ich blinzele und das Bild, das ich während der Umarmung mit meiner Schwester gesehen habe, kehrt zurück.

Die Handschuhe. Aus Leder. Wie man sie zum Autofahren anzieht. Oder auf einem Motorrad.

Dann wird mir klar, dass der Lichtblitz gar kein Lichtblitz war. Sondern irgendein heller weißer Stoff. Ein Kissenbezug.

»Alice. Du hältst den ganzen Verkehr auf. Jetzt komm, setz dich. Wir sind bald zu Hause, dann ist alles vorbei.«

Ich lasse mich steif in den Sitz sinken und stoße mir das Knie an der Armlehne. Es gelingt mir einfach nicht, mich anzuschnallen, bis sich schließlich Sahara über mich beugt und es für mich macht, wie eine Mutter bei ihrem Kind.

Der Lichtblitz war das Kissen, das sich auf das Gesicht meiner Schwester gesenkt hat. Vermutlich das Letzte, was sie gesehen hat.

»Na siehst du«, flötet Sahara. »Der Pilot hat eben durchgesagt, dass es auf dem Rückflug ein bisschen ruckeln könnte, es gibt wohl ein paar Turbulenzen. Aber jetzt bist du ja sicher angeschnallt.«

Meggie.

Tim.

Zoe.

Wann hört das auf? Bin ich die Letzte in der Reihe?

Ich wende mich Sahara zu und sehe ihr Lächeln – so nah auf diesen Billigflieger-Sitzen. Die ganze Zeit, seit wir Meggie verloren haben, hat sie alles versucht, um an mich ranzukommen, und nun hat sie es endlich geschafft. Selbst wenn sie dafür jeden Menschen aus dem Weg räumen musste, der mir nahesteht.

»Danke, Sahara. Ich wüsste gar nicht, was ich ohne dich machen würde.«

Sie strahlt mich an und ich unterdrücke einen Schauder. Ich weiß, dieses Spiel ist gefährlicher als alles, was ich bis jetzt unternommen habe, aber ich habe keine Wahl.

Um die Jägerin zu fangen, muss ich zur Beute werden.

Als ich Meggie zum ersten Mal singen gehört habe, gab mir das beinahe den Glauben an den Himmel zurück.

> 'Twas grace that taught my heart to fear,
> And grace my fears reliev'd;
> How precious did that grace appear
> The hour I first believ'd!

Sie hat den Text dieses alten Chorals unglaublich überzeugend wirken lassen, aber mittlerweile funktioniert das bei mir nur noch, wenn ich grace durch Alice ersetze … Ich glaube an Alice und der Gedanke an eine Welt ohne sie macht mir Angst.

Je mehr Zeit vergeht, desto klarer wird mir, dass das Entlarven nicht das Schlimmste wäre. Nein, was mir am meisten Angst einjagt, ist die Anonymität. Eine Zeit, in der es niemanden mehr kümmert, was ich getan habe, wenn selbst Alice Momente erlebt, in denen sie es vergisst.

Das Tempo nimmt zu. Ich weiß, was ich zu tun habe, damit Alice an mich glaubt, und ich weiß, dass es gar nicht schnell genug gehen kann. Sie scheint es beinahe genauso ungeduldig zu erwarten wie ich.

DANKSAGUNG

Puh, *Soul Beach – Schwarzer Sand* war vor Spannung kaum auszuhalten – nicht nur für Alice, sondern auch für mich.

Zuallererst muss ich Jenny und besonders Amber dafür danken, dass sie mich auf meinen Irrwegen durch ein Labyrinth tödlicher Geheimnisse, glühend heißer Feuerläufe und dunkler gotischer Gassen begleitet haben. Ihr beide habt das Licht (eine brennende Fackel natürlich) am Ende des Tunnels so viel klarer vor Augen als ich. Ich erstarre in Ehrfurcht.

Vielen lieben Dank an Nina – Heldin und Twitter-Guru –, die für das erste Buch ein hammermäßiges Marketing auf die Beine gestellt hat, und an Louise, die mit mir zu den großartigen Eternal Twilight gegangen ist.

Danke an das Team bei Orion, die mir passend zum Namen wahre Sternstunden beschert haben. Es ist unglaublich, wie sehr Lisa und Fiona sich von Anfang an für das Buch eingesetzt haben, wie wunderbar Pandora die Hörfassung gestaltet hat und welche fantastische Arbeit Jen, Kate, Louise und Mark geleistet haben, um es online und in der »wahren« Welt bekannt zu machen.

Ein ganz besonderes Dankeschön geht an die brillanten Bloggerinnen und Blogger, die mit solcher Leidenschaft über Bücher schreiben: Amanda von Floor to Ceiling Books, Carly von Writing from the Tub, Emma von Book Angel's Booktopia, Jenny von

Wondrous Reads, Karen von Reading Teenage Fiction, Liz, Mark und Sarah von My Favourite Books, Rhiana von Heaven, Hell (mittlerweile Cosy Books), SJH von A Dream of Books und Viv von Serendipity Reviews. Tut mir leid, wenn ich jemanden vergessen habe, sagt mir unbedingt fürs nächste Mal Bescheid!

Hallo an die vielen Leute, die mir über Twitter verraten haben, wen sie für Meggies Mörder halten. Ein paar von euch könnten richtigliegen ...

Philippa von LAW ist das ultimative Bücher-Babe, eine Riesenstütze und dann noch so unglaublich klug. Und bei Holly wirkt alles einfach nur wahnsinnig mühelos.

Meine Schriftstellerfreunde sind eine so durchweg tolle Truppe, dass ich niemanden gesondert herausstellen möchte. Ein dicker Schmatz an euch alle, meine Süßen, ihr seid einfach wunderbar. Aber es war super, die Abenteuer der Kinderbuchwelt gemeinsam mit den Leuten von der Society of Children's Book Writers und Scattered Authors' Society zu entdecken ... und wie immer ist das Forum der Höhepunkt meines Tages.

Die Gang aus Barça hat mir geholfen, die Feuerprobe des Correfoc zu überleben – danke, Amigos. Ganz besonders auch an Matt und Tina, die uns überhaupt erst dazu inspiriert haben, den katalanischen Lebensstil auszuprobieren.

Eine ständig abgelenkte Schriftstellerin ist nicht immer die angenehmste aller Freundinnen, Schwestern, Töchter oder Partnerinnen. Also geht ein dicker Sack voll Liebe an Geri und Jenny, Toni, Mum und Dad und Rich, dafür, dass sie es mit einer Träumerin wie mir aushalten.

Zu guter Letzt, deshalb aber nicht weniger herzlich, gilt mein Dank euch, die ihr die Reise zum Soul Beach mit mir unternommen habt. Ich würde furchtbar gern hören, was ihr dazu sagt – ihr erreicht mich über meine Website www.kate-harrison.com oder unter @katewritesbooks bei Twitter.

Wir sehen uns am Strand ...

Kate xx
Brighton 2012